IL FERRO
E
IL TELAIO

Flavia Idà

Copertine realizzate da Niki Lenhart
nikilen-designs.com

Pubblicato da Paper Angel Press
paperangelpress.com

ISBN 978-1-944412-14-2 (Trade Paperback)

10 9 8 7 6 5 4 3 2 1

Per ulteriori informazioni sull'autore e le sue opere
visitare il sito flaviasvoice.com

*Dedicato a mia sorella Anna che non ha mai cessato di credere in me,
e a mio padre Salvatore che mi ha insegnato l'onestà
prima di ogni cosa.*

*Ringrazio in ordine alfabetico: Adnan Aydin, Domenico Capano,
Steven Radecki e Rocco Sabatino per il loro aiuto e incoraggiamento*

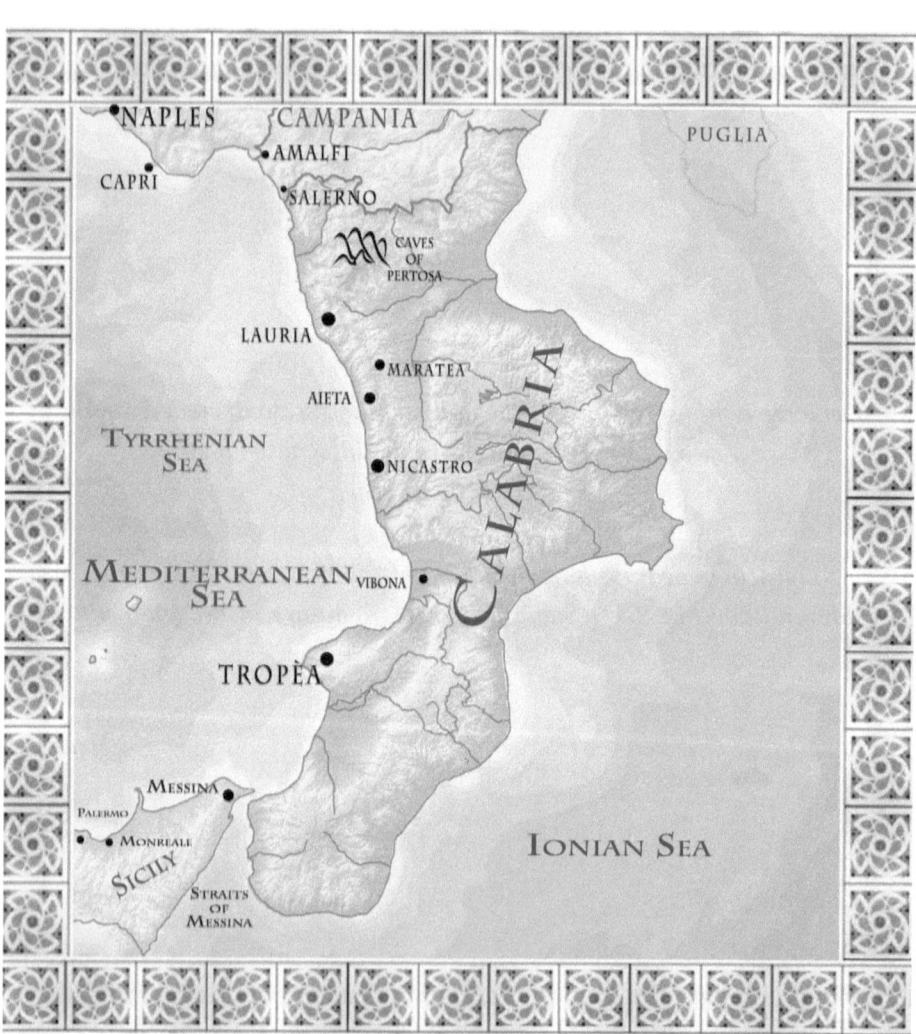

PREFAZIONE DELL'AUTRICE

*I*L FERRO E IL TELAIO è la mia versione integrale in italiano del mio romanzo *The Iron and The Loom*, pubblicato in USA nel dicembre 2013. Poiché il romanzo si rivolge anche ai lettori americani, i quali della Calabria sanno poco o nulla, ho voluto inserire in esso quanto più mi era possibile sulla nostra Regione in generale. Ciò significa che in alcuni casi mi sono presa la libertà di spostare alcuni aspetti della nostra cultura da una località all'altra. È noto ad esempio che la caccia al pescespada avviene a Bagnara e non a Tropea, dove il romanzo è ambientato; ma essa è un aspetto caratteristico della Calabria, sicché ho voluto introdurla nel racconto trapiantandola a Tropea. Questo metodo non deve essere inteso come un'offesa alla nostra terra; vuole essere al contrario un omaggio reso a tutta la nostra terra al di là di sterili distinzioni campanilistiche. Nello stesso spirito ho voluto ricostruire alcuni aspetti dell'arte dell'epoca. Non si rinviene ad esempio a Tropea una rappresentazione murale del Cristo Pantokrator; ma è del tutto possibile che ce ne sia stata almeno una, se non a Tropea in altre località della Calabria, prima che i terremoti e l'incuria impoverissero tanto il nostro patrimonio artistico e culturale. A riguardo dello sfondo storico delle vicende ho cercato quanto più possibile di rimanere fedele alle fonti, fra le quali cito le informazioni fornitemi da docenti dei vari luoghi in cui si svolge il romanzo e i miei corsi di Storia Medioevale all'Università Federico II con il Professor Ernesto Pontieri, massima autorità sui normanni nell'Italia Meridionale. Occorre però ricordare che anche le fonti storiche più attendibili di un periodo così lontano sono molto spesso lacunose, si contraddicono e/o si contraddicono a vicenda.

PARTE PRIMA

I

AI TEMPI DEI ROMANI, quando gli eroi passavano in mezzo agli uomini come comete, la città si chiamava Portus Herculis. Nell'anno del Signore 1136 aveva nome Tropea, "Colei che volge in fuga i suoi nemici".

Sorge su un alto sperone di tufo a strapiombo sul Tirreno lungo la costa aspra della Calabria, quasi a metà strada fra Palermo e Napoli. In cima alla ripida parete della scogliera le mura di cinta della città facevano tutt'uno con la roccia, racchiudendo nel loro abbraccio un grappolo di tegole rosse interrotto solo in due punti. Dalla Portammare una lunga scalinata ricurva scavata nella pietra conduceva alla Marina, dov'erano ormeggiate le barche da pesca e dove le galee gettavano l'ancora oltre due isolette d'arenaria bianca erosa dal vento; mentre dalla Porta Vaticana s'avviava la strada diretta verso le torri di vedetta sparse lungo la costa e le masserie dell'entroterra.

Per fare ricordare a Tropea che ancora una volta un popolo di stranieri si era innamorato di lei e ne era diventato padrone c'era l'edificio più alto e più nuovo della città, il Castro. Lì il governatore normanno mandato da Palermo da Re Ruggero Altavilla teneva i suoi soldati e amministrava la giustizia. Solo i signori potevano alzare gli occhi senza timore verso quel massiccio castello, perché solo i signori potevano entrarne e uscirne di propria spontanea volontà.

Sicura all'ombra del Castro e della Corona normanna, Tropea raccoglieva lungo le sue strette vie le sue strette case, quelle di nobili spalla a spalla con quelle di pescatori e di artigiani, eppure tenute per sempre separate da mura invisibili più solide dei mattoni. Il vero cuore della città era Piazza Portercole, che si apriva ariosa e inaspettata fra il mercato da un lato e la chiesa della Madonna dall'altro. Da Piazza Portercole si poteva osservare il mondo srotolare il suo interminabile arazzo tessuto di giorni e di notti.

La casa di Vasili d'Àrgira s'affacciava su Piazza Portercole. Alta due piani, era stata tagliata da un unico blocco di roccia. I due balconcini tondeggianti di ferro battuto sembravano due ragni fermatisi a godersi il calore della pietra. Ognuna delle finestre aveva la sua frangia di nidi di rondine sotto il davanzale, e ognuna i suoi mazzi d'erbe appesi a seccare. Sul retro c'era un orto traboccante di alberi da frutta, mentre una palma solitaria ombreggiava il tetto; e accanto al portone erano appoggiati al muro due remi incrociati, verdi e neri.

Se a una famiglia di pescatori fosse stato concesso d'avere un blasone, quei due remi incrociati verdi e neri sarebbero stati il blasone dei d'Argira, ai quali da tempo immemorabile il mare aveva fatto da casa, da strada e spesso da tomba. Il loro nome proveniva dal greco *àrgiros*, che significa 'argento'. Non che qualcuno di loro fosse mai stato tanto ricco da meritarlo: lo splendore puro del nome evocava non le loro tasche ma le loro anime.

In un'epoca in cui a un uomo non era permesso che accettare l'ingiustizia come accettava la siccità e la malattia, Vasili d'Argira era nato con il marchio di un odio inestinguibile contro ogni cosa ingiusta. Non s'era accontentato di sospirare e pregare Dio quando i servi armati dei signori bizantini scendevano in forza sulla spiaggia e portavano via in un momento la parte migliore di tutta una stagione di pesca. Prima aveva borbottato, poi aveva dato strattoni al cesto del pesce; infine si era apertamente ribellato. Le cicatrici lasciate dalla sferza sulle sue spalle quel giorno erano divenute il suo bene più prezioso.

Per dieci anni aveva raccolto attorno a sé gli uomini che col loro mestiere erano la linfa vitale di Tropea. Aveva dibattuto e aveva lottato, e la minaccia del cappio gli era apparsa davanti più d'una volta. Quando i signori normanni erano subentrati a quelli bizantini, portandosi dietro titoli diversi ma la stessa prepotenza, lo avevano trovato alla testa di una corporazione di pescatori tanto salda che erano stati costretti ad accettarla così come avevano accettato ogni altra più antica istituzione cittadina.

Due generazioni di i nobili del luogo, lo avrebbero voluto morto. Ma mettere le mani addosso all'uomo, chiamato dal popolo "il più giusto di Tropea", significava attirarsi l'ira d'ogni altro tropeano del popolo, come pure la disapprovazione del governatore normanno, che affidava a Vasili il compito di paciere nelle liti e a cui la pace stava molto a cuore.

Nessun nemico che Vasili d'Argira s'era fatto lo affliggeva però quanto una nemesi privata: sua figlia Kallyna, che Dio sembrava avergli dato come una spina nel fianco perché ogni giorno apprezzasse di più tutte le sue altre benedizioni. Anche la mancanza di figli maschi era stata rimediata molti anni prima quando la sorte gli aveva mandato in casa Michele e Arnì, i due orfani del suo migliore amico. Michele era stato promesso a Sila, la figlia minore, fin da quando erano entrambi ragazzi. A Michele sarebbe stata trasmessa la guida della corporazione dei pescatori, ed entrambi gli erano cari come figli veri. Kallyna invece s'intestardiva a disfare ogni suo piano per una vecchiaia serena. Per anni s'era rifiutata di sposare l'uomo che aveva scelto per lei, provocando ogni genere di discordie in famiglia; infine era stato costretto a permettere alla figlia minore di sposarsi per prima, contro ogni usanza da lui conosciuta.

Si era ora alla metà di luglio. L'estate inaridiva le colline e spianava il mare in lunghe giornate di sonno azzurro. Vasili e i suoi uomini avevano dato la caccia al pescespada, nella maniera praticata lungo le coste della Calabria da migliaia d'anni. Ora era venuto il tempo di chiudere la stagione della caccia e di celebrare con i brevi riti umani quelli eterni della natura.

✻   ✻   ✻

«A Dio piacendo, moglie, questo è l'ultimo giorno».

«A Dio piacendo davvero. Una tavolata di sole donne è di malaugurio.»

Al primo chiarore dell'alba Vasili s'alzò dal letto, si mise addosso la camicia e il farsetto nero e prese il berretto dal piolo. Era uno di quegli uomini che non hanno bisogno d'essere alti per incutere rispetto. Ogni tratto della sua figura asciutta aveva una quieta dignità. Nel suo bel volto gli occhi erano di un azzurro sorprendentemente chiaro, che risaltava dalle rughe simile al mare da solchi di terra bruna. Neja gli arrivava appena alle spalle, una donna minuta che anche nell'aspetto sapeva stare al suo posto, un gradino più in basso del marito.

«Ecco il mangiare, con la buona salute» disse Neja come diceva ogni mattina. Quella mattina però lasciò che un sorriso le sfiorasse il volto cotto dal sole.

«Michele e Arnì sono in cantina ad affilare i ferri» aggiunse.

Vasili prese dalle sue mani il fagotto con dentro le pagnotte ancora calde di forno. «Oggi Michele non prenderà un solo pesce» disse, sorridendo anche lui. «Non oggi che è alla vigilia delle nozze.» Poi uscì sul ballatoio e aprì la porta della stanza accanto.

La stanza era quasi buia; le spesse imposte sbarravano ancora la prima luce. Vasili fece scorrere lo sguardo sul grande telaio di legno d'olivo alto quasi fino al soffitto, con la piccola icona della Madonna inchiodata alla trave più alta e la navetta intagliata a forma di barca; la coperta di tela di ginestra che Kallyna stava tessendo era quasi finita. Tovaglie e lenzuola erano ripiegate in bell'ordine sul coperchio del cassone, mentre l'abito da sposa di Sila giaceva sullo schienale d'una sedia.

I ricami sembravano brillare nella penombra in un arcobaleno di colori: ceste ricolme di frutta, barche e onde, uccelli, alberi, fiori. Solo Kallyna poteva trasformare il mondo in filo di seta, pensò compiaciuto Vasili; e nel poco spazio lasciato libero dal telaio il letto in cui dormivano le sue figlie gli parve appena un po' più largo delle loro culle di tanti anni prima.

Sila dormiva tranquilla, saggia anche nel sonno; Kallyna invece era avvolta nei lunghi capelli spettinati, con le mani aggrappate all'orlo del lenzuolo e la fronte aggrottata. D'un tratto si agitò nel sonno, scuotendo la testa.

«No… no!» bisbigliò affannosamente.

Vasili rimase a guardarla finché non s'acquietò, poi tirò un lungo sospiro e chiuse la porta. «Ti eri mai accorta che Kallyna parla nel sonno?» chiese a Neja mentre scendevano le scale.

«Sì» rispose Neja «ed è un brutto segno. Forse se ne parlassimo con Padre Costantino, se lui almeno potesse finalmente darle un po' di pace…»

Vasili continuava a scendere le scale scricchiolanti. «È giovane. Diamo tempo al tempo. Quando avrà al petto una creaturina che piange di fame sarà tutta dolce» e la sua voce s'addolcì solo a pensarci.

Neja strinse le spalle dubbiosa e lo seguì in cucina, dove le grosse pentole di rame luccicavano appese in fila sopra il focolare. «Speriamo» disse. «Ora che Sila è sistemata può sposare Raimo Trani quando vuole.»

Vasili si voltò, stagliandosi sulla figura fragile della moglie. «Lo sai che di Raimo Trani non vuole sentire neanche il nome. Non so più nemmeno io se ho fatto bene a prometterglierla. Che Dio m'aiuti, credo che lo respinga anche nel sonno!» gli sfuggì di bocca, ricordando il sussurro di panico di Kallyna.

Neja gli si avvicinò cauta. «Ma gli è stata promessa per tutti questi anni» gli rammentò senza alzare la voce. «Non puoi riprenderti la promessa… o forse sì?»

Vasili non rispose, infastidito. S'infilò una fetta di pane nella camicia, prese un pezzo di formaggio da un piatto e s'allontanò da lei. «Michele, Arnì, è ora d'andare!» Neja si lasciò cadere le braccia sconsolata.

I due fratelli uscirono dalla porta della cantina. Arnì doveva aver detto qualcosa a Michele per canzonarlo e stava ancora sorridendo maliziosamente.

«Padre, guardate come sono affilati i ferri stamattina! Michele s'è svegliato per passarli alla mola prima di quanto abbia mai fatto in vita sua.»

Michele continuava paziente ad avvolgere attorno al gomito la fune legata alla base della fiocina. Ancora una volta finse di non aver sentito il fratello. Indicò invece il portone. «Va' a prendere i remi, uh?»

Arnì baciò Neja sulla guancia e uscì. A quell'ora nella piazza c'era soltanto un suono cadenzato di zoccoli degli asini dei contadini diretti alla campagna.

Rassegnata a rimuginare da sola sui guai di Kallyna, Neja rimase sull'uscio. Prima d'andare Michele gettò un'occhiata alla finestra della stanza di Sila, e Vasili non si fece sfuggire quell'occhiata. Sorrise fra sé, poi diede un burbero addio alla moglie.

«Andiamo, ragazzi, andiamo. Come dice il proverbio, i maschi fanno e le donne parlano.» Quando Neja non poteva più udirlo aggiunse: «E se le donne non parlassero vivremmo tutti come bestie mute.»

Sui ciottoli lisci del selciato i loro passi risuonavano familiari come gocce d'acqua da una fontana.

❋   ❋   ❋

Sila aprì le imposte, lasciando che la luce del mattino entrasse danzando per tutta la stanza. Kallyna si riparò gli occhi con un lamento, e Sila rise.

«Chissà se avrai tanto sonno il giorno prima delle *tue* nozze» la stuzzicò. Sembrava stordita dalla gioia— e aveva ogni motivo di esserlo, pensò Kallyna con invidia. Sila aveva sempre fatto parte del cerchio degli adulti, e per sua libera scelta. Era salda come una roccia, mentre Kallyna non aveva pace, come la marea.

Entrò Neja, sempre così quieta e sempre così preoccupata, annunciando la lunga lista di faccende da sbrigare. «Avete scelto proprio la giornata giusta per svegliarvi tardi, figlie. Abbiamo da esporre il corredo, da attingere l'acqua, da cuocere il pane... e zia Tresa sta per arrivare da un minuto all'altro, che la Madonna ci aiuti se il forno è ancora vuoto quando lei passa per il portone.»

Kallyna diede un calcio al lenzuolo, tenendo gli occhi ostinatamente chiusi contro il sole. «Tutto questo daffare» borbottò «come se Sila se ne andasse in Francia o in qualche altro posto in capo al mondo.» Si tirò a sedere, e quando scosse i capelli la luce del sole li fece sembrare blu invece che neri, come le ali del corvo.

Neja continuava ad affaccendarsi qua e là. «Sila parte davvero» rispose. «E anche tu sei ben pronta per lo stesso viaggio.» Poi uscì portando con sé una bracciata di tovaglie. Kallyna rimase in silenzio.

Sila le diede una gomitata. «Andiamo, su» la spronò; un attimo dopo era già scomparsa, lasciandola dietro. Kallyna sembrava sempre rimanere indietro.

Che nottata tetra, pensò; sempre gli stessi brutti sogni… Infine si decise ad alzarsi. Dalla finestra aperta entrava un profumo di mare e di gelsomini. Si stirò, facendosi più alta che potesse come volendo prendere il volo, ma tutta la forza agile del suo corpo le ricordò con dolore che era ancora sulla terra.

Non aveva mai posseduto uno specchio; ma Raimo continuava a dirle, in quel suo modo oscuro, che era bella. I suoi occhi neri, fieri e tristi, erano grandi e luminosi sotto la folta massa dei capelli che le trecce avevano modellato in lievi ondulazioni. Il suo volto aveva la forma di una mandorla e la sua pelle lo splendore del rame. Il suo nome stesso, che Vasili aveva inventato dalla parola greca *kallà* che vuol dire 'bello', le rammentava costantemente quel dono che sembrava importare più a tutti che a lei.

Dal basso salivano le voci allegre delle amiche e delle vicine venute ad ammirare il corredo. Le immaginò mentre si stringevano attorno alla sposa tastando la fine tela di lino, ridendo ed esclamando ammirate—tutto ciò che lei non poteva condividere. Almeno i preparativi per le nozze l'avrebbero tenuta lontana da Raimo. Ma tutto quel sole le feriva gli occhi.

❋　　　　❋　　　　❋

Era l'alba, e la flottiglia da pesca di Mastro Vasili d'Argira si era già dispersa verso i quattro canti del mare. Cinque untri, come venivano chiamate le barche con l'antico nome, erano diretti a sud. Sulle prue erano dipinti grandi occhi che potessero scorgere i pericoli dell'abisso, ed erano affisse immagini di San Pietro protettore dei pescatori. Uno stormo di gabbiani li seguiva, svolazzando attorno come pennoni bianchi.

L'untri di Vasili segnava agli altri la rotta. Dal centro dell'imbarcazione si levava l'albero, alto il doppio di quanto l'untri era lungo e munito di corti pioli che portavano in cima; lì in cima Arnì si reggeva in equilibrio su una stretta asse di legno, scrutando il mare.

Occorreva l'attenzione instancabile di occhi giovani e acuti per rimanere di guardia per ore su quella pertica oscillante. Arnì aveva imparato il mestiere di vedetta fin da quando aveva appena dieci anni; adesso era una gioia vederlo arrampicarsi sull'albero con tutto il vigore del suo corpo forte e snello, ogni muscolo teso sotto la pelle bruna. I figli dei pescatori crescono in fretta, e in Arnì non c'era più nulla d'infantile; eppure un suo solo sorriso di bambino poteva ancora disperdere tutti i suoi crucci di uomo. Arnì aveva la mitezza d'un agnello, da cui prendeva il nome.

Michele era fariere, come veniva chiamato chi colpiva di fiocina. Ritto sulla passerella sporgente dalla poppa dell'untri seguiva con gli occhi gli occhi del fratello. Ai suoi piedi giaceva il secondo ferro, come veniva chiamata la fiocina, che avrebbe usato se il primo fosse andato perso; ma Michele non aveva mai perso una fiocina. Ne reggeva l'asta con la grazia poderosa dell'Arcangelo che combatte il Maligno con la sua spada di fuoco. Michele era la promessa viva dei d'Argira per gli anni a venire. Tante speranze erano riposte sulle sue larghe spalle—ma portate fiduciosamente, senza pesare.

Vasili era al timone, seguendo o tagliando le correnti che conosceva come le linee sul palmo della sua mano. Dentro di sé ringraziò Dio per quella bella mattina e per tante altre mattine come quella.

Qualcosa si mosse sotto l'acqua liscia e cangiante. In cima all'albero Arnì si tese in avanti, schermendosi gli occhi dal bagliore del sole. Michele cominciò a srotolare la fune legata alla base della fiocina; gli altri fermarono i remi, tutti guardando in alto e aspettando. D'un tratto Arnì indicò la direzione col braccio e lanciò il grido d'avvistamento il cui significato era stato eroso dal vento in dieci secoli d'uso.

«*Fa aleuu!*» Eccolo il pescespada, col dorso argentato che solcava il mare in ampie falcate ricurve. Gli uomini si piegarono di nuovo sui remi e presero a inseguire la preda, mentre il loro respiro si faceva tutt'uno con l'immergersi ripetuto delle pale nell'acqua e il cigolìo del legno attorno agli scalmi di corda.

«*Eja* Forza, amici!» li incitò Vasili. Ma il mostro lungo quasi quattro metri aveva visto l'ombra dell'untri e virò bruscamente verso il mare aperto, i grandi occhi vitrei sbarrati per il terrore. La barca fece un improvviso balzo in avanti, mentre Michele teneva saldamente in mano l'asta di frassino levigato della fiocina. Gli occhi di Vasili si restrinsero eccitati. «Non fatevelo scappare. Dio quant'è grosso!»

Il pesce ora sapeva di non avere scampo. Virò a destra, poi a sinistra, poi a destra ancora, pazzamente. Le schiene dei rematori luccicavano di sudore.

«Gli siamo addosso… Eja, ora, eja!»

Come saltando sull'acqua, l'untri s'avventò tanto vicino sul pescespada che la chiglia risuonò del colpo della sua schiena. Tutti gli occhi si fissarono su Michele proteso dalla passerella: fermo nella posa dei lanciatori di giavellotto greci soppesò la fiocina nella mano una volta, due, poi la scagliò con un colpo da maestro. Tracciando una scia mortale fra aria e acqua la fiocina s'immerse nel mare e nello spesso corpo che vi nuotava.

La fune si tese schioccando fra la barca e il pesce, ora inesorabilmente avvinti. Michele cominciò a tirarla su a strattoni; ad ogni strattone la ferita sembrava allargarsi sott'acqua come una bocca rossa. Con gli ultimi guizzi il pescespada si dibatté nella nuvola rosata del suo sangue. Michele gridò «Issa!» e l'enorme preda lasciò per sempre il mare. La lunga formidabile lama sbatté follemente qua e là fra i piedi nudi degli uomini, infine rimase ferma in fondo alla barca, senza vita.

Michele premette il piede contro l'enorme creatura ed estrasse la fiocina.

«Doveva essere il nonno di tutti i pescespada» disse con un gran sorriso.

Vasili gli ricambiò il sorriso. «Con questo domani pagheremo i musicanti» aggiunse. «E il prete, e anche il diacono.»

I quattro rematori scoppiarono a ridere, asciugandosi il sudore dalla fronte. Gheorghe di Nico batté la mano sulla spalla a Michele. «Ma non dimenticate di mettere da parte la fetta più grossa per lo sposo, Mastro Vasili» disse. «Ne avrà bisogno, la mattina dopo».

Michele lo spinse a sedere. «Scemo».

Vasili gli nascose il suo sorriso e passò a Michele la fune arrotolata. «Bel colpo, figlio». Poi chiamò Arnì perché venisse giù dall'albero: era passato mezzogiorno, ora di tirare l'untri in secca sulla spiaggia più vicina e mangiare.

Arnì aveva già messo il piede sul piolo di sotto quando qualcosa luccicò di nuovo sott'acqua. Risalì e si guardò tutt'intorno.

«Ce n'è un altro!» esclamò. «Appena dietro di noi!»

Subito Michele raccolse la fiocina che era rimasta sul fondo della barca e si sporse in avanti. «Padre, è la femmina» disse. «Ed è carica d'uova».

Vasili osservò il secondo pescespada, più piccolo del primo, che girava e rigirava intorno alla barca ignorando il pericolo. Sorrise fra sé con uno sguardo d'affetto. «Cerca il compagno. Guardala come viene vicina, potresti prenderla con le mani.»

Michele aspettava, con la fiocina alzata.

«Lasciala andare» disse Vasili.

✳   ✳   ✳

Era passato mezzogiorno, e la città s'era assopita nel caldo afoso. Le spesse imposte scure erano chiuse come occhi chiusi contro il sole, le case addossate l'una all'altra come per sfuggire al suo avvampare. Solo le cicale, gli insetti più rumorosi che Dio avesse mai creato, continuavano la loro nenia dagli oliveti.

Il forno s'andava finalmente raffreddando, una nera bocca spalancata che odorava di pane e di biscotti. Tresa dormiva con la testa appoggiata sul braccio sulla tavola; Neja e Sila cucivano, sedute all'ombra accanto alla porta.

Kallyna era nell'orto, accoccolata ai piedi dell'albero di limone. Era il suo cantuccio preferito, il più lontano di tutti. Piccoli frutti verdi maturavano fra le foglie; l'aria calda e immobile era tutta profumata del loro sentore amarognolo. Sul tronco dell'albero file di formiche s'arrampicavano su e giù affaccendate. Lei le guardava come stordita, pensando ancora e sempre a Raimo e a sé stessa che odiava Raimo e che presto ne sarebbe diventata proprietà a vita.

C'erano donne fortunate, come sua madre, le quali venivano date a un uomo che con il passar del tempo imparavano ad amare; altre, le beniamine dell'Onnipotente, sposavano l'uomo che avevano scelto, come Sila. Ma

Kallyna d'Argira era fra le reiette; ogni cosa che era viva nella sua anima sarebbe stata per sempre morta in quella di Raimo.

Le cicale tacquero per un istante, per poi ricominciare ancora più ostinate il loro monotono frinire. Nel silenzio Kallyna poteva quasi sentire il sangue che le scorreva nelle vene portando con sé una piena di dolore.

Per due anni Raimo l'aveva toccata come ferro rovente. Dell'amore non conosceva altro che le sue mani grosse che la frugavano dappertutto, e le frasi di scherno con cui cercava di farglielo piacere. Non le risparmiava un solo fiero particolare delle sue imprese in ogni casa di malaffare del circondario— in piena buona fede, per dimostrarle che sarebbe stato un buon marito. E da buon marito non mancava di perseguitarla con una gelosia al limite dell'ossessione.

Si strinse contro il tronco scabro dell'albero. Si chiese se Michele avrebbe mai trattato Sila a quel modo o se ad Arnì avrebbe mai sfiorato il pensiero di farla sentire come la faceva sentire Raimo. Prima di lui era stata una bambina fiduciosa e felice; ora era diventata "l'intrattabile". S'era ridotta a tutti gli umilianti rituali delle figlie ribelli: le liti interminabili, le scenate isteriche, i digiuni forzati. Non erano serviti a nulla, e non aveva fatto che guadagnare un po' di tempo per rinviare l'inevitabile. La cosa peggiore era quando esasperava Vasili a tal punto che la chiudeva in casa per giorni interi. Solo lei era capace di spingere fino a tale collera un uomo paziente come suo padre, ed era quello che l'addolorava e la faceva vergognare più di tutto.

La gatta grigia stava aggirandosi fra le larghe foglie pelose dell'albero di fico—cauta, invisibile. La sedia di Neja scricchiolava.

Certo dopo un po' Raimo si sarebbe stancato di lei e avrebbe preso a dare la caccia ad altre. Forse allora l'avrebbe finalmente lasciata in pace. L'avrebbe lasciata in pace e lei sarebbe rimasta in casa ad aspettarlo, con un ennesimo bambino che le cresceva nella pancia. Si strinse le ginocchia fra le braccia e vi nascose il viso come volendo diventare una pietra che niente potesse trafiggere. Anche stasera sarebbe andata a parlare a suo padre. Ormai non aveva davvero più nulla da perdere.

❊   ❊   ❊

11

Nella luce del tramonto la città alta sulla roccia nel cerchio delle mura somigliava a una corona d'oro roseo. All'orizzonte quella sera il sole calava a perpendicolo sul triangolo scuro dello Stromboli; secondo la credenza era di buon augurio, perché faceva pensare all'ostia sospesa sopra il calice.

I sette uomini nell'untri remavano lentamente, stanchi. La caccia era stata buona: due pescespada si dondolavano lievemente in aria, legati alla base dell'albero com'era usanza perché da lontano si vedesse subito che la fatica del giorno aveva dato buon frutto. La stagione della caccia era finita; ora il mare poteva finalmente concedere riposo. I loro pensieri arrivavano a casa molto prima delle barche. Michele se ne stava seduto un po' in disparte, con le mani sotto il mento. Domani sera Sila si sarebbe sciolta le lunghe trecce per lui.

Arnì tirò dentro i remi e saltò per primo sulla spiaggia, mentre gli altri slegavano dall'albero le due prede. La scalinata della Portammare s'animò delle gonnelle delle donne e dei piedi scalzi dei bambini che scendevano a dare il bentornato alle barche. Arnì fu il primo che vide Kallyna in mezzo alla folla, e quando Vasili diede l'ordine di tirare a secco l'untri si lasciò sfuggire la presa per guardarla.

Kallyna sorrise a tutti di fretta, come se avesse già qualcosa di cui farsi perdonare. «Sono contenta di vedervi, padre. Che pesce grosso avete preso! La cena è pronta, avete fame?»

Da come parlava, quasi senza fiato, capirono tutti perché era venuta. Arnì voleva dire qualcosa, ma non gli era permesso parlare prima che Vasili rispondesse, e Vasili tardava a rispondere. Sicché lei si mise da parte mentre gli uomini facevano scivolare le assi insaponate sotto la prua della barca, la tiravano, gettavano ancora le assi e la tiravano ancora, finché la barca non fu all'asciutto.

«Certo che abbiamo fame» disse poi quieto Vasili. «È tutto il giorno che si lavora». Raccolse le assi e le mise sul fondo della barca. Infine la guardò, ma non gli piacque quello che vide: quando Kallyna cominciava a torcersi le mani voleva dire che stava cercando parole.

«Con i preparativi per domani abbiamo finito, padre. Non rimane che sistemare le tavole in cucina».

Vasili si rizzò. «In cucina? No, no. Le tavole le mettiamo fuori, davanti al portone. Alle nozze di mia figlia tutta Tropea è invitata» disse senza alterigia.

Michele lo guardò con aria sorpresa. «Anche i signori?»

Vasili slegò il rotolo di tela di sacco e lo stese sulla barca. «Se vogliono venire» rispose. «Tutti quelli che non hanno niente da nascondere sono ospiti miei. Voglio che sia un giorno da ricordare».

Il viso di Michele s'illuminò d'ammirazione e di gioia. Si mise in spalla i remi con fare gagliardo e fece segno ad Arnì di seguirlo. Ma Arnì voleva restare; se Kallyna aveva qualcosa da dire, Arnì voleva appoggiarla come sempre, con la sua silenziosa e incrollabile lealtà. Si rivolse a Vasili. «Padre, volete che do' un'occhiata a quella crepa nello scafo? Posso anche darvi una mano con la stoppa e la pece».

Vasili scosse la testa. «No, figlio. È appena un graffio. Avviati a casa».

Ma Arnì non accennava a muoversi, e mentre Vasili non guardava, Kallyna gli fece segno con la mano di andarsene. Arnì volse le spalle. Lo addolorava pensare cosa sarebbe successo, e come lei era impaziente di provare ancora una volta, senza speranza. Avvolse nella camicia la grossa conchiglia che aveva trovato per lei e seguì tristemente il fratello.

Dopo qualche minuto Kallyna raccolse in sé tutto il fiato. «Padre, vi posso parlare? Di Raimo?»

Vasili legava la tela di sacco agli scalmi e non la guardava.

«Di Raimo voglio sapere solo se ha fissato il mese e il giorno» rispose.

Kallyna strinse le mani sul bordo della barca. Forse era meglio chiudere il discorso subito, pensò.

Gheorghe di Nico venne a fermarsi accanto a loro. «Mastro Vasili, il pesce è tutto venduto. Manuele si sta incaricando della vostra parte, come al solito».

«Grazie, Gheorghe. Vieni alle nozze domani, assieme a tua madre».

Gheorghe sorrise. «Oh, non ci mancheremmo per tutto l'oro del mondo!»

Poi posò lo sguardo su Kallyna; e lei sapeva che tutto il giorno Gheorghe non aveva aspettato altro che di poterle dare quello sguardo. L'espressione d'amore negli occhi miti del giovane le strinse il cuore di pena. Sapevano entrambi che lei non poteva nemmeno dare segno di essersene accorta.

Gheorghe abbassò la testa facendo un mesto sorriso rassegnato. «Allora vi auguro la buona notte, Mastro Vasili».

«La buona notte anche a te, Gheorghe» rispose Vasili, e mentre il giovane s'allontanava Kallyna dovette mordersi il labbro per non mettersi a piangere, non adesso.

Vasili s'assicurò che la tela di sacco fosse ben legata sopra la barca. «Che c'è per cena?» domandò.

Lei non ricordava. «Non so. Oggi ha cucinato la mamma, io ho aiutato Sila col corredo».

Vasili s'accosciò sulla sabbia per osservare la crepa nello scafo dell'untri.

«Padre, per favore statemi a sentire».

«Sono due anni che ti sto a sentire. Anche i vicini ti stanno a sentire. Quello che mi vuoi dire è vecchio come le pietre. Vuoi la stessa risposta anche oggi?»

Kallyna chiuse gli occhi. Parlava col tono pacato di un uomo che sa nel profondo dell'anima d'avere ragione. «Sei stata promessa a Raimo Trani due anni e tre mesi fa. Raimo t'avrebbe sposato allora, se tu non ti fossi ammalata una settimana prima delle nozze e se tu non ti fossi rifiutata da quel giorno in poi, solo Dio sa perché. Non c'è nient'altro da dire e non ci sarà mai niente'altro da dire.»

Lei distolse lo sguardo. La sua voce si fece spenta, rotta. «Non mi sono ammalata come dite voi, padre. Avevo scoperto che Raimo dopo che veniva a trovarmi andava a casa di Bruna...» Non poté continuare.

Vasili diede qualche colpetto con le nocche della mano tutt'intorno alla crepa, prestando attenzione al suono che usciva dallo scafo, poi raccolse una pietra pomice dalla sabbia. «Bruna non è una donna che un uomo si prende in moglie» ribatté. «Bruna è quello che è, e lo sanno tutti. In quanto a Raimo, alla sua età non può certo fare vita da monaco. Quel che conta è che ti vuole bene. Lo ha detto e lo ha dimostrato, innanzitutto con la somma del prezzo della sposa che ha pagato per te, una somma che nessun altro avrebbe pagato.»

«Se avesse visto al mercato una giara che gli piaceva più delle altre avrebbe fatto la stessa cosa, padre!»

Vasili s'alzò di scatto e si parò davanti a lei per nascondere lo scoppio di collera alla gente che affollava la spiaggia. Spaventata, Kallyna levò il braccio per difendersi dallo schiaffo. Ma lui non la colpì; Vasili non aveva mai colpito nessuno. La guardò con aria severa, poi abbassò la mano. Lei tirò dentro il fiato, fissando la sabbia.

Vasili s'accovacciò di nuovo per raschiare gli orli della crepa con la pietra pomice. La sua voce era vuota come il suono di una campana sommersa.

«Ho tenuto testa ai signori di Tropea per dieci anni ma da mia figlia non riesco a farmi obbedire».

«Non voglio che quello, padre, ma è così difficile obbedirvi! Chiunque altro, Gheorghe di Nico...»

«Lèvatelo dalla testa. Lui e chiunque altro. Trani mi trascinerebbe davanti alla legge per rottura di promessa, e Cosimo Falizza non si farebbe sfuggire il più piccolo pretesto per farmi impiccare alla trave stessa del mio portone. È quello che vuoi?»

Kallyna si chinò verso di lui, supplicandolo senza vergogna. «Allora non mi sposerò con nessuno, mai. Dite a Trani che voglio farmi monaca, così non potrà dire che lo avete truffato.»

Gli occhi di Vasili s'accesero di furioso stupore. «Per tutti i santi! Cosa ci può essere di tanto odioso in un uomo per farti dire una cosa così!»

Kallyna indietreggiò tremando. Si domandò com'era mai possibile che due persone potessero essere vissute tanto vicino per tanti anni e dovessero ancora gridare come se fossero sulle sponde opposte di un fiume.

Poi Vasili si calmò; gettò via la pietra pomice e s'avviò verso la scalinata.

«Adesso basta con questo spettacolo. Si va a casa».

Kallyna s'asciugò gli occhi e gli andò dietro, incespicando coi piedi nudi sul primo gradino di pietra. Sapeva che stavolta era finita davvero. Vasili non ne avrebbe più parlato, e non avrebbe tollerato un'altra sola parola che lei dicesse; e quella sera stessa, quando Raimo sarebbe venuto come veniva ogni sera, avrebbe fissato lui la data delle nozze una volta per sempre.

Una vampata di sdegno le salì dentro. Almeno poteva ancora dire la sua, pensò, come i condannati sul patibolo. Fissò lo sguardo sulla figura vestita di nero che le volgeva le spalle.

«Vi chiamano l'uomo più giusto di Tropea» disse, e ogni parola sembrava sprofondare come una pietra nel vuoto aperto fra loro. «Come potete essere diventato tanto cieco e sordo? Raimo non è uno di noi, e lo sapete. Il suo posto è con i signori, per la sua boria, il suo amore del denaro, e ogni altra cosa che non vi siete mai stancato di rinfacciare ai signori per tutti questi anni. Come potete essere così ingiusto con me, che sono carne della vostra carne?»

Dal gradino di sopra Vasili si voltò di scatto. La guardò sbalordito, come se lei lo avesse appena accoltellato alla schiena. Non sarebbe bastata nessuna sua collera a spegnere il fuoco negli occhi di lei, pensò, e sul suo viso si leggeva la sconfitta, quasi la paura.

«Figlia» disse «ti giuro davanti a Dio che non ho mai fatto nulla per farti del male. Tua madre s'è spezzata la schiena per vent'anni raccogliendo ginestra per pochi soldi la giornata. Le mie figlie hanno avuto più fortuna. Il Signore mi ha concesso di potervi dare una casa, un mestiere, e buoni mariti che vi risparmieranno la stessa vita di umiliazione e di fatica. Qualunque cosa tu mi dica, non ho un solo rammarico da portare davanti all'Altissimo quando verrà la mia ora.»

Si guardò attorno, raccogliendo nel suo sguardo chiaro il sole che calava, la costa e il mare come chiamandoli tutti a testimone delle sue parole. Poi scosse la testa. «E ancora non sei contenta. Ancora ti sbatti come un uccello in gabbia, con un solo pensiero nella mente—fuggire, mordere il vento che nessuno può mordere. Neppure altri dieci anni di lotta contro tutti i Falizza del mondo mi consumeranno come hai fatto tu.»

Dentro Kallyna le parole si accavallavano come onde. Salì sul gradino per accorciare la terribile distanza fra di loro, per cancellare dal volto di suo padre quella sua dolorosa rassegnazione. Ma Vasili s'era già rimesso a salire e ora camminava curvo, come un vecchio.

❋　　　❋　　　❋

Prima del coprifuoco, quando i soldati suonavano il corno dalla torretta sulle mura e sbarravano le porte della città, Vasili s'alzò da tavola dopo la cena e andò a sedersi sui gradini del portone assieme a Michele e Arnì. Dal portone semiaperto faceva capolino il cielo già bianco di stelle. Neja scosse le briciole dalla tovaglia nel focolare; di giorno lo faceva in giardino ma mai di notte, quando le particelle di cibo avrebbero attirato alla porta le anime affamate dei morti. Poi chiamò Kallyna perché la aiutasse a fare il letto nella stanza al piano di sopra, che fino a un mese prima era stata vuota ed ora era tutta rimessa a nuovo, pronta per gli sposi.

Kallyna prese le lenzuola e le stese sul letto con gesti lenti e torpidi, assorta nei suoi pensieri. Da questa stanza sarebbero arrivati alla sua dei suoni, quei lievi suoni teneri che lei temeva. Da domani notte avrebbe dormito sola, fino a quando non sarebbe venuto il momento di dormire ogni notte con chi più odiava.

«Rimbocca le lenzuola come si deve, Kallyna» l'ammonì Neja.

Lei la guardò con sarcasmo. «E perché? Tanto dopodomani saranno sfatte di nuovo». Neja si fermò, dandole un'occhiata severa da dietro il cuscino che stava sprimacciando. Ma Kallyna rimboccò le lenzuola come fossero tovaglie d'altare.

Dal balcone aperto si udirono le voci degli uomini seduti sugli scalini del portone, assieme a un rumore di passi sul selciato. «La buona sera a voi, Mastro Vasili. Perdonate se sono venuto in ritardo. Ero su al Castro».

Tutto il giorno Kallyna aveva atteso con timore quella voce. Neja s'affacciò a vedere. «È Raimo» disse. Kallyna infilò un altro cuscino nella federa e rimase in silenzio. Raimo parlava a voce alta, infrangendo la quiete della notte come un martello. Ogni parola veniva calcata, affinché chi lo ascoltava ne rimanesse colpito.

«La buona sera anche a voi, Mastro Raimo» si sentì che rispondeva Vasili. «Favorite di sedervi con noi».

Era l'unica persona che Vasili avesse mai chiamato "Mastro", da pari a pari, e a Kallyna non sfuggiva mai l'ironia amara di quella parola. Col suo modo scaltro di corteggiare Vasili, di adularlo e d'ingraziarselo, Raimo era davvero l'unico a farla da mastro su suo padre.

«Posso andare a letto adesso, mamma?» chiese chiudendo le imposte.

Dopo una lunga e faticosa giornata Neja era troppo esausta per mettersi a discutere; si sarebbe scusata lei con Raimo perché sua figlia non si era fatta vedere.

«D'accordo» disse, baciandole la fronte. «Dormi bene… E di' le preghiere così non fai brutti sogni» aggiunse con un sorriso triste.

Kallyna le ricambiò appena il sorriso, poi si rifugiò nella sua stanza. La stanza era buia, tranne che per il riquadro pieno di stelle della finestra aperta.

«Oggi m'hanno dato i piani della nuova cattedrale» stava dicendo Raimo. «Il vescovo s'è finalmente messo in testa che si deve costruire da qualche altra parte, come gli ho detto tante volte, altrimenti al prossimo terremoto finirà come quella vecchia. Lui conosce il breviario, ma quando si tratta di costruire è meglio che lo lasci a chi ci sa fare, dico bene? Ora mi metto a cercare scalpellini e muratori in tutto il circondario. Cominceremo a settembre.»

Vasili doveva essere veramente colpito per non accorgersi che Raimo non parlava d'altro che di sé.

«Belle notizie, Mastro Trani. Prima però dobbiamo disporre quella cosa di famiglia che sapete. Con l'aiuto di Dio, che ne dite dell'ultimo d'agosto?»

Nella sua stanza, nel buio, Kallyna poteva immaginare il sorriso sul volto di Raimo. «Servo vostro, Mastro Vasili. Se avete detto l'ultimo d'agosto, l'ultimo d'agosto dev'essere».

Era fatta, pensò. Si erano sbarazzati della sua esistenza come se fosse stata la compravendita di un capo di bestiame. Nascose la faccia nel cuscino. E così sia, si disse; ora sarebbe stato tutto in una volta, come il colpo di grazia di una spada normanna.

II

C OSIMO FALIZZA GETTÒ IL MANTELLO DI BROCCATO VIOLA SU UNA SEDIA E SBUFFÒ FORTE, asciugandosi la fronte calva con un fazzoletto profumato. «Mio caro Corrado in verità ti dico, gli anni cominciano a pesare sulle mie povere spalle! Dover salire fin qui a piedi ogni sera in questo caldo m'ammazzerà prima del tempo. E perché cosa? Protocollo e formalità, i passatempi preferiti degli italiani.»

Corrado Altamura scoppiò a ridere, mentre Falizza s'accasciava sulla sedia.

«Sono tutti quei chili di troppo, stimatissimo amico. Hai voluto comprare un cuoco arabo, e adesso l'infedele traditore cerca di sbarazzarsi del padrone con la sua arma migliore, i suoi squisiti arrosti e i suoi ancora più squisiti cannoli fatti *à la mode du Roi Rogier*.»

Nella sala del consiglio del Castro non c'erano che i due uomini. Dalle alte finestre sbarrate si udiva il suono metallico di piedi calzati di ferro che andavano avanti e indietro sul camminamento di ronda. La luce di un'unica torcia di pino gettava lunghe ombre sulle grosse travi del soffitto e rivelava pieghe nascoste nella seta dei vessilli appesi alle pareti.

Seduto ad un immenso tavolo di legno scolpito, Altamura stava studiando un cumulo di rotoli di pergamena ammucchiati in disordine come trucioli sul banco d'un falegname. Falizza ne afferrò una manciata e li fece frusciare con un gesto di disprezzo.

«Altri poveri imbecilli che supplicano 'la Maestà Pietosa e Benigna del Signor Nostro Ruggero' per il muro di cinta d'una masseria o una mucca scappata dalla stalla. Fosse dicembre, con tutta questa robaccia ci avremmo già acceso il camino».

Altamura rimise la penna d'oca nel calamaio e guardò Falizza con aria divertita. «Oserei dire, caro marchese, che ti stai stancando della tua carica ogni giorno di più. Certo la nostra piccola città deve sembrare noiosa a uno che ha avuto la fortuna d'assaggiare gli splendori della corte di Palermo».

Era l'argomento preferito di Falizza, quello che subito lo faceva fantasticare.

«Ah, Corrado, hai detto bene. Se tu avessi visto le ricchezze, la pompa di quell'incoronazione. Solo il mantello di Ruggero dev'essere costato quanto la tua casa e la mia messe insieme!» Altamura scrollò le spalle, senza credere a una sola parola.

«E le donne, amico mio, le donne!» proseguì Falizza estasiato, allargando le braccia attorno alla figura pingue.

Altamura scosse la testa sorridendo. Poi arrotolò un'altra pergamena e sospirò. «Questo era l'ultimo, sia lodato Dio».

Falizza si chinò verso di lui dall'altro lato del tavolo, guardandolo da vicino.

«Mi sbaglio, caro barone, o ti trovo alquanto preoccupato? Non dirmi che sei ancora in ansia per via di quei soldati… Sono certo che arriveranno da un momento all'altro».

Altamura si passò la mano sulla fronte. «In trent'anni d'ufficio non ho mai visto Tropea così priva d'uomini. Sono tutti a Napoli, a morire come le mosche in questa guerra che non finisce mai».

Sollevò lo sguardo. «Quello squadrone ci serve, Cosimo. Più presto arriva e meglio è. Se non altro la caccia al pescespada è finita e tutti gli uomini validi sono a casa.... Ma sai con quanti soldati siamo rimasti? Centoventi! Non si copre neanche il giro delle mura con centoventi soldati».

«Ma le torri di vedetta sono piene… A quale pazzo di saraceno verrebbe in mente d'attaccarci in queste chiare notti d'estate?»

Altamura si strofinò stancamente gli occhi con le mani. «È quello che penso anch'io. Cos'altro ti posso dire? Siamo tutti nelle mani di Dio. A sentire i messi, i normanni dovrebbero essere partiti due settimane fa, ma quello che temo è che sono ancora a Messina aspettando d'attraversare lo Stretto.» Scosse la testa. «Neanche loro che sono figli dei vichinghi osano sfidare Scilla e Cariddi!»

Per qualche minuto ognuno dei due rimase assorto nei propri pensieri mentre la torcia s'andava spegnendo in una nuvoletta di fumo profumato di resina. Poi Altamura s'alzò e prese il mazzo di chiavi che portava appeso alla cintura.

«Ecco fatto. Ancora una volta, come prescritto, 'Due uomini di comprovata fiducia chiuderanno a chiave ogni sera la sala del consiglio'. Non so neanche chi ci manda il re stavolta. Speriamo non sia uno di quei pivelli altezzosi con i quali ci ha afflitto in passato».

Il soldato di guardia accanto alla porta della sala s'era quasi addormentato addosso alla sua picca. Altamura chiuse a chiave la spessa porta di quercia e sbadigliò. «Mi hanno detto che oggi Sila d'Argira è andata sposa a Michele d'Orta» disse.

«Ah, già» ribatté Falizza storcendo la bocca. «Per quello che m'importa dei d'Argira e di tutta la loro razza di testardi».

«E fra nove mesi— se non prima — avremo fra i piedi un altro capopopolo» aggiunse Altamura.

S'avviarono verso il portone principale, dove due soldati sollevarono la doppia grata di ferro per lasciarli passare. Da lontano si sentivano echi di musica aleggiare per le strade avvolte nell'oscurità. Il cielo era punteggiato di tutte le costellazioni del sud risplendenti sopra la terra nera. Seguiti da una guardia che portava in una mano una torcia e nell'altra una spada sguainata, i due s'avviarono in fretta verso casa.

«Non ho mai veduto una notte così chiara» disse sottovoce Altamura. «Ti fa venire voglia d'essere un ragazzo di diciassett'anni, e innamorato per la prima volta».

✻   ✻   ✻

La musica proveniva da Piazza Portercole. Sul ritmo battente di un tamburo e il tintinnio di un tamburello, le note di due pifferi e di un'ocarina di creta si rincorrevano come uccelli svolazzanti l'uno dietro l'altro sulla sabbia. Al centro di un mare di buio la piazza era viva di torce, voci e danze. Nessuno dei vicini si sarebbe lamentato d'essere tenuto sveglio dal suono della gioia.

Due lunghe tavole erano disposte ai lati del portone dei d'Argira, aperto agli ospiti che entravano ad ammirare il corredo nuziale e a lasciare regali di nozze sulla tavola della cucina. Sopra la finestra della stanza degli sposi era appeso un corno di bue contro il malocchio. A una tavola era seduto Vasili con tutti gli uomini, all'altra gli sposi con tutte le donne.

Gente veniva e andava da tutto il vicinato, come aveva voluto Vasili. I bambini s'azzuffavano rumorosamente per acchiappare le monetine di rame che ogni tanto uno degli ospiti gettava in aria, oppure correvano ridendo attorno ai musicanti che battevano e soffiavano imperterriti. Due uomini ballavano un'indiavolata danza di cacciattacci, altri cercavano di convincere le donne ad unirsi a loro; e le donne si schermivano, ma non per molto.

Sulle tovaglie ricamate luccicavano cipree disposte come centrotavola attorno a lunghe candele fatte di cera intrecciata; dentro una gabbietta di vimini tubavano due tortore candide, dono di Tresa e di suo marito Gheorghe. I vassoi di legno intagliato erano carichi di cibo: spesse fette di pescespada circondate da rucola; nere ghirlande spinose di ricci di mare aperti a metà che mostravano l'arancione acceso delle uova; ricotta ancora calda nelle formelle di giunco avvolte in foglie di felce; larghi nastri di *làganum* simili alla pasta e conditi col miele; guantiere di confetti; e pesche, meloni, fichi, e la prima uva della stagione. Quella sera Vasili d'Argira celebrava anche la sua sconfitta della povertà; e se il giorno dopo parte del cibo dovesse andare sprecata, ora avrebbe potuto vantarsi che era come nelle case dei signori.

Sila non era mai stata così bella e non lo sarebbe stata mai più, come tutte le spose. In testa portava una coroncina di fiori d'arancio; il velo era stato rimosso in chiesa dallo sposo e donato alla Madonna. Una collana a due fili di monete d'oro, dono tradizionale dello sposo, rompeva il candore del suo abito come una cascata di faville sulla neve. Accanto a lei Michele era alto e dritto come un albero giovane; nemmeno il farsetto di velluto nero poteva farlo apparire tetro, con la gioia e l'orgoglio che brillava sul suo viso dal profondo dell'anima.

Kallyna era seduta al capo estremo della tavolata delle donne. Nessuno le prestava attenzione. Le amiche avevano inutilmente cercato d'attirarla nella loro cerchia, poi avevano rinunciato e ora s'affollavano attorno alla sposa ridendo e chiacchierando. Neja era occupata a servire pan di Spagna, Tresa a versare vino di malvasia. Gheorghe di Nico non osava neanche rivolgerle lo sguardo ora che c'era Raimo; e Arnì, malinconico anche lui, sembrava confuso come un bambino, impacciato negli abiti della festa. Come in un brutto sogno, sola in tutta quella folla, Kallyna guardava stordita le dita di Sila e di Michele allacciate sulla tovaglia, e Michele premeva così forte che la mano di Sila sembrava minuscola nella sua stretta.

Portava addosso il vestito della festa che s'era fatta lei stessa. Era un bellissimo vestito della foggia tradizionale per le giovani donne non ancora sposate: raso scarlatto a pieghe con il corpetto ricamato a fili d'oro, i due fiocchetti piatti sulle spalle e il lungo grembiule frangiato, per il quale aveva scelto il rosa pallido; ma odiava come la faceva bella a beneficio esclusivo di Raimo. S'era accorta di come lui la fissava dall'altra tavolata. Vasili aveva voluto che si sedesse alla sua destra, e a Raimo quell'onore sembrava fosse andato alla testa. S'affaccendava con la caraffa del vino, facendo un chiassoso brindisi dopo l'altro. Vasili, benché non fosse affatto abituato al bere, lo assecondava volentieri; in fondo quella era un'occasione che non si sarebbe ripetuta mai più.

D'un tratto Kallyna si rese conto che aveva fatto uno sbaglio ad appartarsi. Vedendola tutta sola, Vasili s'accostò a Raimo e con un colpetto di gomito gli fece segno di andare da lei. Raimo fu fin troppo grato di aver ricevuto il permesso. Abbassò la testa in un profondo inchino a Vasili, facendo mostra di sincera gratitudine, poi s'alzò e rapidamente le si avvicinò da dietro.

Non era alto, e gli abiti vistosi di fustagno marrone lo facevano sembrare ancora più tozzo. Aveva il cattivo gusto di portare al fianco il pugnale anche nelle occasioni meno adatte, come un signore; e come un signore sapeva sempre quando attaccare e quando essere umile, con chi, e perché.

«Donna Kallyna d'Argira alle feste di nozze non si diverte» le sussurrò all'orecchio. «Preferisce starsene da sola e fare il muso come se fosse invece a un funerale». Ogni sua parola era carica d'ira, e il suo fiato aveva puzzo di vino.

Kallyna fece per alzarsi, ma lui le afferrò la mano. «Attenta, strega. Almeno una volta vedi di comportarti come si deve».

«E tu vedi di lasciare i rimproveri a mio padre mentre non sei ancora mio marito» ribatté lei.

Come sempre, l'espressione d'odio negli occhi di lei lo divertì enormemente. Amava quel gioco perché lo avrebbe vinto. Lei avrebbe potuto rifiutarlo per il resto della loro vita e lui le sarebbe semplicemente andato dietro, sempre più incollerito e sempre più felice. Sorrise, e la lasciò andare.

«Vado a dormire» disse lei avviandosi verso il portone di casa. «Trovati un altro passatempo. Ce ne sono tante di donne… o tu come le chiami?»

Lui le venne dietro senza fretta. «Io invece credo che non vai da nessuna parte. Guarda.»

Vasili le stava facendo cenno di venire, con le braccia aperte verso di lei. «Figlia» la chiamò con affetto, teneramente. «Ti prego, figlia, sii felice. Quando scenderemo nella tomba neanche un attimo della nostra vita ci verrà dato indietro».

Kallyna lo fissò attonita. Non aveva mai visto suo padre a quel modo, e mai suo padre aveva parlato a quel modo con nessuno, certo non con lei. Ora le stava dicendo quanto le voleva bene, supplicandola d'essere felice come se lui dovesse morire fra un'ora.

Ancora una volta un fiume di parole di pena e d'amore le salì dentro. Ma prima che potesse pronunciarne una, Raimo parlò per lei. «Non vi crucciate, Mastro Vasili. Sapete che per fare felice vostra figlia ci sono qua io».

Sorridendo a entrambi, Vasili mise la mano sulla loro, come dando loro la sua benedizione. Poi, mentre Kallyna cercava ancora di rimanere, Raimo l'allontanò da lui e prese a farla camminare verso il lato opposto della piazza, serpeggiando fra la folla.

«Dove stai andando?» gli domandò lei sottovoce. «Sei uscito di senno? Dove diavolo mi porti?»

Raimo si fermò un attimo a salutare uno degli ospiti, senza mai allentare la presa, poi ricominciò a tirarsela dietro. «Sta' zitta» brontolò. «Non ti metterai a fare una scenata proprio adesso?»

Gli ospiti li facevano passare, rivolgendo loro felicitazioni, poi subito li dimenticavano. Kallyna continuava a dare strattoni. Ben presto la musica e le voci s'affievolirono dietro di lei. Sapeva cosa veniva adesso: al primo angolo buio Raimo le era addosso con le mani e con la bocca.

«Lasciami andare. Fammi tornare a casa. Se non mi lasci andare sveglio tutto il paese!» Ma Raimo le tenne le mani sudate strette attorno al viso, cercandole le labbra.

Si sentirono due imposte che sbattevano sul muro da un balcone.

«Figli, andate a fare all'amore da qualche altra parte e lasciateci dormire in santa pace!» esclamò una voce di donna.

Kallyna rimase immobile contro il muro. Le imposte si richiusero, e le mani di lui le scesero febbrilmente sui seni.

«Vecchia rinsecchita» imprecò Raimo verso la finestra chiusa. «Vuoi fare la lotta, amore mio?» disse frugandola dappertutto. «Ora e per sempre? Certo che vuoi fare la lotta. Faremo la lotta tante di quelle volte che non ti resterà fiato per parlare».

Lei cominciò a piangere quieta. «Per favore lasciami in pace. Per favore... che Dio ti faccia cadere morto davanti ai miei occhi!»

Lo schiaffo le arrivò violento sulle orecchie, facendola barcollare. Raimo s'allontanò, ma benché lui ora non dicesse una parola, Kallyna sapeva com'era infuriato, infuriato come Vasili quando s'infuriava. Per un attimo sperò che se ne fosse andato, perché non lo sentiva nel buio.

«Ancora non hai imparato niente» disse lui a denti stretti. «Ma non temere, strega. Ti raddrizzo io, anche a metterci una vita».

Il prossimo schiaffo sarebbe arrivato appena lei avesse detto un'altra parola. Ma non le importava. «Non ti ci vorrà tanto tempo, Raimo Trani. Ti farò la vita così amara che non arriverai ai quarant'anni». Girò il viso verso il muro; un attimo dopo lo sentì che scoppiava a ridere, come se lei avesse detto qualcosa di molto arguto.

«Dio santo, amore mio, ma senti come parli? Tu sei *nata* per fare la moglie!» Di nuovo la strinse fra le braccia. «Per questo non credo a una parola che dici» sussurrò, e la sua voce si tinse di tutta la tenerezza di cui sarebbe mai stato capace. «Dicono che chi disprezza compera… Tu comprerai a pezzi d'oro… Tu mi amerai, mi amerai.»

Kallyna singhiozzava come una bambina, scuotendo la testa, stordita e sopraffatta. Poi Raimo prese di nuovo a trascinarla per mano.

«Ti prego, no» lo supplicò. «Non fare balordaggini».

Raimo non le prestava attenzione. «Shh…Tuo padre è ubriaco e fra un mese saremo marito e moglie. Vieni».

Oltre l'angolo buio brillava la luce di una torcia infissa nel muro di una casa in cui lei non era mai entrata ma che conosceva. Sul portone era dipinto un corvo dalle nere ali spiegate. Adesso era in preda al panico. «Senti, ragiona. Se non mi lasci andare mi metto a urlare».

«Dio quanto parli!» imprecò lui. Ma quando dovette liberare la mano per prendere le chiavi, Kallyna guizzò via e prese a correre. Con una bestemmia Raimo tirò la chiave fuori dalla serratura e prese a correrle dietro. Le scarpette di seta di lei non facevano alcun rumore sui ciottoli del selciato. Ma presto si udì l'eco degli stivali di Raimo che le era alle spalle; e mentre lei correva alla cieca, Raimo doveva aver preso la torcia dal muro, perché un bagliore fumoso la inseguiva sotto gli archi fra casa e casa.

Non sapeva dov'era, forse vicino alla Portammare. Si fermò un istante, cercando di ricordare da che parte si tornava alla piazza; in quell'attimo un rimbombare profondo di legno che batteva su legno le giunse all'orecchio. Era più forte del martellare del suo cuore, più forte dei passi di Raimo, simile a una mano gigantesca che bussasse alla porta della notte. Atterrita, rimase ad ascoltare. Quando Raimo la raggiunse, di lui non le importava più nulla.

«Buttano giù la Portammare» bisbigliò. «Buttano giù la Portammare!»

Raimo abbassò la torcia, spaventato dallo sguardo di lei più che da ogni altra cosa. Si fermò anche lui ad ascoltare, e per qualche attimo ci fu silenzio. Poi si udì un grido dalle mura sopra di loro, e i colpi sulla Porta ripresero, più incalzanti di prima.

«Non può essere» si stupì Raimo. «Perdio, non può essere!»

«Andiamo al Castro» disse Kallyna ansimando.

«Al Castro a quest'ora non c'è nessuno. Le guardie dovrebbero essere tutte sulle mura… Allora perché non hanno dato l'allarme?»

Il suono dei colpi stava già cambiando, come se la porta stesse per cedere. Ci fu un rumore di passi in corsa, una finestra che si spalancava di colpo, il grido stridulo di una donna. Raimo guardava in direzione della sua casa e sembrava inchiodato al suolo.

«Dammi quella torcia» esclamò Kallyna, cercando di afferrarla. «Perché ce ne stiamo qui senza far nulla? Andiamo ad avvisare mio padre. Andiamo ad avvisare qualcuno, per l'amor di Dio!»

Raimo sollevò la torcia, lasciandola con una manciata di faville. Guardava ancora verso casa sua. «Sta' zitta. So io cosa fare. Non c'è più tempo di avvisare nessuno».

Dal balcone sovrastante si sentì un altro grido di donna.

«I saraceni! O Madre di Dio!»

Un boato orrendo di legno che cominciava a scheggiarsi sotto i colpi dell'ariete rimbombò nelle strade buie che ora finalmente cominciavano ad animarsi in un'ondata di terrore. Saltando oltre i piedi di Raimo, Kallyna si mise a correre. Due uomini attraversarono la strada, con i pugnali in mano.

«I saraceni! I saraceni!»

Ora che le strade pullulavano di torce somiglianti a lucciole impazzite, Kallyna poteva vedere dov'era. Nella sua corsa frenetica pensava solo che doveva essere con la sua famiglia. Doveva dire a suo padre che gli voleva bene, doveva ringraziare Arnì per la conchiglia... C'era tanto da fare!

Una mano le afferrò i capelli. Lei cacciò un urlo di terrore, credendo che fosse un saraceno e che sarebbe morta sola. Invece era Raimo, che l'aveva riacciuffata e ora la tirava a forza nella direzione opposta. Si mise a gridare aiuto, ma adesso la sua voce si perdeva nel rumore confuso dell'attacco. Dove la stava portando? si chiese. Cosa stava succedendo?

Di nuovo il corvo dipinto sul portone le lampeggiò davanti agli occhi. Due donne venivano all'impazzata dall'altro capo della via, portandosi dietro i loro bambini. Kallyna cercò di prendere una per il braccio, ma le mani di Raimo erano come corde che la tiravano dentro. Si chiuse il portone alle spalle, mentre lei vi picchiava sopra, graffiando con le unghie rotte. «Lasciami tornare da mio padre! Non voglio morire assieme a te. Lasciami andare!»

Nel buio Raimo stava disperatamente cercando a tastoni un'altra chiave.

«Smettila d'abbaiare. Smettila, maledizione, che li fai venire qui tutti!»

Ma non appena s'allontanava Kallyna ricominciava a picchiare sul portone.

«Qualcuno là fuori... Qualcuno mi facesse uscire!»

In un angolo nascosto del cortile la chiave di Raimo entrò con un colpo secco in un altro chiavistello. Kallyna sentì un odore di muffa, poi ancora una volta lui le serrò il braccio attorno alla vita. Aveva ripreso la torcia, e la fiamma le danzava pericolosamente vicina ai capelli.

Dalla strada proveniva un fragore di ferro, una strana confusione simile a quella di un'animata bottega d'armaiolo. Costretta attraverso il cortile verso quella che sembrava la porta di una cantina, Kallyna si trovò in cima a un'angusta scalinata buia che pareva non finisse mai. Raimo la spinse giù e chiuse a chiave la porticina dietro di sé, tenendola a bada con tutto il corpo.

Nella mente di lei passarono in un lampo le dicerie delle quali aveva riso in passato, dicerie che Raimo aveva scavato un passaggio dentro le mura quando aveva rifatto la sua casa dopo il terremoto dell'anno prima. Era tutto vero, pensò attonita.

«Giù» le ordinò.

Kallyna gli si opponeva come se lui la stesse costringendo a scendere nella tomba. «Io da qui non faccio un passo».

«Muoviti o ti ammazzo!» gridò Raimo, spingendola giù dai primi scalini.

A strattoni, lottando, imprecando, lo seguì senza scelta. «Vigliacco, vigliacco. Se tu fossi uomo davvero saresti là fuori, figlio del demonio... »

Incespicò sull'orlo del vestito e cadde con un grido. Raimo la costrinse a rimettersi in piedi, mentre una fitta acuta di dolore le passò per tutto il corpo.

«Il piede... Dio mio, il piede!»

«Al diavolo il piede. Alzati!»

Ogni passo diventò una tortura. Piangeva e ansimava. «A che serve se mi salvi la vita? Ti prego, fammi tornare da loro. Ti prego, se è vero che mi ami...»

Raimo la spingeva avanti in un silenzio duro, giù per un'interminabile scala a chiocciola. La luce della torcia si spandeva come un'ala rugginosa, rivelando ombre in angoli dimenticati coperti di ragnatele.

«Il piede mi fa tanto male... Se mi lasci andare farò tutto quello che vuoi. Prometto, prometto».

Ancora avanti e ancora giù, in un pozzo stretto e oscuro come una gola. Il sangue le pulsava forte nelle orecchie. «Almeno facciamo venire gli altri. Va bene, Raimo? Portiamo qui gli altri, salviamo anche loro».

Raimo si girò verso di lei col viso terreo. «Stammi a sentire. Non c'è più tempo di salvare nessuno. Non c'è più tempo di far niente, e non ti permettere di chiamarmi vigliacco». Sollevò la mano con fare minaccioso. «E se fai una sola parola di quello che hai visto, giuro sulle anime beate di mio padre e di mia madre che t'ammazzo a frustate. Adesso chiudi la bocca e aspettami qui».

«No, Raimo, no. Per favore, per favore!»

«Ho detto chiudi la bocca, maledizione!»

Kallyna s'accasciò sulle scale, cercando di riprendere il fiato. Le sembrò di vedere un barlume di luce e di sentire odore di mare e di erba. Raimo spense la fiaccola pestandola sotto i piedi e scomparve per pochi minuti che per lei furono tutta l'eternità aggrovigliata in un unico nodo di buio.

Rannicchiata sullo scalino immaginò suo padre e sua madre trafitti dalle lunghe scimitarre ricurve, Sila portata via a forza urlante, Michele riverso in una pozza di sangue e Arnì inseguito dai saraceni sulle scale di casa. Batté i pugni sulla pietra, singhiozzando.

Raimo era tornato. «Fra poco farà giorno. In piedi».

Kallyna si rifiutava di muoversi, fino a che lui non la costrinse ad alzarsi e a passare attraverso l'uscita in fondo alla scalinata. L'uscita era appena una spaccatura nella roccia, grande abbastanza per fare passare una persona di lato e quasi piegata in due; fuori era coperta da una cortina di rampicanti e di cespugli. Dopo che lei fu passata Raimo la seguì; una volta uscito si fermò ad ascoltare. Sembrava tutto quieto, se non per dei rumori provenienti da sopra la massa di tufo nero che si stagliava su di loro nel primo chiarore del giorno. Rumori cupi, terrificanti, e un bagliore d'incendi.

«Andiamo» disse Raimo.

Ammutolita, Kallyna s'aggrappò al suo braccio e lo seguì zoppicando, senza più chiedersi dove l'avrebbe condotta. Tanto, pensò, niente di tutto questo era vero; niente di tutto questo poteva essere vero.

Raimo andava avanti a tastoni, bestemmiando sottovoce ogni volta che un albero gli sbarrava la strada. Di tanto in tanto si volgeva indietro a guardare. Dopo un po' l'erba divenne un sentiero di terra battuta che s'inoltrava su per la collina. Il piede di Kallyna le dava un dolore lancinante; il respiro strozzato che le seccava la gola era diventato il suono più spaventoso che lei avesse mai udito. Arrivarono alla fine del sentiero. Dall'oscurità prese forma un muro sovrastato da una croce. Kallyna lasciò andare la mano di Raimo e scivolò a terra.

«Padre Elias!» chiamò Raimo a bassa voce. «Per l'amor di Dio, aprite!»

Qualcuno s'affacciò alla finestrella del portone. «Chi sei, figlio?»

«Raimo Trani, il capomastro. I saraceni sono entrati in città».

«*Kyrie!*» sussurrò l'uomo dietro il portone. «*Kyrie eleison!*»

Raimo sollevò Kallyna sulle braccia e attese che il monaco li facesse entrare.

I capelli le ondeggiavano lievi attorno, come una vela nera.

III

L A LUCE DELL'ALBA RIVELÒ UN INCUBO. La Portammare era ridotta a un buco cieco; le mura da entrambi i lati erano annerite di cenere, e il suolo cosparso di cadaveri e di armi. Qua e là case date alle fiamme emanavano ancora fumo. Le strade erano un ammasso di mobili rotti e masserizie buttate da porte e finestre spalancate. In piazza Portercole le tavole della festa di nozze erano rovesciate e quel che rimaneva del corredo nuziale era sparso alla rinfusa sui ciottoli insanguinati. Una camicia da notte bianca pendeva dalla zampa del leone di bronzo che adornava la fontana. Nessuno avrebbe mai dimenticato il giorno delle nozze di Sila d'Argira.

La casa di Vasili era immersa nel silenzio. Il portone era serrato; si sarebbe potuto pensare che dentro tutti fossero ancora addormentati. Al piano di sopra Tresa e Gheorghe si muovevano come ombre fra i due letti. Su uno giaceva Vasili con le braccia incrociate sul petto e il petto ripulito del sangue; sull'altro Arnì con la testa fasciata da una benda e l'orlo della ferita che gli arrivava fino alla tempia. Gli occhi di Tresa erano asciutti come pietre. Sedeva al capezzale di Arnì, fissandolo e respirando assieme a ogni respiro di lui, senza pensare a nulla. Gheorghe raccoglieva da terra le poche cose rimaste e le ammucchiava in un angolo con gesti lenti.

Almeno Vasili era morto felice. Il suo volto era composto; forse non aveva neanche avvertito il freddo della lama.

✻   ✻   ✻

Il monastero basiliano di San Nilo sorgeva isolato, quasi nascosto nelle colline scoscese che circondavano la città, costruito in forma di croce greca. Era il rifugio di uomini che bramavano allontanarsi dal mondo; ora il mondo vi aveva fatto irruzione, l'ospite sgradito di sempre.

Dalla finestra sotto una delle cupolette la luce si spandeva grigia sul lettuccio sormontato da un grande crocifisso nero. Padre Costantino, vestito della tonaca logora, vi sedeva accanto con le mani giunte nel gesto consueto della preghiera. I suoi settant'anni quel giorno erano un peso opprimente.

Kallyna era avvolta in una coperta, ma tremava tutta. Aveva gli occhi chiusi; solo il suo respiro affannoso e irregolare rivelava che non stava dormendo. Accanto a lei, su uno sgabello, erano una ciotola e un piccolo mortaio col pestello. Il monaco aveva mescolato erbe curative, ma non era riuscito a trovare una sola parola che l'aiutasse a guarire.

Kallyna sapeva, Padre Constantino le aveva detto tutto: Vasili ucciso, Arnì
ferito, Neja, Sila e Michele portati via dai pirati. Lei non aveva pianto. Aveva inveito contro Dio, rifiutando la propria salvezza come una suprema ingiustizia. Nella sua disperazione era come un alberello contorto dalla tempesta. Solo il laudano poteva alleviare il suo dolore. Sotto il suo effetto le sembrava di annaspare in un interminabile buio affollato di volti, occhi, voci. Ma le sue palpebre non riuscivano a sollevarsi, e tutto il suo corpo sembrava fatto di piombo. Mentre lottava contro quel crepuscolo angoscioso gettò le braccia fuori dalla coperta: le dita di Raimo le avevano lasciato il segno attorno ai polsi, come ceppi.

Il terzo giorno un temporale spense gli incendi, lasciando travi annerite rivolte in alto come dita che rimproverassero il cielo. Convocato al Castro, il consiglio aveva cominciato a inviare messi a tutte le città vicine, chiedendo aiuto per la ricostruzione della Portammare. Cosimo Falizza, in veste di governatore temporaneo, voleva che i pochi saraceni catturati fossero torturati per rivelare da dov'erano venuti affinché si potesse lanciare una spedizione di soccorso; ma non rimanevano abbastanza soldati per una spedizione. Il giorno dopo i prigionieri vennero condotti allo Scoglio della Galera, il luogo riservato all'esecuzione dei condannati saraceni. Lì i pirati morirono di morte lenta, incatenati alla roccia con il mare fino alle spalle.

Giù alla marina le barche giacevano abbandonate sulla sabbia. Alcune i saraceni le avevano portate via, altre le avevano affondate. La torre di vedetta lungo la costa a sud era bruciata assieme alle guardie che vi erano dentro, lasciando scoperto l'intero tratto di litorale. Tropea era rimasta indifesa, un nido di gabbiani depredato dai falchi.

Tresa e Gheorghe Casali non avevano chiuso occhio per due giorni e due notti. Avevano fatto la veglia su Vasili e su Arnì, che guariva fra un accesso e l'altro di febbre. Poiché Tresa non voleva abbandonare Arnì neanche per un attimo, mandò Gheorghe in giro ad apprendere che ne era di Kallyna. Gheorghe la trovò a San Nilo, ma Padre Elias gli disse che per il momento era meglio non muoverla. Poi il monaco era andato con Gheorghe a prendere la salma di Vasili.

Non era stato facile persuadere Tresa a separarsi dalla salma. Appena aveva sentito gli zoccoli della mula davanti al portone s'era alzata di scatto, come rendendosi conto solo allora di quanto era successo. Aveva preso a chiamare Vasili ripetutamente come volesse svegliarlo dal sonno. Infine era scoppiata in singhiozzi, dopo tanti giorni, e aveva lasciato che lo portassero via.

In segno di rispetto Padre Elias lo fece seppellire nell'angolo in cima a destra della cappella, e fece piantare sulla fossa i remi verdi e neri dell'untri. I remi rimasero appoggiati alla parete accanto al capitello greco capovolto che veniva usato per le candele. La luce che entrava dalla finestrella sopra l'altare li avrebbe illuminati ancora, come se fossero ancora alzati nell'untri alla fine d'una giornata di pesca.

❀   ❀   ❀

Il quarto giorno Kallyna si svegliò. Era sola; per un attimo non ricordò dove fosse o che giorno fosse. Poi tutto le tornò alla mente come un'ondata amara.

Dal corridoio si udivano gemiti e voci confuse. Sembrava che il dolore la circondasse da ogni lato, pensò, e nascondersi non sarebbe servito a niente. Sollevò la coperta e appoggiò i piedi sul pavimento. La sua caviglia sinistra era strettamente fasciata e faceva male, ma strinse i denti e zoppicò fino alla soglia appoggiandosi al muro.

Il corridoio era affollato di gente, profughi e feriti dei quali i monaci cercavano di prendersi cura stracciando perfino le tovaglie d'altare per farne bende. Bambini piangevano, donne pregavano. Kallyna riconobbe Daniele d'Andria, uno degli amici di suo padre, e dall'espressione sul volto di lui capì che stava morendo. Una donna allattava la bambina neonata di Melissa Ieraki, che Kallyna aveva portato al fonte battesimale pochi giorni prima. Melissa era stata uccisa mentre cercava di nascondere la bambina nella cantina di casa. Palma Scordo urlava stringendo uno scialle strappato, tutto ciò che rimaneva delle sue figlie portate via dai pirati. I servi di Rannulfo Massara non avevano dove andare ora che la famiglia del loro padrone era stata sterminata. Due soldati portavano via il corpo di un terzo, trascinandosi dietro la sua spada.

Kallyna scrutò la devastazione davanti a lei. Che grossa bugia, pensò. Raimo l'aveva inscenata lui stesso per farla morire di spavento. Poi vide Maddalena di Nico, la madre di Gheorghe, rannicchiata in un angolo come un fantoccio coi fili tagliati. Le si avvicinò a un passo alla volta, e a ogni passo un'assurda speranza le cresceva dentro. Maddalena era venuta alle nozze, Maddalena le avrebbe detto la verità. Sì, sì, pensò, sua madre l'aspettava a casa e suo padre gliele avrebbe date di santa ragione per essere stata via tutta la notte.

«Maddalena? Maddalena?»

Maddalena sollevò il viso, chiedendosi chi poteva essere quell'estranea.

«Sono io, Kallyna d'Argira… la vostra figlioccia.»

Maddalena aggrottò la fronte. «Figliocce non ne ho. Non ti conosco, va' via. Adesso Gheorghe mi porta le castagne, mi piacciono le castagne.» Sorrise contenta. «Ti piacciono le castagne? Allora te ne metto da parte qualcuna, tesoro mio, e poi le mangiamo assieme».

Kallyna si tirò indietro, attonita. Gheorghe non si vedeva da nessuna parte. Sentì qualcuno alle sue spalle: era Padre Angelo.

«Di cosa sta parlando?» chiese al giovane monaco. «Per l'amor di Dio, cosa sta dicendo?»

Il ragazzo non la guardava. «Non so. Sono quattro giorni che è così… Forse è meglio così».

«Gheorghe…» mormorò lei. «Il mio Gheorghe. È morto anche lui?»

Padre Angelo rimase a testa bassa e non rispose.

Maddalena si tirò in piedi e fece segno di no. «Tesoro mio, non è morto. Non è morto nessuno. Io lo so dove sono andati…Te lo dico, ma se mantieni il segreto, d'accordo?»

Il sorriso vacuo della donna la inorridì. Si strappò da lei e barcollò verso l'altro capo del corridoio, in cerca di rifugio. Scese gradino per gradino le scale di pietra consunta, non sapendo dove portassero; poi vide le porte aperte della cappella ed entrò. Dentro era acceso un mare di candele dalle fiammelle palpitanti come petali soffici. Le pareti erano vive di ali d'angeli spiegate nella notte dorata degli affreschi, e il Cristo Pantokrator s'incurvava alto sulla volta, i grandi occhi fissi nel viso scarno.

Si trascinò verso una panca e cadde in ginocchio, singhiozzando. Cercò disperatamente di ricordare le parole di una preghiera. Il pensiero di essere sola la riempiva di terrore; non c'era più nessuno che potesse dirle cosa fare, e la vita non era un peso che si poteva reggere da soli.

Poi vide i due remi nell'angolo a destra dell'altare, così familiari e così orribilmente fuori posto. Sembravano farle cenno da oltre il mare di candele, come braccia incrociate. Si costrinse ad alzarsi e s'avvicinò ad essi, mentre sentiva il suolo di terra battuta che si alzava e si abbassava lievemente sotto i suoi piedi, dov'era Vasili. Si fermò davanti ai remi e vi passò sopra le mani, facendo scorrere le dita su ogni vena nel legno verde e nero. Inaspettatamente si ricordò.

«Ti prego, figlia, sii felice.»

Come sapeva? si chiese.

«Neanche un attimo della nostra vita ci verrà dato indietro».

Tanti rimpianti in quelle parole, pensò, e insieme tanto assenso a ciò che era vero. Stranamente il suo dolore fu alleviato, come una stanza rimasta chiusa a lungo che viene rinfrescata da una folata di vento. Premette le labbra su ognuno dei remi. Nel profondo della sua anima Vasili d'Argira aveva sempre capito. Non avrebbe dovuto chiedergli perdono.

❋　　　❋　　　❋

La mattina del quinto giorno i monaci si riunirono per decidere cosa si doveva fare per i profughi. Venne stabilito che il monastero avrebbe accolto tutti i maschi dai dieci anni in su che erano rimasti senza appoggio. I bambini al di sotto dei dieci anni furono affidati alle famiglie dei parenti; alcune ragazze si sarebbero guadagnate da vivere come serve nelle case dei signori.

Kallyna offrì la sua casa a Maddalena di Nico, ma Maddalena si rifiutò, dicendo che Gheorghe sarebbe tornato a prendersi cura di lei. Nella sua pazzia sarebbe presto divenuta una reclusa, e da allora in poi tutto ciò che Kallyna poté fare per lei era darle del cibo quando riusciva a persuaderla di accettarlo.

A mezzogiorno, quando il primo gruppo di profughi lasciò il monastero, Kallyna mandò a dire a zio Gheorghe che era pronta a tornare a casa. Mentre aspettava venne a sapere da uno degli invitati alle nozze che Michele aveva opposto una resistenza tanto accanita, rifiutandosi di separarsi da Sila e da Neja, che i pirati avevano dovuto portarlo via assieme a entrambe.

Per Kallyna quella notizia fu di enorme conforto. Pensò che se Michele era con loro niente poteva essere così brutto, e si mise a cercare altre notizie. Un ragazzo che abitava vicino alla Portammare le disse che tutti e tre erano ancora insieme quando gli era capitato di vederli scendere la scalinata verso la marina assieme agli altri prigionieri. Qualcun'altro le disse che a un certo punto, quando i saraceni avevano cercato di nuovo di separare Michele dalle due donne, Michele aveva fatto il gesto di spingerle dalla scalinata a morire sfracellate; e i pirati, certo temendo di perdere due anzi sicuramente tre capi di mercanzia, li avevano lasciati rimanere insieme.

Qualche ora dopo Gheorghe arrivò a San Nilo. Kallyna baciò ancora una volta la terra sulla fossa di Vasili e abbracciò lo zio. Gheorghe promise che avrebbe messo da parte qualche staio di grano per il monastero a ricompensa per l'aiuto dei monaci; poi l'aiutò a salire sulla mula e spronò l'animale verso lo stradone che portava in città. Mentre s'avvicinavano lei pensò che non l'aveva mai vista più bella, stagliata contro l'orlo aspro del cielo, con la Porta Vaticana aperta come due mani tese ad accoglierla. Ma dentro le mura c'era un mondo che non riconosceva.

Case sventrate dal fuoco le stavano attorno, cumuli di macerie sulle quali in primavera sarebbero spuntati i fiori lanosi del dente di leone. In alcune di quelle case era andata a consegnare le tele che aveva ricamato e le coperte che aveva tessuto; in altre aveva giocato da piccola assieme a Sila e alle loro amiche. Vedeva sua madre tornare dalla fontana con la pesante giara di creta bilanciata col cercine sulla testa. I banchi del mercato erano vuoti; il più vuoto di tutti era quello dove Vasili aveva venduto il pesce ancora guizzante ai compratori che tiravano sul prezzo. Tutta quella che era stata la sua vita le sfilò davanti come reliquie in una bara di vetro.

Zia Tresa l'aspettava sulla soglia di casa. Sembrava fosse invecchiata di dieci anni, avvolta nella lunga e pesante *saia* di lana nera. Il buonumore e l'energia che Kallyna ricordava erano scomparsi. Tresa voleva sorriderle, ma non poté.

«Guarda com'è ridotto il tuo vestito più bello» fu tutto ciò che le riuscì di dire.

La casa sembrava esser diventata più ampia, e così silenziosa. Ma in cucina dopo cinque giorni una pentola di coccio borbottava sui carboni accesi, e nel giardino le due tortore erano ancora nella loro gabbietta di vimini appesa a un ramo dell'albero di limone. Salirono nella stanza di Arnì. La stanza era in penombra e aveva odore di sudore e di erbe medicinali.

«A volte delira» disse Tresa. «Chiama Vasili, Michele... te».

«Padre Elias ha guardato la ferita» aggiunse Gheorghe. «Dice che vivrà».

Kallyna toccò lievemente la fronte di Arnì, poi l'asciugò col lembo del lenzuolo. «Mi prenderò cura di lui. Tireremo avanti».

Cenarono mentre la luce del giorno svaniva. Cercarono di mettere insieme i fatti d'ogni giorno, ma la conversazione procedeva a tratti.

«Potremmo usare la stanza della dispensa per metterci tutti questi mobili» disse Tresa. «Dormiremo di sopra… C'è tanto spazio».

«E l'untri?» chiese Kallyna.

«Si dovrà vendere» rispose tristemente Gheorghe. «Ho parlato con Demetrio Pentèlica. Dice che è disposto a comprarlo per centocinquanta tarì».

«Centocinquanta!» esclamò Kallyna. «Ma vale più di trecento!»

Gheorghe fece cenno di sì. «Lo so. Ma a cosa serve se rimane a marcire sulla spiaggia?»

Ci fu un lungo silenzio. Nel giardino il tubare delle tortore si univa al canto monotono dei grilli in un lieve mormorio di suoni.

«Non possiamo tenere l'untri per Arnì?» chiese Kallyna. «Vasili era capobarca a vent'anni».

Gheorghe strinse le spalle. «E chi vorrà farsi ingaggiare? Come pagherà il fariere, la vedetta e i rematori? Dovremo ringraziare il Signore se qualcuno ingaggia lui».

Kallyna si sentì spezzare il cuore. Arnì così fiero, così libero, costretto a supplicare gli altri per guadagnarsi da vivere! No, non avrebbe permesso che accadesse. Avrebbe pensato a qualche altra cosa, qualunque altra cosa.

Tresa aveva detto poco o nulla, come intorpidita dal dolore. «Chissà dov'è Raimo» si chiese poi.

«Non so» rispose Kallyna.

Sul volto di Tresa passò un'espressione ammirata. «È stato un vero miracolo come ti ha salvato…e a rischio della propria vita! È un uomo di coraggio».

Kallyna sparecchiò la tavola e rimase in silenzio. Quando andò a chiudere la porta del giardino si sentì il corno echeggiare tre volte dalla Porta Vaticana.

«Suonano ancora il coprifuoco?» si stupì in tono di disprezzo. «Credevo che i normanni avessero meglio da fare che prendersi cura di questa città».

«Stavolta non è stata colpa loro» disse Tresa. «È il demonio che gli ha messo davanti la coda, altrimenti sarebbero arrivati una settimana fa…e non sarebbe successo niente».

Kallyna sbatté la porta del giardino. «Se è stato il demonio, che se li porti tutti all'inferno».

IV

V EGLIARONO A TURNO SU ARNÌ E KALLYNA VOLLE LE PRIME ORE DELLA
NOTTE. Si sedette accanto al suo letto tenendogli la mano, contando
ogni suo respiro e cercando di sopprimere le lacrime che la soffocavano.
Quando si svegliò sentì Tresa che parlava con una vicina venuta a portare il
ricònsolo, l'offerta di cibo fatta alle famiglie in lutto.

Tresa ringraziò la vicina con voce strozzata. «*Mahammetta mu li raha*»
imprecò fra i singhiozzi, affaccendata accanto al focolare. «Pagani maledetti
che castrano gli uomini e fanno puttane delle donne... Povera Sila, ancora in
abito da sposa... La sogno di notte e mi viene voglia di urlare».

Dopo un po' la vicina se ne andò. Kallyna scese in cucina e abbracciò la
zia.

«Mangiamo qualcosa» disse.

Nel pomeriggio tornò a sedersi accanto al letto di Arnì, rifacendo l'orlo
di un vestito nero appartenuto a sua madre. Quando se lo mise Tresa rimase
affranta di vedere lei così giovane vestita del colore funereo di monache e di
vedove. Ma si fece forza e annuì sorridendo.

«Anche vestita di stracci sembreresti una regina» disse.

Verso il calar del sole, quando Gheorghe stava per tornare dalla masseria, Tresa andò ad attingere acqua dalla fontana, lasciando Kallyna a preparare la cena. Mentre lei sedeva in cucina affettando della carne salata il portone s'aprì con uno scricchiolio sommesso che la fece sobbalzare. Era Raimo.

«Cosa ci fai tu qui? Perché non hai bussato?»

«Tresa mi ha visto, fuori».

«Io però no. Che maniera è questa di entrare in una casa, come un ladro?»

Raimo andò alla credenza e si versò del vino da una caraffa. Tutto ciò che era accaduto sembrava non averlo sfiorato, come la tempesta che non scuote i rami più bassi.

«Non alzare la voce e non metterti a fare scenate» brontolò.

«E perché non dovrei alzare la voce? Non vuoi che ti vedano? Non vuoi che ti chiedano in che modo sei scampato? Non temere, pensano tutti che sei un eroe, il salvatore di Kallyna d'Argira…Intanto non hai avuto il coraggio di farti vedere per cinque giorni buoni».

Lui buttò giù una sorsata di vino. «Lascia perdere quello che è successo. Sei troppo stupida per capire. Bella gratitudine!» sogghignò.

Kallyna fece un cenno brusco con la testa. «Certo, lasciamo perdere. Tu non hai perso che inciampi, cosa t'importa.»

«Guarda che io a tuo padre volevo bene davvero» disse lui con veemenza. «Stamattina sono salito a San Nilo a pagare i monaci per una lapide di porfido rosso che neanche il governatore avrà mai sulla sua tomba…e neanche mio padre, amore mio.»

Lei era sbalordita. «Una lapide di porfido! E chi ti ha dato il permesso di farlo? Lo hai sentito dire mille volte che voleva essere seppellito senza vanità, da vero uomo del popolo.» La sua voce era distorta dall'ira. «Tu, Raimo Trani, tu… neanche da morti ci lascerai in pace!» Si costrinse a rimettersi a sedere e riprese a tagliare la carne a colpi ripetuti e furiosi.

Raimo scosse la testa. «Tu della vita non sai niente. Cos'è questa porcheria di 'uomo del popolo'? Tuo padre poteva vivere da signore, invece ha voluto lavorare ogni giorno fino all'ultimo giorno come uno schiavo. Il lavoro è la maledizione che Dio scagliò su Adamo. Com'è che voi d'Argira siete tanto orgogliosi, anche di ciò che a nessuno verrebbe in mente d'essere orgoglioso?»

Kallyna non lo guardava e non diceva nulla. Pensò a suo padre, e le lacrime le risalirono agli occhi.

Raimo le venne addosso, teso dalla collera. «E fino a quando pensi di poter fare ancora la principessa con me, ah? Non sei che una femmina, e le femmine servono solo a due cose, a farsi montare e a far figli!»

Lei s'alzò di scatto. «Può essere che sia vero. L'ho sentito dire da tanti tante volte che quasi ci credo anch'io. Ma a qualunque cosa io serva non sarai tu a goderlo, perché prima finirò sepolta viva in un convento».

«Ti dico io dove finirai. Con le puttane alla taverna di Santuzza. E poi vengo a trovarti, a cinque soldi la botta».

Kallyna s'avventò contro di lui con il coltello in mano e lo spinse verso il portone. «Fuori da casa mia, fuori o ti ammazzo!»

Raimo si sbatté la porta alle spalle lasciandola che singhiozzava.

Dopo un po' tornò Tresa. Vedendola piangere si riempì di spavento. «Cos'è successo? Arnì?»

«Perché lo hai fatto entrare? Ora viene a insultarmi anche in casa mia!»

Tresa le accarezzò la testa. «D'accordo, d'accordo. Sono sicura che non aveva intenzione di offenderti. Sei esausta, hai pianto tanto... Si preoccupa perché sei sola, tutto qui.»

Kallyna s'asciugò il viso e s'allontanò stizzita.

«Si preoccupano tutti perché sono sola» disse con amarezza. «A volte penso che vogliate disfarvi di me con questo matrimonio, e più presto è meglio è».

Tresa aggrottò la fronte, stupita. «Disfarci di te? Lo sai che non è vero. Però senza un uomo è dura. Un uomo è tutto in questo mondo malvagio».

Kallyna tornò zoppicando alla tavola e riprese ad affettare la carne. «No, zia. Tu e zio Gheorghe dovrete restituirgli il prezzo della sposa. La promessa che gli fece mio padre adesso è sciolta, e lui lo sa. Mio padre non ha mai capito chi è Raimo Trani. Nessuno di voi ha mai capito chi è Raimo Trani».

Tresa si tolse la saia e la ripiegò. «D'accordo, tesoro, ne riparliamo quando torna Gheorghe. Adesso calmati». Andò a controllare la pentola che bolliva sul fuoco. «E poi» aggiunse «anche se tu volessi sposarti non potresti farlo mentre sei ancora a lutto stretto. Passami il mestolo, la cicoria mi sembra cotta».

❀   ❀   ❀

Era quasi l'alba quando le vedette aprirono uno dei due portoni di legno della Porta Vaticana per fare entrare un unico messo a cavallo. Il primo bagliore del giorno cominciava a strisciare dalle colline simile a un brivido roseo. Quando il messo ebbe fatto il giro delle case designate il Castro si animò delle voci e dei passi dei membri del Consiglio svegliati troppo presto dal sonno.

Guillaume d'Auriac e Odo Berwick salivano assieme le scale parlando fra loro in francese.

«Perdio, Guillaume» diceva irato Berwick «perché questi cocciuti di calabresi non arrivano a capire? Hanno marciato perfino di notte, senza quasi dormire!»

D'Auriac scosse la testa, tirandosi su la cintura che non aveva avuto il tempo di allacciare del tutto.

«Lo so, amico mio. Ma se li facciamo entrare con la solita pompa magna non faremo che suscitare un vespaio. Tu non eri in paese durante i giorni passati. Danno la colpa dell'incursione a noi, il che vuol dire che danno la colpa al re e al suo nuovo governatore. Falizza non è un imbecille. Se dice niente cerimonia delle chiavi, questa volta dalla vinta a lui».

Nella sala del consiglio servitori assonnati si davano da fare per accendere torce e candele. Cosimo Falizza era seduto al tavolo, parlando con il messo.

«Vi prego, Signorie, mettetevi a sedere» li chiamò. Scambiò qualche altra parola con il messo mentre i consiglieri entravano negli stalli contrassegnati dal blasone di ognuno. Poi s'alzò e si schiarì la gola nervosamente.

«Eccellenze, nobili della Corona. Abbiamo appreso che sta per arrivare uno squadrone di novecento soldati. Li comanda il signore d'Hancourt, che il re ha nominato nostro nuovo governatore.» Fece una pausa. «Mi sia ora concesso di parlare con franchezza, e che Dio illumini il mio giudizio. È mia opinione, e un'opinione da me attentamente ponderata, che nelle circostanze presenti la cerimonia della consegna delle chiavi si deve omettere— naturalmente come caso del tutto eccezionale.»

Un mormorio di sorpresa lo interruppe. Poi Berwick si levò in piedi, alto e dritto come l'albero d'una nave.

«Sarebbe davvero un caso eccezionale, Signoria Falizza» tuonò col suo forte accento straniero. «Nessuna città ha mai accolto il braccio destro di Re Ruggero da uomo comune e perfino, come mi sembra di capire, in silenzio e in segreto come fosse un ladro. La cerimonia delle chiavi è il simbolo stesso della nostra fedeltà alla Corona e come tale non la si può omettere!»

D'Auriac si batté il guanto sulla coscia. «Testa di legno!» esclamò in francese perché l'insulto rimanesse nella cerchia dei suoi pari. «Non c'è una sola porta in tutta Tropea che non sia stata scardinata, a cominciare dalla Portammare. Cosa diavolo se ne fa d'Hancourt di chiavi?»

«Non dimenticate che dobbiamo considerarci fortunati» aggiunse agitato Francesco della Scala. «Un'incursione meglio organizzata non avrebbe lasciato pietra su pietra».

«Precisamente» ribatté d'Auriac. «Ciò che temiamo adesso è che le pietre vengano usate per dare il benvenuto al nostro nuovo governatore. E quella sì che sarebbe un'accoglienza degna del braccio destro di Re Ruggero!»

«Vero, vero» incalzò Falizza. «La gente è in collera. Pretende di sapere cosa faremo per le loro case, per le loro barche. E siamo già indebitati fino al collo, Signorie, solo per ricostruire la Portammare!»

Sulla scia delle sue parole tutti tacquero. Poi Falizza richiamò l'attenzione.

«Tuttavia, Eccellenze, ho una proposta da fare. Vi supplico d'ascoltarla».

«Io non ascolto niente» brontolò Berwick.

D'Auriac lo tirò giù per il lembo del mantello. «Siediti e non fare il mulo».

«Ciò che propongo» cominciò Falizza esitando «è che le chiavi vengano consegnate in privato, qui in sala, unicamente alla presenza del consiglio. In questo modo potremo — si spera — adempiere al nostro dovere verso la Corona e al tempo stesso evitare scontri con la popolazione».

D'Auriac martellò il bracciolo col pugno, facendo segno di sì a ogni colpo.

«Amen, carissimo Falizza! Voi siete un diplomatico nato».

Gli occhi di Falizza erano rivolti verso Berwick che parlottava con l'uomo seduto al lato opposto. Infine Berwick s'arrese. «Mi sembra ragionevole» disse.

Falizza tirò un sospiro di sollievo. «Vi ringrazio tutti, Signorie».

Il consiglio si sciolse alla spicciolata fra un mormorio di voci mentre le torce impallidivano nella luce del nuovo giorno.

D'Auriac s'allacciò il mantello, poi mise la mano sulla spalla di Berwick.

«Non c'è di che preoccuparsi» disse. «Conosco il giovane d'Hancourt. È la sua prima nomina ufficiale, e scommetto il mio cavallo che non si accorgerà nemmeno della differenza».

✻   ✻   ✻

Nel pomeriggio mentre Kallyna era ad attingere acqua alla fontana una vicina venne di fretta a darle la notizia. «Stanno arrivando! Sono sullo stradone!»

Kallyna alzò gli occhi dalla giara. La donna si stava già allontanando verso la Porta Vaticana, e ora veniva anche Assunta d'Andria con il suo bambino di pochi mesi in braccio.

Assunta era sconvolta dalla rabbia. «Cosimo Falizza vuole nascondere le nostre piaghe agli occhi dei normanni» disse. «Ma gliele mostreremo lo stesso. Se sono qui quando è ora di riscuotere le tasse, devono essere qui anche quando ci ammazzano i nostri uomini!»

Senza un attimo d'esitazione Kallyna lasciò a terra la giara e seguì Assunta. Neanche il dolore del piede ancora fasciato poté fermarla.

Dai vicoli e dalle strade rivoli di gente, in maggior parte donne e bambini, si riversavano verso la Porta Vaticana. Le vedette sulla torretta del Castro subito fecero un segnale ai soldati di sotto, i quali si serrarono come un cordone irto di lance. Oltre la Porta si vedeva una nuvola di polvere avvicinarsi lentamente con la stanchezza estrema dell'ultima distanza da percorrere.

La folla s'infranse contro la fila dei soldati come un'onda scura contro una scogliera. Gridando e gesticolando, i soldati cercarono di respingerla. Kallyna s'era trovata dietro un uomo dai capelli rossi che l'apostrofò irosamente in francese. Lei non capì cosa dicesse, ma il suo sguardo minaccioso bastò a farla indietreggiare. Su uno dei balconi del Castro vide Cosimo Falizza e altri nobili: Falizza sembrava volesse nascondersi dietro le imposte, nervosamente. Gli sguardi di tutti erano fissi sullo stradone, quelli delle donne rabbuiati fra le pieghe delle grandi saie nere. Neanche i bambini osavano piagnucolare.

«Eccoli» disse sottovoce un giovane.

Le prime quattro file di soldati passarono per la Porta. Marciavano inebetiti dalla stanchezza, poggiando i piedi sulla strada come se essa non dovesse più finire. Gli stendardi in cima alle lance erano bianchi di polvere e pendevano flosci come stracci.

«Sembrano davvero mal messi» disse una donna accanto a Kallyna.

Kallyna non la udì. Mentre la collera della folla sembrava svanire alla vista di quegli uomini sfiniti, dentro di lei saliva invece una cupa angoscia. Se quegli uomini fossero arrivati appena pochi giorni prima, pensò, la sua vita sarebbe ancora tutta d'un pezzo. Nessuno, nessuno aveva il diritto di venire a proclamarsi governatore della gente che aveva abbandonato nel momento di bisogno più grave. Il soldato dai capelli rossi la spinse indietro di nuovo con l'asta della lancia, ma stavolta lei non si mosse.

Due cavalieri venivano ora verso la Porta, a cavallo di grandi stalloni arabi. Uno sembrava dell'età di oltre trent'anni, grosso e barbuto; l'altro era più giovane. Kallyna non riusciva a vederne bene i volti, col sole negli occhi; ma la testa dell'uomo più giovane sembrava rilucere dello stesso colore, una testa di folti capelli biondi tenera come quella di un ragazzo.

Gli occhi di lui erano di un blu scuro e compatto. La polvere della strada lo copriva tutto, sul mantello, sulla tunica, sugli stivali. Guardò la folla ostile, e nei suoi occhi c'era uno sguardo attonito e folle di stanchezza e di sconfitta, lo sguardo di un lupo ferito che si trascina zoppicando alla tana e la trova vuota. Aveva rischiato, aveva perso, e nessuno lo avrebbe mai perdonato. Kallyna non riusciva a togliergli gli occhi di dosso, affascinata e atterrita insieme da quell'apparizione. Accanto a lei una donna si fece il segno della croce con una sorta di timore superstizioso, come vedendo San Giorgio incollerito fatto di carne e ossa.

La folla si agitò, premendo contro il baluardo dei soldati. All'improvviso Assunta sollevò in aria il suo bambino e senza una parola lo mostrò al giovane normanno. Con il vestito nero stracciato e i capelli arruffati, offrendogli quel fagottino, sembrava ergersi terribile come una nemesi. E dopo di lei un'altra madre, due, tre madri rimaste vedove sollevarono i loro bambini in fasce o spinsero avanti i più grandicelli perché lui li vedesse.

Il normanno gettò indietro la testa, distogliendo gli occhi. In qualunque altro momento Kallyna avrebbe riconosciuto quel gesto per quello che era, l'orgoglio permaloso di un ragazzo che cerca disperatamente di farsi coraggio; ora vide invece l'arroganza di signori stranieri che non si degnavano neanche di abbassare lo sguardo sulla sofferenza dei loro sudditi. Prese a farsi avanti a spintoni, e più il normanno continuava a cavalcare impassibile, più le cresceva dentro lo sdegno.

Una bambina scivolò dalla folla e andò a fermarsi in mezzo alla strada. Il normanno la vide, e senza rallentare il cavallo le fece segno con la mano di farsi di lato. La bambina saltellò via con una risata innocente; ma per Kallyna quel gesto di lui fu come una scintilla che fa divampare il fuoco. Si cacciò sotto le braccia dei soldati e si gettò contro di lui come una farfalla nera, quasi strappandogli le redini di mano.

«Traditore! Disertore!» lo maledisse. «Dov'eri tu quando sono morti? È così che il re protegge le nostre vite?»

Il cavallo s'impennò nitrendo. Il normanno dovette dare uno strattone alle redini e lottare contro l'animale per non calpestarla. Tutt'intorno non c'era che confusione. Un soldato accorse a trattenere il cavallo, altri due ad afferrarla per le braccia. Quando venne ristabilita la quiete il normanno la guardò dall'alto della sua cavalcatura traballante. Sul volto gli era apparsa un'espressione di furia che lei non aveva mai veduto, né sul volto di suo padre né sul volto di Raimo né sul volto del Cristo Giudice dipinto sul muro della chiesa.

Il normanno fece scorrere le dita sulla frusta che portava legata accanto alla sella. Poi la strappò via e la gettò a uno dei soldati.

«Datele cinque buone frustate» disse a denti stretti, e voltò le redini.

L'altro normanno avvicinò il suo cavallo a quello del giovane e si chinò verso di lui. «Per la Vera Croce, Dalibor d'Hancourt, sei uscito di senno?»

Il giovane s'era già allontanato.

Kallyna venne spinta a lato della strada e in ginocchio. La folla attorno a lei oscillava con un mormorio d'orrore. Due donne presero la mano del soldato che teneva la frusta, supplicandolo che la lasciasse andare. Il soldato stesso non sapeva che fare; rimaneva confuso, finché un altro non venne a prendere la frusta e ad eseguire l'ordine.

La prima frustata venne mentre Kallyna guardava il giovane normanno che s'allontanava verso il Castro, e lei pensò che la vista di lui sarebbe stata per sempre legata a quell'improvvisa ondata di dolore. Chiuse gli occhi. Venne la seconda frustata, la terza, la quarta e la quinta. Si morse il labbro fino a sentire il sapore del sangue, mentre le voci attorno a lei sembravano annegare in un mare di tuono.

Tresa stava lottando con le guardie perché la lasciassero passare, urlando.

✳   ✳   ✳

Dopo l'affrettata cerimonia della consegna delle chiavi nella sala del consiglio del Castro, nessuno osò fare parola di quanto era accaduto alla Porta Vaticana. Falizza, che aveva consegnato le chiavi, si ritenne fortunato che la folla non era insorta. Quel primo incontro con l'uomo che per sfortuna di tutti era ora il nuovo governatore di Tropea lo aveva lasciato allibito. Troppo giovane, pensò, troppo impulsivo e digiuno delle regole più elementari di un governante, le quali includono clemenza verso i governati. La sua opinione era condivisa da tutti coloro che avevano assistito alla scena, assieme a una grande apprensione per il futuro.

Quando però Falizza venne a sapere che la ragazza che aveva provocato l'incidente era Kallyna d'Argira, si chiuse nella sala del consiglio assieme al portatore della notizia e si sfogò con lui.

«Cinque frustate, hai detto? Ben date. Quei d'Argira saranno la mia morte, razza dannata di piantagrane. Come se suo padre non fosse bastato!»

Mentre s'avvicinava la sera i soldati normanni si misero in fila per le loro razioni di cibo e di vino. D'Hancourt e il suo compagno si ritirarono nella loro stanza al secondo piano, poi mandarono a chiamare qualcuno che lavasse i loro vestiti e portasse una vasca d'acqua per il bagno.

Non appena il servo chiuse la porta, il normanno barbuto si parò infuriato davanti all'amico. «Dovevi proprio farlo, vero?» gli domandò. «Suppongo che non c'era un modo civile di far capire loro chi è il padrone?»

D'Hancourt si slacciò la cintura della spada e la gettò via. Con un rumore di ferro la pesante arma andò a finire sul pavimento accanto a uno dei due letti e vi rimase come un grosso giocattolo abbandonato da un bambino che si annoia. Poi si slacciò la cintura dei vestiti e si tolse il mantello, la tunica e gli stivali, che lasciò tutti ammucchiati accanto alla porta. La cotta venne via per ultima con un tintinnare di maglie mentre se la strappava dal collo con una smorfia di disgusto.

«Hai ancora fiato per parlare? Allora tienilo da parte per quando sarai sotto il cappio del boia e lasciami in pace!» e la cotta volò da un capo all'altro della stanza, afflosciandosi sulla soglia del camino.

Il suo compagno fece un inchino sardonico, aprendo la finestra. «Pietà di me, dolce signore! Io sono solo un misero figlio bastardo che non potrebbe mai comprendere i vari punti d'onore di un cavaliere di razza quale lo siete voi…E ringraziamone tutti gli angeli ciechi» aggiunse «così c'è almeno uno di noi che può permettersi il lusso di rimanere sano di mente.»

Dal cortile veniva un suono di piedi in marcia e gli ordini secchi del mastro d'armi.

D'Hancourt batté il pugno sul tavolo. «Hai sentito come mi ha chiamato quella streghetta? Davanti a tutto il paese! Sai dirmi in quale altro modo si può insegnare l'obbedienza a gente che ti salta addosso appena metti piede dentro le loro maledette mura?»

L'altro si girò e fece un gesto irritato. «Per le gonne di Sant'Anna, Dalibor. Se perdi la pazienza così facilmente con una ragazza isterica, cosa farai quando cominciano i guai veri?» Scosse la testa. «Hai molto, molto da imparare se vuoi che quella tua testa dura ti rimanga sulle spalle.»

D'Hancourt fece un passo in avanti, puntandogli contro l'indice. «E dovrei imparare da Geoffroi de Vire, vero? Amico mio, non siamo più a corte e non si tratta più di farsi belli al torneo con le dame di Palermo. Qui mi farai il favore di tenerti i tuoi consigli, mentre io i miei sbagli li faccio da solo.»

De Vire sorrise. «Ti commisero. Questo lavoro ti piacerà ancora meno nei giorni a venire. Non si tratta solo di cerimoniale, sai.»

Si sentì bussare alla porta e de Vire andò ad aprire. Due ragazzi portarono dentro una vasca di legno per il bagno e un secchio d'acqua dopo l'altro.

«Come faccio il mio lavoro non sono affari tuoi» ribatté d'Hancourt. «E se proprio vuoi saperlo, sissignore, dovevo assolutamente farlo. Mi piace che sappiano tutti fin dall'inizio chi è Dalibor d'Hancourt.»

«E ora lo sanno tutti chi è» borbottò de Vire. «Un cucciolo ringhioso appena uscito dai canili di Re Ruggero.»

D'Hancourt preferì ignorarlo. Si tolse la calzamaglia e la sottotunica sporca di sudore e si calò nell'acqua tiepida della vasca con un brivido di piacere.

«O Dio misericordioso» disse fra sé. «Che vita abominevole. Quando avevo quindici anni non vedevo l'ora che mi dessero un titolo. Cavaliere, governatore, un titolo qualunque, tanto per potermi mettere fra i denti un morso di potere. Adesso più il potere lo assaggio e più mi da il voltastomaco.»

Allungò la mano e prese un boccale dal tavolo. «Tutta quell'orribile marcia per niente... per niente. E ci guardavano come se avessimo inchiodato Cristo alla croce con le nostre stesse mani!» Bevve un lungo sorso di vino. «Almeno posso ancora ubriacarmi... Non voglio vedere più niente, sentire più niente, pensare più a niente» e continuava a bere e a borbottare fra sé.

De Vire si sfilò gli stivali poi prese a darsi colpi sulle natiche indolenzite dalle lunghe ore trascorse in sella.

«Scommetto che non ti sei neanche accorto di quant'è bella» disse.

«Chi?»

«La streghetta alla quale dovevi assolutamente dare cinque frustate. Una ragazza come lei merita ben altro trattamento, perfino da uno zoticone come te.»

D'Hancourt tuffò la testa nell'acqua e sbuffò, mezzo addormentato.

«Allora va' tu a montarla per me. Sono così maledettamente stanco che non ce la farei nemmeno se venisse a ballarmi nuda davanti agli occhi.»

De Vire piegò il collo di lato, immaginando la scena con un sorriso lascivo impigliato nella barba. Poi scosse la testa. «Disgraziato» sospirò.

✳   ✳   ✳

Il letto sembrava beccheggiare come una nave sul mare grosso. Kallyna vi giaceva a faccia in giù, cercando di combattere il dolore che la percorreva tutta. Tresa piangeva forte, tenendosi il viso fra le mani e dondolandosi angosciata.

«Guarda cos'hanno fatto» diceva fra i singhiozzi. «Guarda cos'hanno potuto fare a una creatura!»

Si costrinse ad alzarsi e andò a prendere l'unguento che aveva usato per Arnì. Arnì aveva sentito Tresa quando aveva riportato a casa Kallyna e aveva chiesto di che si trattava. Tresa gli aveva risposto che Kallyna s'era fatta male cadendo con la giara in mano.

Tornando accanto al letto vide che Kallyna aveva gli occhi aperti, come se stesse quietamente fantasticando. Non aveva ancora detto una parola, e quei suoi occhi sbarrati preoccupavano Tresa più di ogni altra cosa. Raccolse i lunghi capelli di lei da un lato e prese a spalmarle l'unguento sulle spalle, cercando d'appoggiare le dita tozze più delicatamente che potesse. Ma non venne nessuna risposta, neanche un gemito.

«Kallyna?» sussurrò. «Mi dici cos'è successo?»

«Non è successo niente» rispose lei lentamente, come distratta. «Sto bene. Non fa male.» Nascose il viso nel cuscino e chiuse gli occhi. Voleva con tutta sé stessa essere lasciata sola. Non aveva mai immaginato che qualcun altro nella stessa stanza potesse a un tratto essere un intruso su quell'isola di stupore che era diventato il mondo. Un'altra parola di Tresa e si sarebbe messa a urlare.

Tresa si rassegnò ad andarsene. Andò a chiudere la finestra; Kallyna la fermò con la mano. Tresa riaprì la finestra e uscì dalla stanza. La sera sembrò entrare come un pulviscolo di pietre azzurre, profumata di mare e di limoni.

Doveva andare in cerca del volto di lui attraverso una nebbia dorata, l'oro del pomeriggio e della sua testa. Dentro di sé udiva ancora lo strascicare dei piedi dei soldati che le passavano accanto e le grida di Tresa che supplicava le guardie. *Non fa male*, pensò. Avrebbe potuto farlo cento altre volte e ancora non avrebbe fatto male. Ancora avrebbe riposto in lui la sua fiducia. Benché non sapesse nulla di lui sapeva al di là di ogni dubbio che era un uomo dall'animo buono che per un attimo aveva dimenticato sé stesso. Anche lei per un attimo aveva dimenticato sé stessa, pensò; lo aveva ferito per prima, con la stessa furia insensata.

Qualcuno la chiamò dalla stanza accanto a bassa voce. Prima di rendersi conto che era Arnì ricordò che Arnì era innamorato di lei e che fino allora non era mai riuscita a comprendere cosa lui provasse.

«Kallyna? Dormi? Fa molto male?»

«Sei tanto caro, Arnì» rispose. «Tanto caro.»

V

DORMIRONO ENTRAMBI FINO A TARDI, Kallyna sotto l'effetto dell'infuso d'erbe che le aveva preparato Tresa, d'Hancourt ubriaco di vino e di stanchezza.

Cosimo Falizza fu costretto a fungere da governatore un altro giorno ancora. Fece riaprire il mercato e sgomberare le macerie, poi mandò a chiamare Raimo Trani e gli affidò la ricostruzione della Portammare. Raimo non fece fatica a trovare braccia: tutti gli uomini scampati all'incursione e rimasti sul lastrico si affollarono alla sua porta per essere ingaggiati. Anche così ci sarebbero volute settimane per rifare la Portammare; Falizza andò a chiedere a d'Hancourt di farsi dare dei soldati da usare come carrettieri e taglialegna. Non appena d'Hancourt fu in grado di reggersi in piedi scelse una dozzina dei suoi uomini e li mandò da Trani.

Che la gente di Tropea lo volesse o no, l'arrivo dei normanni ricordò loro che la vita continuava. Ben presto i rumori consueti di martelli, ruote di carro, campane e zoccoli tornarono a mescolarsi nel loro confortante, familiare brusio dopo lunghi giorni in cui s'era udito solo il battito del cuore solitario del mare.

Kallyna non mise piede fuori casa per tutto il tempo che ci volle perché le sue spalle guarissero. Durante quel tempo Tresa le portò una commissione: la vecchia baronessa Irene della Scala aveva chiesto ai monaci di San Nilo di celebrare una messa al giorno per il suo nipotino rapito dai saraceni e voleva ripagarli con una tovaglia d'altare. Impaziente di distrarsi col lavoro, Kallyna si mise al telaio non appena le furono consegnate le matasse di seta bianca e dorata.

Arnì si rimise in piedi l'ultimo giorno di luglio. Era ancora molto debole, ma fuori pericolo. Non sapeva nulla delle sferzate; Tresa e Kallyna avevano fatto l'impossibile per tenergli nascosto l'accaduto. Un giorno però Assunta d'Andria passò da casa a restituire una giara, e chiese a Kallyna come stava.

Tresa si mise il dito sulle labbra: Arnì era di sopra e avrebbe potuto sentirla. Assunta abbracciò Kallyna e parlò a bassa voce. «Figlia, sono così fiera di te. Nessuno di noi ha avuto il coraggio di parlare davanti ai normanni. Come un branco di pecore! Ma tu sei fatta d'argento fino come tuo padre. Hai parlato tu per tutti noi… e hai pagato per tutti noi.»

«Non importa» si lasciò sfuggire Tresa con orgoglio. «Anche Vasili è morto con le cicatrici sulla schiena, e non hanno fatto che indurirgli la pelle.»

Assunta se ne andò. Non appena la porta fu chiusa Arnì scese correndo le scale. Sul suo viso si leggevano tanto orrore e tanta collera che Tresa si fece indietro spaventata. Corse verso Kallyna, la fece voltare, tirò giù la scollatura del vestito e le guardò le spalle.

«E queste cosa sono?» chiese senza fiato. «Queste dovrebbero essere sulle mie spalle, non le tue! O Dio, Dio grande… Bastardi, anche le donne adesso.»

Tresa cercò di prenderlo per il braccio, ma Arnì non si calmava. Pretese che gli venisse detto tutto quello che era successo, e continuava a imprecare come non aveva mai fatto in vita sua. Voleva che Kallyna fosse adirata come lo era lui; ma lei rimaneva seduta con il viso fra le mani, facendolo infuriare ancora di più. Alla fine uscì sbattendo la porta.

Kallyna riprese il cestino con le matasse di filo. «Ha ragione» disse come parlando fra sé. «Avrei dovuto starmene a casa. Quell'uomo non avrei dovuto insultarlo. Non ha colpa…. non ha colpa di niente.»

Rimase al telaio tutto il pomeriggio, premendo il pedale, gettando la spola. Per alcuni frammenti di tempo i gesti ripetuti la distraevano da quella cosa oscura nascosta dentro di lei, quell'amore che portava dentro come una madre porta dentro il suo bambino, inesorabilmente insieme giorno e notte. Raimo era tornato, ma perfino il timore di Raimo avrebbe dovuto esserci e non c'era, e anche quello per una ragione che non conosceva. Pensava solo a quest'altro, nuovo come una moneta d'oro trovata sotto un mucchio di panni da lavare.

Si dondolava avanti e indietro al telaio. Lo scricchiolìo del legno era come la voce di un vecchio amico. Filo bianco, filo dorato; filo bianco, filo dorato. Le sembrava di sentire cosa avrebbe detto Vasili.

Tra tutti gli uomini che avresti potuto scegliere! avrebbe detto Vasili. *Adesso sì che l'hai fatta grossa, figlia. Adesso davvero non hai via d'uscita.* E le sembrava di sentire anche cosa gli avrebbe risposto. *Sì, padre, lo so. Chiudetemi in cantina se volete. Stavolta non dirò una parola. Stavolta avete ragione voi.*

❋   ❋   ❋

Il giorno dopo Gheorghe tornò dalla masseria prima del solito. Aveva parlato ad Arnì della vendita dell'untri, ma Arnì non volle che saperne; quando Gheorghe gli propose di andare a incontrare Demetrio Pentèlica, che gli aveva parlato dell'acquisto, si rifiutò seccamente. Kallyna però aveva supplicato lo zio di andare al posto di lui, e Gheorghe non aveva avuto cuore di negarglielo.

Le sembrò che fossero passati anni dall'ultima volta che aveva sentito sotto i piedi i ciottoli di Piazza Portercole. Era un pomeriggio nuvoloso; soffiava uno scirocco afoso che sollevava onde grigiastre sul mare. Quando udì i colpi ripetuti dei magli che provenivano dalla Portammare non poté fare a meno di rabbrividire, come fosse ancora il rimbombo dell'ariete di quella notte.

La porta era tutta rumore e attività. Carretti carichi di tronchi d'albero e di assi di legno passavano cigolando, dozzine di mattoni erano stesi a seccare, funi e carrucole issavano grossi blocchi di tufo sulle impalcature. Un piccolo esercito di muratori comunicava gridando in un miscuglio di lingue—calabrese, italiano, francese, greco. I soldati normanni prestati da d'Hancourt facevano un gruppo a parte; di carnagione chiara e non abituati al caldo, lavoravano controvoglia nell'aria soffocante, spogliati fino alla cintola. Una donna vestita di nero andava in mezzo a loro vendendo vino da una giara, e una truppa di ragazzi stava solennemente ad osservare. Mentre passava per la porta Kallyna si strinse d'istinto a Gheorghe, conscia di come la guardavano i soldati. In cima a un'impalcatura uno di loro diede di gomito a un altro, ammiccando.

L'untri giaceva inclinato sulla sabbia, ancora coperto dalla tela di sacco come l'aveva lasciata Vasili. Demetrio Pentèlica lo stava esaminando in tutti gli angoli con mani e occhi attenti. Kallyna sentì una fitta acuta di dolore, come se al posto della barca fosse in vendita la carne stessa di suo padre.

«La buona sera a voi, Mastro Demetrio» disse Gheorghe.

«E anche a voi» rispose Demetrio. «Vedo che avete portato vostra nipote» aggiunse, e si capì che stava chiedendo perché.

«L'untri apparteneva a suo padre» disse Gheorghe con voce piana. «E gli appartiene ancora».

Demetrio fece un gesto conciliatorio con la mano. «Come piace a voi.»

Gheorghe sollevò la tela di sacco. «C'è tutto» disse. «Timone, assi e due ferri. Mancano solo i remi.»

Demetrio accennò di sì. «Certo, certo. Vi ho offerto cento e quindici tarì».

«Cento e cinquanta» s'interpose bruscamente Kallyna, mettendo la mano sul bordo della barca.

Un sorriso di condiscendenza fece infittire le rughe sul volto del pescatore.

«Quello era prima che rimanesse alla pioggia e al sole per due settimane, quando le crepe nello scafo non s'erano fatte fonde da metterci il pollice.»

«E quanto vi costerà pagare un buon calafato?» chiese Kallyna.

Demetrio cominciò a muovere le mani su e giù. «Mah…insomma…»

«Kallyna» la ammonì Gheorghe con aria severa.

«Aspettate, zio. Mastro Pentelica è un brav'uomo, ce lo può dire.»

Lo sguardo fermo di lei costrinse il pescatore ad abbassare il proprio. «Certo, certo» disse subito, facendosi il segno della croce a dimostrare che diceva la verità. «Dieci, ecco…Dieci tarì».

«Allora potete avere l'untri per cento e quaranta tarì, se lo volete ancora» concluse Kallyna.

Demetrio ci pensò su un attimo, guardando la barca; poi fece cenno d'essere d'accordo e allungò la mano destra. Gheorghe appoggiò la sua destra su quella di lui. Insieme scossero le mani tre volte, e la vendita fu fatta.

«I soldi sono a casa mia» disse Demetrio. «Venite a prenderli stasera prima del coprifuoco.»

«D'accordo» rispose semplicemente Gheorghe.

«La buona sera a voi» disse Demetrio, e andò via.

Kallyna rimase accanto all'untri, tastando il legno ruvido per l'ultima volta e guardando le onde che s'infrangevano contro la scogliera. Forse, pensò, se avesse atteso per quanto tempo bastava e con quanta pazienza bastava, un giorno sarebbero tutti tornati a lei.

Gheorghe le venne accanto e le toccò la mano. «Ricordo ancora il giorno che l'abbiamo comprato» disse con lo sguardo fisso all'orizzonte.

Kallyna non riusciva a parlare. Si girò e s'avviò verso la scalinata.

Erano arrivati in cima quando vide Raimo. Era in compagnia dell'amico Adelmo Stratta, facendogli vedere come andavano i lavori della Portammare. Lei dovette soffocare l'impulso di correre via e nascondersi; Raimo era l'ultima persona che voleva vedere quel giorno o un giorno qualsiasi. Poi strinse i denti e salì rigida l'ultimo scalino.

Appena Raimo la vide lasciò subito Adelmo e venne verso Gheorghe, ma senza darsi la pena di salutarlo. «È da un po' che vi cerco, Mastro Casali. Dov'è quella pazza di vostra nipote?» Alzò gli occhi. «Eccola che arriva».

Gheorghe voleva sapere perché era tanto adirato.

«Lo sapete benissimo» rispose Raimo.

Prese Kallyna per mano e la costrinse a camminare con lui verso un angolo meno affollato, lontano dalla porta. «Dovrei tenerti chiusa a chiave a doppia mandata... Come diavolo ti è venuto in mente di andare a urlare insulti al governatore? Perdio, sei uscita di senno del tutto?»

Kallyna cercava di liberare la mano. «Mi fai male. Lasciami!»

Ma l'ira di Raimo, repressa da tanto tempo, non si spegneva. «Fortuna che siamo in strada, amore mio, altrimenti t'avrei già fatto i lividi dalla testa ai piedi. E quel bastardo normanno» aggiunse «quello sporco figlio di puttana, a fare spettacolo di te!»

Gheorghe s'avvicinò a loro allarmato. Raimo lasciò andare Kallyna e si rivolse furioso verso di lui.

«Mastro Casali, questa ragazza tenetela ben d'occhio. Se fosse mia moglie non andrebbe a correre in giro come un cane senza collare, sapete.»

Gheorghe fissò Raimo e parlò quietamente. «Venite a dirmi cosa devo fare con la mia parentela, Mastro Trani? Sono più vecchio di voi, dovrei pure saperlo.» Raimo s'allontanò senza una parola e tornò da Adelmo.

«Zio, andiamo a casa» lo supplicò Kallyna. «Andiamo a prendere quel suo maledetto prezzo della sposa e a ributtarglielo in faccia!»

Mentre s'avviava sentì il sangue che le saliva alla testa: d'Hancourt stava venendo verso la Porta, diretto verso di loro. Doveva essere venuto a chiamare i suoi soldati, perché mentre passava gli uomini posavano martelli e seghe e raccoglievano le camicie, scendendo giù dalle impalcature.

Raimo lo salutò con una deferenza nervosa. D'Hancourt indicava la Porta, commentando sul lavoro compiuto; e Raimo spiegava, sorrideva, muoveva le mani. Così calmo adesso, pensò Kallyna, così cortese. Avrebbe ammazzato in un attimo chiunque altro per quello che d'Hancourt le aveva fatto, ma adulava servilmente il signore normanno che gli dava soldi e lavoro. Il viso di lei era una smorfia di disgusto.

D'Hancourt ascoltava distratto, facendo ogni tanto cenno di sì. Sembrava avesse fretta, e quando Raimo ebbe finito si voltò subito per andarsene. Ma Raimo lo fermò. Andò a prendere Kallyna per mano, la fece camminare davanti a lui e rimanere davanti a lui. Rigida di vergogna, lei non alzò gli occhi più in alto degli speroni di d'Hancourt.

La voce di Raimo era strozzata. «Questa, signoria, è Kallyna d'Argira, che presto sarà mia moglie».

D'Hancourt aggrottò profondamente la fronte. Nei giorni scorsi aveva avuto molto tempo per rincrescersi delle frustate; quando poi aveva appreso chi era la vittima, sapeva che prima o poi avrebbe dovuto affrontare un uomo importante quale lo era il capomastro della contea. Ma il suo disagio non durò a lungo. Chinò impeccabilmente la testa come avrebbe fatto fra i suoi pari.

«Complimenti» intonò senza espressione. «È veramente bella. Sarebbe impossibile non notarla, anche in mezzo a una folla».

Raimo cercò duramente d'abbozzare un sorriso.

Uno scontro di voci irate li costrinse a voltarsi. Uno dei soldati normanni si era messo a litigare con la donna vestita di nero che vendeva il vino. Il soldato le aveva strappato di mano la giara e l'aveva scagliata contro il muro. Entrambi gridavano con quanto fiato avevano in gola.

«Ho cercato di dirgli che il vino è finito!» esclamò la donna. «Cosa ci posso fare se non parlo il franco?»

D'Hancourt si scusò, andò con due passi dal soldato e con un pugno alla mascella lo mandò a terra assieme ai cocci della giara. Nessuno capì una parola della grandinata d'insulti che gli rovesciò addosso in francese; ma il soldato doveva capire fin troppo bene, perché si teneva le braccia alzate a proteggersi la testa. Un ultimo insulto lo fece scomparire dalla strada. D'Hancourt trasse due grosse monete dal borsellino di cuoio che portava infilato alla cintura e chiamò la donna. «Tieni. Comprati un'altra giara». La donna gli baciò le mani due volte.

Kallyna, che era rimasta immobile, finalmente batté le palpebre. Sarebbe stata atterrita se non fosse stata invece soddisfatta di vedere quanto fossero imparziali quei suoi incredibili scoppi di collera. Si lasciò andare al pensiero che forse con questo scoppio in particolare d'Hancourt aveva appunto voluto dimostrarle la sua imparzialità, perché quando si girò ora guardava solo lei.

«Ora devo andare» disse d'Hancourt. «È stato un piacere incontrarvi tutti.» Quando i quattro risollevarono la testa dall'inchino era già scomparso.

La donna vestita di nero stava tastando sbalordita le sue due monete.

«Guardate, è oro zecchino… Con questi ci compro venti giare!» Raimo la mandò via con un gesto brusco.

«Gesù» si meravigliò Adelmo Stratta. «Quell'uomo è un vero flagello di Dio!»

«Zio, per favore torniamo a casa» lo esortò Kallyna.

«Eh, che fretta» disse Adelmo. «Ma la mettete a letto con le galline, Mastro Gheorghe?»

«No» rispose Gheorghe. «E non sto in piedi tutta la notte ragliando alla luna come fai tu. Vi vedo tutti e due a messa domani».

Adelmo fece un sorriso di sghembo. «Certo, Mastro Gheorghe, certo. Venite a cercarci sotto la tonaca del prete».

Mentre Kallyna li lasciava, sollevata di poter finalmente andare a casa, non vide che Raimo guardava Adelmo e Adelmo faceva cenno d'intesa, come se fra loro ci fosse un patto. Dopo un attimo Raimo volse le spalle all'amico, e sul viso gli apparve un'attonita disperazione.

«Perché deve farmelo fare?» si stupì. «Perché non può essere come tutte le altre femmine?» Adelmo gironzolava intorno, scrollando le spalle.

«Posso dirti tutti i numeri che servono per costruire una chiesa, un ponte, una torre di sette piani» disse Raimo scuotendo la testa. «Ma non posso dirti di avere mai capito un solo pensiero che le passa per la testa.» Sputò a terra, disgustato dalla propria confusione impotente. «Dio maledica il giorno che mi sono innamorato di lei!» esclamò.

❋   ❋   ❋

Tresa e Gheorghe, come facevano ogni sera, andarono a sedersi sugli scalini del portone chiacchierando con i vicini. Kallyna invece andò da Arnì in giardino. Si sedette su un troncone d'albero, guardandolo mentre innaffiava le pianticelle di rape che sembravano allargarsi dai solchi come esili dita verdi.

«Abbiamo venduto l'untri» disse lei dopo un po'. «Cento e quaranta tarì».

Arnì non alzò la testa, attento a non calpestare le pianticelle. «Non è quello il prezzo» rispose cupo. «Il vero prezzo sono vent'anni di sudore e di sangue che se ne sono andati per sempre.»

Lei abbassò la testa. «Adesso cosa farai?»

Arnì posò a terra il secchio. «Tanto per cominciare, non andrò a pregare Demetrio Pentelica che mi prenda sulla *sua* barca. Non so cosa farò. Non me lo chiedere.»

«Senti, quando sono andata con zio Gheorghe a prendere i soldi ho sentito dire che il figlio di Pentelica va a Vibona a farsi apprendista in casa di un orafo. M'ha detto che l'intero apprendistato gli costerà solo sessanta tarì, allora ho pensato che potresti farlo anche tu.»

«Io quei soldi non li tocco nemmeno» l'interruppe Arnì. «Fra poco andrai sposa. Sarebbe come prenderli da tuo marito, e io non voglio essere debitore di Raimo Trani né di nessun altro.»

Kallyna s'alzò in piedi di scatto. «È questa la tua maniera di ringraziarmi, da testa di legno? Sto solo cercando d'aiutarti. I soldi sono miei e ne faccio quel che mi pare.»

«Siediti e non cominciare a piangere» la calmò Arnì. «Lo sai che non voglio vederti piangere.»

Lei si rimise a sedere. «Allora i soldi li prendi? Vai a Vibona? Puoi imparare un buon mestiere, uno che paga bene. Non dovresti lavorare per qualcun altro, quello non lo sopporterei.»

«E tu cosa farai?» ribatté brusco lui. «I soldi non servono a te, per quando ti sposi? O vuoi che Trani ti compri fino all'ultimo grembiule, come se tu fossi figlia di un mendicante? Quello sarei io a non sopportarlo.»

Lei sorrise triste. «Io non mi sposerò mai. Non hai ancora capito?»

«No, non ho capito. Ti prendi gioco di me, come se tu non sapessi il bene che ti voglio…»

«Lo so il bene che mi vuoi. Va' a Vibona, fatti più rispettato di Raimo, poi torna e chiedimi.»

Arnì rimase in silenzio. Le scrutò il volto, preso di sorpresa dal suo tono di sfida. Di nuovo Kallyna si chinò verso di lui, quasi a supplicarlo. «Voglio che tu diventi il miglior orafo della contea, come sei stato la migliore vedetta.

So che puoi farlo.» Gli prese le mani fra le sue e le aprì. «Guarda, se non cominci subito le mani ti diventeranno troppo ruvide.»

Il tocco delle sue mani commosse Arnì nel profondo dell'anima. Finalmente sorrise. «D'accordo, ci penserò. Guarda che non è per niente facile come dici tu.»

«È il mio regalo, Arnì. Un regalo a tutti e due.»

Arnì fece segno di sì. «Troverò lo stesso una maniera di ripagarti. Anche Vasili all'età mia andava scalzo.»

Ci fu un lungo silenzio. Oltre i muri del giardino la notte cominciava a spandersi simile a inchiostro nero. Udirono il suono del corno che annunciava il coprifuoco. La città alzava la passerella, una nave pronta a salpare nel buio con il suo pesante carico di speranza.

«E non essere così duro con me, d'accordo?» implorò lei tenendolo per la manica.

«Io?» si meravigliò Arnì. «Io mi taglierei tutt'e due le braccia per te... e tu continueresti ad andare per la tua strada come un agnello cieco.»

«Non è colpa mia» disse lei con voce spenta. «Credi che tutti questi guai vado a cercarmeli?»

Arnì sorrise. «Certo che sì. È per quello che ti voglio bene».

✳   ✳   ✳

Agosto portò una giornata dopo l'altra di solleone. Sulle colline riarse il canto delle raccoglitrici di ginestra s'alzava come un'invocazione di clemenza. Le barche sembravano sospese sull'acqua immobile, simili a farfalle colorate librate nel bagliore del sole.

Arnì aveva cominciato ad andare ogni giorno alla masseria con Gheorghe, avendo bisogno di sentirsi utile. Tresa badava alla casa e vigilava Kallyna senza posa. Talvolta si sedeva accanto al telaio, lavorando di fuso e cercando d'intrattenerla con i pettegolezzi del vicinato. Poi si rendeva conto che Kallyna non prestava attenzione, e si metteva a tacere. Ma neanche gli occhi acuti di Tresa riuscivano ad accorgersi del ragazzo che le seguiva dovunque e poi sgattaiolava via. Il ragazzo correva da d'Hancourt a riferirgli quanto aveva scoperto, e d'Hancourt gli metteva in mano una monetina o due. In un paio di giorni venne a sapere tutto ciò che c'era da sapere su di lei.

Kallyna lo vedeva solo da lontano e in compagnia dell'amico barbuto. Badava sempre che nessuno dei due la notasse, nascondendosi se necessario. Ogni domenica alla messa, seduta assieme ai popolani sull'ultimo banco, lo vedeva seduto sul primo banco assieme ai nobili. Al momento dell'Offertorio un diacono gli porgeva un pane e una piccola giara di vino e lui lo deponeva sull'altare come suo simbolico dovere di governante e protettore della città.

A volte apprendeva dal banditore gli ordini da lui emessi: la rimozione delle macerie di una casa incendiata dai saraceni, l'imposizione di un nuovo pedaggio doganale, la condanna alla galera di un ladro. Non poteva sapere che ogni volta che passava sotto la sua casa si fissava nella mente un particolare di essa— dov'era la sua finestra, com'era disposto il giardino— e che vedendo un mucchio di rifiuti vi aveva gettato la sua frusta.

Kallyna tesseva, con gli occhi bassi sulla spola e le mani basse sul filo; e lui sembrava andare con lei dovunque lei andasse, facendola urlare in ogni fibra del suo essere. Tesseva e si malediceva davanti a Dio che non la liberava da quel tormento.

I giorni si susseguivano nella pesante quiete dell'estate. Le barche partivano ogni mattina prima dell'alba e tornavano ogni sera prima del tramonto. Qualcuno nasceva, qualcuno moriva, qualcuno si sposava. Kallyna lavorava quasi di furia, anche a lume di candela, come cercando di lasciarsi indietro i suoi pensieri. La tovaglia d'altare fu pronta in tre settimane.

Era stupenda, rilucente dappertutto di rosoni piccoli e grandi raggruppati in costellazioni dorate. Aveva fatto cose belle prima, ma questa era nata dal suo amore. Tresa sospirava ammirata, pregandola di tenerla in casa ancora qualche giorno; ma la mattina seguente il servitore di Donna Irene della Scala venne a ricordarle che doveva essere consegnata a San Nilo appena pronta.

«Non ci vai da sola, vero?» si preoccupò Tresa.

Kallyna avvolse la tovaglia in un pezzo di tela e la mise nel suo cestino.

«Siamo in pieno giorno, zia. Hai sempre paura di qualcosa.»

Tresa agitò in aria le mani come volendo scacciare gli spiriti maligni.

«Non so, figlia… Troppi soldati in giro.»

«Lidia va alla fiumara a lavare i panni. Ha detto che viene con me».

Tresa l'accompagnò alla porta. «Brava. Ma sta' attenta, e non fare tardi».

La mattinata estiva era come una grande vela spiegata tutt'intorno a lei. Le sembrava che tutti gli uccelli cantassero posati sulle sue spalle. Lidia le venne incontro dagli scalini della sua casa, con la cesta del bucato sul capo. Insisté che doveva vedere la tovaglia d'altare, poi la lodò lungo tutta la strada.

Kallyna l'ascoltava appena. Era costretta ad accettare la compagnia di Lidia perché viveva in un mondo in cui non le era permesso andare da sola, e ciò la irritava nel profondo dell'anima. C'erano ceppi invisibili eternamente legati ai polsi di una donna, pensò amaramente.

Stavano passando sotto le alte mura del Castro quando Lidia le diede una gomitata.

«Guarda, è il governatore… Alla finestra del secondo piano… Credo che stia guardando proprio noi».

Kallyna abbassò la testa e affrettò il passo. «Guardi quanto vuole.»

«Mi fai vedere le cicatrici?» chiese Lidia sottovoce. «Ci sono ancora?»

«No» mentì Kallyna facendole segno di spicciarsi. «Non si vede più niente».

Oltrepassata la Porta Vaticana le mura di cinta nascosero il Castro dalla loro vista; nessuna delle due si accorse che la figura nera e bionda di d'Hancourt non era più alla finestra del secondo piano. Lasciarono lo stradone e presero il sentiero che portava a San Nilo.

C'erano ben pochi panni da lavare nel cestino di Lidia, pensò Kallyna. Ancora più sospetto era quel tono d'attesa che avvertiva nella voce di lei al di sotto di tutto quel chiacchierare. Quando Lidia le disse che doveva andare a raccogliere erba saponaria per il bucato fu felice di lasciarla. Preferiva fare il resto della strada da sola piuttosto che continuare a sopportare le ciance della ragazza.

Si salutarono. Qualche attimo dopo Kallyna sentì un ridacchiare soffocato dietro di lei, e un gran fruscìo di foglie secche. Si disse che era meglio continuare la sua strada. Poi la sua curiosità ebbe il sopravvento. Tornò sui suoi passi e fece capolino fra i cespugli. Immediatamente si ritrasse: Lidia era stesa sull'erba con la gonna sollevata fino alla cintura e le mani fra i capelli ricciuti di un giovane che l'aveva corteggiata tutta l'estate. Kallyna corse via.

Il sentiero si fece più ripido, ombreggiato da una fitta volta di castagni. Era un luogo fresco e piacevole, pensò; poi ricordò con un brivido che l'ultima volta che era passata di là era stata la notte dell'incursione saracena. Su un cespuglio di rovo c'erano delle grosse more mature che facevano capolino come occhi lucidi e invitanti. S'arrampicò sull'argine e cercò di cogliere la più vicina, ma non ci arrivò. S'alzò in punta di piedi per riprovare, e rimase senza fiato. Una mano era apparsa come dal nulla e aveva colto la mora per lei.

«Tieni. Non hai paura d'andare in giro da sola?» Adelmo Stratta la guardava con un sorriso insolente.

Lei gettò indietro la testa schioccando la lingua fra i denti, con il gesto che significava no, e s'allontanò subito. «Non la voglio più. Togliti di mezzo».

Adelmo fu più veloce di lei. Allargò le braccia per intrappolarla contro il rovo, saltellando da un lato all'altro ogni volta che lei cercava di sfuggirgli. «Sempre di fretta, Kallyna d'Argira! Ma come, sono il diavolo? Ho le corna in testa?» S'arruffò i capelli sulla fronte come un buffone.

Qualunque fosse il gioco, lei non aveva intenzione di giocarlo. Gli mise entrambe le mani sul petto e lo spinse indietro con quanta forza aveva. «Ho detto togliti di mezzo!»

La mano di Adelmo s'abbatté sulla sua bocca. Lei lasciò cadere il cestino con la tovaglia d'altare e lottò fino a quando non rimase quasi strangolata nella sua presa. Adelmo la trascinò verso il lato del sentiero e lanciò un fischio. Dagli alberi apparve un cavallo. La sollevò a forza sulla sella e poi le montò dietro. Lei cercò di trovare fiato in gola per gridare, ma la mano di Adelmo era come una morsa sulla sua bocca.

Il cavallo s'avviò a mezzo galoppo. Kallyna non riusciva a vedere in quale direzione, con la mano di Adelmo che le copriva il viso. Dopo un po' l'animale si mise al passo come per una cavalcata di piacere, addentrandosi sempre più nei boschi di castagno. Lei cercò di gettarsi dalla sella, ma Adelmo la teneva ben stretta. Cominciavano a venirle le vertigini; smise di dibattersi, sperando che Adelmo allentasse almeno la presa.

Finalmente il cavallo si fermò. Adelmo smontò, la tirò giù e la spinse dentro un vecchio edificio in rovina che forse era stato una stalla. Il tetto era crollato in un ammasso di travi e di mattoni, ma le quattro pareti erano ancora tanto salde che Adelmo dovette chiudere la porta a chiave. Kallyna sapeva a chi apparteneva quella vecchia stalla. Inciampò cadendo sulla paglia che copriva il pavimento di terra battuta, coperta di sudore.

«Questa la pagherete cara» ansimò, scagliandosi con le unghie contro il volto di lui. «Tutti e due impiccati vi voglio vedere, tutti e due appesi a una corda!»

Adelmo non la udiva nemmeno. Ogni suo gesto era rapido e preciso: sembrava un artigiano intento al suo lavoro. Tolse fuori dalla camicia un pezzo di corda e un fazzoletto arrotolato. Kallyna si dibatteva furiosamente ma lui aveva calcolato ogni cosa, fino alla forza che gli sarebbe servita per bilanciare quella di lei. Tutto il suo lottare e il suo agitarsi non lo infastidì; l'ebbe legata e imbavagliata in pochi minuti, senza mai dire una parola. Quando finì s'alzò e andò via, chiudendo la porta a chiave dall'esterno. Un attimo dopo il rumore degli zoccoli del cavallo s'affievolì.

La prima cosa che fece fu gettarsi contro la porta. I cardini tremarono ma non cedettero. Vide che il chiavistello era nuovo di zecca: dovevano averlo cambiato apposta a quello scopo. Spinse le spalle contro le spesse assi di legno, inutilmente.

I suoi pensieri correvano da ogni parte come un gregge spaventato. Forse Lidia s'era accorta di qualcosa, forse sarebbe andata a dirlo a Tresa o a qualcun altro. Quella sgualdrinella nei cespugli, la maledisse, chissà se ricordava neanche di averla vista. A San Nilo nessuno si sarebbe chiesto se lei fosse in ritardo poiché nessuno sapeva quando sarebbe arrivata. Pensò alla tovaglia d'altare, cercando di ricordare se Adelmo l'avesse raccolta o gettata via; tutto quel lavoro perduto. Poi si mise a pensare a come avrebbe potuto sconfiggerlo. Le sembrava che la sua frenesia sarebbe bastata a spaccargli il cuore, ma era rabbia e non forza.

Osservò con attenzione la stalla. In uno degli angoli i mattoni erano crollati, formando un mucchio che quasi arrivava fino in cima al muro. Mise i piedi sui primi mattoni e cominciò ad arrampicarsi ma le mani legate dietro la schiena non glielo permisero. Perse l'equilibrio e scivolò a terra con le braccia graffiate e gli occhi accecati dalla polvere. Piangendo senza fiato rimase dov'era caduta.

Passò del tempo, non sapeva quanto. Qualunque cosa fosse successa ora, sapeva di aver già perso. Raimo non doveva neanche forzarla; doveva solo tenerla rinchiusa per un giorno o due, quanto bastava per far credere a tutti che erano fuggiti insieme e che durante quei giorni erano vissuti come marito e moglie. Agli occhi del mondo sarebbe divenuta merce di seconda mano, appartenente all'uomo che l'aveva presa per primo o a nessun altro uomo dopo di lui. Era il matrimonio d'onore, l'usanza di secoli. Conosceva tante che erano state costrette in quel modo a sposare un uomo che odiavano, e costrette dai propri genitori prima che da chiunque altro.

La porta s'era aperta, e lei non l'aveva neanche sentita. Si rannicchiò contro il tronco d'albero imbiancato a calce che una volta aveva sorretto il tetto della stalla, cercando disperatamente di liberarsi dalla corda. Raimo non aveva fretta, e si muoveva a suo agio.

«Finalmente tieni la bocca chiusa» disse. «Cominciavo a pensare che non sarebbe mai arrivato il giorno. Non mi hai dato scelta, sai… Dovevo pure farti venire il timor di Dio in qualche modo.» Parlava del tutto sincero, quasi scusandosi.

Kallyna era così rigida dalla rabbia che Raimo tastò la corda attorno ai polsi per assicurarsi che fosse ben legata. Doveva esserlo: aveva già lasciato il segno. Le mise la mano sulla gola. «Allora, amore mio, secondo te cosa dovremmo fare per un paio di giorni?»

La spinse contro il tronco d'albero e cominciò a sciogliere i lacci sul davanti del suo vestito. Sentirsi addosso le sue mani quasi la fece vomitare. In esse non c'era nemmeno più desiderio, solo l'intenzione fredda e metodica di punirla. Digrignò i denti come per morderlo.

Raimo le impastava la carne con cattiveria, per farle male. La spinse a terra e si tolse la cintura con il pugnale. Guardò le sue spalle, dove cinque cicatrici s'incrociavano sulla sua pelle, e sputò fuori una bestemmia contro d'Hancourt.

«Bastardo da una razza di bastardi, rovinare la roba altrui. Che gli cresca l'erba sugli scalini!»

Come fosse stato chiamato, si sentì d'Hancourt che gridava dietro la porta, battendo il pugno perché gli venisse aperta. Un attimo dopo la porta cedette e si spalancò in una nuvola di polvere con un rumore che per lei fu come le campane di Pasqua. L'ombra alta di d'Hancourt bloccava la luce sulla soglia, e dietro di lui il cavallo.

Raimo s'alzò a precipizio, brancolando per rimettersi le brache, e afferrò il pugnale. «Che diavolo succede? Chi sei?»

Quando vide chi era, invece di farsi umile si rivolse a d'Hancourt con l'ira di uno a cui viene fatta ingiustizia. «È la mia stalla, signoria, ed è la mia porta! Questo neanche il governatore può farlo!»

D'Hancourt non si mosse, sapendo che Raimo aveva ragione. Guardava la donna accucciata accanto al tronco e rivolta di spalle; di lei vedeva solo un ventaglio di capelli neri che coprivano una schiena nuda.

Sollevò il cestino che aveva in mano: era quello con la tovaglia d'altare.

«Ho trovato questo sul sentiero. Appartiene alla vostra promessa.» Da come parlava si capiva che aveva fretta di lasciare soli gli amanti che aveva importunato.

Raimo andò a prendere il cestino e lo gettò sul mucchio di mattoni. Le mani gli tremavano. «Ah… Ci penso io. E… grazie, signoria.»

D'Hancourt diede un'ultima occhiata alla donna e si voltò per andarsene. All'improvviso Kallyna sollevò il viso perché lui vedesse che era imbavagliata e tese le braccia perché vedesse che era legata, gemendo disperatamente per chiamarlo.

D'Hancourt aggrottò la fronte, rendendosi conto che quello non era un convegno d'innamorati. Guardò prima lei poi Raimo, con un'espressione sbalordita e disgustata. «Perdio» mormorò «che modo è questo di fare l'amore con le donne?» Attraversò la stalla in tre passi e s'inginocchiò a slegarla senza un attimo d'esitazione.

«Lasciatela stare, signoria» disse Raimo a dentri stretti. «Neanche voi siete stato tenero quando l'avete fatta frustare davanti a tutto il paese.» Gli venne più vicino, con il pugnale in mano. «Vi ho detto di lasciarla stare!»

D'Hancourt lo guardò con disprezzo. «Com'è che ti è venuta tanta audacia, Trani? Niente più inchini e moine? Certo che ci hai messo del tempo a farmi vedere chi sei. Lei invece ha avuto il coraggio di dirmi la sua subito.» Gettò via la corda e tirò giù il bavaglio.

Kallyna s'affrettò a riavvolgersi il vestito attorno al corpo. Alzò gli occhi verso di lui, e in quell'attimo il pugnale di Raimo gli luccicò alle spalle con un suono di seta strappata. D'Hancourt si voltò di scatto per coprirsi il braccio e si trovò la mano rossa di sangue.

Raimo balzò al centro della stalla, dove lui non poteva raggiungerlo.

«Vieni, vieni, vieni… Volevo tagliarti la gola fin dal primo istante… Sei entrato nella mia proprietà senza permesso.... Ora posso ammazzarti con tutti i comandamenti di Dio dalla mia parte!» Sembrava fosse impazzito; forse era impazzito davvero, pensò Kallyna.

D'Hancourt si rimise in piedi lentamente, aspettando di vedere se Raimo tornava in sé. Ma Raimo lo sfidava sul serio: piegato su sé stesso continuava a fargli cenno d'avvicinarsi. In un istante d'Hancourt sguainò la spada e la tenne alzata in aria con entrambe le mani. Kallyna non riusciva a muoversi per il terrore. S'aggrappò al tronco d'albero e invocò il nome di Dio più e più volte. Guardò Raimo sperando che fuggisse; guardò d'Hancourt sperando che lo facesse fuggire.

Raimo non fuggì. Scansò il primo colpo di d'Hancourt, mentre la spada gli frusciava accanto alla guancia come una falce sul grano. Il secondo colpo arrivò più da vicino, strappandogli la camicia. Ancora Raimo continuava ad aizzarlo. Il terzo colpo si conficcò come un cuneo fra il collo e la spalla. Il sangue sgorgò dalla vena aperta. Raimo crollò in ginocchio con gli occhi spalancati; poi cadde a faccia in giù e giacque immobile.

D'Hancourt rimase dov'era, ansimando. Conficcò la spada nel suolo e bisbigliò una sfilza di bestemmie.

«Imbecille, dannato imbecille, dannato maledetto imbecille» e non si capiva se parlava di Raimo o di sé stesso.

Kallyna quasi non osava respirare. Si premette la mano sulla bocca. «Gesù» sussurrò «Dio grande.»

Al sentire la sua voce fievole e atterrita, d'Hancourt si girò verso di lei. S'asciugò la fronte con la mano, lasciandosi una scia di sangue sui capelli, poi rimise la spada nel fodero. «Che diavolo guardi. Rimettiti il vestito.»

Con le dita che quasi non riuscivano a muoversi Kallyna cercò a tastoni i lacci del corpetto e provò ad annodarne uno.

D'Hancourt raccolse da terra il pezzo di corda che le aveva tolto dai polsi, se lo legò attorno al braccio e lo torse per arrestare il sangue.

«Perché diavolo devo continuare a imbattermi in te?» brontolò. «Nient'altro che guai ogni volta che ti vedo, fin dal primo istante!» La guardò di traverso. «Non mi avrai messo addosso questa cosa che voialtri chiamate il malocchio?»

«Eccellenza… Signoria» balbettò lei scuotendo la testa.

Mentre lei finiva di annodare i lacci del vestito s'avvicinò alle sue spalle.

«Aspetta.» Le scostò i capelli, aprì i due lembi di stoffa nera e cominciò a sfiorare le cicatrici una per una da un capo all'altro.

Kallyna rabbrividì. Le stesse mani che avevano appena spaccato la gola di Raimo, rese ruvide dalle redini e dall'elsa della spada e dalla cinghia dello scudo, ora tastavano la sua pelle con la delicatezza di un orafo che foggia una collana.

«Il danno è poco» concluse d'Hancourt. Si allontanò rapidamente da lei e tornò dov'era il cadavere di Raimo. Kallyna poteva solo indovinare che lo stesse trascinando, perché non aveva il coraggio di guardare; invece provò a rassettarsi il vestito per non mettersi a urlare.

«Pensi di poter ritrovare la strada da dove sei venuta?» chiese d'Hancourt, occupato a coprire le macchie di sangue buttandovi sopra manciate di terra e di paglia.

Lei fece cenno con la testa. «Credo di sì...»

«Brava. Allora vattene di corsa.»

Dall'angolo dove lui era provenivano strani, spaventosi rumori di cose che urtavano e raschiavano.

«E lui?» chiese Kallyna. «E adesso cosa faccio, adesso cosa succede?»

D'Hancourt lasciò i suoi raccapriccianti compiti e andò a pararsi davanti a lei. «Niente piagnistei! M'incarico io di questo pasticcio.» Lei non smetteva di tremare, sicché dovette afferrarla per le spalle. «Calmati e stammi a sentire» le ordinò.

Il solo pensiero di provocare la sua collera la fece tornare in sé. «D'accordo» ansimò.

«Allora. Dove stavi andando con quella tovaglia d'altare?»

«A San Nilo... Il monastero, su in collina.»

«Dunque tu vai a San quellochesia, consegni la tovaglia, torni difilato a casa e non esci da casa almeno fino a domani sera. Se ti fanno domande, inventa storie.» Abbassò il volto verso il suo. «Mi hai capito? Da te non voglio guai.»

«Ma Adelmo Stratta, quello che mi ha portato qui... Non penserà che l'ho ucciso io?»

«Con un fendente di sinistra che per impararlo ci ho messo quattro mesi?» la schernì d'Hancourt spingendola verso la porta. Andò a prendere il cestino e glielo sbatté fra le mani.

Kallyna s'impuntava, alzando la voce. «Ma era il mio promesso!»

«E tu lo amavi? Perdona se ho i miei dubbi. Se tu lo avessi amato non avresti costretto un povero disgraziato a certi estremi.»

Lei si girò di scatto, col mento in su. «Com'è che sapete tanto di me, chi amo e chi non amo? E un'altra cosa: perché mi seguivate e come mi avete trovato?»

D'Hancourt indicò furiosamente il cestino. «Ti ho trovato con questo, e devi ringraziare tutti gli angeli del paradiso che ti ho seguito e che ti ho trovato!»

«Oh, però...»

D'Hancourt strinse i pugni. «Se non ti levi di mezzo, quant'è vero Iddio ti svergino io stesso, così questa sarà l'ultima volta che vado ammazzando gente a salvaguardia della tua dannatissima virtù!» ringhiò.

Lei lo guardava a bocca aperta. D'Hancourt alzò il braccio sano e indicò la porta. «Muoviti.»

Kallyna inghottì le lacrime e s'allontanò strascicando i piedi. Quando gettò un'occhiata alle spalle lo vide che slegava la coperta che teneva sotto la sella del cavallo e la portava dentro la stalla, senza più dar segno di notarla.

✻   ✻   ✻

Tresa la stava aspettando al mercato. Si capiva che era in pensiero dal modo poco convincente con cui tirava sul prezzo del pesce. Quando la vide venire si arrese, mettendo in mano al pescatore la somma richiesta. Il pescatore estrasse da un secchio pieno d'acqua di mare un grosso polipo sgusciante, lo uccise dandogli un morso in mezzo agli occhi e lo lasciò cadere nella cesta di Tresa.

«Ti avevo chiesto di non fare tardi» le disse Tresa in tono di rimprovero.

«Lo so, zia, mi dispiace.»

Tresa guardò il grembiule stracciato di lei. «Si è impigliato in un rovo» s'affrettò a dire Kallyna. «Poi lo rammendo.»

«Gli è piaciuta la tovaglia d'altare?»

«Oh sì, tanto. Solo che Padre Costantino è ancora ammalato della vista e non ha potuto vederla.»

Attraversarono la piazza e arrivarono a casa. Tresa chiuse la porta, poi andò alla pietra piatta che usava come tagliere e cominciò a pulire e a fare a pezzi il polipo. Kallyna mise una pentola d'acqua sul focolare, facendo scivolare legna sotto il treppiede. Dovette tirarsi le maniche sui polsi per nascondere i segni della corda.

«Oh, quasi dimenticavo» disse Tresa. «Raimo è passato a salutarti dopo che sei uscita. Gli ho detto dov'eri andata, forse voleva incontrarti. Lo hai visto?»

«No.»

«Va a Nicastro a comprare una partita di catene per la Portammare». Scosse preoccupata la testa. «Non dovrebbe viaggiare da solo con tutto quel denaro addosso... Ma che Dio lo guardi.»

Kallyna agitava il ventaglio per riaccendere la brace. Le mani le tremavano al punto che quasi non poteva reggerlo.

«Com'è brutta quella lapide che ha fatto mettere sulla tomba» disse poi. «Rossa, come il sangue… Ogni volta che la vedo mi sembra più orribile.»

Tresa schioccò la lingua per chiamare la gatta e gettò sul pavimento una manciata di avanzi. «Io invece penso che fa molta bella figura. Non essere così ingrata. In fondo non ti ha mai fatto del male.»

Kallyna posò il ventaglio, avviandosi verso la sua stanza.

«Vado a rammendare il grembiule».

«Non vuoi pranzare?»

«Non ho fame. Mangio stasera con zio Gheorghe e Arnì.»

Tresa sospirò contrariata fra sé.

Fu solo a notte, mentre si girava e rigirava cercando disperatamente di prender sonno, che si rese finalmente conto di quant'era atterrita. Raimo se n'era andato davvero, si disse, se n'era andato come Vasili e non sarebbe tornato mai più. D'un tratto era divenuta l'unica proprietaria della sua vita; non c'era più nessuno che le dicesse cosa doveva o non doveva fare. Lo aveva sognato tante volte, ma adesso quel pensiero la riempiva di paura; si sentiva come un uccello che ha conosciuto solo una gabbia e poi si trova libero.

L'ultimo legame con il passato era infranto. La sua vita era diventata come il tempo, impossibile da predire.

VI

ON UN'ANIMA VIVA SAPEVA DOVE FOSSE STATO IL GOVERNATORE DI TROPEA TUTTA LA MATTINA. Finalmente verso mezzogiorno lo videro venire dalla Porta Vaticana portando sulla sella del cavallo ciò che non poteva essere altro che un cadavere avvolto in una coperta. Davanti a lui veniva il banditore, annunciando a gran voce che Mastro Raimo Trani, stimatissimo capomastro della contea, era stato vigliaccamente e deplorevolmente ucciso dai ladri sulla strada per Nicastro. Gli uccisori, proseguiva il banditore, sarebbero sicuramente stati scoperti e sicuramente portati davanti alla giustizia.

Il cadavere era stato spogliato della camicia, degli stivali, del pugnale e del borsellino. Mentre passava per Piazza Portercole le donne si facevano il segno della croce, bisbigliando inorridite. D'Hancourt lo lasciò nella sacrestia della chiesa della Madonna, dove il prete diede al morto l'assoluzione e mandò a chiamare il becchino.

In un attimo la notizia rimbalzò di casa in casa. Tresa quasi svenne quando la seppe, e Kallyna cominciò a tremare come se la stesse sentendo per la prima volta. Poi Tresa andò a vedere il corpo di Raimo, atterrita da quel destino di morte che sembrava perseguitare i d'Argira. Vennero donne a fare la veglia funebre, piangendo e pregando tutto il giorno.

Kallyna non riusciva a pensare ad altro che a d'Hancourt e al segreto che ora condivideva con lui. Fra tutti i legami possibili non ce n'era uno più infelice. Lo aveva visto uccidere un uomo in un attacco di quella sua terribile collera, benché a difesa di sé, e non voleva farsi scoprire. Nessuno a cui era cara la vita avrebbe mai osato contraddire il governatore. Adelmo Stratta non avrebbe mai rivelato nulla, essendo lui stesso coinvolto; d'Hancourt avrebbe anche potuto accusarlo dell'uccisione di Raimo. L'intero avvenimento era del tutto concluso.

Kallyna era tormentata dalla colpa. Pensò che forse avrebbe potuto sgravarsi del peso nel confessionale, ma d'Hancourt le aveva imposto il silenzio e lei lo temeva troppo per rischiare. Come Dio, forse anche d'Hancourt sarebbe venuto a saperlo e l'avrebbe punita di nuovo.

Raimo venne sepolto il giorno dopo. Le parve che la messa da requiem durasse un'eternità. Arnì la tenne per mano e Tresa pianse affranta, ma lei si sentiva disperatamente sola in mezzo a tutta quella gente. Continuò a ripetersi che Raimo aveva causato la propria morte, e non per amore di lei ma per odio del signore normanno che aveva "rovinato la sua proprietà." Ma mentre guardava il corpo avvolto nel sudario che scompariva nella terra, giunse le mani e mise assieme una preghiera di misericordia per lui. Fuori la chiesa s'addensava un temporale che veniva giù dalle colline con un rotolare di tuoni simili al rimbombo degli zoccoli di una mandria di buoi.

Mentre s'attardavano sul sagrato udirono il corno del banditore echeggiare nella piazza. La folla che andava sparpagliandosi prima della pioggia tornò a radunarsi, e i pastori che cominciavano a condurre via gli animali rimasero ad ascoltare. Fra un chiocciare di oche e galline spaventate, d'Hancourt e de Vire si avvicinarono all'alta pedana di pietra scolpita usata per gli annunci pubblici. D'Hancourt vi salì e aspettò che venisse fatto silenzio.

«Ordini del nostro signore e sovrano Ruggero» prese a dire «riguardanti il reclutamento di braccia per la guerra contro Napoli.»

Le sue parole si unirono a un balenare minaccioso di lampi. Tresa guardò ansiosa Arnì, l'unico uomo abile che le rimaneva in casa.

«Tutti i maschi di Tropea dai venti ai quarant'anni dovranno presentarsi al Castro entro quattro settimane perché vengano selezionati per l'arruolamento» proseguì d'Hancourt. Fece una pausa, osservando la folla; sembrava chiaro che avrebbe preferito non dire quanto doveva dire. Chiuse l'annuncio in modo quasi precipitoso. «Non tentate di sottrarvi alla chiamata. Vi assicuro che il re è giusto nell'esentare ma severo nel punire.»

Tresa si fece il segno della croce. «Dai venti ai quarant'anni. Sia ringraziato Iddio che Arnì rimane.»

Il banditore fece risuonare il corno ancora una volta. D'Hancourt scese dalla pedana e s'avviò verso il Castro facendosi largo a gomitate, sordo ai mormorii di scontento provocati dal suo annuncio. Da lontano alzò il braccio per indicare Kallyna a de Vire e se ne andò.

Kallyna trasalì. «Cercano me?»

«Tu, ragazza» la chiamò de Vire, sovrastandoli tutti come un pino della Sila.

«Signoria?» rispose lei a bassa voce.

«Mi hanno detto che sei brava a fare vestiti.»

«Eccellenza» intervenne Tresa «è la migliore di tutta Tropea!»

De Vire scrollò le enormi spalle, nient'affatto colpito. «Mi serve una tunica, una fatta come si deve. Se mi piace ti pago bene. La stoffa e il filo mi verranno consegnati domani. Vieni al Castro verso mezzogiorno.»

Kallyna s'irrigidì. «Mi spiace, signoria, ma non prendo commissioni in casa di uomini, benché sia onorata di accettare questa da voi.»

De Vire fece un tremendo sforzo per soffocare una risata; gli uscì solo un ringhio divertito. «E secondo te dove dovrei starmene in mutande quando mi prendi le misure? Nella *tua* camera da letto?»

«Signoria!» esclamò Tresa.

Il normanno s'allontanò ancora ridendo. «Mi chiamo de Vire. Bada bene di dirlo alle guardie, altrimenti non ti lasceranno entrare.»

Arnì borbottò un'imprecazione sottovoce, poi si rivolse a Kallyna.

«Tu domani non vai da nessuna parte. La sua tunica del demonio gliela tessano le tarantole.»

Kallyna si sentì molto più offesa dall'atteggiamento autoritario di lui che dall'insolenza di de Vire. Si parò davanti a lui con le mani sui fianchi.

«Questo lo decido io. È il mio mestiere, è la mia commissione, e oggigiorno non raccogliamo denaro nei campi, in caso non te ne fossi accorto.»

Gli occhi di Arnì lampeggiarono di collera. «E questo cosa significa? Che per un po' di maledetti soldi adesso sei a disposizione dei signori e fai il giro delle loro case come una puttana?»

Tresa si frappose in mezzo al loro, arrossendo indignata.

«Adesso basta, per l'amor di Dio. Arnì, non bestemmiare per strada come un ubriacone!»Arnì la schivò, avviandosi a grandi passi verso casa.

Kallyna gli saltò dietro. «Significa che nessuno mi da' ordini, né i signori né tu, Arnì d'Orta. Credi che non ho orgoglio? Ne ho quanto te, ma so anche come tenermi la testa sulle spalle.»

«Non ti terrai granché d'altro in questo modo, credimi» brontolò Arnì.

«Figli, figli» implorò Tresa affrettandosi a prendere la chiave lasciata sotto lo scalino. «Aspettate che entriamo in casa dove non vi può sentire nessuno!»

Kallyna non le prestò attenzione. «Stammi a sentire» disse ad Arnì. «Le cose non stanno più come quando era vivo mio padre. Non posso più permettermi di rifiutare una commissione solo perché viene dai signori o dai normanni. Chi altro paga in contanti? O vuoi che moriamo di fame?»

«Voglio solamente che tu non vada al Castro» ribatté Arnì. «Diteglielo, zia Tresa, ditele cosa capita alle donne del popolo che s'avvicinano ai signori.»

Tresa aprì il portone e li spinse dentro tutti e due. «Lo sa, non è stupida. Adesso lasciala in pace. Cambierà idea anche senza tutti questi bisticci.»

Ma Kallyna non sembrava disposta a cambiare idea: stava già salendo le scale verso la sua stanza.

«Ci vai tu domani a prendere la stoffa» sussurrò Tresa all'orecchio di Arnì. «Così salviamo capra e cavoli.»

«Ti ho sentito, zia» esclamò Kallyna. «Se la stoffa va a prenderla lui, dovrà cucirla e ricamarla lui!»

Arnì batté il pugno sul ripiano della credenza, facendola traballare con un rumore di stoviglie. «Quant'è vero Iddio farò proprio quello» giurò.

Dal piano di sopra si sentì la risata di Kallyna.

«Ricordati di tirare il filo di lato quando fai il punto a catenella» lo schernì sbattendo la porta.

VII

PIOVVE TUTTA LA NOTTE; ALL'ALBA IL GIARDINO PROFUMAVA DI ERBA BAGNATA E FOGLIE GOCCIOLANTI. Arnì aspettò tutta la mattina che Kallyna uscisse dalla sua stanza, paziente nella sua collera. Kallyna ne uscì solo quando era ora di andare al Castro, e a quell'ora Arnì era già andato via senza dire a Tresa dove andava.

«Non ci metto troppo» borbottò lei prendendo il suo fagotto.

Tresa era così contrariata che non si girò neanche.

S'avviò verso il Castro di buon passo, guardando in giro per vedere se c'era Arnì. Più giovane di lei, pensava con rabbia, e già voleva farla da padrone solo perché era un uomo. Ma gliel'avrebbe fatta vedere, si disse, a lui e a tutti gli uomini come lui.

Prima di uscire di casa però si era avvolta in uno degli ampi scialli neri di sua madre. Quella concessione alla modestia si rivelò saggia quando arrivò alla porta del Castro e si trovò davanti le due guardie.

«Nome e incombenza» le ordinò uno di loro con accento greco, guardandola di traverso.

Lei si teneva i lembi dello scialle stretti sul seno. «Kallyna d'Argira, la figlia di Vasili. Mi è stato chiesto di cucire un indumento per sua signoria de Vire».

«Cos'hai in quel fagotto?» chiese il soldato.

Kallyna lo aprì e gli mise il contenuto sotto il naso.

«Stoffa e corda. Ma prometto che non impicco nessuno.»

I due scoppiarono a ridere. Poi il greco la fece passare, guardandola dalla testa ai piedi con aria lasciva.

«Buona da mangiare, eh?» disse al compagno con un'ammiccata.

Se li lasciò dietro, facendo una smorfia. Poi ricordò che non sapeva dove doveva andare e si fece prendere dal panico. Davanti a lei s'apriva un lungo corridoio semibuio e vuoto; sentiva voci d'uomini e un rumore di ciotole e cucchiai. Vagò qua e là per qualche minuto, decisa a trovare la strada da sola. Infine fu costretta a tornare alla porta e a chiedere alle guardie.

«Te lo dico se.... » rispose il greco, e le sussurrò un'oscenità all'orecchio.

Lei gli sputò sulle scarpe e corse via, risalendo le scale. Oltre l'angolo per poco non diede una testata a qualcuno che stava scendendo: era de Vire.

«Signoria, la tunica?» disse ansante.

De Vire la guardò perplesso dall'alto del suo metro e ottantasette.

«Gesù che fretta. Da questa parte.»

Lo seguì lungo il corridoio. Sotto le alte volte di pietra aleggiavano odori a lei nuovi e inquietanti. Cuoio, cavalli, vino—l'aria stessa del Castro parlava di uomini e dei loro rituali. Guardò le asce da guerra appese in fila lungo i muri, non sapendo come potessero sollevarle, e gli scudi di ferro dietro uno dei quali avrebbe potuto facilmente nascondersi. Quante volte, si chiese, aveva tessuto stoffa che la spada di un uomo aveva poi spaccato assieme alla carne che essa ricopriva?

De Vire spinse la porta della sua stanza e la fece entrare. La stanza era un disordine di vestiti, armi, stoviglie, carte da gioco. L'unica cosa inattesa in tutta quella confusione era una bellissima arpa normanna dal manico dorato che giaceva sul pavimento accanto a una piccola pozza di vino.

«Dio che porcile» imprecò de Vire dando un calcio a un mucchio di camicie.

«Entra, entra. Non mordo.»

Kallyna entrò, ma senza chiudersi la porta alle spalle. De Vire incominciò a spogliarsi con tutto l'agio del mondo, mentre lei continuava a misurare la distanza fra sé e la porta con occhiate furtive. Quando lui rimase vestito solo della sottotunica che gli arrivava al ginocchio, si tirò davanti uno sgabello e le fece cenno di salire.

«Allora le prendi queste misure o no?» brontolò mettendosi a gambe larghe.

Kallyna aprì il suo fagotto, ne trasse un lungo pezzo di corda annodato ad ogni spanna e salì sullo sgabello. Anche sullo sgabello arrivava appena alla barba nera di de Vire, ed era una posizione molto scomoda. Stava attenta a non premere le dita e a non guardarlo negli occhi scuri e infossati. Ma il modo in cui lui la osservava era placido, quasi innocente; sembrava semplicemente godersi la sua presenza. Per il momento, almeno, perché quando lei allargò le braccia per prendergli la misura delle spalle avrebbe potuto giurare che stava per gettarle le mani attorno alla vita e levarle tutto il fiato con un'unica possente zampata. Quando non lo fece, tirò un sospiro di sollievo fra sé .

«Quattro spanne alle spalle» dichiarò senza espressione. «Se non vi dispiace tenere a mente le misure, possiamo controllarle quando le segniamo.»

«Maledizione» sbottò de Vire. «Come se già non bastasse questa faccenda di dovermene stare qui impettito come un gallo... D'accordo, tre spanne.»

«Quattro, signoria.»

«Quattro, quattro.»

Poi tese la corda dalla cima di una spalla fino al ginocchio. «Sette spanne di lunghezza se la tunica la volete al ginocchio.»

«Al ginocchio, sì. E a maniche lunghe, belle larghe per farci entrare la cotta.»

«D'accordo, signoria. Allora quattro spanne per le maniche.»

«Quattro spanne, Madre di Dio. È fatta?»

«È fatta.»

«Alleluia.»

Mentre de Vire andava a rimettersi i vestiti, scese dallo sgabello e prese dal suo fagotto un pezzo di pergamena. «Sapete scrivere, signoria?»

De Vire la guardò torvo. «Mi prendi in giro? Scrivere è per monaci e preti. Ti sembro un monaco io?»

«Perdonate, signoria.» Con la punta di un coltello che era sulla tavola incise sulla pergamena quattro croci, sette cerchi e quattro frecce. «Per il disegno» continuò disponendo sulla tavola ingombra sei o sette pezze colorate. «Questi sono alcuni che ho fatto per altre commissioni. La croce e la spada, l'aquila a due teste.... »

«Lascia perdere» l'interruppe de Vire. «Non ho blasoni da sfoggiare, sono figlio bastardo. A me interessa solo che la fai resistente e larga. Soprattutto larga, mi piace mangiare. La stoffa sembra abbastanza per due... Dio sa che ho pagato quel ladro di mercante per due.»

«Ma di queste non ve ne piace proprio nessuna?» insisté Kallyna spingendo verso di lui le pezze ricamate.

De Vire le guardò con aria di disapprovazione. «Leoni, grifoni, draghi, c'è di tutto... Finirei per portare addosso la bestia di qualcun altro.» S'asciugò gocce di vino dalla barba col dorso della mano. «Fa' qualcosa di nuovo, qualcosa di testa tua. È una bella testa, dovrà pure uscirne qualcosa di buono.»

Lei riavvolse le sue pezze nel fagotto. «Ci proverò» disse incerta. «Sperando di farvi piacere...»

«Oh, ci vorrebbe ben altro che ricami per.... farmi piacere» rispose de Vire con una risata. «Mah» sospirò poi, togliendole gli occhi di dosso. Andò alla porta e mise fuori la testa.

«Saìd» gridò. «Dov'è quel pacco che t'avevo chiesto di portarmi?»

Dal corridoio si udì un suono di passi affrettati. Apparve un giovane arabo; fece un inchino a de Vire e gli porse un grosso pacco.

«Signoria, sarà qui» disse nel suo italiano stentato. «Il mercante la porta ora.» Gettò un'occhiata a Kallyna da sotto il suo bianco turbante immacolato.

Lei abbassò gli occhi. Non aveva mai visto un arabo da vicino; l'unica cosa che questo le ricordava erano i pirati dell'incursione. Non appena Saìd se ne fu andato si rivolse a de Vire con aria di rimprovero.

«Vi tenete un infedele come servo, signoria?»

De Vire soppesò il pacco reggendolo per la corda. «E perché non dovrei? Saìd è così furbo che le preghiere le dice quando crede che non lo vedo.»

S'accorse che lei stava storcendo la bocca. «Ah, voi ragazze di campagna pensate che sono tutti ladri e stupratori. La verità è che c'è più di una razza di arabi.»

«Non sono una ragazza di campagna» sbottò lei. «E si da' il caso che ho perso tutta la mia famiglia per via degli arabi, di qualunque razza fossero.»

De Vire finì d'allacciarsi la cintura e si diresse verso la porta.

«Lo so. Ti sono costati anche cinque frustate.»

«Dove andate?» gli chiese mentre usciva.

«Aspetta là un minuto» rispose lui dal corridoio. Kallyna diede un calcio al pacco della stoffa, stizzita.

Passò non un minuto ma molti. Cominciò ad andare qua e là per la stanza, osservandone il disordine. Da sotto uno dei due letti chiusi da cortine faceva capolino un indumento che le parve familiare: era il mantello di seta nera che portava d'Hancourt. Adesso la stanza aveva un nuovo significato. Era anche la stanza di lui; lì dormiva, mangiava, giocava alle carte e faceva l'amore. Si chinò a sfiorare le lisce pieghe del mantello, come per raccoglierlo.

Ma dove se n'era andato de Vire? si chiese poi irritata. Si ricordò della collera di Arnì, del silenzio di Tresa, di tutto il mondo là fuori che non le avrebbe mai perdonato di aver messo piede nel Castro. Decise che se ne sarebbe andata immediatamente; raccolse il pacco della stoffa e s'avviò verso la porta. Alla porta le braccia aperte di d'Hancourt che le bloccavano l'uscita le fecero capire che non andava da nessuna parte.

«Dov'è sua signoria de Vire?» chiese presa dal panico. «Mi ha dato la stoffa e il filo, è tutto fatto».

«D'accordo, d'accordo» rispose lui. Entrò rapidamente e chiuse la porta con una gomitata.

Per un attimo vertiginoso Kallyna si ritrovò a contare uno per uno gli anelli di ferro della cotta, spaventata di sentire la massa dorata dei capelli di lui così vicina alla sua testa.

«Signoria, per favore» lo supplicò poi. «Per favore?»

D'Hancourt la prese per le spalle e le diede uno spintone all'indietro, come per rammentarle che lui aveva tutto il potere e lei non ne aveva nessuno, e non perché era il governatore ma solo perché era un uomo. Poi la lasciò andare.

«Se non fossi un imbecille» disse in una voce senza tono «ti avrei presa da Trani molto prima che lo avessi ucciso. Ma questo vestito nero che porti...»

Kallyna torse i lembi dello scialle con un gesto angosciato.

«Con cinque morti... cos'altro dovrei portare?» mormorò.

Gli occhi di lui s'incupirono di collera. «Smettila di ricordarmi le tue piaghe, maledizione! Quando capirai che io con i tuoi morti non c'entro?»

«Lo so, signoria, lo so. E mi dispiace per quello che vi ho detto quel giorno alla Porta Vaticana... Mi dispiace, signoria.»

«Sicché ti dispiace» brontolò d'Hancourt. «Vuoi sapere una cosa? Sei la prima persona che mi chiama traditore ed è ancora in grado di raccontarlo.»

Lei abbassò la testa.

Dopo un po' lui si calmò e andò a sedersi sul letto.

«Sai suonare l'arpa?» chiese a casaccio, non sapendo che dire. Lei fece cenno di no. «Geoffroi vuole insegnarla a me, pensa un po'... Qualcuno ti ha chiesto del tuo promesso?» Lei fece ancora cenno di no.

D'Hancourt mise la mano sotto il cuscino, tirò fuori una borsellino e glielo offrì. «Questo è il denaro che aveva addosso. Ora è tuo.»

«Oh no, no, no. Non voglio neanche toccarlo.»

«Come desideri... Allora ne farò una generosa donazione alla chiesa della Madonna. Forse così qualcuno in questo paese smetterà di lagnarsi alle mie spalle di tutto quel che faccio.»

Tirò un lungo sospiro, scompigliandosi i capelli con colpi rapidi e ripetuti.

«Che notti calde avete in Italia. Come può dormire un disgraziato?»

Kallyna raccolse in sé tutto il suo coraggio. «Dove siete nato?»

«Saint Jacques d'Hancourt, Normandia.»

«Dove... dov'è la Normandia?»

«Molto lontano da qui, sul lato francese dello Stretto di Calais. Quando ero un ragazzo di tredici anni mio padre ha trascinato me e mia madre da lì fino a Monreale. Non sapevo nulla di questo paese... Ho dovuto imparare in fretta.»

«Dov'è adesso vostro padre?»

«Morto. Ha lasciato le ossa a Salerno durante la ribellione dei baroni di Puglia.» Tacque per un attimo, con lo sguardo perso nel nulla. «Mio padre è vissuto ed è morto come voleva lui, facendo la guerra.»

Ci volle qualche attimo perché Kallyna si rendesse conto che lui le aveva risposto ben più di quanto lei gli avesse chiesto. Ne fu sorpresa prima ancora d'esserne compiaciuta.

All'improvviso d'Hancourt alzò la testa e la guardò con tenerezza. Poggiò la mano sul letto. «Vieni. Siediti.»

Lei fece cenno di no per la terza volta, mettendo le dita sulla maniglia della porta. «Mi aspettano a casa. Non capisco perché mi trattenete.»

D'Hancourt s'alzò di scatto. «Ti trattengo perché ti voglio trattenere. E posso sempre chiamare i miei uomini là fuori perché ti leghino mani e piedi alle quattro colonne del mio letto se mi va di farlo!»

Kallyna rimase ferma davanti alla porta per un attimo, poi si girò in un gran ventaglio di capelli neri.

«Se pensate che quello sia l'unico modo per avermi, perché no. Precisamente come Raimo Trani, solo che voi potete farlo senza perderci il collo perché siete il governatore.»

D'Hancourt parve colpito da uno schiaffo. Dalla sua espressione sbalordita era chiaro che non s'era mai trovato davanti a tanta temerarietà. La guardò di traverso.

«Sei sicura che tua madre non ti ha fatto con un duca o qualcosa del genere?» si stupì. «Hai la stessa insolenza di una dannatissima dama di rango... e per San Giorgio, che linguaccia!»

Kallyna fece una brusca riverenza e aprì la porta. «Vi auguro una gran bella giornata, signoria.»

Prima che potesse uscire, la mano di lui le strinse la spalla con una presa calda e dolce. Tutta la sua collera era svanita. «Non andare a letto stanotte. Va' in giardino… Vedrai quali altri modi ci sono.»

Lei lo guardò a bocca aperta, poi quasi fuggì dalla stanza.

Al portone vide Arnì che tentava di entrare e le guardie che tentavano di mandarlo via, fra le imprecazioni di tutti e tre. Alcuni passanti si erano fermati a guardare.

«Eccola che arriva!» gridò il greco. «Tutta d'un pezzo tranne il turacciolo!»

Arnì gli sferrò un pugno allo stomaco. Kallyna riuscì a farlo allontanare prima che l'altro gli ricambiasse il pugno; il greco li inseguì brevemente, sapendo che non poteva lasciare il suo posto di guardia, infine fu costretto a tornare al portone, da dove continuò a gridare insulti e bestemmie.

«Stupido, cosa credi di fare?» Kallyna rimproverò Arnì. «Invece di fare tanto baccano aiutami a portare a casa questo pacco.»

«Porci» ansimò Arnì. «Non hanno voluto farmi entrare… Cosa t'avevo detto? Finirai per diventare lo zimbello di tutta Tropea.»

Kallyna strinse i denti e si parò davanti a lui. «Ascoltami bene. Ne ho avuto abbastanza di sentirmi dire come andrò a finire e dove andrò a finire. Prima mio padre, poi Raimo Trani, ora tu. D'accordo, diventerò puttana. Conosci una legge che lo vieta?»

Arnì la guardò esterrefatto. Nessuno avrebbe mai avuto l'ultima parola con questa donna, pensò, perché le parole erano la sola cosa che Kallyna aveva per difendersi dalla cattiveria del mondo.

Gettò a terra il pacco. «Va' all'inferno.» Volse le spalle e s'allontanò.

Lei lo seguì con lo sguardo, poi scoppiò a piangere. Un ragazzo incuriosito si fermò a guardarla mentre singhiozzava in mezzo alla piazza.

«Torna a casa, fila!» gli gridò; ma il ragazzo rimase dov'era.

❋   ❋   ❋

Quando arrivò a casa aveva smesso di piangere. Portò dentro il pacco, facendo quanto più rumore potesse come per attutire il fragore dei suoi pensieri. Le ultime parole di d'Hancourt echeggiavano dentro di lei come un'ossessione.

Tresa era assieme a Rachele Tedesco, che abitava nella casa accanto, seduta alla al tavola di cucina davanti a un piatto di ricotta.

«Tresa mia» diceva Rachele «i normanni non saranno mai contenti. Quando sono venuti qui non avevano che le scarpe ai piedi. Poi si sono presi metà della nostra terra, e ancora non erano contenti. Poi un bel giorno Re Ruggero si sveglia e dice '*M'è venuta voglia di quelle belle cozze del lago di Lucrino*'. E gli dicono che non può averle, perché il lago di Lucrino appartiene a Napoli. '*E Napoli chi la comanda?*' chiede il re. '*Il Duca Sergius*' gli rispondono. '*E allora*' dice il re, '*andiamo a fare la guerra al Duca Sergius!*»

Kallyna le salutò entrambe e salì nella sua stanza. Chiuse la porta e prese il vestito che stava ricamando. La finestra era aperta. Posò l'ago e si alzò. Guardò il giardino; le tegole dei tetti tutt'intorno erano ancora lucide della pioggia di ieri. Il cielo grigio sembrava fatto di bioccoli di lana. Si premette le mani sui fianchi, e tutto il suo corpo le parve un albero carico di frutti.

Arnì tornò all'ora di cena. Non era più in collera, ma nessuno parlò molto. Dopo cena Kallyna portò su in camera sua il pacco di de Vire. Osservò a lungo il soffice panno di lana, pensando a cosa potesse farne. Arnì fece capolino dalla porta; poiché lei non lo scacciò, entrò e rimase accanto a lei senza parlare.

«Senti, mi spiace» disse dopo un po'. «Almeno spero che tu sappia perché l'ho fatto.»

«Lo so perché l'hai fatto. Dove sei stato tutto il giorno?»

«In giro… pensando. Domani vado a Vibona, a vedere se quel mastro orafo di cui mi hai parlato vuole prendermi come apprendista.»

Lei annuì, felice. «Bravo. È bene. Andrà tutto bene.» Gli sorrise ancora. «Testa di legno.» Arnì sorrise anche a lei prima di andarsene.

Stava per cadere la notte, e ora lei sapeva cosa la notte le avrebbe portato, perché si era decisa. Anche se lui non fosse venuto e non le avesse mai più rivolto la parola, per la prima volta nella sua vita era stata lei che aveva scelto, che aveva soppesato le conseguenze e le aveva ignorate.

Dopo il tramonto cominciò a cadere una pioggia lieve che scivolava sulle tegole con un suono sommesso. Nella casa c'era solo il silenzio profondo del sonno. Aveva dormito a tratti, girandosi e rigirandosi nel calore afoso della stanza. Dalla finestra accostata sembrava venire un richiamo impellente, come quello che aveva sentito nelle voci dei venditori di frutta quando ammonivano che la loro uva non sarebbe durata per sempre. Neanche quella notte sarebbe durata per sempre. Infine s'alzò e andò alla finestra. Non vedeva nulla.

Prima cercò una camicia da notte pulita, che riconobbe al buio passando le dita sui ricami attorno alla scollatura. Si tolse la tunica e s'asciugò il sudore su tutto il corpo. Poi trovò il pettine di tartaruga e si pettinò i capelli con gesti lunghi e attenti, come una sposa. Dopodiché s'infilò la camicia da notte, che le scivolò attorno fresca come un brivido. Infine lasciò la stanza e scese quieta le scale. La porta della cucina si aprì senza fare rumore. La chiuse dietro di sé, per sempre, ed uscì nel giardino.

Sembrava un luogo tutto nuovo, quasi la terra sotto la prima pioggia che fosse mai caduta. Mentre camminava verso l'angolo più lontano, gocce d'acqua le toccarono le spalle simili a dita rapide e fresche. L'albero di limone la riparò sotto i suoi rami neri. Afferrò il legno ruvido sopra di lei e chiuse gli occhi.

Il suono smorzato di piedi che saltavano dal muro le giunse alle orecchie assieme al mormorio della pioggia e vi si perse. Prima di vederlo sentì le sue braccia che si chiudevano attorno a lei, scacciando il vuoto che l'aveva circondata così a lungo.

«Streghetta!» mormorò lui col fiato corto, riconoscente. «Non mi hai fatto aspettare.»

«Voi sì, signoria. Tutti i miei anni.»

La bocca di lui sapeva di pioggia e non era paziente. S'allontanò un attimo per togliersi il mantello e stenderlo sull'erba accanto al tronco dell'albero; poi sciolse tutti i nodi che lei aveva lasciato allentati, e la candida camicia da notte cadde lievemente sulla seta nera del mantello.

Divenne vetro prezioso nelle mani di un vetraio di rosoni, mani tenere e abili che sembravano potessero contenerla tutta. Quando la fece stendere a terra obbedì fiduciosamente al rituale. Il suo corpo alto la coprì e la nascose. Le tenne le mani strette sopra la testa. D'un tratto spinse il volto nei suoi capelli, come un bambino impaurito da un rombo di tuono, e respirò profondamente il suo profumo di pane fresco.

«Ora non gridare» sussurrò, e perché la bocca di lei stava per aprirsi l'attutì con la sua. Gli occhi di lei si spalancarono per un istante e la fronte s'increspò in una lieve smorfia di dolore. Ma invece di farsi indietro si mosse con lui che si muoveva come una lunga, lenta marea che s'alza e si ritrae.

La pioggia era tiepida, profumata d'erba e di foglie. Tutta la memoria e tutto il tempo sembravano cancellati, assieme al dolore che era stato sempre con lei. Le sembrava di nascere, e stavolta era stata lei a volerlo.

❊   ❊   ❊

«Kallyna. Kallyna?»

«Sì.»

Il modo in cui disse quell'unica parola gli fece pensare che sarebbe stata la risposta a qualunque cosa lui volesse.

Dopo che s'era allontanato da lei s'era rivestito; ora stava appoggiato sul gomito guardandola assorto. Quando lei aprì gli occhi fu fiera di vederlo così pienamente appagato. Aveva smesso di piovere ed era quasi l'alba. Kallyna si tirò a sedere, cercò sotto di lui la camicia da notte e se la mise di fretta. Lui parve bonariamente divertito da quell'improvviso pudore; allungò la mano per aiutarla ad annodare i lacci, ma lei garbatamente rifiutò l'aiuto. Quando ebbe finito cominciò a intrecciarsi i capelli con la stessa fretta.

«Forse è meglio che andiate, signoria. Fra un po' mio zio va alla masseria.»

«Tuo zio lavora anche la domenica?» si stupì lui.

Kallyna si fermò. «Oh, è domenica…»

Lui giocherellò con la sua lunga treccia, avvolgendosela attorno al pugno.

«Se avessi saputo…» disse quasi fra sé.

«Saputo cosa?»

«Che sei fatta a questo modo... così bella. Non avrei sprecato tanto tempo.»

«Come potevate essere sicuro che ero in giardino?»

Lui sorrise. «Uno non può tirare a indovinare ogni tanto?»

La risposta affabile la rese più audace. «Dunque cosa avreste fatto se io non fossi venuta in giardino?»

Lui scosse la testa. «Non farmi domande che non mi piacciono. Ho da badare al mio orgoglio... che io lo voglia o meno.»

Kallyna tacque. Alcune gocce di pioggia gli caddero sui capelli dai rami dell'albero; misurò la sua mano grande con quella di lei e parve stupito dalla differenza.

«Mi vorrete qualche altra volta?» gli chiese.

All'improvviso lui si rattristò. I suoi occhi si fecero irrequieti e la sua voce dura.

«Parto oggi, a reclutare uomini in tutta la contea. Non so quando tornerò... e quando tornerò sarai certamente sposata con qualcuno.» Le accarezzò la testa, poi si alzò e raccolse il mantello da terra.

Si alzò anche lei. Le lacrime le salivano agli occhi ma non avrebbe pianto davanti a lui, perciò sperò che andasse via presto. Lui si chinò per darle un bacio veloce, gurdando con la coda dell'occhio il muro che doveva scavalcare e il cielo che si rischiarava.

«Se non sarò sposata» disse mentre lui metteva il piede sul ramo più basso dell'albero «vi aspetterò.»

Lui la guardò dall'alto e fece cenno di sì, sorridendo. «D'accordo. Ti porterò una fibbia d'argento. Una molto fine, come quelle che fanno in Francia. Addio, Kallyna.»

«Dio vi guardi, signoria.»

Chiuse gli occhi. Sentì il fruscìo delle foglie, il tonfo ovattato dei suoi stivali sull'erba dall'altro lato del muro e il garrire delle prime rondini.

Quando fu di nuovo nel suo letto ripercorse lievemente sul corpo la scia delle mani di lui, come a fissarne per sempre il ricordo. Tresa si svegliò e andò a dare un'occhiata nella sua stanza. Dormiva profondamente, raggomitolata in un angolo del letto; neanche la luce del sole che si riversava sul suo viso dalla finestra potevano disturbare la sua pace.

❋   ❋   ❋

Era quasi mezzogiorno quando i soldati che lei vedeva in sogno fermarono i cavalli al lato della strada e smontarono accanto alla fontana, un mascherone dalla bocca spalancata da dove l'acqua scrosciava in un'ampia conchiglia di pietra coperta di muschio. Le colline, gialle di stoppia, sembravano tremolare nella calura che la pioggia dei giorni scorsi aveva fatto ancora più afosa. Lungo la costa cosparsa di scogli il mare riluceva come un'armatura.

I soldati bevvero a sazietà, poi raccolsero freschi rami di felce e vi si stesero sopra sbarazzandosi del peso delle armi. Dalle bisacce trassero pagnotte e fette di carne salata; mangiavano lenti, come masticando insieme cibo e pensieri.

Geoffroi porse a Dalibor una borraccia piena d'acqua, poi si passò la mano sulla nuca madida di sudore.

«Cosa t'avevo detto, dolce signore? Il sole di questo paese ci rinsecchirà tutto quello che abbiamo di maschio. Ancora un paio d'anni di questa vita e saremo pronti ad abbassare bandiera per sempre.»

Dalibor beveva e brontolava distratto. Guardava la scarpata che s'apriva dall'altro lato della strada digradando verso la spiaggia in un groviglio di erbacce. Lo spicchio di mare che vi faceva capolino sembrava allettarlo come l'orlo di un vestito di donna intravisto dietro una porta socchiusa.

Geoffroi si riprese la borraccia e si versò sul viso l'acqua che vi rimaneva, sbuffando di piacere. «Tieni il sedere inchiodato a quella sella tutto il giorno o vieni giù a mangiare?» chiese.

Dalibor agitò le mani per farlo tacere, guardando il mare e tastando le redini. Poi conficcò gli speroni nei fianchi del cavallo e si gettò a precipizio lungo la scarpata sollevando una nuvola di polvere.

Geoffroi lo guardò sbigottito mentre scompariva dalla vista.

«Quel figlio di non so cosa vuole rompersi l'osso del collo» mugolò.

Si rivolse ai soldati. «Boemondo, tieni d'occhio la strada e vacci piano con quel vino!» Montò il cavallo più vicino e seguì Dalibor giù per la scarpata. Lo raggiunse quando Dalibor aveva oltrepassato la stretta spiaggia, mentre il suo cavallo procedeva lento nella risacca. Diede uno strattone alle redini.

«Sei uscito di senno o che?» lo apostrofò.

Dalibor si guardava le mani, continuando a ignorarlo. Allarmato, Geoffroi si chinò verso di lui e gli scrutò il viso. «Per le gonne di Sant'Anna, guarda un po' adesso…Ehi, mi hai sentito? Stai male?»

Dalibor alzò la testa. «Senti, lasciami in pace. Non ho chiuso occhio tutta la notte.»

Geoffroi scoppiò in una gran risata rauca. «Oh certo, ma non è stato il mio russare a tenerti sveglio!»

Dalibor non rispose. Spronò il cavallo su per la scarpata mentre Geoffroi gli andava dietro sudando e imprecando.

«Credevo che me la sarei levata dalla mente una volta che l'avessi avuta… Almeno quello era il tuo consiglio.»

«E non ha funzionato?»

«No, maledizione, no!» esclamò Dalibor, e nella sua voce c'era quasi il panico. «Avrei dovuto lasciarla in pace, ho avuto già abbastanza guai per colpa sua. Quella donna porta male…Da quando ho messo piede in quel dannato paese non ho avuto un attimo di pace.»

Geoffroi scosse la testa. «Tanto chiasso per nulla… Tu ed io siamo rimasti in poltrona troppo a lungo. Una bella guerra sostanziosa avrebbe già spazzato le ragnatele da quella testa dura che hai.»

Fianco a fianco i cavalli risalirono la china e s'avviarono verso il boschetto, dove i soldati sonnecchiavano all'ombra.

«Sei innamorato?» chiese Geoffroi.

Dalibor gli gettò un'occhiata furibonda. «Per amor di Dio non parlare come un pazzo!»

Geoffroi sorrise. «Sembri spaventato a morte…Bravo, è così che dev'essere. Faresti meglio a perdere la vista che ad innamorarti di una donna.

Forse ci guadagneresti come uomo, ma come soldato diventeresti inservibile. E mi dici a che serviamo noi uomini ai giorni nostri se non a fare i soldati?»

Dalibor storse la bocca. «Amen, Padre. Non ti stanchi mai di farmi lo stesso sermone. Devono averlo predicato fin da quando i soldati li hanno inventati.»

Uno degli uomini portò loro del pane, della carne salata e due piccoli otri di vino. Si sedettero assieme sotto un albero d'olivo, lontani dagli altri. Dalibor mangiava svogliatamente, guardando il suo cibo come chiedendosi perché non sapeva di niente.

«Però dimmi, figliolo» sussurrò Geoffroi con aria maliziosa. «La ragazza da buon cristiano l'hai goduta? Ti sei divertito?»

Dalibor sorrise fra sé. «Divertito non è la parola giusta.»

Geoffroi spalancò gli occhi. «Ah! Dunque per te c'è ancora speranza. Non sei solo un maniaco della frusta.» Spezzò in due una pagnotta e vuotò metà del suo otre di vino, continuando a sproloquiare.

«Ancora non capisco come diavolo sei finito per piacerle dopo quello che le hai fatto, ma suppongo che non sono affari miei... Io con le brave ragazze non saprei dirti com'è. Mi sono imposto la regola di non correre dietro alle vergini, specialmente in questo paese dove hanno tutte padri e madri che chiamano le guardie se alle figlie dai solo il buongiorno.»

«Lei padre e madre non li ha» disse Dalibor assorto.

«È una fortuna, no?» rispose Geoffroi. Si rivolse ai soldati. «In piedi, muovetevi!» tuonò. Gli uomini s'alzarono di mala voglia, strascicando i piedi.

«Adesso arriva la parte più deliziosa del viaggio» si lamentò Geoffroi con un sospiro. «Tutto il pomeriggio davanti e non una foglia sulla testa.»

I soldati serrarono i ranghi, aspettando il comando. Dalibor alzò il braccio e i cavalli ripresero la loro andatura sonnolenta sulla strada polverosa e arsa dal sole.

VIII

L'AUTUNNO, COME SEMPRE LUNGO LE COSTE DELLA CALABRIA, giunse senza un colore tutto suo, ancora preso nella scia della lunga estate calda. Era più come una premonizione, da avvertire prima che da vedere. Dovunque si sentiva l'odore forte del mosto. C'erano uomini e donne a lavorare nei vigneti; ma è una terra così aspra che non si vedevano, e dal fondo delle ripide vallate saliva solo il loro canto.

La casa di Kallyna era vuota. All'inizio di settembre erano andati a stare alla masseria per la vendemmia. Kallyna s'era portata con sé la tunica per Geoffroi de Vire, già cucita. Alla fine della giornata si sedeva sugli scalini del portone e ricamava fino a tardi. Aveva trovato il disegno per l'indumento, o forse era il disegno che aveva trovato lei.

I monaci di San Nilo avevano cominciato a scavare un canale d'irrigazione da una sorgente in collina fino al loro ampio orto ben tenuto. Il giorno della festa di San Michele, quando Kallyna e i suoi zii erano venuti ad ascoltare la messa, uno dei monaci aveva urtato con il badile una grande lastra di marmo scolpito. Era stato chiamato Padre Costantino, il più dotto fra loro; l'abate aveva riconosciuto il lavoro delle mani di uomini scomparsi da secoli. Il sarcofago magno-greco era stato sollevato con cura dal suolo e portato dentro il monastero.

Era ancora sigillato, intatto, una nave bianca a valle sul fiume del tempo. Sarebbe stato usato ancora, forse come panca nella cappella o forse come bara di un nobile erudito. Le ossa dell'antico morto senza nome vennero disperse al di fuori dei confini consacrati del monastero poiché erano quelle di un pagano.

Quando Kallyna aveva visto il sarcofago era stata subito colpita dalla bellezza dei bassorilievi che lo ricoprivano come raccontando una storia. Era la storia di un re marinaio che errava sul mare dopo una lunga guerra: qui faceva naufragio su un'isola incantata, qui incontrava una giovane principessa, qui sfuggiva a un mostro gigantesco con un solo occhio in fronte.

Kallyna non aveva mai visto nulla di simile. La storia l'avvinceva come le scene bibliche scolpite sulle pareti della cappella; ma a paragone di quelle figure rozze e quasi nane, le creature che adornavano il sarcofago le parvero perfette, come perfetto doveva essere davvero il paradiso. Quando però chiese a Padre Costantino se poteva copiarle per i suoi ricami, l'abate rispose con disapprovazione: erano miti pagani di un popolo che non aveva mai adorato l'unico vero Dio.

«Ma sono così belli, Padre!» lo aveva supplicato lei. «Come può una cosa così bella essere cattiva?» Poi, un po' alla volta mentre sedeva nella cappella facendo finta di pregare, si era fissata le immagini nella memoria; tornata a casa le aveva ridisegnate, disponendole nella sua mente all'interno di larghe bande che avrebbe cucito lungo l'orlo e le maniche della tunica di de Vire.

Talvolta, mentre lavorava d'ago, zia Tresa e zio Gheorghe si fermavano a guardare, e Kallyna cominciava ad inventare storie tutte sue del re marinaio. Gheorghe scrollava le spalle perplesso. A Tresa piacevano i colori della vela della nave e i buffi elmi degli antichi guerrieri; ma si fece il segno della croce, inorridita, quando vide il gigante con un occhio solo.

A ottobre venne il vino nuovo che spumeggiava nelle botti di quercia, e il gesto ampio e fiducioso dei seminatori. Lungo le coste il suono cupo del mare presagiva l'inverno. Presto sarebbe venuto il tempo di raccogliere le castagne; i ricci spinosi già cadevano dagli alberi senza fare rumore. I boschi erano tutto un tappeto di ciclamini rosei, e i grossi funghi divenivano grida di meraviglia nascoste sotto le foglie morte.

Arnì aveva cominciato l'apprendistato a Vibona. Andava e veniva dalla città vicina ma sarebbe andato ad abitare in casa del mastro orafo non appena il lavoro alla masseria fosse finito. Ora che d'Hancourt era partito il reclutamento per la guerra contro Napoli era stato affidato a Robert Sainte Croix. Non tutti i giovani di Tropea erano ad addestrarsi al Castro. Molti erano alla vendemmia; Tresa non perdeva mai l'occasione d'indurre Kallyna a lasciare che le facessero compagnia, ma Kallyna aveva i suoi modi di tenerli tutti a distanza.

Era cambiata. Si muoveva e parlava più lentamente, con una strana calma: sembrava di rivedere Sila nella pelle della sorella. Per nulla contenta, Tresa quasi rimpiangeva l'altra Kallyna, quella che rizzava il pelo e graffiava come una gatta. L'unica scintilla di ribellione venne quando le rammentò ancora una volta, ma non con lo stesso tatto, che doveva trovarsi un marito.

«Di mariti non ne ho bisogno» aveva risposto brusca, chiudendo il discorso.

Le unghie c'erano ancora, pensò Tresa; non erano scomparse solo perché ora faceva le fusa.

Kallyna s'allontanava spesso dagli altri, col cesto dell'uva pieno solo a metà. Una volta Gheorghe dovette andare a cercarla; la trovò accanto alla sorgente, nascosta così quieta nell'erba che un gran falco picchiettato era uscito dal nido e roteava lento su di lei. Gheorghe l'aveva rimproverata e lei aveva sorriso fra sé, come nascondendo un segreto.

Poi venne la pioggia, e le prime sere fredde. Tresa rimestava la marmellata di castagne che ribolliva sul fuoco e Gheorghe arrotava i suoi attrezzi. Kallyna portava il braciere di rame sugli scalini e vi ammucchiava dentro il carbone, aguzzando gli occhi nel buio che s'andava allargando al di là di grandi strisce di cielo giallo.

Ma la notte era uno spazio troppo vasto per lasciarvi vagare la sua anima. Sapeva che stare in pensiero per lui avrebbe solo fatto del tempo una tetra eternità. Meglio chiudere la porta contro il vento e accoccolarsi accanto al focolare, seguendo il filo colorato che entrava e usciva dal caldo panno di lana grigia. Meglio solo aspettare, come lo aveva aspettato la notte che era venuto nel giardino.

✳   ✳   ✳

La seconda settimana d'ottobre chiusero la masseria e andarono in città per la fiera. Ancora prima che fossero arrivati alla Porta Vaticana udirono il suono di un gran subbuglio. Le campane suonavano da tutte le chiese, il corno echeggiava dalle mura, le strade brulicavano di gente. Dal portone del Castro sfilavano soldati in alta uniforme, mentre altri spiegavano dal balcone il grande vessillo cittadino. Ad ogni altro balcone erano appesi scialli ricamati, coperte di damasco, tovaglie di merletto, qualsiasi cosa che somigliasse a una decorazione festiva. Assediati dalla folla eccitata, Kallyna, Tresa e Gheorghe si guardavano intorno senza capire.

«Cosa succede?» chiese in giro Tresa. «Cos'è tutto questo trambusto?»

«Il re!» rispose un uomo. «Non sembra vero… Il re viene a Tropea!»

Con un gran stridore di cardini arrugginiti i soldati spalancarono l'intera Porta Vaticana. Due sergenti gridavano a piena voce per fare sgomberare la strada, spingendo la folla ai due lati. Un terzo andava cercando le giovani più graziose; fece segno a Kallyna di avvicinarsi alle altre che aveva scelto, le mise in mano un cestino pieno di fiori e s'allontanò di corsa. Bisbigliando e ridendo le altre le indicarono il suo posto. Allungò il collo per vedere dov'erano Tresa e Gheorghe, ma erano scomparsi nella folla.

Le campane non cessavano di suonare, facendo quasi vibrare l'aria. Cosimo Falizza veniva verso la piazza, accompagnato dalla moglie e da tutti gli altri nobili della città; lo seguiva un ragazzo che portava su un cuscino di velluto scarlatto due enormi chiavi dorate. Arrivarono mentre una fila di cavalleggeri passava per la Porta facendo strada al corteo. Col cuore in gola Kallyna sollevò lo sguardo verso Ruggero Altavilla, re di ogni cosa a sud di Roma.

Alto e robusto nelle ampie pieghe del mantello che ricopriva il dorso del cavallo, sembrava un'immagine uscita dalle pagine di un libro miniato. L'età lo aveva reso meno agile, ma non meno forte; neanche la guerra, l'inevitabile necessità del suo tempo, aveva offuscato il vigore del suo corpo e della sua mente. All'ombra dell'elmo sormontato dalla corona gli occhi erano acuti come quelli d'un ragazzo, e nel cappuccio di maglia il viso somigliava quasi a quello di un monaco, asciutto e attento.

Dietro di lui veniva il principe Guglielmo, il cui aspetto non dimostrava nulla della saggezza paterna. La bellezza di Ruggero si perdeva nello sguardo cupo e diffidente degli occhi scuri, e le strette labbra sembravano poco avvezze a sorridere. Benché ancora ragazzo, lo sfoggio d'abiti e armi che superava quello del padre rivelava un futuro sovrano al quale i sudditi avrebbero dato il nome di Guglielmo il Malo.

L'uomo che accompagnava Guglielmo doveva avere un posto particolare a corte se gli era permesso di cavalcare al fianco di un principe della Corona. Lo rendeva ripugnante alla vista una cicatrice slabbrata che gli attraversava tutta la guancia. Se sul viso di Guglielmo un sorriso sarebbe sembrato un errore, sul viso del suo compagno sarebbe parso un sogghigno di scherno.

Sospinta da una delle giovani accanto a lei, Kallyna prese dal cestino una manciata di astri gialli e la gettò davanti agli zoccoli del cavallo di Ruggero. Mentre entrava in città la folla proruppe in uno spontaneo evviva solamente perché era il re, dato che dell'uomo si conosceva ancora poco o nulla; anzi fino a quell'istante i tropeani non sapevano neanche che aspetto avesse. Le madri gli porsero i bambini perché li baciasse, Cosimo Falizza s'aggiustò l'orlo del giustacuore di broccato e sua moglie Donna Vittoria si coprì col ventaglio di stecche d'avorio il viso arrossato dall'emozione.

Kallyna cercava fra le molte teste una che non le avrebbe fatto desiderare il sole in quella grigia mattinata autunnale. Prima le sfilò davanti un gruppo eccezionale di uomini: Giorgio d'Antiochia, ammiraglio della flotta reale, greco; Abu Abdullah Al Idris, geografo di corte, arabo; e il giovane figlio di Robert Selby, inglese. Ognuno indossava l'abbigliamento del paese d'origine: Giorgio d'Antiochia la dalmatica bizantina orlata di perle, Idris il burnus bruno e un turbante splendidamente drappeggiato, Selby lo scudo inglese dai leoni rampanti. Nessuno aveva mai visto una varietà simile; sembrava che tutto il mondo fosse arruolato nell'esercito di Ruggero.

Per ultima venne la coppia familiare di d'Hancourt e de Vire, l'uno luce quanto l'altro era ombra. I capelli di Dalibor si erano fatti più lunghi, e sfuggivano dal cappuccio della cotta di maglia come oro fuso che si spande dal calderone di una fonderia. Kallyna affondò la mano nel cestino, prese una manciata più grossa di fiori e la lanciò in aria mentre lui le passava davanti. Dalibor allungò il braccio, afferrando al volo uno dei fiori. Fece finta di non guardarla ma un sorriso gli increspò irresistibilmente le labbra, perché si era spinta tanto in avanti che lo stallone grigio le annusò i capelli.

Non appena si fu allontanato restituì il cestino al soldato e seguì la folla. Accanto a lei passarono cigolando tre carretti che trasportavano forzieri avvolti di catene e una gabbia di falchi da caccia che si cibavano di brandelli di carne cruda.

Finalmente le campane tacquero, lasciandosi dietro una eco sonora, e anche i campanari scesero giù di corsa per vedere il re. Agitando le braccia come pale di mulino le guardie riuscirono a imporre silenzio. Cosimo Falizza si fece dare il cuscino di velluto scarlatto e chinando la testa quanto più gli era possibile offrì le chiavi a Ruggero.

«Al nostro graziosissimo sovrano e signore» intonò solennemente in latino. «Che viva e regni in perpetuo.»

A quelle due ultime parole Ruggero sorrise lievemente fra sé, da uomo che conosce bene il valore fragile del tempo e del potere. Sollevò paziente le chiavi, le baciò e le ripose sul cuscino come aveva fatto in ogni altra città in cui s'era fermato lungo la strada.

«E che la nobile e fedele città di Tropea goda di prosperità in perpetuo» rispose in latino, come aveva fatto in ogni altra città in cui s'era fermato lungo la strada, cambiando solo il nome della città. Sulle sue labbra la frase consunta del cerimoniale suonava quasi stanca.

All'udire la voce del re la folla proruppe ancora una volta in un'ovazione. Kallyna si era alzata in punta di piedi per vedere. Dalibor scese di sella per reggere la staffa a Ruggero in segno di rispetto. Una volta smontato, Ruggero venne circondato da una folla di nobili che s'accalcavano per baciargli la mano, dargli il benvenuto, presentare mogli e figli. Falizza gli porse l'invito formale di ospitarlo in casa sua e Ruggero accettò offrendo il braccio a Donna Vittoria, che quasi indietreggiò come non osando toccarlo. Si formò una processione di coppie al seguito della prima; Dalibor scelse a caso una delle figlie di Corrado Altamura mentre Geoffroi si prese sotto le ali non una dama ma due.

Dietro la processione la folla si raccoglieva in crocchi disordinati. Nessuno voleva tornare a casa. Notizie e dicerie passavano di bocca in bocca, venivano smentite o corrette. Da quanto Kallyna poteva apprendere, Ruggero era diretto a Napoli per lanciare un'offensiva finale contro il Duca Sergius. L'esercito che andava raccogliendo lungo la strada stava accampandosi sulle colline dietro la città.

«Ha fatto voto solenne che ascolterà la messa di Natale nella chiesa di Sant'Elmo» dichiarò uno dei presenti.

«Che Dio glielo conceda» aggiunse un altro «ma ho paura che la messa sarà quella di Pasqua, non di Natale.»

Le donne si fecero il segno della croce. «E che mio marito… mio fratello… mio figlio possa ritornare assieme a lui presto e in buona salute.»

Kallyna seguì la processione fino al Castro. Lì vide le giovani dame che si affollavano attorno al re nei loro abiti fini e i loro gioielli costosi. Dalibor si muoveva a suo agio in mezzo a loro, e lei non gli era mai stata tanto lontana, un puntino nero sperduto in mezzo a cento altri.

Una gelosia disperata la prese. Si nascose dietro il battente di un portone aperto, sporgendo fuori la testa: la figlia di Corrado Altamura, la baronessina, stava facendo scorrere le belle mani bianche sull'elsa della spada di Dalibor, ammirando gli intarsi d'argento. Mentre lui camminava tenendola sottobraccio e chiacchierando con lei, Ruggero gli mise la mano sulla spalla e gli rivolse un sorriso affettuoso.

Kallyna volse le spalle e s'avviò verso la piazza. Scortati da servitori arabi, i carretti che trasportavano i forzieri del re le tagliarono la strada. Da dietro le sbarre della gabbia i grossi falchi grigi lanciarono un grido stridulo, le gole spalancate come in una risata di streghe.

Torna al tuo posto, ragazza di campagna! sembravano sghignazzare. *Torna al tuo posto!*

❄   ❄   ❄

I nobili si erano ritirati come sull'alto cassero d'una nave, occupati al compito privilegiato d'intrattenere il re e la sua corte. Si udivano echi di musica dalle alte finestre sbarrate delle loro case poste in vie più appartate. Servi armati di pugnale erano di guardia accanto ai portoni per allontanare gli intrusi.

In piazza Portercole la folla si riuniva nel suo consueto salotto, il mercato. Gli sguatteri dei Falizza saccheggiavano i chioschi in cerca del meglio, e una volta tanto pagavano il prezzo intero della merce. Anche Gheorghe era uscito dalla messa prima del solito, e adesso stava facendo i migliori affari della sua vita vendendo la sua bella uva nera. Kallyna aveva trovato gli zii ma ora voleva solo andare a casa; tutta quella gente eccitata e vociante la stordiva.

«Il più bell'uomo in assoluto che si sia mai visto» dichiarò Tresa per la terza volta, mentre ogni donna accanto a lei faceva segno per la terza volta d'essere d'accordo.

«Mi hanno detto che parla tutte le lingue del reame come se gliele avesse insegnate sua madre» disse una di loro.

«Quello è niente» ribatté un'altra. «Ho sentito dire che se la fa con streghe e negromanti... Il Papa dice che è un infedele e dovrebbe essere scomunicato.»

«Davvero?» si stupì la prima passando la notizia.

«E tutti quei cavalieri così fini, così alti» sospirò Tresa.

Una ragazza si chinò in avanti con aria di mistero. «Quello con la cicatrice è un grande amico del principe. *Un amico del cuore*, se mi spiego bene.»

«Vero, vero» aggiunse un uomo. «Si chiama Falco da Torre.»

Tresa gli diede una gomitata. «Però certo che somiglia più a una civetta del malaugurio che a un falco.»

Kallyna ne aveva avuto abbastanza. Disse a Tresa che l'avrebbe aspettata a casa e andò via. La cucina l'accolse come un rifugio, immersa in una penombra silenziosa e fragrante di erbe. Per lunghi minuti rimase seduta alla tavola con la testa sulle braccia. Perché non le aveva detto nessuno che d'Hancourt non sarebbe sempre andato ad aggirarsi di notte come un amante? Arnì aveva ragione, non c'era nulla da guadagnare ad avvicinarsi ai signori. Forse quando il re fosse partito e tutto quel trambusto fosse finito d'Hancourt le avrebbe mandato un messaggio... Batté il pugno sulla tavola, bruciante di vergogna. Ecco, pensò, ridotta ad aspettare la strizzatina d'occhio di un normanno senza neanche sapere se sarebbe mai arrivata!

Sentì bussare alla porta, e s'alzò ad aprire controvoglia. Rimase stupita di vedere che era Saìd, il giovane servo arabo di de Vire, che la salutava nella sua lingua incomprensibile. Gli fece segno di parlare.

«Sua signoria de Vire mi manda per quella tunica che gli state fabbricando. La vorrà consegnata stasera.»

«Ma non è ancora finita!» disse lei allarmata. «Mi ha dato tre mesi di tempo e ne sono passati solo due!»

Saìd chinò garbatamente la testa. «Non importerà. È... presentabile?»

«Ci sono pezzi che non ho ancora riempito. Se il vostro padrone vuole fare sfoggio con il re, non lo farà con quella tunica.»

«Padrona, andrà bene» insisté paziente Saìd. «L'indumento serve stasera verso il sole calante. Lo stirate, prego, e lo consegnate, prego, alla casa di sua signoria Falizza. Sarò presente per accompagnarvi.»

«Aspettate...» lo fermò. «Lo stirerò, ma perché devo anche consegnarlo? Non potete farlo voi? I soldi non importano, potrà pagarmi più tardi.»

Stavolta Saìd per poco non gettò al vento la diplomazia.

«Padrona, prego. Sua signoria de Vire mi da alcuni ordini. Non so perché vuole che consegnate, ma penso che non sarà...» aggrottò la fronte mentre cercava il vocabolo giusto «non sarà indecente se voi farete una volta quanto un servo mio pari farà sempre...obbedire, nessuna domanda.»

Kallyna rimase a guardarlo sbalordita mentre s'allontanava col suo passo leggermente zoppo e la dignità di un principe—che, pensò, poteva benissimo essere stato nel suo paese natale; poi sbatté la porta. Andò avanti e indietro per qualche attimo, pensando pensieri poco caritatevoli su Geoffroi de Vire. Infine si fermò.

«Benissimo» borbottò. «A casa dei Falizza ci vado. E faccio l'inferno se mi paga di meno perché non è finita.»

Al calar del sole s'alzò un vento freddo che frusciava tra le strade e i vicoli portando con sé un odore di alghe dalla spiaggia bagnata. Saìd l'aspettò nella piazza, reggendo una torcia. Kallyna s'avvolse nello scialle e lo seguì.

Il palazzo dei Falizza sorgeva in una piazzetta circondata da vecchie palme scarne. L'alto portone ad arco occupava quasi tutta la facciata, sormontato da uno stretto balcone sul quale il tetto sembrava incombere come un sopracciglio corrucciato. In cima al portone era scolpito lo stemma nobiliare.

Un servitore in livrea venne ad aprire e li fece entrare nel vestibolo. Dalla cucina del seminterrato proveniva il suono di una gran confusione. Si stava preparando una cena degna davvero di un re e lauta abbastanza da sfamare anche il suo esercito. Al di sopra delle voci degli sguatteri e del frastuono di pentole e padelle si udivano gli ordini imperiosi di Donna Vittoria Falizza.

Dopo qualche attimo d'attesa de Vire arrivò e congedò Saìd.

«Ehilà» fu il suo saluto per Kallyna.

«Buona sera, signoria» rispose lei imbronciata.

«Non sembri molto lieta di vedermi» la stuzzicò de Vire.

Lei lo seguì fuori dal vestibolo portando la tunica piegata sul braccio.

«Non è vero. È solo che mi preoccupo... »

«La tunica non è finita, lo so. Non importa. Non ti farò frustare.»

Lei arrossì, ancora più irritata di prima.

La casa somigliava a una caverna. La poca luce che c'era sembrava venisse risucchiata dagli arredi—enormi armadi, pesanti tende, sedie dalle imbottiture spesse. Le candele proiettavano lunghe ombre bizzarre negli angoli dei mobili intagliati; sugli arazzi che ricoprivano le pareti s'aggiravano animali fantastici. Kallyna si sentiva a disagio, un fantasma minuto vagante dietro uno grosso.

Il servitore accese tutte le candele su un lampadario di ferro battuto grande quanto una ruota di carro, fece un inchino a de Vire e uscì.

«Se non vi dispiace, signoria» disse lei senza alzare la voce «vorrei sapere perché mi avete chiesto di consegnare la tunica di persona.»

Geoffroi la occhieggiò divertito. «Avevo ragione io, non sei affatto contenta di vedermi. Speriamo che sua signoria d'Hancourt riceverà un benvenuto più allegro.»

Kallyna tacque.

Geoffroi prese la tunica, la portò sotto il lampadario e la studiò attentamente. Il re marinaio era finalmente tornato in patria e sedeva in un sontuoso palazzo su un'isola cinta dal mare.

«Dio santo» borbottò trasecolato «non ho mai visto una cosa del genere...»

«Se vi ricordate» s'affrettò a dire Kallyna «m'avevate detto di fare qualcosa di testa mia. Vi piace?»

Geoffroi gettò le mani in aria. «Credo...credo di sì! Ma chi diavolo è tutta questa gente?»

«Greci antichi. Li ho trovati su una tomba di pietra. È la storia di un guerriero famoso, voi dovreste saperne più di me.»

Geoffroi continuava ad osservare l'indumento da ogni lato. «I disegni mi piacciono... Anche i colori, i colori sono molto belli.»

«Allora mettetevela» lo esortò lei.

Così fece. La tunica gli scivolò attorno al corpo massiccio senza fare una piega. Roteò le braccia, scosse le spalle, si girò e si rigirò in cerca d'un difetto e non ne trovò nessuno.

«Diavolo» si arrese alla fine «per la prima volta nella mia vita ho speso bene i miei soldi.»

Negli occhi di lei si leggevano sollievo e orgoglio.

«Mi fa piacere di sentirvelo dire, signoria.»

«Ma quest'orrore con un occhio solo» gemette de Vire «questo l'hai fatto che mi rassomiglia!»

Il corridoio si riempì di luce e di passi. «Maria, la tovaglia di damasco e il vassoio d'argento per le spezie. Bada che tutti e due devono essere senza la minima macchia, altrimenti... Signore de Vire!»

Donna Vittoria Falizza entrò seguita da due cameriere recanti candelieri e posate. La sua espressione di adulazione rivolta a Geoffroi si trasformò in una di freddo distacco quando vide Kallyna.

«In fede mia» disse impensierita «sembrate voi stesso un re... Potreste farvi notare anche più di Ruggero.» Da come lo disse era chiaro che non era affatto contenta di quell'involontaria infrazione d'etichetta. Si girò verso le cameriere, muovendo le mani curate. «Le stanze, le stanze. Che fate qui impalate?»

Le cameriere s'allontanarono in fretta. Donna Vittoria s'avvicinò a de Vire guardandolo da capo a piedi.

Geoffroi armeggiava impaziente con i nastri di seta rossa intrecciati attorno al fodero della spada. «Che ve ne pare, ah? Non è una bellezza?»

Donna Vittoria piegò lievemente la testa di lato. «La nostra piccola d'Argira è stata sempre brava con le mani. Un po' bizzarra se vogliamo, ma...brava.»

Kallyna s'accosciò per aiutare Geoffroi con i nastri e fece un fiocco attorno all'elsa della spada. I suoi occhi evitavano quelli della marchesa; quest'ultima sapeva che non era per riguardo.

Geoffroi si sfilò dalla cintura un borsellino di camoscio adorno di dischetti di madreperla e lo aprì. Ne trasse una manciata di monete e prese a contarle; poi le rimise nel borsellino, lo richiuse e lo offrì a Kallyna.

«Prendi tutto. Devono essere sessanta pezzi d'argento, uno più uno meno.»

Donna Vittoria aggrottò la fronte. Kallyna spalancò gli occhi per lo stesso stupore, reggendo il pesante borsellino fra le mani.

«Sessanta pezzi d'argento sono una bella somma, signoria.»

«Lo so» le rispose Geoffroi «ma suppongo che ne valga la pena. Per me un indumento è come una donna. Se ci sto bene dentro....» Si fermò, rendendosi conto di avere addosso due paia di occhi di donna. «Gesù» disse per scusarsi «parlo come se fossi già ubriaco.»

Kallyna si legò il borsellino alla cintura e raccolse lo scialle. «Allora grazie, signoria. Adesso devo andare... se questo è tutto?» Rimase ad aspettare che le dicesse qualcosa che avesse a vedere con l'incontrare d'Hancourt; ma de Vire, completamente preso dalla sua tunica, se n'era del tutto scordato.

«Di' a Saìd che ti accompagni a casa» le disse.

Lei voleva disperatamente fargli ricordare cosa le aveva promesso, ma de Vire non fece che mettersi a petto in fuori. «Vediamo se trovo uno specchio da qualche parte» disse avviandosi verso la porta.

Alla porta si fermò di colpo e si piegò in un inchino da far scricchiolare la schiena. Donna Vittoria s'inchinò anche lei in una profonda riverenza, dando di gomito a Kallyna perché facesse lo stesso. Mentre tutti e tre rimanevano a capo chino, Ruggero entrò nella stanza seguito da Guglielmo, Falco da Torre e Dalibor d'Hancourt.

«Amici, guardate» disse il re. «Stasera sua signoria de Vire ci abbaglia con le storie di Odisseo indossate in un fine lavoro d'ago!»

Prese la mano di Geoffroi per farlo sollevare dall'inchino, poi gli si avvicinò per osservare la tunica. Alzando appena la testa Kallyna s'accorse che Dalibor la guardava perplesso, muovendo le labbra come per chiederle cosa accadesse.

«Un indumento eccellente» disse Ruggero. «Credo che a Idris farebbe molto piacere vederlo.»

Subito Donna Vittoria si fece avanti. «Lo manderò a chiamare, sire» e uscì.

De Vire si affrettò a scortare Ruggero alla sedia più alta che ci fosse. Kallyna s'era ritratta con le spalle contro il muro come cercando di farsi invisibile, ma Ruggero la osservava con aria incuriosita. «È lei che ha fatto la tunica?» chiese a de Vire.

«Sì, mon seigneur.»

«Bene, allora vediamola.»

De Vire la prese per mano e la portò davanti a Ruggero. Lei s'inginocchiò e non s'alzò fino a quando non sentì Geoffroi che le tirava leggermente la mano.

Ruggero continuava ad osservarla con uno sguardo al tempo stesso mite e implacabile. «Siete portato al bello, mio caro Geoffroi. Sotto tutti gli aspetti.»

Geoffroi fece un sorriso imbarazzato. «*Grand merci*, mon seigneur.»

Al centro della stanza Kallyna si tratteneva a stento dal tremare. Gli occhi di tutti gli uomini erano rivolti verso di lei, e ognuno la guardava in un modo tutto suo. Guglielmo aveva smesso di fare il broncio appena l'aveva vista e ora la studiava con un sorriso sottile. Falco si passava le dita sulla guancia dov'era la cicatrice. Dalibor era semplicemente contento che lei fosse lì, fiero lui stesso dentro di sé delle lodi che le venivano fatte.

«Adesso, però» disse Ruggero rivolgendosi a Kallyna «è stata un'idea tutta vostra questa di rappresentare scene dell'Odissea di Omero? Un'idea vostra e di nessun altro?»

Kallyna tirò dentro il fiato. «Sì, sire. Le ho vedute su una tomba di pietra. Mi sono piaciute perché sembravano diverse dalle solite, molto più belle...»

«Precisamente» rispose Ruggero. «È proprio la loro originalità che ammiro. Oggigiorno tutto sembra così privo di fantasia... Come si può creare qualcosa di nuovo se la Chiesa di Roma detta a un artista cosa sia lecito fare o non fare?»

Non poco confusa, Kallyna rimase in silenzio e immobile.

Scortato da Donna Vittoria entrò Al Idris. Era una scintilla d'uomo, piccolo e ossuto, con una barbetta a pizzo che gli incorniciava il volto rugoso. Portava con sé una bracciata di rotoli di pergamena, e nel suo turbante invece di una piuma era infilata una penna d'oca macchiata d'inchiostro.

«*Jalaltu Al Malik* Gran Sovrano» salutò Ruggero «quante cose interessanti si trovano in ogni angolo del vostro reame!»

Ruggero accolse il suo familiare entusiasmo con un sorriso benevolo. «Vedo che continui a raccogliere materiale per il tuo libro» commentò.

Idris tagliò un gran pezzo d'aria con la mano. «Infatti. Il nostro ospite, sua signoria Falizza, mi ha fornito preziose informazioni. Pare ad esempio che vi sia un tesoro dell'antico imperatore Traiano sepolto nei paraggi di...» consultò rapidamente le sue mappe «ah, ecco, nei paraggi di Vibona. E certo sapete che la Calabria è la terra che ha dato il nome all'Italia tutta, i greci che regnarono molti secoli prima di noi la chiamarono Vitalia.»

Ruggero lo interruppe quietamente. «Tutto ciò è ottimo, caro Idris. Ma hai trovato il titolo?»

Idris rimase un attimo a pensare. «Ah, dunque. Quel che mi viene in mente è: *Le aspirazioni di un uomo desideroso di una conoscenza piena di tutte le varie parti del mondo.*»

Ruggero scosse la testa. «Troppo lungo. Finirà per essere chiamato semplicemente *Kitab Rujar,* Il Libro di Ruggero.»

«Probabile, sire, ma di nessuna importanza. Purché esso perpetui il vostro nome, promuova la vostra gloria e accresca la nostra conoscenza!» concluse Idris quasi senza fiato.

Ruggero gli indicò la tunica di Geoffroi. «Ecco perché ti ho fatto chiamare. Ancora una cosa meritevole della tua attenzione.»

Idris strizzò gli occhi e fece scorrere le dita sugli spessi punti di lana colorata.

«*L'uomo che vide Troia possente cadere, lo scaltro Odisseo che molto soffrì per l'ira dei numi*» recitò enfaticamente. Girando lentamente attorno a de Vire seguì i disegni lungo tutto l'orlo della tunica.

«Un pezzo finissimo» disse. «Mi ricorda l'arazzo di Bayeux rappresentante la conquista dei Sassoni fatta dai vostri antenati. Niente di simile è mai stato prodotto nel nostro laboratorio reale del Tiraz.» Indicò Kallyna. «È opera sua?»

De Vire fece cenno di sì. Sul viso di Idris apparve un'espressione di rammarico. «Mi rincresce che a Palermo non ci siano più giovani di talento come lei.»

Dalibor sembrò colpito da un'idea, e si rivolse a Ruggero.

«Mon seigneur, forse potrei con il vostro permesso trovarle un posto fra gli artigiani della Corona. Se vi compiace tanto un lavoro fatto per uno dei vostri sudditi, certamente farà ancora di meglio al servizio del suo re.»

«Ottima idea. Sarò lieto di scriverti una lettera di raccomandazione» rispose Ruggero. Poi guardò Kallyna. «Ma ancora non sappiamo il suo nome… Stiamo innalzando una statua al Dio Ignoto come fecero un tempo gli ateniesi?»

Donna Vittoria le fece cenno d'inchinarsi, ma stavolta Kallyna fu più veloce di lei. «Il mio nome è Kallyna d'Argira, sire. Siete troppo gentile nel lodare il mio lavoro, siete troppo generoso.»

Ruggero s'alzò e le mise la mano sotto il mento, sollevando il suo viso verso la luce. «Donna Vittoria» disse «vi siete presa tanta cura nel preparare la cena. Aggiungete vi prego il tocco finale con la presenza di questa giovane donna. Non solo è bella ma ha una bella mente, e per me una bella mente è preziosa come l'oro.»

❋   ❋   ❋

Il suo cuore sembrava una ruota che rotolasse a precipizio lungo una scarpata.

Si era aspettata di trovare una folla alla tavola del re, invece era appena un gruppetto di undici ospiti. Ciò che la spaventava era che le uniche donne erano lei e Donna Vittoria; ciò che la sbalordiva era che nove di quegli undici erano gli uomini più importanti del reame, compreso l'uomo più importante di tutti. Fortunatamente il posto assegnatole era fra Dalibor e Robert Sainte Croix, una sistemazione che le dava coraggio. Se solo il principe Guglielmo non la fissasse con quel suo sorrisetto, però.

Cosimo Falizza, il suo involontario anfitrione, non era ancora riuscito ad ingoiare la sorpresa. Quando Donna Vittoria gli aveva detto dell'inaspettato invito a cena di Kallyna d'Argira era rimasto a bocca aperta: la figlia dell'uomo che era stato suo nemico per dieci anni, la piccola bisbetica frustata alla Porta Vaticana! Tre mesi prima aveva suggerito a d'Hancourt di gettarla in galera; adesso il re la voleva a tavola e d'Hancourt stesso, rincitrullito come un somaro dalle moine di lei, l'accomodava sulla sedia e la trattava come una principessa! Alla fine, dopo non poco discutere con la moglie, erano stati entrambi costretti a far buon viso a cattivo gioco, raccomandandosi a Dio che la ragazza non provocasse un altro increscioso incidente proprio in casa loro.

I valletti fecero il giro della tavola porgendo agli ospiti bacinelle d'acqua di rose con cui lavarsi le mani. In un angolo della vasta sala quattro musicisti cominciarono a suonare; accucciati accanto allo scanno del marchese due grossi cani da caccia aspettavano scodinzolando i loro avanzi.

Entrarono due servitori, ognuno reggendo un immenso piatto di portata carico di anatre arrosto farcite di funghi e circondate da uno stuolo minore di quaglie. Sotto gli occhi divertiti di Ruggero, Dalibor e Robert Sainte Croix si contesero il piatto di Kallyna, ognuno volendo tagliare la carne per lei. Il piatto finì nelle mani di Dalibor, che le rivolse un sorriso trionfante maneggiando il coltello d'argento.

Il principe Guglielmo diede un colpetto di gomito a Falco, seduto accanto a lui. «Idris aveva ragione due volte quando ha parlato di cose interessanti che si trovano in ogni angolo del reame. Non è vero, Falco?»

Lo sfregiato fece cenno di sì. «Verissimo. Notate la sua pelle... Le giovani nobildonne hanno quell'aspetto impolverato di cipria che le fa sembrare così artificiali. Lei invece ha un colorito che si può chiamare sano. Naturalmente un po' abbronzato dal sole, ma le si addice.»

A Kallyna non piacque una parola di quel complimento a doppio taglio; chinò il viso per nascondere il suo imbarazzo.

«Falco, la fai arrossire» disse Dalibor con voce piana.

«Oh. E voi vorreste forse che io... le chieda scusa?»

Dalibor gli lanciò un'occhiata penetrante, poi si rivolse a Richard Selby.

«Dunque, Richard, non mi hai ancora detto cosa c'è di nuovo a Palermo.»

Selby alzò gli occhi dal piatto. «A dire il vero non molto. Le novità saranno tutte a Napoli, alla guerra.»

Ruggero, seduto a capotavola, scosse la testa. «Vi prego, signorie. Lasciamo la guerra fuori dalla conversazione. Non c'è condimento peggiore per un pasto, e questo pasto è troppo squisito per essere rovinato.» Si rivolse a Idris. «Perché invece Idris non ci intrattiene con brani dell'Odissea, in onore della nostra bella ospite? Ma salta i particolari epici e soffermati sulle storie d'amore» aggiunse, facendo una strizzata d'occhio a Kallyna.

Idris non aveva bisogno d'incoraggiamento per parlare. Ben presto però si lasciò dietro i soggetti omerici e prese a raccontare molte cose tratte dal libro di geografia che stava compilando. Disse ad esempio che alcuni abitanti della Norvegia nascevano senza collo, che l'Inghilterra aveva la forma d'uno struzzo, e che la terra era rotonda come la mela che aveva in mano.

Quest'ultima affermazione suscitò scalpore fra gli ospiti. Falizza pensò che era ardito professare un'opinione poco ortodossa contraria agli insegnamenti della Chiesa. Subito ognuno volle fare sapere la propria opinione, ad eccezione di Geoffroi de Vire, che scrollò le spalle e si mise una seconda anatra sul piatto. Dalibor e Giorgio d'Antiochia si schierarono dalla parte di Idris, Robert Sainte Croix e Richard Selby dalla parte di Falizza. Infine il verdetto venne lasciato al re.

Ruggero posò la sua coppa di vino sulla tavola. «Confesso che condivido in pieno l'opinione di Idris. Come sapete sono discendente dei vichinghi, i quali attraversarono il mare ignoto e giunsero sulle coste della terra che chiamarono Vinland. Se è un'opinione poco ortodossa, ne sono non solo molto convinto ma credetemi, molto fiero.»

Dentro di sé Falizza si chiese come Ruggero potesse mai prestar fede a leggende inventate da un bardo scandinavo d'un tempo; ma tacque e batté le mani assieme a tutti gli altri. I servi entravano e uscivano dalla sala con una portata dietro l'altra; il cuoco arabo di Falizza aveva davvero superato sé stesso, e gli ospiti non avevano che lodi per le sue squisite creazioni. S'era fatto tardi; le candele sgocciolavano e i cani sotto la tavola s'erano assopiti.

Finita la cena, mentre sorseggiavano coppe di vino caldo profumato di cannella, Ruggero accettò la sfida a tavola reale fattagli da Giorgio d'Antiochia, ed era così di buonumore che incoraggiò tutti a scommettere sul suo giocatore favorito. Andarono a sedersi a un tavolino da gioco, ridendo e conversando mentre la scacchiera veniva disposta. Solo il principe Guglielmo non sembrava interessato; camminava invece su e giù per la sala osservando una collezione di armi magno-greche appesa alle pareti.

Kallyna rimase sotto una finestra aspettando d'essere chiamata da Donna Vittoria; ma Donna Vittoria voleva prima assicurarsi che le stanze degli ospiti fossero pronte e si allontanò indaffarata. L'attimo in cui Donna Vittoria uscì Guglielmo le venne accanto. Kallyna capì subito che aveva atteso quell'attimo fin dall'inizio. Guardò ansiosa Dalibor accanto al re e fece per avviarsi verso di lui, ma Guglielmo le sbarrò la strada.

«È un peccato che tu debba andar via così presto» disse Guglielmo. «Ho un altro invito da farti, ma di sicuro non è alla mia tavola.» Sembrava arrogante e goffo insieme, da quel ragazzo che era ancora.

Tenendosi le mani nervosamente strette dietro la schiena Kallyna cercò di sorridere e di apparire disinvolta.

«Mi spiace davvero, mio signore, ma devo andare. Ho certamente goduto la vostra compagnia più di quanto io possa esprimere a parole.»

Pensò che lui avrebbe detto ancora qualcosa; ma Guglielmo non parlò. Falco, che lo seguiva dappertutto come un'ombra, pizzicò pigramente la corda di un mandolino lasciato su una sedia da uno dei musicisti.

Un attimo più tardi, con gran sollievo di Kallyna, tornò Donna Vittoria e le fece cenno di venire. Kallyna fece un inchino frettoloso a Guglielmo, poi andò ad inginocchiarsi davanti a Ruggero.

«Sire, sarò obbligata a ricordare la vostra generosità per tutta la vita. Vi prego di accettare la mia riconoscenza, dal profondo del cuore.»

Ruggero sorrise, posando i dadi sulla scacchiera.

«Non dimenticate di prendere in considerazione di venire a lavorare a Palermo. Il signore d'Hancourt penserà a provvedere, se deciderete.»

«Lo prenderò certamente in considerazione, sire. Dio vi guardi tutti.»

Donna Vittoria l'accompagnò allo scalone. Ruggero la seguì con lo sguardo mentre usciva, poi gettò i dadi e fu una mossa fortunata.

Guglielmo era rimasto accanto alla finestra, col viso incupito di collera.

«Maledizione» imprecò «non può essere che non mi abbia capito.»

Falco gli andava attorno a passi lenti, facendo mostra di stare osservando il pavimento intarsiato. Sorrise con aria di disprezzo.

«È femmina, mio signore. Capisce, ma le piace far finta di no. È uno dei loro tanti trucchetti. Sono semplicemente incapaci di parlare schiettamente come facciamo noi uomini.»

Guglielmo rimase in silenzio per un attimo, poi si girò sui tacchi.

«Vado a letto» disse. Falco lo seguì senza parlare.

Appena se ne furono andati Dalibor prese Geoffroi per il gomito e lo spinse verso la scala. «Va' a dire a Saìd che rimanga dov'è» gli disse all'orecchio.

Geoffroi lo sbirciò con aria maliziosa, appoggiandosi pesantemente addosso a lui. «Onorata da un re, lodata da un principe e adesso corteggiata da un governatore... *Ma foi*, nemmeno mia madre ha mai attirato tanta attenzione, e modestia a parte era la migliore cortigiana di Palermo.»

Dalibor continuava a spingerlo giù. «Chiudi la bocca. Mi sembra di stare davanti a una botte vecchia.»

Ma Geoffroi era ubriaco e aveva voglia di parlare. «Sai una cosa?» biascicò. «Mi sono ricordato di quella volta che prendemmo in prestito dall'harem di Ruggero quella ragazza armena… Misericordia, era fresca di mercato, nuova come un chiavistello nuovo.» Ridacchiò sottovoce. «Neanche a pensarci un anno riuscirà a capacitarsi di come poteva già essere rimasta incinta un paio di settimane dopo che l'ha avuta.»

«Però con la schiena alle guardie c'ero io» ricordò Dalibor a sua volta. «O quel particolare ti sfugge?»

«Ehi! Per farla passare attraverso quella benedetta finestra le hai messo le mani addosso dappertutto come fosse stata un cavallo al mercato!»

Dalibor lo spingeva con una mano e s'allacciava il mantello con l'altra.

«Un cavallo che non ho neanche cavalcato. Muoviti, va' a chiamare Saìd.»

Geoffroi barcollava, ridendo sottovoce. Poi gli puntò contro l'indice.

«Né io ho mai messo le mani addosso alla tua streghetta, esattamente come mi hai chiesto… Dannazione, però, non so neanche perché sto mantenendo questa stupida promessa che m'hai costretto a farti.»

Parlava in tono lamentoso, quasi risentito. «Siamo sempre stati buoni amici, dolce signore, abbiamo sempre condiviso tutto. Perché non lei?»

Dalibor gli saltò addosso, afferrandolo per il braccio. «Chiamami un'altra volta 'dolce signore', in privato o in pubblico, e giuro che ti torco il collo, in privato o in pubblico. Vuoi far credere alla gente che siamo amanti? Non ne hai abbastanza di Falco e Guglielmo?»

Geoffroi si fece il segno della croce; sul viso gli apparve una smorfia di ribrezzo. «Quei due sono carogne, ed è tutta un'altra storia. Con la cosa in sé e per sé non c'è nulla di male, e io continuo a ripetere che dovremmo provarci, tu e io… Eccolo che mi guarda di nuovo con quei suoi angelici occhioni blu.»

«Sai che non ne ho l'inclinazione. Ma se dovesse mai venirmi l'inclinazione prometto solennemente che mi conservo la verginità tutta per te.»

Kallyna era rimasta ad aspettare Saìd nel vestibolo; quando vide Dalibor scendere le scale con una torcia in mano s'alzò in piedi di scatto.

«Mettiti lo scialle» disse lui con tenerezza. «Questa serata è davvero tutta tua.»

Lei si guardò alle spalle. Il corridoio era vuoto, tranne che per due grifoni di marmo che allungavano le zampe l'uno contro l'altro dalle pareti opposte.

«Davvero volete che io vada a Palermo?» gli chiese sottovoce.

Dalibor si mise il dito sulle labbra. «Shh. Non qui.»

Uscirono camminando fianco a fianco. Alla luce della torcia tormentata dal vento le palme nella piazzetta si ergevano come lance piumate. Kallyna si tirò i lembi dello scialle attorno a sé.

«Hai freddo?» chiese lui.

Lei si teneva le mani strette l'una dentro l'altra. «No, signoria.»

«Testona e anche bugiarda» sbuffò lui divertito. Immerse la fiamma della torcia nel bacile d'acqua santa davanti a un altarino e se l'attirò fra le braccia. Il suo bacio era ancora impaziente come quello di un soldato fra una battaglia e l'altra. Kallyna s'aggrappò a lui, sollevando la bocca come un'assetata.

«Sì, voglio davvero che tu vada a Palermo» disse Dalibor con le labbra sulla pelle fredda della gola di lei. «Ma prima voglio che vieni al Castro... Fa' una tunica anche a me.»

Lei rise, stringendolo a sé, mentre lui si riempiva le mani con i suoi piccoli seni tondi. «Una tunica, un mantello, una coperta, ditemi cosa vi piace!» Poi si ritrasse spaventata. «Parlavano della guerra... Non ci andate anche voi, vero?»

Qualcosa che lui preferì chiamare compassione lo spinse a mentire. «No, io no. Io rimango con te. Eri così bella stasera! Hai visto come ti guardavano tutti? Spero che nessuno di loro ti piaccia più di me.»

Lei alzò il mento in aria. «Perché, c'era qualcun altro?»

Dalibor se la prese sotto il braccio, avvolgendole attorno il suo grande mantello caldo. Insieme si avviarono verso il Castro, seguiti dal suono lontano del mare come dal respiro di un gigante addormentato.

Al portone del Castro qualcuno li stava aspettando. Era uno dei fattorini di Falizza, ancora accaldato per la corsa. Kallyna si nascose in una garitta vuota, mentre Dalibor gli andava incontro.

Il ragazzo fece un goffo inchino. «Ho un messaggio per voi, da sua signoria de Vire. È urgente.»

«Di che diavolo si tratta?»

Nel buio Kallyna non riuscì a cogliere che poche parole senza significato. Temeva più di essere riconosciuta dal ragazzo; rimase immobile fino a che Dalibor non lo congedò con un gesto brusco e il ragazzo scomparve dalla piazza. Il viso di lui s'era fatto quasi cinereo. La prese per il braccio e si girò in direzione della casa di lei.

«Cosa c'è, signoria? Cosa vi hanno detto?»

Le dita di lui le facevano male, strette come una morsa.

«Niente… Sciocchezze, stupidaggini del demonio.»

Attraversarono Piazza Portercole. Dalibor si fermò nell'angolo buio della tettoia d'un negozio. «Domani andremo a caccia coi falchi. Tu dove sarai?»

«Alla masseria, perché?»

Lui scartò la domanda con un secco gesto della testa. «Puoi rimanere a casa invece? Con tuo zio, con Arnì… con *uomini*?»

«Non so… Mio zio non perderà una giornata di lavoro e Arnì adesso abita a Vibona. Se rimango a casa sarò sola.»

«Allora va' alla masseria. Ma stammi a sentire. Non appartarti, non andare in giro da sola. Cerca di non farti notare da nessuno.» La sua voce si fece senza tono e le sue braccia rigide. «Non posso fare più di tanto» mormorò. «Che Dio abbia pietà della mia idiozia.»

«Aspettate!» lo chiamò Kallyna, confusa e vagamente atterrita. «Non mi dite di che si tratta?» Lui era già andato via.

Sulla soglia apparve la fiamma di una candela, e Gheorghe aprì la porta. «Kallyna? Sei tu?»

Lei abbassò la testa. «Sì, zio».

❋   ❋   ❋

Geoffroi stava aspettando nel vestibolo della casa dei Falizza. Sembrava essere tornato sobrio tutto d'un colpo. Appena udì bussare alla porta s'affrettò ad aprire, facendo cenno di parlare a bassa voce.

«Cos'è tutta questa porcheria che mi mandi dietro?» chiese Dalibor.

Geoffroi scosse la testa. «Se credevamo che Falco fosse cambiato dai buon vecchi tempi di Palermo ci siamo sbagliati di grosso, dolce signore.» Lo guardò cupo. «Come sicuramente avrai indovinato, mi ha chiesto di dargli in prestito Kallyna per una notte. Dice che vuole fare un regalo a Guglielmo.»

Per qualche istante Dalibor non riuscì a parlare. «E tu cosa gli hai detto?»

Geoffroi strinse le spalle con aria impotente. «Gli ho detto che non ho mai avuto niente a che fare con lei tranne che per della stoffa e dei ricami.»

«Suppongo che non ti abbia creduto?»

«No. E chiederà la stessa cosa a te appena sali le scale.»

Dalibor si sedette sulla panca, tirando un profondo sospiro.

"Se non le avessi detto di fare qualcosa di testa sua tutto questo non sarebbe successo" disse Geoffroi scuotendo la testa. Dalibor gli fece un gesto della mano a significare che non c'era nulla di cui dovesse sentirsi in colpa.

«Magari non le dispiace» disse Geoffroi. «È pur sempre il principe... Magari se ne vanta anche con le amiche.»

Dalibor lo guardò di sotto in su in un modo che lo fece tacere subito.

«Che Dio lo danni» imprecò. «Se fosse figlia di signore Falco non oserebbe neanche guardarla. Ma è del popolo, e allora è selvaggina di tutti.»

Si alzò. «Selvaggina di tutti.»

IX

NON S'ERA MAI VISTA UNA GIORNATA PIÙ BELLA PER LA CACCIA. Nel cielo non c'erano che riccioli candidi di nuvole, simili a pennellate lasciate qua e là su una tela azzurra. Il sole era pallido ma quasi caldo, e l'aria tersa come la porcellana. I falchi, librandosi con grazia, si lanciavano sulle prede per poi tornare con volo sicuro sulle braccia dei falconieri. Nel grigio rugginoso dei sentieri i cacciatori sembravano ombre splendidamente colorate. Con il passare delle ore la comitiva reale si era divisa in gruppi, alcuni diretti verso i boschi, altri verso la brughiera cosparsa di ginestra. La gente comune s'era fermata dovunque a guardare e applaudire lo spettacolo.

Alla masseria nessuno aveva lavorato molto. C'era troppa eccitazione per la presenza del re, ognuno voleva dire la sua. Tresa non vedeva l'ora di rivelare lo straordinario evento della cena di Kallyna a casa dei Falizza con il re. La sera prima l'aveva tenuta sveglia fino a tardi, assillandola di domande su ogni particolare—com'erano vestiti, cosa avevano mangiato, di cosa avevano parlato. Ma Kallyna, per motivi che Tresa non riusciva a comprendere, insisté che nessuno doveva saperlo e la supplicò di custodire il segreto. Infine, benché perplessa, Tresa glielo promise.

Per tutto il giorno Kallyna cercò d'indovinare perché d'Hancourt l'avesse lasciata così precipitosamente la sera prima. Perplessa e adirata, non poté far altro che quanto lui le aveva imposto, confondersi tra la folla senza attirare l'attenzione. Tornò a casa con gli altri al tramonto, come sempre. A quell'ora i cacciatori erano rientrati anche loro, e ora stavano banchettando in casa di qualche altro nobile della città. Perfino il coprifuoco suonò più tardi quella sera; poi, dopo molto parlare, ognuno si decise a mettersi a tavola.

Tresa aveva preparato una cena speciale per l'occasione e Gheorghe aveva stappato un fiasco di vino d'annata. Assunta d'Andria era venuta a prendere in prestito un setaccio e a chiacchierare; e vedendo come i suoi due figli più grandicelli continuavano a guardare la pentola con appetito, Tresa invitò tutti e tre a cenare con loro.

Stavano per mettersi a tavola quando si sentì bussare alla porta. Gheorghe andò ad aprire; due soldati irruppero nella cucina con passi pesanti di stivali. Spaventata, Tresa si prese accanto Kallyna; uno degli uomini spinse Tresa di lato e gliela strappò dalle braccia.

«In nome dell'Altissimo!» esclamò Tresa. «Di che si tratta? Cos'ha fatto di male?»

Il soldato disse qualcosa d'incomprensibile in francese. Anche Assunta cominciò a fare domande, mentre i due bambini piangevano attaccati alle sue gonne. Il secondo soldato sguainò la spada e la tenne alzata in aria come un contadino che sventola uno straccio per scacciare i corvi. «Il prossimo che dice una parola avrà un buon assaggio di questa.»

Sbiancata dal terrore, Tresa si premette la mano sulla bocca per forzarsi a non emettere un suono. Nella cucina scese il silenzio. Il primo soldato prese Kallyna per il braccio e cominciò a condurla verso il portone. D'un tratto Gheorghe fece un passo avanti. «Vi supplico, non portatela via...» Con una feroce bestemmia il soldato si girò e lo colpì duramente sulla fronte con l'elsa della spada. Gheorge cadde a terra sotto il colpo, mentre Tresa accorreva da lui piangendo. Il secondo soldato spinse Kallyna fuori dal portone e lo chiuse dietro di sé.

Il tempo che ci volle per arrivare al Castro le parve un'eternità. Cercò di pensare, di rubare un attimo di lucidità alla paura; ma la paura era più forte. Le strade erano buie e deserte. Sull'alto muro del Castro erano illuminate solo due o tre finestre. I soldati la fecero entrare, come una ladra che avessero appena arrestato, poi abbassarono la grata di ferro dietro la spessa porta.

Ai piedi delle scale uno di loro andò per la propria strada mentre l'altro la fece salire al secondo piano. Al secondo piano era aperta la porta di una sola stanza; lei conosceva quella stanza, vi era già stata. Il soldato la fece entrare, ma non ci fu bisogno di chiuderla a chiave: per coloro che entravano nel Castro per i motivi sbagliati, il Castro stesso era la più sicura delle prigioni. Il cuore le batteva così forte che quasi non udì Falco che entrava.

Falco si fermò davanti a lei a distanza, osservandola da capo a piedi con uno sguardo indifferente. Alla luce rossastra delle candele la cicatrice sulla sua guancia sembrava essere stata appena aperta dalla spada.

«Non avvicinatevi» supplicò Kallyna.

Falco arricciò il naso come se avesse fiutato qualcosa di maleodorante.

«Oh, io non m'avvicinerò di sicuro. Allora, se tu facessi finta di resistere… mordere, graffiare e tutte quelle altre cose che fanno le donne, sarebbe una buona idea. Gli piace a quel modo.»

Lei scosse la testa. «No. No!»

Falco agitò le mani su e giù con aria seccata. «Per favore sta' zitta.» Si volse e uscì.

Qualche attimo dopo si udirono passi nel corridoio, non di un solo uomo ma due, forse tre, e le loro voci rumorose e spensierate. Falco li fece entrare con un gesto solenne, come un maggiordomo che fa accomodare ospiti di riguardo.

«Eccola la nostra piccola ricamatrice» disse Dalibor, incespicando sull'orlo del tappeto con il passo inconfondibile dell'ubriaco. «Bell'e pronta come una mela.»

Il principe Guglielmo gettò via il mantello. «Perdio, finalmente un po' di spasso! Il mio dotto padre è il re della noia e in questo paese non ci farei cagare il mio cavallo...» Batté la mano sulla spalla di Dalibor. «Ma grazie a Dio il nostro amico d'Hancourt ha avuto la bontà di procurarci qualcosa che forse ci ricompenserà di tutto.»

Guardò Kallyna con disprezzo. «Ieri sera deve avermi scambiato per uno dei suoi stallieri, altrimenti come potrebbe avere rifiutato *me*.» Dalibor scoppiò in una gran risata dura.

Solo Geoffroi sembrava fuori posto, un po' più sobrio degli altri. La guardò, rannicchiata in un angolo con quei suoi occhi sbalorditi, e per un attimo sembrò un cane mansueto costretto ad entrare in una gabbia di lupi.

Dalibor prese Kallyna per il braccio e la trascinò davanti agli altri. Aveva addosso odore di vino, e il davanti della camicia era macchiato di rosso. La fece rimanere in piedi al centro della stanza, poi si rivolse a Guglielmo con un grande inchino.

«Mon seigneur! I vostri fedeli sudditi desiderano farvi dono di questo capo di mercanzia di prima scelta, come tassa d'obbedienza a voi dovuta dalla vostra città di Tropea. Accettatela di buon grado, vi prego.»

Kallyna chiuse gli occhi. La mano che le toccava la guancia, la gola, i seni, era quella del principe: sentiva il grosso anello con sigillo attorno al dito. Dalle sue palpebre chiuse sgorgarono le lacrime.

Guglielmo gli ricambiò l'inchino. «L'accettiamo senz'altro di buon grado, signore d'Hancourt... Dunque, cosa dicevate di avere in mente per il nostro intrattenimento?»

«Solo un'umile proposta» rispose Dalibor con una strizzata d'occhi.

Guglielmo lo prese sottobraccio. «Sì, sì, dilla.»

«A tutti noi piace andare a caccia» proseguì Dalibor. «E di cosa andiamo a caccia... cervi, volpi, cinghiali. Ma una preda come questa, signorie! Non è degna dei nostri sforzi più di ogni altra bestia?»

Gli occhi di Falco s'illuminarono. «Perdio, ha ragione! La lasciamo in libertà, e il primo che l'acchiappa la prende per primo, da bravo cacciatore. Mio caro d'Hancourt, siete un maestro!»

Guglielmo aggrottò la fronte. «Ma non ha spirito!» si lamentò. «Rimane là impalata come San Sebastiano alla colonna!»

Geoffroi finalmente si riscosse dalla sua svogliatezza. Andò al camino, raccolse l'attizzatoio e facendo mostra di ferocia lo cacciò sotto il mento di lei.

«Questo la farà correre, mon seigneur.»

Kallyna si ritrasse con un grido dalla punta rovente. «Molto meglio» si rallegrò Guglielmo. «Allora cominciamo, lasciamola libera!»

«Un momento, un momento» esclamò Dalibor. «Dobbiamo essere bendati, altrimenti sarà troppo facile.» Strappò una striscia di stoffa dall'orlo della manica del vestito di lei e l'agitò in aria.

«Ecco, miei bravi cacciatori. Ora possiamo cominciare!»

Ognuno di loro prese una striscia di stoffa. Falco la condusse alla porta della stanza, e lì la lasciò andare. I quattro uomini si misero a distanze uguali e si legarono la benda sugli occhi. Dalibor diede uno spintone a Geoffroi. «Ehi, non barare!» gli gridò.

Falco fece roteare l'attizzatoio come un'ascia di guerra. «Adesso vola, colombella» esclamò, e tutti e quattro cominciarono a brancolare con le braccia tese verso di lei.

Non era un brutto sogno, si disse finalmente Kallyna. Guardò l'altro capo del corridoio, che portava alle scale e da lì al portone principale. La mano di Falco le sfiorò la gonna. Atterrita, si sottrasse alla sua presa e si mise a correre verso le scale, oltre l'angolo dove non c'era che il buio.

Quando fu in cima alle scale vide i due soldati che l'avevano condotta lì, fermi ai due lati del portone. Sapeva che le avrebbero sbarrato la strada come se fossero anche loro fatti di pietra. Non c'era via di uscita. I quattro uomini avevano voluto così. S'appoggiò al muro per riprendere fiato, e lo scudo che vi era appeso risuonò come una campana dietro di lei.

Tornò correndo all'angolo del corridoio. Aveva visto delle porte; forse poteva scivolare in una di quelle stanze e nascondersi. Fece capolino: erano ancora lontani quanto bastava. Geoffroi inciampò e cadde carponi, bestemmiando ferocemente. Gli altri lo rimisero in piedi e lo spronarono a continuare con una raffica di oscenità e di risate.

Kallyna prese a strisciare lungo il muro, verso la prima porta che riusciva a vedere. Quando vi fu davanti mise le dita sulla maniglia: era aperta.

La girò molto cautamente e spinse leggermente la porta. I cardini emisero un lento, interminabile stridore che sembrò echeggiare per tutto il corridoio come una sghignazzata.

«Ora so dov'è!» grido' Falco. «So quale porta ho lasciato aperta!» Incapace di muoversi, Kallyna lo vide saltellare sempre più vicino. «Eccomi, colombella...»

All'improvviso qualcosa era cambiato, pensò. Uno dei quattro s'era messo a correre dritto verso di lei come se non più bendato. Spalancò la porta e stava per gettarsi dentro la stanza buia quando due braccia si strinsero attorno a lei, due sbarre di ferro vivo dalle quali nulla l'avrebbe salvata. Graffiò, scalciò e si dibatté urlando. Fu trascinata fuori dalla stanza e finì nelle braccia di Geoffroi, che era ancora bendato e credette d'averla trovata per primo.

«È mia!» gridò Geoffroi. «L'ho presa!»

«Maledetto imbroglione!» ribatté Dalibor gridando anche lui. «L'ho trovata molto prima che tu me la rubassi dalle mani!» e continuavano a darsi spintoni e a contendersela.

Guglielmo si strappò la benda dagli occhi e la gettò via, deluso e furibondo.

«D'accordo, d'accordo... Non c'è bisogno di bisticciarsi fra amici. Vuol dire che ve la spartirete per primi.»

Geoffroi abbandonò subito la rissa e si diresse alla stanza di Dalibor col suo pesante passo da orso, borbottando sottovoce fra sé. Dalibor sollevò Kallyna sulle braccia, muovendo la testa di qua e di là per allontanare il viso dalle unghie di lei, e scoppiò in una risata trionfante.

«Ma siate buoni» disse Guglielmo accarezzandole le gambe sotto la gonna sgualcita. «Per amore nostro non maltrattatela più del minimo necessario.»

Dalibor cercò d'annuire, mentre ancora lottava per tenerla ferma.

«Certo, mon seigneur» rispose con un'altra allegra risata. La portò nella sua stanza e chiuse la porta con un calcio. La risata si fermò di colpo.

Geoffroi non c'era. La finestra era aperta e dalla strada provenivano strani rumori. Dalibor depose Kallyna sul suo letto. Andò alla porta e vi appoggiò l'orecchio ad ascoltare, poi si sedette accanto a lei e la prese fra le braccia.

«Adesso basta» sussurrò. «Ti prego, basta.»

Lei diceva parole strozzate, afferrandosi alla sua camicia come se stesse annegando.

«Perché tutto questo? Neanche un cane randagio…Perché tutto questo, signoria?»

«Shh, potrebbero sentirti. Ti prego, non piangere più.» Le accarezzò il viso e la testa fino a che il suo tocco rassicurante l'acquietò in un silenzio stupefatto ed esausto.

«Geoffroi ti porterà a casa al sicuro. Ho dovuto farlo, non avevo altra scelta. Ieri Guglielmo mi ha chiesto di darti a lui. Gli ho mentito, gli ho detto che non ti conosco nemmeno. La verità è che possono prendere tutto ciò che vogliono… no, che possiamo prendere tutto ciò che vogliamo, e lo prendiamo!»

«Ma la caccia…Lo avete detto voi stesso…»

«Lo so, lo so. Credimi ho dovuto farlo, altrimenti adesso saresti con loro e non con me.» Prese il suo viso fra le mani e le baciò gli occhi. «Ti prego, cerca di comprendere. Mi dispiace così maledettamente tanto.» Sembrava disgustato dal profondo dell'anima.

«D'accordo, comprendo. Ma ora cosa vi faranno? Vi puniranno?»

«Non ce n'è bisogno…. Mi hanno già punito quando mi hanno ordinato di seguirli a Napoli… con il rango di capitano.»

«No! Non a Napoli, non a morire!»

Le premette la mano sulla bocca, ma gli occhi di lei sembravano gridare con un orrore senza parole.

Dalla strada salì la voce di Geoffroi, smorzata e impaziente. «Per le gonne di Sant'Anna, che diavolo fate là sopra?»

«Non mandatemi via» supplicò Kallyna. «Non lasciatemi, signoria.»

Dalibor s'alzò e la fece alzare. «Ascoltami. Potrebbero passare degli anni prima che io ti riveda. Una cosa voglio dirti: se a Pasqua sono vivo, se torno, ti porto con me. Ricordalo. Ricordami.»

La sollevò sul davanzale e la baciò con una furia nuova, la fretta disperata di un condannato. La gonna di Kallyna pendé per un attimo dalla finestra, poi lei cadde nel buio della strada e fra le braccia di Geoffroi.

Geoffroi le avvolse attorno il suo mantello. «Andiamo, streghetta, andiamo» disse sottovoce. «La messa nera è finita.»

Lei alzò il viso cercando di vedere Dalibor, ma non era più alla finestra.

Le braccia di Geoffroi non la tenevano ma la trascinavano. Lei quasi non riusciva ad andargli dietro. Le strade erano fredde e deserte e il mare picchiava forte la scogliera. Dovette fermarsi un attimo a riprendere fiato.

Geoffroi la guardò scuotendo la testa. «Gesù che cera hai.» Allungò la mano come per sfiorarle la guancia, poi invece batté il pugno sul muro.

«Maledizione» imprecò. «Maledizione!»

Lei si tolse il mantello e glielo restituì. «Grazie, signoria. Pregherò per voi.»

«Dio è sordo. Va' adesso, fa freddo qua fuori. Va' a casa, dormi.»

Lei si tirò su, guardando verso casa. D'un tratto Geoffroi tornò da lei e senza una parola le premette le labbra sulla fronte; un attimo dopo era scomparso.

Si sedette sugli scalini del portone; si rifece la treccia, si asciugò il viso, si rassettò il vestito e infine bussò alla porta.

Venne ad aprire Tresa, con Assunta che quasi si nascondeva atterrita dietro di lei. Piangendo la presero fra le braccia.

«Figlia» singhiozzò Tresa. «Figlia mia, creatura.»

✳   ✳   ✳

Continuando a imprecare fra sé, Geoffroi tornò al Castro e nella sua stanza, attraversando senza fare rumore il corridoio rimasto vuoto. Entrando vide che Dalibor stava mettendo la stanza a soqquadro, gettando coperte e lenzuola sul pavimento, rompendo tutto ciò che si poteva rompere e lanciando una sfilza di bestemmie che avrebbero fatto svegliare il sole prima del tempo.

«Quella cagnetta... Quella dannata cagnetta... Se solo mi torna fra le mani giuro davanti a Dio che la spacco a metà!»

Geoffroi gli chiuse un braccio attorno alla gola per farlo tacere.

«Smettila di farneticare» bisbigliò rauco. «Non fai scemo nessuno. Gesù, dolce signore, giochi proprio di brutto.»

«È al sicuro?» chiese Dalibor sottovoce.

«Lei sì. Adesso nei guai ci siamo noi due.»

Dalibor si sedette sul letto devastato, con la testa fra le mani.

«È finito» disse. «Domani partiamo… È tutto finito.» S'alzò di scatto. «Per la Vera Croce, Geoffroi, quel bastardo reale non poteva scegliere un'altra?»

Geoffroi stava cercando invano del vino. «Non è quella la faccenda. Un'altra l'avresti ceduta volentieri, ma non questa. Per tenerti questa hai fatto di tutto e di più. Che diamine, non l'hai concesso a me un morso alla tua mela, c'era da immaginare che non avresti fatto un'eccezione per quei due avvoltoi là fuori.»

Dalibor si fermò davanti alla finestra e si passò la mano sulla guancia, dove le unghie di Kallyna avevano lasciato lunghe strie rosse.

«Dobbiamo andare a dirglielo» mormorò. «Dio com'era spaventata… Cosa non avrà pensato tutto quel tempo.»

«Dirgli che?» ribatté Geoffroi. «Che due tori non sono riusciti a tenersi una giovenca? Come pensi di spiegare una cosa così?»

«È saltata dalla finestra, ci ha preso a calci nell'inguine, portava una cintura di ferro senza serratura, che Dio ti danni lasciami in pace!» Spinse Geoffroi di lato e uscì.

«Se capisco cosa gli è preso mi faccio castrare con un coltello arrugginito» borbottò Geoffroi.

Quando fu davanti alla porta della stanza di Guglielmo e Falco al piano di sopra Dalibor si fermò. Dentro c'era troppo silenzio, pensò. Guglielmo e Falco, occupati ad altri giochi, dovevano avere dimenticato tutto. Rimase davanti alla porta per un attimo, poi se ne andò.

❋　　　❋　　　❋

Il giorno dopo era l'ultimo della vendemmia e qualcuno doveva andare alla masseria. Tresa si preparò a uscire all'ora solita; Gheorghe, con il capo ferito dal colpo del soldato, non poteva muoversi dal letto. Tresa gli affidò Kallyna, poi con grande riluttanza si unì agli altri vendemmiatori diretti alle colline.

Qualche ora dopo il banditore fece il giro della città annunciando che il re stava per essere scortato fuori delle mura e invitando tutti i tropeani ad andare alla Porta Vaticana per dargli un degno commiato. Kallyna supplicò Gheorghe di lasciarla andare, e Gheorghe acconsentì.

La Porta era gremita di gente; così pure le finestre delle case e anche i tetti. Il corteo reale sfilò dal Castro fra due ali di guardie che trattenevano la folla. C'erano sacerdoti in paramenti rigidi e lucenti come ali di scarabeo, diaconi che facevano oscillare incensieri dorati emananti nubi profumate, bambini che spargevano davanti agli zoccoli dei cavalli un tappeto di petali di fiori.

Spade e scudi scintillavano nell'aria frizzante della giornata autunnale; le criniere dei cavalli erano intrecciate di nastri di seta come capelli di donna. Veli azzurri, verdi, rosa, ondeggiavano sopra i velluti e le pellicce. C'era una foresta di bandiere e di stendardi, un mare di teste e di berretti. L'unica cosa che Kallyna vide fu una stretta striscia di stoffa legata attorno al braccio destro di Dalibor d'Hancourt, capitano di Ruggero Altavilla, che conduceva mille e duecento soldati alla guerra di Napoli—la striscia di stoffa che aveva strappato dalla manica di lei.

Il suo volto, racchiuso nel cappuccio grigio della cotta, aveva un'espressione di calma risoluta e distante. Forse non era che rassegnazione, pensò, perché sapeva di essere nato per la guerra. Teneva gli occhi fissi davanti a sé, con quella posa della testa che lei avrebbe riconosciuto in mezzo a cento altre in un istante. Le campane, gli applausi, le grida, ogni cosa sembrava rimbalzare da lui come frecce scagliate contro un muro. Solo Dio sapeva cosa stava pensando mentre usciva da Tropea, dalla sua vita.

Si fece piccola tra la folla. Davanti ai suoi occhi sfilarono il re, Guglielmo, Falco e Geoffroi, ma sembravano essere diventati una processione di morti in marcia verso il cielo. Seguì con lo sguardo la striscia di stoffa attorno al braccio di Dalibor come la scia di sangue lasciata da un uomo ferito, mentre lo spazio fra di loro si faceva sempre più vasto e sempre più vuoto.

Se solo potesse diventare quella striscia di stoffa, pensò.

PARTE SECONDA

X

DICEMBRE FU COSÌ MITE CHE I LIMONI MATURARONO PRIMA DEL TEMPO, piccoli soli gialli appesi a ventagli di foglie lucide. Giù alla marina le barche erano state messe al riparo nelle nicchie che il vento aveva scavato nel tufo pallido. Nei giorni di sereno i pescatori stendevano le reti simili a ragnatele brune e le rammendavano, accosciati sulla sabbia con i cappucci dei mantelli tirati sul capo. La maggior parte del tempo la spiaggia era il dominio di fragorosi cavalloni che s'infrangevano ai piedi della scogliera. A volte i corvi uscivano dai loro nidi nascosti fra le pietre delle mura e volteggiavano sui tetti, gracchiando rauchi.

Arnì tornò da Vibona per Natale. Il suo apprendistato era cominciato bene, e il maestro orafo lodava spesso il lavoro del nuovo allievo. La vigilia di Natale Kallyna andò con lui e con gli zii alla messa di mezzanotte.

Ogni casa era illuminata a festa con candele accese, e la gente si radunava in gruppi chiassosi e festanti in Piazza Portercole. Due buoi candidi, con le corna inghirlandate di agrifoglio, vennero condotti al centro della piazza. Tiravano un aratro al quale erano legati quattro vecchi olivi abbattuti dal fulmine.

Gli olivi vennero circondati da fascine; un sacerdote li benedisse, mentre la folla si disponeva in cerchio attorno ad essi. Cosimo Falizza diede fuoco al mucchio con una torcia; ben presto le fiamme scoppiettarono alte, dipingendo grandi affreschi di ombre sui muri delle case. Parenti e amici si scambiarono il bacio dell'amicizia, augurandosi a vicenda pace e prosperità. Poi cominciarono danze e canti al suono delle zampogne.

La mattina dopo, del falò rimanevano solo pochi tizzoni spenti che si sbriciolavano nel vento. Un giovane dai capelli ricciuti, solo, andò a raccogliere uno di quei tizzoni e lo depose davanti al portone della casa di Lidia. Era l'antica usanza di chiedere in moglie una ragazza. A mezzogiorno il giovane tornò presso il portone. Il tizzone era stato portato in casa; la famiglia lo aveva accettato; bussò e venne fatto entrare.

Qualche giorno dopo Lidia venne ad invitare Kallyna alle sue nozze. Lidia era così felice che Kallyna voleva mettersi a urlare. Arnì la vide che guardava il giardino dalla sua finestra con aria assorta, come vedendo qualcosa che nessun altro poteva vedere.

I sentimenti di Arnì erano cambiati. Aveva scoperto che nutriva un rancore sordo contro di lei, che a volte quasi la odiava. Se non voleva sposarlo perché era troppo povero o troppo giovane, perché continuava a rifiutare tutti gli altri? Ora non era più per via di Raimo o di Vasili. Forse Raimo le aveva fatto odiare tutti gli uomini? Durante le lunghe ore al banco di lavoro non pensava ad altro che al mistero che s'era impadronito di Kallyna.

Gheorghe gli disse che a volte lei scompariva con una scusa o l'altra. Una di quelle volte Arnì la seguì di nascosto. Scoprì che andava a parlare con Rachele Tedesco, che aveva due figli alla guerra contro Napoli. Quando aveva chiesto a Rachele di cosa avevano parlato, Rachele rispose che Kallyna doveva essere segretamente innamorata di un soldato, perché ogni domenica veniva a chiederle notizie della guerra. Arnì non fu convinto di quella spiegazione. Pensò che Kallyna ne avrebbe certo parlato subito dopo che Raimo era morto; a meno che quest'uomo non fosse sposato o non potesse essere suo per qualche altro motivo sconosciuto.

Verso la metà di gennaio Kallyna s'ammalò. Mangiava poco o niente, e si fece scarna nei suoi abiti neri. Rifiutava tutte le commissioni, e lasciava incompiute quelle che aveva cominciato. Tresa si sedeva sulle scale fuori la porta della stanza di lei, senza farsi vedere, cercando di afferrare un singhiozzo o una parola appena mormorata. Kallyna non piangeva e non parlava; giaceva solo stesa sul letto con gli occhi aperti. Dopo settimane trascorse a quel modo, Tresa, spaventata, andò a chiamare Arnì a Vibona. Arnì si precipitò a casa e rimase tutta la notte seduto in cucina a piangere.

La mattina seguente, mentre le campane della chiesa suonavano per le nozze di Lidia, un soldato venne a cercarlo dal Castro. Con orrore di Tresa che pensava volessero arruolarlo, il soldato ordinò ad Arnì di presentarsi a Robert Sainte Croix, divenuto nuovo governatore di Tropea dopo che d'Hancourt era partito. Arnì tornò dal Castro portando fra le mani un oggetto avvolto in un pezzo di velluto rosso. Era una fibbia d'argento, pesante e finemente cesellata, la cosa più costosa che la casa dei d'Argira avesse mai avuto fra le sue pareti.

«È per Kallyna» disse Arnì. «Non mi hanno detto altro.»

«Chi la manda, perché?» continuava a chiedere Tresa mentre lo seguiva su per le scale.

«Te l'ho detto, zia, non lo so. Me l'ha data sua signoria Sainte Croix. Mi ha detto che è per Kallyna d'Argira e mi ha rimandato a casa.» Entrò nella stanza e si fermò accanto al letto.

«Kallyna?» chiamò sottovoce sfiorandole la mano. «Questa me l'ha data il governatore. Dice che aveva dimenticato di dartela prima.»

Kallyna guardò la fibbia d'argento. Era uno scintillante alberello fatto di delicati rami di filigrana; sembrava essere stato creato per lei e per nessun altro, per i suoi occhi avvezzi a seguire spirali di filo di seta come magici labirinti conducenti a un centro segreto.

Prese la fibbia e la strinse nel palmo della mano finché le fece male. Poi la restituì ad Arnì. «Grazie. Puoi metterla assieme al resto delle mie cose?»

«Sembra un regalo costoso» disse Arnì mentre apriva la cassapanca. «Chi la manda?»

Kallyna si tirò a sedere sul letto, scrutando oltre le imposte chiuse.

«È una giornata di sole?» chiese. «Lo sposalizio è cominciato?»

Tresa sorrise. «Abbiamo visto la sposa uscire di casa… ed è una giornata che rallegra il cuore.»

Kallyna posò i piedi a terra e allungò la mano per prendere lo scialle.

«Allora andiamo, zia. La fibbia me la manda il signore de Vire… per quella tunica che gli ho fatto. Mi aveva detto che voleva spendere un po' di più dopo che è stato tanto lodata… ma non pensavo che intendesse questo.»

S'avviò per le scale mentre Tresa ed Arnì la seguivano, troppo sollevati da quella sua improvvisa guarigione per soffermarsi su dubbi.

«Che uomo generoso il signore de Vire» disse Tresa. «E che gusti fini per un burbero di normanno.»

✻   ✻   ✻

Andò alle nozze di Lidia, mangiò, ballò e rise per poche ore. Tutti volevano sapere di quella sera dai Falizza con il re, e lei raccontò tutto quietamente. Non che Tresa si fosse mai lasciata sfuggire una parola; erano stati i servi dei Falizza a diffondere la storia.

Gennaio fu lungo e gelido. Il mare batteva contro la scogliera con ondate fragorose, spingendo galeoni di spuma a naufragare sulle rocce aguzze. Padre Costantino era gravemente ammalato, e attendeva d'essere liberato dalla vita con confortante pazienza. Kallyna gli tessé un semplice sudario di lino bianco; quando l'abate morì il sudario fu avvolto attorno al suo corpo nudo e lo seguì fra le braccia della terra.

Le lunghe notti d'inverno pesavano sulla sua anima. Non poteva sfuggire alla monotonia del lavoro al telaio, eppure il suo ritmo ripetuto sembrava farla scivolare in una sorta di rassegnazione non voluta. Andava ancora di nascosto a chiedere notizie della guerra a Rachele. Il fratello di Rachele lavorava come fabbro al Castro, e le passava quanto riusciva ad apprendere dal governatore o da altri.

Non c'era molto di nuovo. L'esercito normanno era accampato tutt'intorno a Napoli, tenendo le città vicine strette nella sua morsa, e l'assedio continuava fra carestie ed epidemie di colera. Pisa, potente alleata di Napoli, appoggiava la città ribelle mandando balestre e il bitume col quale veniva distillato l'orribile fuoco greco. Le formidabili navi da guerra pisane prendevano ripetutamente d'assalto le galee che Giorgio d'Antiochia aveva legato assieme con catene per sbarrare l'entrata del porto.

Chi viveva, chi moriva, solo Dio lo sapeva. I messi a cavallo erano ostacolati dalle frane e dalle strade allagate, e spesso fermati del tutto dai briganti che infestavano le montagne fra la Calabria e la Campania. Le sepolture, se non erano i corvi o il mare, spesso erano solo fosse comuni segnate da una vecchia spada intaccata. Era un mondo che rumoreggiava da lontano come gli affreschi raffiguranti la Fine del Mondo sui muri delle chiese.

Febbraio arrivò con venti aspri e con i racconti della neve che ricopriva i picchi della Sila. Kallyna non aveva mai visto la neve, come la gente della Sila non aveva mai visto il mare. Il carrettiere che portava Arnì a Vibona diceva che nell'interno i lupi erano così famelici che venivano fino agli scalini delle case, e che i carbonai nei boschi dovevano allontanarli dalle loro capanne con il fuoco ed il veleno.

Ai battesimi e agli sposalizi Kallyna poteva dimenticare l'inverno per un giorno o una notte. Si stava piacevolmente al caldo nella chiesa illuminata da un tappeto di candele. Dietro la grata di ferro battuto il viso della Madonna era una luna ovale dai grandi occhi dolci e pensosi, le spalle avvolte nel manto bizantino lavorato d'oro. Tutt'intorno all'icona erano affissi anelli, orecchini, collane e veli da sposa piegati a triangoli come farfalle in riposo.

Un giorno Kallyna andò nella sacrestia e mise fra le mani di un sacerdote un piccolo involto di stoffa. Il sacerdote accettò la bella croce d'oro che Vasili le aveva regalato il giorno della cresima, e le assicurò che l'avrebbe appesa in un angolino nascosto dell'icona.

«È per qualcuno che ami?» le chiese. «Qualcuno in pericolo di vita?»

«Sì» rispose semplicemente Kallyna. «Pregate per lui, Padre.»

Marzo fu un mese di burrasche. Ogni cespuglio lungo le fiumare sfoggiava una cappa svolazzante di panni stesi ad asciugare. Il sole inondava le colline di luce improvvisa, nascondendosi poi di nuovo dietro il broncio passeggero di una nuvola. Nei giorni ventosi c'era un'asprezza che spingeva i falchi giovani fuori dai nidi a sfidare le correnti mutevoli.

Dopo la tregua dei mesi passati Kallyna era di nuovo irrequieta. Ora quasi si stordiva di lavoro, come faceva quando si sentiva in pericolo. Perfino Donna Vittoria Falizza, la moglie dell'uomo che aveva ostacolato i d'Argira per anni, fu persuasa a farsi fare un vestito da lei.

A volte, durante le pause dal telaio apriva la cassapanca accanto al suo letto e guardava ciò che vi era dentro: le catene d'oro che avrebbe portato sull'abito da sposa, il pettine di tartaruga che Vasili le aveva comprato il giorno che era stata promessa a Raimo; abiti che non poteva indossare, denaro che non poteva spendere—e una fibbia d'argento.

«Se a Pasqua sono vivo, se torno, ti porto con me» le aveva detto.

A Pasqua mancava poco, e forse non sarebbe tornato mai più. I giorni con lui sembravano essere stati così immensamente brevi che a volte pensava di averli solo sognati, forse durante un attacco di febbre. Non ricordava il suo viso, né il suono della sua voce. Era come se fosse già diventato un guerriero di pietra sul coperchio d'una tomba, le mani giunte in pace sull'elsa della spada.

Quella pace non era per lei. Voleva scuotere i pugni contro Dio, fuggire da quella prigione di giorni inutili che la soffocavano. Qualcosa doveva accadere, continuava a dirsi; un segno, una parola, un modo che la svegliasse dalla quella morte fantasma.

XI

UN POMERIGGIO DURANTE L'ULTIMA SETTIMANA DI MARZO qualcuno bussò alla porta con mano leggera e paziente. Kallyna mise il parafuoco di vimini davanti al focolare e andò ad aprire.

«Padre Elias! Entrate, entrate.»

«*Pax vobiscum*, figlia.»

Tresa lo fece sedere alla tavola della cucina. Dopo la morte di Padre Costantino Padre Elias era divenuto il nuovo abate di San Nilo, il che non lo esentava dal fare la questua porta a porta a piedi. Stavolta però non sembrava che fosse venuto giù per la solita offerta: non portava la bisaccia ed era affannato come se avesse camminato in fretta per un'incombenza imprevista.

«Sono venuto a chiedervi un atto di carità, cara Tresa» cominciò a dire.

«Se possiamo essere d'aiuto» rispose Tresa. «Diteci di che si tratta.»

«Un gruppetto di pellegrini è arrivato oggi al monastero, quattro anime dirette alla tomba di Papa Gregorio a Salerno. Uno di loro è una donna sulla quarantina o forse più giovane, la vedova di un mercante di Monreale.»

Distolse lo sguardo per qualche attimo. «Forse mi sbaglio, ma mi sembra debole nel corpo per un viaggio così lungo. Ho notato in lei un'aria sofferente, sciupata…»

Accanto al focolare Kallyna rimestava la minestra di lenticchie e ascoltava.

«Allora» proseguì Padre Elias «questi pellegrini speravano che potessimo alloggiarli, ma come ben sapete dall'estate scorsa il monastero è così affollato di orfani che non possiamo più mettere a disposizione una sola cella per i viaggiatori come usavamo fare. Poi mi sono ricordato che la vostra casa è grande abbastanza per dare rifugio a queste quattro brave persone. Solo per stanotte, badate, non oltre.»

Tresa annuì. «Avete pensato bene, Padre. Saremo lieti di ospitarli, e sono sicura che parlo anche per mio marito. Che ne dici, Kallyna?»

«Certo, zia. La stanza di Arnì è libera per la signora, e possiamo mettere un paio di pagliericci e una branda qui sotto nella stanza della dispensa.»

«Sono disposti a pagare» aggiunse subito Padre Elias. «Lo stesso prezzo che avrebbero pagato per una buona locanda.»

Tresa quasi non lo lasciò finire. «Questo no, Padre. Non accetteremo denaro per un atto di carità. Di quello che abbiamo, daremo.»

Padre Elias sorrise. «Sapevo che la casa dei d'Argira, Dio la benedica, non avrebbe detto di no.»

Stava per avviarsi verso la porta quando si voltò come se ricordando solo allora qualcosa che aveva dimenticato. «Oh, mia buona Tresa, vi prego di non stupirvi se uno di loro vi sembrerà… un infedele. La donna mi ha assicurato che è un convertito, nato e cresciuto nella Sicilia cristiana.»

A quelle parole la buona Tresa quasi trasalì. Fissò il monaco negli occhi. «Se è un convertito come dite voi» disse brusca. «Se è davvero un convertito…»

Padre Elias le prese la mano. «Non ne ho il minimo dubbio. E poi è uno di poche parole, bada ai fatti suoi, da buon servo.»

Tresa fece di nuovo cenno di sì, ma senza molta convinzione.

«D'accordo, Padre, d'accordo. Quando arrivano?»

«Prima del coprifuoco. Adesso sono a sentire la messa su al monastero.»

«Tutti e quattro?»

«Tutti e quattro. *Pax vobiscum* e grazie, nel nome di Gesù a cui fu negata una casa in cui nascere.»

Mentre Gheorghe spostava attrezzi e ceste per far posto nella stanza della dispensa e Tresa portava pagliericci e coperte dal piano di sopra, il coprifuoco risuonò assieme a un colpo di tuono.

«Se non si spicciano si bagneranno fino alle ossa» brontolò Tresa. «Cos'altro potevo fare, dopo che è venuto fino a qui per chiedere un atto di carità?»

«Quietati» disse Gheorghe. «È solo per una notte, infedele o no.»

«Eccoli» annunciò Kallyna dal portone.

Era già buio. Nuvole cariche di pioggia incombevano sulla piazza, e il vento portava uno stridore di cardini dalle Porte che venivano chiuse in faccia alla notte. Quattro cavalli vennero a fermarsi davanti alla casa. Kallyna sollevò la candela e osservò i nuovi arrivati.

«Di qua c'è un cancello che porta in giardino» disse a un giovane massiccio e lento nelle movenze che portava i capelli rossi raccolti in due trecce attorno al viso lentigginoso.

Il giovane mugolò una frase di grazie con un forte accento straniero.

«Alfio, dammi una mano» disse poi.

Il secondo giovane arrivava solo alle spalle del primo ma era snello e quasi felino di movimenti. La luce della candela rivelò ricci capelli neri, una barbetta sottile ben tenuta ed occhi aguzzi e irrequieti che si soffermarono su Kallyna più del necessario. Come il compagno portava un pugnale alla cintura.

«In giardino c'è un abbeveratoio per i vostri cavalli» gli disse Kallyna. «Però non abbiamo fieno.»

«Abbiamo il nostro, padrona, non v'incomodate» rispose il secondo giovane, e dal suo accento si capì subito che era siciliano.

Kallyna aiutò la donna a scendere di sella. «Entrate, entrate. Fa freddo, forse quest'anno avremo la Pasqua al focolare, come dice il proverbio.»

La donna si fermò sulla soglia e prese le mani di Kallyna fra le sue— mani morbide, affusolate, stupende. Era alta e snella nel mantello di lana ruvida. Sotto il suo cappuccio le delicate mezzelune della cuffia rendevano ancora più pallido un volto che aveva già il pallore marmoreo di una maschera funebre. Gli occhi erano blu, grandi e sicuri; sembravano incapaci di lacrime eppure ne conservavano l'invisibile, indelebile marchio.

«Figlia, sei così gentile» la ringraziò. «Sembrava che stanotte non avremmo trovato riparo, e s'avvicina anche il temporale. Dio vi benedica tutti, buoni ospiti.»

Tresa e Gheorghe vennero al portone per darle il benvenuto. Il loro sorriso si gelò quando videro il pilastro d'uomo che entrò dopo di lei.

Alto più di tutti i presenti, l'arabo era una figura imponente. Solo il suo abbigliamento sarebbe bastato ad attirare l'attenzione—un ampio *burnus* marrone, una spessa fascia di seta a strisce e un pugnale ricurvo dal manico intarsiato d'avorio. Si reggeva dritto sul pavimento come se sul ponte d'una nave, coi piedi posati al punto di perfetto equilibrio da cui nessuna onda avrebbe potuto sbilanciarlo. Il volto aveva il colore caldo del cuoio più fine, e sembrava che non ci fosse luogo dove potersi nascondere dai suoi occhi.

La vedova s'accorse dell'espressione sgomenta degli ospiti.

«Questo è Mansur Ibn Hamid» disse «che mi fa da guida, guardia del corpo, tesoriere e medico, un po' di tutto.»

L'arabo chinò lievemente la testa. «La buona sera ai nostri generosi amici» li salutò in perfetto italiano.

«E grazie di cuore» aggiunse la donna. «Mi chiamo Leonora da Monreale. Padre Elias vi avrà parlato del mio pellegrinaggio. È un voto che avevo fatto quando mio marito era ancora in vita e che poi non avevo più compiuto. Spero di poterlo fare adesso, con l'aiuto dell'anima beata di Papa Gregorio.»

Kallyna fu la prima a riprendersi dalla sorpresa. Li invitò a sedersi.

«Riposatevi» disse. «Cenerete con noi, vero?»

Le labbra di Leonora, belle ma senza colore, si schiusero in un sorriso contrito. «Mi chiedo come possiamo importunarvi tanto. Pensavamo di trovare una locanda e cenare lì... »

«Niente parole» l'interruppe Tresa, quasi screanzata nel suo zelo. «Quattro o dieci, siamo onorati di avervi a tavola con noi.»

Si sentì bussare alla porta. Mansur fece entrare i due servi, entrambi carichi di fagotti e borracce.

«Ai cavalli ci abbiamo pensato» disse il siciliano buttando giù il suo carico nella stanza della dispensa. «Se adesso qualcuno pensasse a me... Ho tanta di quella fame che gli avrei rubato il fieno di bocca.»

«Alfio, Erik» disse la donna con tono di rimprovero.

I due sbirciarono gli ospiti con imbarazzo nervoso, poi si tolsero i berretti di feltro. «La buona sera, la buona sera» borbottarono all'unisono.

«Venite, venite» li chiamò Tresa. «La minestra di lenticchie che facciamo noi non la fa nessuna locanda. Mangiate quanto volete.»

Cominciò a servire la densa zuppa fumante mentre Gheorghe incideva il segno della croce sul pane, lo affettava e passava in giro le fette. Si raccolsero tutti attorno alla tavola, accanto al calore del braciere posto al di sotto. Mentre mangiavano parlarono del maltempo, delle cattive condizioni di alcune strade, dell'inverosimile numero di pedaggi da pagare.

Kallyna ascoltava appena, presa da un'improvvisa e inspiegabile ansietà. Continuava a gettare occhiate a Leonora, che sorseggiava la sua minestra dal cucchiaio di legno con le maniere inconfondibili della nobildonna. Le era difficile credere che fosse la moglie di un mercante. C'era in lei un modo di muoversi e di parlare libero da impacci e quasi imperioso, una padronanza di sé che le ricordava qualcun altro. Forse gli occhi, si disse, quel blu che non era azzurro o turchese o verdognolo ma blu vero senza screziature, come l'acciaio.

«Sicché andate a Salerno» si lasciò infine scappare di bocca. «Non avete paura della guerra?»

Leonora le rivolse una lunga occhiata. «Figlia» disse «la guerra mi ha già privato di mio marito, e ora si è presa anche il mio unico figlio. Se la paura è una virtù cristiana, temo di averla persa molto tempo fa, che Dio mi perdoni.»

Kallyna si sentì come colpita da un pugno. Non era... non era sepolto a Salerno il padre di Dalibor?

Con una ciotola di mandorle e uvetta la cena finì. Alfio ruttò, sazio e pronto ad andare a dormire.

«La vostra camera è di sopra» disse Tresa a Leonora mentre sparecchiava. «Kallyna ve la farà vedere. Se vi serve qualcosa, basta che ce lo dite.»

«Forse una tazza di latte, se l'avete? Badate che ho intenzione di pagare per tutto. Grazie a Dio posso permettermi di non essere egoista.»

«Allora noi saremo ingrati come signori» disse bonariamente Tresa «e non prenderemo un soldo da voi.» Leonora sorrise.

Gheorghe si rivolse a lei. «Ma ricordatevi di noi nelle vostre preghiere. Che San Gregorio vi dia il buon viaggio e il buon ritorno.»

✻   ✻   ✻

Mansur, Alfio ed Erik avevano già chiuso la porta della stanza della dispensa. Kallyna sollevò con le molle un mattone dalla cenere calda del braciere, lo avvolse in pezze di lana e lo portò nella stanza della vedova.

«Donna Leonora?»

«Vieni, figlia.»

Entrò nella stanza sforzandosi ancora una volta di ricordare. Poi infilò il mattone sotto le coperte. «Questo vi terrà calda. Vado a prendere il latte. Volete che ci metta un po' di miele?»

Leonora si tolse il mantello, poi si slacciò la cuffia fatta di merletto bianco inamidato. «No grazie. Sei molto gentile.»

Libera dalla cuffia, una testa di capelli della più splendida tinta di biondo brillò attorno al viso di Leonora alla luce della candela. Kallyna quasi barcollò, incapace di distogliere gli occhi da quel covone dorato. Adesso c'era un'ombra dietro la donna, un fantasma che ne aveva tutti gli stessi lineamenti: assomigliava a Dalibor d'Hancourt.

Leonora s'accorse di come lei la fissava. Ripiegò con cura il mantello e lo mise sotto il cuscino, poi sorrise con aria lievemente divertita.

«Perché mi chiami Donna Leonora?... Per via dei miei capelli? No, non sono di sangue blu. Forse qualche mia bisnonna era della Germania o di qualche altro paese del nord.»

«Non sono solo i vostri capelli» mormorò Kallyna. «È che mi ricordate... mi ricordate molto una persona che conoscevo.»

Le labbra di Leonora sembrarono restringersi. «Oh?»

«Sì. Una persona di nome d'Hancourt.» Rimase quasi sfacciatamente in attesa di una reazione.

La donna scrollò le spalle. «È un nome normanno, no?»

«Vado a prendere il latte» disse Kallyna.

Ne rovesciò metà sulla tavola. Sua sorella, pensò; sua cugina, sua madre, sua zia. Una speranza inattesa e confusa s'era impadronita di lei.

Un rombo di tuono diede l'avvio a una pioggia violenta che tempestava le tegole del tetto come il tamburellare rapido di mille dita. La piccola brocca di creta col latte di capra le riscaldava le mani gelide e tremanti. La portò nella stanza di sopra e la posò su uno sgabello accanto al letto.

Vide che Leonora era piegata su un foglio di pergamena, scrivendoci sopra con una piccola matita fatta di carbone appuntito.

«Che bello, sapete scrivere!» esclamò. «Vorrei tanto poterlo fare anch'io.»

Leonora fece frusciare nervosamente il foglio fra le mani. «Una volta tenevo i libri mastri di mio marito, nel nostro magazzino a Monreale» disse. «Adesso cerco solo di buttar giù i giorni del viaggio, i luoghi dove ci fermiamo e così via. Ma lascio il resto a Mansur, ha una memoria molto migliore della mia.»

Kallyna si dava da fare qua e là, cercando di guadagnare tempo.

«Dormo nella stanza accanto, chiamatemi se vi serve qualcosa» disse. Poi fece un sorriso che era quasi una smorfia di dolore.

«Sapete, mi ricordate proprio tanto sua signoria d'Hancourt... Era il nostro governatore... Insomma, è curioso come le persone s'assomigliano a volte.»

Leonora si girò verso di lei con uno sguardo che la fece sentire come una bambina sgridata.

«Si direbbe che quest'uomo ti abbia lasciato un ricordo alquanto duraturo di sé» disse, con l'intenzione di farla tacere.

Kallyna arrossì e abbassò la testa. «Credetemi, Donna Leonora, non è che io voglia fare la pettegola... E poi è una storia lunga... una storia molto vecchia.» S'avviò verso la porta.

«Aspetta» la chiamò Leonora, inchiodandola sulla soglia con quell'unica parola come se con un coltello. «Chiudi la porta, gli altri dovranno già essere addormentati» aggiunse quietamente. «Dunque siediti e raccontamela, questa vecchia storia.»

«Non siete stanca?» sussurrò Kallyna. «Non dovreste dormire?»

Leonora fece una piccola smorfia, come disprezzando il proprio corpo che la tradiva.

«Ho un dolore che sembra venire apposta di notte, per tormentarmi nelle ore di riposo. Mansur mi da' un farmaco amarissimo che prepara con delle erbe che conosce, ma comincia a fare effetto solo dopo un po'.»

«Ma io non ho niente da dire» affermò Kallyna. Poi la sua voce si spezzò. «Mansur ha un farmaco che fa dormire per sempre?»

«Sì, ma non lo vende a nessun prezzo» rispose Leonora a bassa voce.

Posò il foglio di pergamena e la matita. «Questo... d'Hancourt...ti ha messo incinta?» Kallyna fece segno di no.

«Eri innamorata di lui? Lo era lui di te?»

«Non importa più. È andato alla guerra, forse è già morto.» Le afferrò la mano. «Vi prego, non dite niente ai miei zii. L'ho detto a voi perché... non so, perché è passato tanto tempo e non posso dirlo a nessuno.... »

Leonora rimase in silenzio per qualche attimo. «Vorrei poter fare qualcosa per te. Ma dicono che chi è triste va in cerca di compagnia, quindi tutto quello che posso dirti è che non ho notizie di mio figlio da otto mesi. È alla guerra anche lui... forse è già morto anche lui.»

«E voi state andando a cercarlo, vero? È per quello che fate questo viaggio?»

Il viso di Leonora si rabbuiò. Era chiaro che non voleva rispondere a quella domanda. «Sei sveglia» disse con un sospiro. «Sì, è per quello». Sorrise preoccupata. «Sei sveglia e parli troppo. Adesso va' a dormire...Oh, mentre passavo davanti alla tua stanza ho visto dei lavori bellissimi. Sei davvero brava.»

«Troppo gentile. Il signore d'Hancourt voleva che io andassi a Palermo a lavorare nel Tiraz... Posso farvi vedere una cosa che mi ha regalato?»

Leonora fece cenno di sì con aria stanca. «D'accordo» rispose stringendosi le mani in grembo.

Kallyna tornò subito, portando la fibbia d'argento. «Non è stupenda?» disse porgendole il grande gioiello scintillante.

Leonora lo sfiorò appena con le dita, come non osasse toccarlo. «Lo è» rispose seccamente. Scrutò Kallyna con maggior interesse. «Può essere che ti abbia amato davvero...» Fece una piccola risata aspra. «Diamine, neanche mio marito mi ha mai fatto un regalo così, certo non prima del nostro fidanzamento».

«Sentite, quando arriverete a Salerno potreste per favore chiedere di lui? È molto conosciuto, il re stesso lo ama come un figlio. Potreste scrivermi una lettera... troverò qualcuno che me la possa leggere.»

La sua voce divenne dura. «No, aspettate. Meglio non sapere niente. Meglio continuare ad aspettare.»

Riavvolse la fibbia d'argento nel fazzoletto. «Perdonatemi. Le lenzuola devono essersi raffreddate, e anche il latte. Non badate alle mie chiacchiere.»

Leonora la guardò con una compassione inquieta. «Non dovresti consumarti a questo modo. Sei così graziosa, non hai un corteggiatore?»

Kallyna strinse le spalle. «Lo avevo. È stato ucciso tempo fa... dal signore d'Hancourt.»

Leonora mormorò fra sé qualcosa che sembrava un gemito di dolore. Poi si alzò e accompagnò Kallyna alla porta.

«S'è fatto tardi, tesoro. Domattina dovremo alzarci presto. Se vedi Mansur prima che io mi svegli, digli... Non importa. Non voglio che ti spaventi, alto e scuro com'è.»

«No, non mi spaventa. Anche il signore de Vire aveva un servo arabo.»

«Il signore de Vire...»

«Gli ho ricamato una tunica. Il re mi ha detto che era eccellente.»

Leonora spalancò gli occhi. «*Ruggero* ti ha detto così?»

Kallyna fece segno di sì. «Anche il signore Idris. A dirvi la verità non so perché quei ricami hanno fatto tanta impressione. Ma se rimarrete in paese un altro paio di giorni sentirete parlare mezza Tropea di questa famosa tunica che piacque al re. Non hanno molto di cui parlare, sapete...»

«Mia cara» esclamò Leonora «direi che hai conosciuto una bella fetta di mondo!» Le mise una mano sulla spalla. «Mi piaci davvero» disse con sincerità. «Volevo tanto avere una figlia. Adesso almeno non sarei rimasta così a mani vuote. Non c'è ricompensa ad allevare un figlio, sapendo che prima o poi, ricca o povera, verrà il momento che dovrai consegnarlo alla guerra.»

Le batté la mano sulla spalla. «Adesso dormi bene.»

«Anche voi».

✻   ✻   ✻

Piovve tutta la notte. Doveva esserci una civetta nascosta fra i rami del fico: udiva un richiamo sommesso e ripetuto simile ad una domanda eternamente senza risposta.

Aveva chiesto un segno, pensò, e adesso il destino era arrivato alla sua porta come un cavallo già sellato. Sarebbe tornata, certo; eppure sapeva che da una fuga come quella non c'era ritorno. Rigirandosi inquieta lottava contro i suoi pensieri. Il pensiero peggiore era che anche se fosse andata a cercarlo, anche se lo avesse trovato, e poi? Ma il suo cuore sapeva ragionare, e le fece ricordare quello che diceva suo padre quand'era bambina.

Il mare, usava dire Vasili, ha molti nomi. Si chiama Egeo attorno alle isole greche e Tirreno attorno alle coste meridionali dell'Italia. Per lui era dovunque lo stesso amico d'infanzia, e l'infanzia di Vasili era vecchia di molti secoli. Un giorno d'azzurro aveva messo tutte le sue speranze in un fagotto ed era salpato via, lasciando una casa per trovarne un'altra. Tutti gli dèi abitano vicino al mare, diceva Vasili; solo i morti non hanno bisogno di barche.

Guardò la candela. Rimaneva abbastanza luce per quello che doveva fare. Aprì la cassapanca e ne osservò il contenuto. Le sue gioie d'oro e d'argento scomparvero dentro un fazzoletto strettamente annodato; in un altro fazzoletto rinchiuse il borsellino di camoscio con il denaro che le aveva dato de Vire. Poi prese il vestito che aveva indossato per la prima volta il giorno che era stata promessa a Raimo. Era del colore del glicine, con bordi ricamati d'azzurro e di rosa più pallido, a disegni delicati come i mosaici moreschi rilucenti sulle cupole di Palermo. Lo stese sul letto, spianando gli

152

angoli della coperta. Poi prese due abiti, uno pesante e uno leggero, due mantelli, due paia di pianelle, un paio di stivali alla caviglia fatti di cuoio morbido che erano stati di Arnì, tre camicie di lino e un fazzoletto con una grande K ricamata a punti d'argento. Raccolse i quattro lembi della coperta, li legò e soppesò il fagotto. Era leggero come il suo cuore.

XII

E RA UNA BELLA ALBA. La pioggia era passata, lasciando il posto a un vasto cielo roseo picchiettato di cirri grigi di nuvole. Kallyna si levò dal letto, uscì dalla sua stanza senza fare rumore e andò a bussare alla porta della stanza accanto. Si accorse che anche Leonora sembrava essersi alzata da un po'. Era stesa rigida sul letto, che aveva rifatto, ed era già vestita e pronta.

«Buongiorno» disse Kallyna. «Spero che abbiate dormito bene.»

Leonora si tirò su a sedere, si mise la cuffia sulle ginocchia e cominciò ad avvolgersi i capelli sulla nuca. Il suo sorriso era sgualcito come lo era il cuscino.

«Ho dormito bene, grazie. Si è alzato Mansur?»

«No» mentì Kallyna. «Sono venuta a dirvi che forse potreste aspettare un paio d'ore finché la strada non si asciuga.»

Leonora teneva la testa piegata per appuntarsi le forcine d'ottone. «Oh, non ce ne sarà bisogno. Siamo stati più d'una volta su strade fangose.» Fece una piccola smorfia quando una delle forcine le punse la nuca.

«Sono anche venuta a dirvi che voglio venire a Salerno con voi» disse Kallyna tutto d'un fiato.

Leonora si lasciò cadere i capelli e sollevò di scatto la testa. «Mia cara.... »

«Posso pagarvi» l'interruppe Kallyna. «Bastano cento tarì a comprare un cavallo?»

Leonora alzò la mano, allarmata. «Non si tratta di soldi, tesoro. Se avessi voluto una dama di compagnia, non credi che avrei potuto sceglierne una a Monreale?»

Kallyna strinse i pugni. «Non voglio essere dama di compagnia. Voglio essere pellegrina, come voi. Se c'è qualcosa che non posso pagare, lavorerò. Cucirò, cucinerò, laverò i panni. So andare a cavallo, so nuotare, sono in buona salute e dormo dovunque.»

«No, no, aspetta» la fermò Leonora. «Non mi hai ancora detto *perché* vuoi andare a Salerno.»

«Non so perché» rispose Kallyna. «Troverò una ragione mentre ci vado.»

Gli occhi di Leonora lampeggiarono di collera tenuta a stento sotto controllo. «È per via di quell'uomo di cui mi hai parlato?»

Kallyna abbassò la testa. «Voi venite fin dalla Sicilia a cercare vostro figlio…»

Leonora gettò indietro la testa con un gesto impaziente.

«C'è una differenza, sai. Il tuo prode cavaliere normanno potrebbe essersi dimenticato che esisti.»

Kallyna s'irrigidì. Poi si rese conto che Leonora non parlava per ferirla.

«D'accordo» disse. «Vuol dire che mi prenderò anche questo rischio.»

Leonora continuava a scuotere la testa. «Guardate» la supplicò Kallyna «sono sola al mondo. Non ho famiglia, non ho obblighi. Vi chiedo solo un atto di carità, come avete fatto voi quando siete venuta a casa mia. Se rimango qui impazzirò.»

«Nessuno impazzisce per quello. Non cercare di commuovermi con le tue lacrime. Sei troppo giovane, troppo… tutto! Ho già abbastanza a cui badare con Alfio ed Erik, e dovunque vado la gente fissa Mansur come fosse il fantasma ambulante del profeta Maometto… La verità è che non posso permettermi di attirare ancora più attenzione» concluse in tutta sincerità «e invece guardati un po', con quei capelli, quel viso e tutto il resto.»

Kallyna afferrò la treccia che le arrivava fino alla vita.

«Li taglierò corti come quelli di un uomo. Mi vestirò da uomo.»

Leonora sospirò. «Finiresti al rogo, tesoro. Sai bene che secondo la Chiesa le donne che si vestono da uomo sono streghe.»

Ci fu una lunga pausa, mentre entrambe sembravano essere rimaste senza altri argomenti. Leonora si fermò davanti alla finestra e guardò il giardino.

«Immagino sia inutile chiederti cosa ne pensano i tuoi zii. È chiaro che non hai l'abitudine di cercare il parere altrui».

«Allora cosa mi rispondete?» chiese Kallyna con voce spenta.

Leonora si voltò. «E se succede qualcosa? Se decido di rimanere a Salerno? Ti abbandonerei a te stessa nel bel mezzo di una guerra?»

Sorrise fra sé con aria incredula. «È tutto così strano... Se ci fossimo fermati al monastero non t'avrei mai incontrato. Mi chiedo se è un disegno del destino, se in un modo o nell'altro *dovevo* incontrarti.»

La guardò attentamente. «Sei una creatura curiosa. Prima mi dici che assomiglio a un governatore normanno, poi mi racconti tutte le tue pene d'amore, adesso mi chiedi di portarti con me chissà dove... Mi spiace, tesoro, non posso. Non posso portarti con me.»

Kallyna strinse le labbra. «Allora farò qualcosa di sciocco, e che Dio mi perdoni. Dirò a tutti che siete una signora normanna, una molto ricca, la madre di un governatore... e poi sì che attirerete tutta l'attenzione del mondo.» La sua voce si spezzò in singhiozzi soffocati.

Leonora era attonita. «Piangi anche troppo» disse poi. «Ma una lode posso farti: sei semplicemente troppo testarda per morire, proprio come mio figlio.»

Kallyna cercò di asciugarsi gli occhi. «Ditemi che non si chiama Dalibor. Ditemi che mi sbaglio.»

Leonora scosse fermamente la testa. «Certo che ti sbagli. Non potrei neanche pronunciarlo, quel nome là. Se fossi davvero la madre di un governatore, uno che il re ama come tu dici, non credi che avrei potuto tenerlo con me invece di mandarlo a morire come tutti gli altri?» La fissò negli occhi. «Mio figlio si chiama Carlo, come suo padre.»

Kallyna non la guardava. «Allora cosa mi rispondete? Bastano cento tarì a comprare un cavallo?»

Ci fu un attimo di silenzio. «Meglio una mula. Occorrerà risparmiare.»

Kallyna inghiottì tutte le sue lacrime. Prese la mano di Leonora e la baciò, ma Leonora si ritrasse.

«Andiamo, non sono il papa! Pensiamo piuttosto a questo piano infernale» sussurrò, e la sua voce sembrava quella d'una bambina che complotta una birichinata.

«Ho già fatto fagotto» disse Kallyna. «Lo porterò a Mansur appena posso. Poi ho bisogno che voi scriviate qualche parola ai miei zii. Voglio molto bene a tutti e due, ma non rimarrò a marcire qui.»

«No, credo proprio di no» disse Leonora con una risata sommessa.

Prese uno dei suoi piccoli fogli di pergamena e cercò la matita; ma prima di cominciare rimase un attimo in silenzio con aria assorta.

«O Signore, spero di star facendo la cosa giusta» disse. «*Cara zia, caro zio*» recitò poi mentre scriveva. «*Vi voglio molto bene e vi sono molto grata per tutto quello che avete fatto per me. Pregherò per voi a Salerno e tornerò presto. La signora di Monreale si prenderà buona cura di me. Vostra nipote, Kallyna.*»

Kallyna seguì con lo sguardo i misteriosi segni che comparivano sul foglio.

«Suona bene. Il prete glielo leggerà. Vorrei tanto poter leggere e scrivere anch'io…»

«Ascolta, te lo insegnerò durante il viaggio. Anzi te lo insegnerà Mansur. Lui non perde mai la pazienza. Aveva provato ad insegnarlo a Carlo, ma mio figlio preferisce maneggiare una spada piuttosto che una penna d'oca.»

«Davvero? Sarebbe una gran fortuna!»

Gli occhi di Leonora si offuscarono. «Non parlare così presto di fortuna. Forse hai appena fatto la scelta peggiore della tua vita.»

«Peggio di questo? Peggio che aspettare e aspettare qualcosa che forse non verrà mai? Non vi crucciate, Donna Leonora. Non ve ne pentirete.»

Dal piano di sotto si udirono voci e passi; dovevano essersi alzati tutti.

«Fra un po' i miei zii andranno alla masseria» bisbigliò Kallyna. «Dirò loro che oggi non sto bene, che oggi rimango a casa. Voi mi aspetterete appena fuori la Porta Vaticana... no, accanto alla dogana, e io vi raggiungerò appena posso.»

«Assolutamente diabolico» commentò Leonora ridacchiando. «Di una cosa però devo avvisarti. Mansur non è eunuco, per non parlare di Alfio ed Erik. Non andare a bagnarti nuda nei ruscelli come Susanna della Bibbia, e se cavalchi come un uomo, porta una calzamaglia da uomo sotto le gonne, come faccio io.»

Era chiaro che Kallyna aveva capito tutto tranne ciò che Mansur non era.

«Intendo dire» spiegò Leonora «che là fuori ci sono tre uomini, e circa gli uomini a noi donne non è stato insegnato altro che di stare all'erta. Quindi sta' all'erta. In questo genere di cose non sarò responsabile io.» Kallyna fece saggiamente cenno di sì.

«Un'ultima cosa» la chiamò Leonora, venendole dietro con il volto severo. «Siamo granelli di polvere nel grembo dell'Onnipotente. Potremmo arrivare a Salerno solo per scoprire che chi cerchiamo è morto. Neanche la fede, la speranza e la carità potranno bastare.»

Kallyna rimase in silenzio. Si perse per un attimo negli occhi della donna, fidandosi di lei dal profondo dell'anima. Leonora la prese fra le braccia. «Forse il Signore ti ha messo sulla mia strada per ragioni che non ci è dato ancora conoscere. Ma né a te né a me sono state promesse ricompense sicure. E al contrario di me, tu puoi ricevere da lui il rifiuto più amaro che tu possa immaginare. Sai tutto ciò?»

Kallyna non ebbe paura. Abbracciò Leonora come un albero giovane piantato accanto a uno più antico per aiutarlo a resistere alle intemperie.

«Lo so» rispose. «Ma voi e io dobbiamo tentare lo stesso.»

❋   ❋   ❋

Mansur prese il nuovo fagotto dalle mani di Kallyna senza fare parola. Tresa e Gheorghe, che non sospettavano nulla, si avviarono alla masseria come ogni mattina, e ora dovevano già avere lasciato lo stradone.

Kallyna s'allacciò il mantello. I suoi capelli, fittamente intrecciati a crocchia, non si vedevano sotto il cappuccio. La calzamaglia di Arnì era stretta attorno ai fianchi ma comoda e calda. Raccolse tutta la casa negli occhi, dicendo addio dentro di sé, poi infilò la chiave nella crepa sotto lo scalino. Piazza Portercole era ancora vuota, le sentinelle alla Porta Vaticana ancora insonnolite.

«Andiamo, su» Leonora la chiamò sorridendo, aiutandola a salire in sella dietro di lei.

«*Bismillah'i rahmani rahim*» recitò quietamente Mansur. «Nel nome di Dio misericordioso e benigno». I cavalli si misero al passo.

La strada si snodava lungo l'orlo alto della costa, fra oliveti e vigne. Il mare era calmo, e i gabbiani sembravano cucire con punti grigi la stoffa fine del cielo. La mattinata era così bella che sembrava quasi respirasse, con il vento che entrava e usciva lieve dal mondo come il fiato nel petto. Kallyna chiuse gli occhi e sospirò deliziata. Non si era mai sentita così libera, neanche nei sogni. Poi avvertì gli occhi scuri di Mansur che la osservavano e arrossì. Dietro di lei Alfio sbadigliò, mentre Erik continuava a masticare pensieroso un ramoscello di salvia.

I tre uomini avevano appreso di avere una nuova compagna di viaggio mentre l'aspettavano accanto alla dogana. Mansur aveva subito cominciato un animato scambio di commenti con Leonora; ma sapendo quando doveva essere servo e non consigliere, aveva chiuso la discussione senza costringere la sua padrona a rammentargli che lo era. Erik aveva scrollato le spalle, limitandosi a borbottare quando dovette legare il nuovo fagotto alla sua sella, e Alfio s'era lasciato sfuggire un colorito aggettivo siciliano in apprezzamento della bellezza di Kallyna, per poi essere zittito da una delle occhiate raggelanti di Leonora.

La mattina volgeva al mezzogiorno quando si lasciarono alle loro spalle la strada costiera e cominciarono l'ascesa verso Vibona. La città si ergeva su una rupe ancora più alta di quella di Tropea. Una cascata di case grigie era arroccata lungo i fianchi scoscesi della montagna, sormontata da un castello arcigno le cui mura faceva tutt'uno con l'abisso. Dalle sue finestre – quella era la diceria – gli ospiti sgraditi venivano gettati nel grembo ventoso della vallata.

Gridando per farsi strada, Alfio spronò il suo cavallo fra greggi e carretti, diretto alla porta principale. Erik prese in custodia gli altri tre cavalli, mentre Leonora s'avviò assieme a Kallyna e a Mansur verso il mercato di San Leoluca.

Fu naturalmente Mansur a incaricarsi dell'acquisto della mula per Kallyna, dalla scelta all'ispezione e alla contrattazione. A meno di cinquanta tarì e completo di sella, l'acquisto si rivelò un vero affare. Il venditore, non poco intimorito dal suo imponente cliente, non osò rifiutare il prezzo offertogli.

Leonora comprò degli squisiti *mastazzola* al miele, scegliendoli fra le varie grandezze e forme: cavalli, uccelli, pesci, coppie di uomo e donna, tutti decorati con piccoli nastri colorati aggiunti alla pasta per sottolineare zoccoli, pinne o cuori. Leonora ne era incantata.

Finiti gli acquisti, stavano tornando dov'erano rimasti i due servi quando Kallyna notò fra i tanti volti sconosciuti uno molto familiare: Arnì, seduto sugli scalini di una vasca di pietra scolpita dove donne e ragazze lavavano i panni sbattendoli sugli ampi bordi inclinati. Cercò subito di nascondersi dietro Mansur; ma Arnì, avvezzo a scrutare il mare alla ricerca del pescespada, la scoprì prima con un'unica occhiata. Aggrottò la fronte quando si accorse che lei era assieme ad estranei. Kallyna roteò gli occhi irritata, mentre Leonora e Mansur si guardavano perplessi.

Arnì venne rapido verso di loro e si rivolse a Leonora. «La buona giornata a voi. Mi chiamo Arnì d'Orta. Vedo che siete in compagnia di una persona che conosco.»

Leonora aggrottò le sopracciglia. «Si direbbe di sì. Siamo pellegrini diretti a Salerno.»

«Un viaggio lungo, che Dio vi guardi. Vi sta facendo vedere il mercato? Allora la riaccompagnerò a casa quando avete finito.»

Kallyna lo guardò dritto negli occhi. «No. Non sto facendo vedere loro il mercato. Vado assieme a loro.»

Com'era da prevedere, Arnì rimase molto sorpreso. «Un momento. Prima che tu faccia una cosa del genere, se non ti spiace vorrei parlarti.»

«Mio giovane amico» disse Leonora «il nostro tempo è prezioso. Ma se avete qualcosa da dirvi, vi lasceremo soli per un po'.»

Arnì chinò il capo. «Vi ringrazio.» Leonora s'allontanò assieme a Mansur, gettandosi un'occhiata alle spalle.

Arnì condusse Kallyna verso un angolo meno affollato, sotto un albero di gelso dove tronconi di antiche colonne magno-greche erano sparse nell'erba simili a pietre di mulino imbiancate di neve.

«Allora, per cortesia si può sapere di cosa si tratta?»

Lei si torceva le mani. «Non c'è molto da dire. Anzi, non c'è niente che sono tenuta a dirti.»

«*Tenuta* a dirmi? No, tenuta no. Ma forse se ti supplico in ginocchio, chissà.»

Lei distolse lo sguardo. «A volte parli proprio come Raimo Trani» mormorò. «Questa signora viene da Monreale. Mi ha chiesto di andare con lei come… come dama di compagnia. Mi paga bene.»

Arnì scosse la testa. «Non ti credo. E se non verrai con me ti farò fermare dalle guardie.»

«Non verrò con te» rispose lei a bassa voce. «Sai che non verrò con te. Non farmi pensare che non ti ho più dalla mia parte.»

«Mi hai avuto dalla tua parte tutto il tempo necessario per deciderti… e mi hai ancora, altrimenti non starei a fare la figura dell'imbecille sotto gli occhi di tutti i vibonesi.» Si chinò verso di lei, tendendo le mani. «Ma la pazienza ha un limite, sai, anche la mia.»

Lei cercava di non mettersi a piangere, non sapendo se era per amore di lui o di sé stessa. «Se ti dico la verità» sussurrò «mi lascerai andare in pace?»

«La verità! Sulla tua bocca non so neanche più che sapore abbia, la verità.»

«Allora ecco che sapore ha, Arnì d'Orta. Vado via perché amo un uomo, un soldato, e perché ho intenzione di trovarlo prima che lo trovi la morte!»

Le parole l'avevano scossa tutta mentre le pronunciava a capofitto.

Dopo un attimo Arnì aprì gli occhi con uno stupore pacato che era anche sollievo. «Allora finalmente è venuto fuori, sia ringraziato Iddio...» Rimase a lungo in silenzio; infine annuì. «Bene, ti ringrazio. Questa cosa cominciava a suppurarmi dentro. Sei un bravo chirurgo.» La guardò con gli occhi pieni di pena.

Lei non ebbe il coraggio di ricambiare lo sguardo. Fece un piccolo passo verso di lui, come chiedendogli che la prendesse fra le braccia. Ma Arnì non si mosse.

«Non importa» disse poi lui. «Te l'ho detto, non importa. Vieni, la signora ti aspetta.»

«Che aspetti» ribatté lei. «Come ci lasciamo?»

Arnì sorrise, aprendo le braccia. «Come ci lasciamo. Da buoni amici, come sempre.»

Le sue braccia non erano aperte a lei, ma Kallyna scivolò lo stesso in mezzo ad esse, e Arnì le richiuse in un abbraccio cauto, come se lei fosse fatta di vetro.

«Fallo sapere a zia Tresa e a zio Gheorghe» disse Kallyna. «Io e quest'uomo ci conosciamo da un po'. Ma non posso ancora dirti come si chiama.»

Arnì la lasciò andare. «Allora mi metto l'anima in pace... Dopo tutto questo tempo... È quello che ti ha dato la fibbia d'argento, vero? È un brav'uomo?»

«Lo è, o non lo avrei scelto.»

«Può prendersi cura di te come si deve?»

«Sì» mentì lei. «E mi vuole bene quanto me ne vuoi tu» mentì ancora. «Non faresti la stessa cosa se tu fossi innamorato di qualcuno che è lontano?»

Arnì sorrise. «Tu sei stata lontana da me tanti anni, e io sono sempre venuto a cercarti.»

«Come va l'apprendistato?» chiese lei mentre lo seguiva.

«Sarò mastro orafo fra tre mesi.»

«Davvero? Così presto? Sapevo che avresti potuto farlo. E poi? No, aspetta, tornerò molto prima di allora.»

«Con l'aiuto di Dio. Ti farò un anello nuziale. Va' ora. E ricordati che non ti ho ancora ripagato il mio debito.»

Kallyna gli mise la mano sulla sua. «E io non ho ancora ripagato il tuo, per tutto quello che hai sempre fatto per me.» Si voltò a guardarlo ancora una volta, poi se lo lasciò dietro in mezzo alla folla.

I quattro viaggiatori la stavano aspettando al lato della strada principale.

«Tutto appianato?» chiese Leonora quietamente.

«Tutto appianato» rispose Kallyna montando la mula. «Arnì è mio fratello e si preoccupa, sapete.» I cavalli ripresero il passo.

«Mi hanno detto che la strada dell'interno è franata» disse Alfio «e che la prossima locanda è a Nicastro. Io vorrei proprio sapere cosa diavolo c'è fra noi e Nicastro».

«La Piana di Sant'Eufemia» rispose seccamente Mansur «dove le fiumare si possono attraversare a guado anche in questa stagione se si conoscono i punti giusti. Non ci sarà bisogno di prendere la strada dell'interno.»

«E stanotte?» gli chiese Leonora. «Pensi che dovremmo proseguire e dormire dove possiamo?»

Alfio storse la bocca al pensiero di dover passare ancora un'altra serata in cerca d'alloggio.

Mansur scosse la testa. «No. Meglio dormire qui. Se continuiamo domani tutto il giorno dovremmo attraversare la Piana e arrivare a Nicastro in tempo, se Dio vuole.»

«Dio sia lodato» sbuffò Alfio con scherno.

L'arco massiccio della porta di Vibona passò sopra di loro. Per distogliere la mente dal pensiero di Arnì, Kallyna osservò il piccolo tappeto da preghiera legato dietro la sella di Mansur. Aveva visto Mansur arrotolare il tappeto nella stanza della dispensa dove aveva dormito; se era un convertito, pensò, certo aveva conservato molte delle sue vecchie abitudini.

La locanda era una casa a due piani che dava su un vicolo striato di sole e rumoroso di galline e di bambini. Il letto nella camera di Leonora e Kallyna era largo abbastanza per ospitare un convento di monache e duro abbastanza per le monache che facevano penitenza dormendo su assi di legno.

Kallyna aiutò Leonora a portare di sopra i fagotti. Leonora chiuse la porta.

«Vediamo cos'hai con te» le disse. «Se c'è qualcosa che ti serve possiamo comprarla subito.»

Kallyna le porse il suo fagotto. «Certo.»

Mentre ne studiava il contenuto, Leonora portò con discrezione l'argomento su Arnì. «Non mi avevi detto che hai un fratello che abita in un'altra città.»

«Non mi avevate detto che Mansur non è un convertito» rispose Kallyna con voce piana.

Leonora la guardò e sorrise. «Non ti si può nascondere niente... Io direi che è arrivato il momento di dirci quanto abbiamo tralasciato finora.»

«Sono d'accordo. Arnì non è mio fratello. Siamo cresciuti insieme nella casa dei miei genitori, ma non ho obblighi verso di lui. Gli ho detto che vengo con voi, e gli va bene.»

Leonora trasse dal fagotto il vestito lilla e lo ammirò. «Questo è molto bello. Mi chiedo se hai intenzione d'indossarlo per il tuo prode cavaliere normanno.»

Kallyna arrossì. «Pensate che gli piacerebbe?»

Leonora piegò la testa di lato. «So che piacerebbe a mio figlio... No, Mansur non è un convertito. Odio dire bugie, ma dipende da dove andiamo a chiedere alloggio. Non mi era parsa una buona idea bussare alla porta di un monastero in compagnia di un mussulmano.» Notò il fazzoletto strettamente legato nel centro del fagotto.

«È il mio denaro» spiegò Kallyna aprendolo «e alcune gioie che ho portato se mai dovrò venderle.»

«Ho l'impressione che questa la terrai fino all'ultimo» commentò Leonora indicando la fibbia d'argento.

«Oh no, quella no. Quella non la venderò neanche se muoio di fame.»

Leonora sospirò. «Benedetta gioventù... Io penso che sia molto più prudente lasciare che questa costosa collezione la porti Mansur. È quello che ho fatto io all'inizio del viaggio. Naturalmente Alfio ed Erik non ne sanno nulla.»

«Certamente. Ma Mansur dove porta tutto ciò? Non gli ho veduto addosso nessuna bisaccia.»

«Hai notato com'è spessa la sua elegante fascia di seta? È tutto là dentro, ce l'ho cucito io stessa. Quest'altro rotolo lo farà sembrare grasso come un pascià» aggiunse ridendo.

«Avete molta fiducia in lui, vero?»

«Diciamo che ho molto volentieri ereditato la fiducia che mio marito aveva in lui. Mio marito lo comprò quando Carlo aveva quattordici anni e aveva bisogno di un tutore. E Mansur ha senz'altro insegnato a Carlo molte cose, compresa una maniera alquanto spiacevole di tagliare la testa a un uomo con una sola mano e un solo colpo di spada.»

S'alzò, rabbrividendo di freddo. «Adesso devo andare a chiamarlo. Dopo il pranzo andrà a dire le sue preghiere.»

«Ed Erik?» chiese Kallyna mentre scendevano le scale. «È normanno?»

«Più norvegese che normanno. Fino a pochi mesi fa parlava solo a sillabe e mangiava la carne cruda, come i suoi nonni vichinghi e pagani. Ho provato a farlo battezzare, ma ha quasi staccato la mano al prete con un morso.»

Il locandiere s'affaccendava attorno ai cinque viaggiatori con zelo insolito. Doveva avere fiutato che avevano denaro, e offrì loro un arrosto di manzo che lui stesso probabilmente assaggiava solo a Natale e a Pasqua.

«Che si potrebbe almeno sapere come vi chiamate?» chiese Alfio a Kallyna. «Dalla bocca vostra che è graziosa assai» aggiunse, ignorando l'occhiataccia di Leonora.

Lei non alzò gli occhi dalla sua scodella. «Kallyna».

«Ah. Bello è. Io mi chiamo Alfio ma dovrei chiamarmi Leone, perché sono forte come un leone."

«Allora com'è che mi fai sempre portare la roba che dovresti portare tu?» si lagnò Erik con la bocca piena. «È anche pigro come una lucertola, padrona, e lo sa tutta Monreale.»

Alfio si tese verso Erik con aria minacciosa. «Vuoi batterti, oppure ingoi quello che hai detto dentro quella gola lentigginosa che hai?»

Erik ingoiò solo il suo grosso boccone, poi esiliò all'inferno tutti gli antenati mediterranei di Alfio con un'unica imprecazione scandinava.

«Si potrebbe per favore mangiare in pace senza né leoni né lucertole che ci gironzolano attorno?» li rimproverò entrambi Leonora.

«Prima mi deve chiedere scusa» insisté Alfio tenendo le dita sul manico del coltello da cucina.

Erik bofonchiò un'altra sfilza d'incomprensibili bestemmie nordiche.

«Per la quarta volta oggi ti chiedo scusa, e che Thor ti faccia a pezzettini con il suo martello.»

Kallyna non riuscì a nascondere il suo sorriso divertito, ma Alfio le gettò un'occhiata furibonda e lei abbassò gli occhi di nuovo.

Dopo il pasto Mansur andò nella camera delle due donne e aggiunse alla fodera della sua fascia di seta il nuovo fagottino contenente il denaro e le gioie di Kallyna; poi prese in prestito la camera per recitarvi le preghiere. Leonora e Kallyna andarono a sedersi sugli scalini della locanda, ridendo e parlando con le donne del vicinato. Alfio russava steso sulla paglia, mentre Erik spazzolava i cavalli con gesti lenti e testardi.

Dopo il calar del sole il locandiere accese il braciere ai piedi del letto delle due donne. Leonora inghiottì una cucchiaiata del farmaco di Mansur e con quello s'addormentò presto. Kallyna rimase a guardarla al lume di candela. Dentro di sé si ripeté che no, Leonora da Monreale non somigliava alla sorella maggiore di Dalibor d'Hancourt; che di lui non aveva proprio nulla. Poi si tolse gli stivali e s'infilò sotto la coperta. La candela si spense a poco a poco, insieme alle voci dei bambini nel vicolo.

XIII

S'ALZARONO ALL'ALBA E FURONO PRONTI A RIMETTERSI in viaggio dopo avere comprato del cibo dal locandiere e riempito d'acqua le borracce.

Mansur legò dietro la sua sella il tappeto da preghiera e pronunciò le parole che avrebbe pronunciato all'inizio di ogni giornata di viaggio.

«*Bismillah'i rahmani rahim* Nel nome di Dio misericordioso e benigno.»

Gli zoccoli dei cavalli risuonavano cadenzati sul selciato, infrangendo il grigio silenzio del mattino.

Dopo qualche tempo raggiunsero la Via Popilia, la strada romana le cui grandi lastre levigate da secoli d'uso emergevano ancora qua e là sotto cespugli d'oleandro selvatico. Kallyna si era armata di coraggio in previsione delle lunghe ore da trascorrere in sella, ma esse le parvero interminabili lo stesso. Filari di alberi spogli, masserie rinchiuse da muretti di pietra, chiese bizantine dalle cupole bianche come teschi, grano e orzo, segale e avena, pecore e capre le sfilarono davanti sotto il cielo plumbeo. Quando finalmente si fermarono a mangiare sotto una torre di vedetta era indolenzita fino alle ossa.

Come se non bastasse, era anche costretta ad allontanare la goffa galanteria di Alfio, che non smetteva di ronzarle attorno. Quando fu ora di rimontare a cavallo ebbe l'ardire d'afferrarla per la vita per issarla sulla sella. Kallyna dovette andare in cerca di uno dei rimproveri più taglienti del suo repertorio.

Nel pomeriggio fecero un'altra sosta, poi guadarono la seconda fiumara dirigendosi verso Nicastro. Vedendo l'intero gruppo essere stanco, tutto a un tratto Mansur divenne loquace.

«Voglio raccontarvi cosa accadde a un mio amico che si recò in Inghilterra, ospite di alcuni signori di quella terra» disse.

Il volto di Leonora s'animò di un sorriso impaziente. «Mio caro Mansur, se puoi distoglierci la mente dalla sella siamo disposti ad ascoltare daccapo tutte le Mille e una Notte».

Mansur sorrise. «Questo mio amico si chiamava Ali Hasan Ibn Issa» prese a dire, e il nome sembrò già da solo tutto un racconto. «Mentre era in viaggio verso la casa dei suoi ospiti si fermò a mangiare in una locanda di campagna. Non volendo consumare la carne dei maiali, che il Profeta giustamente proibisce, chiese al locandiere un piatto di pollo. Ma poiché Ali Hasan non parlava la lingua degli inglesi, il locandiere non poté comprendere cosa egli dicesse. Sicché Ali Hasan cercò di farsi capire per mezzo di gesti.»

Leonora ascoltava attenta, strofinandosi le mani nel vento freddo, mentre Kallyna aguzzava gli occhi fra il cielo e la pianura cercando disperatamente qualcosa che somigliasse alla città di Nicastro.

«Sfortunatamente» proseguì Mansur «il locandiere non riuscì a interpretare nessun gesto di Ali Hasan. Infine Ali Hasan si fece dare un pezzo di carbone e disegnò sul muro della locanda una gallina. Per rendere l'immagine ancor più riconoscibile, accanto alle zampe della gallina disegnò un uovo.»

Fece una pausa, certamente per aumentare l'effetto. «Il locandiere fu di ritorno portando un piatto di uova al prosciutto.»

La risata scoppiò sulle labbra di tutti. Per un attimo anche Kallyna poté dimenticare il suo corpo indolenzito e la lunga giornata trascorsa a cavallo.

Mentre ancora ridevano Alfio alzò il braccio. «Nicastro» annunciò. «Finalmente ci siamo.»

Il paese era quasi nascosto in mezzo a fitti boschi di castagni. Vecchi bastioni bizantini s'addossavano ancora alle case qua e là. Di Nicastro Kallyna vide ben poco. Era affamata, esausta e di pessimo umore; voleva solo riposare. Ma quando giunsero alla cattedrale furono costretti a fermarsi davanti a una gran folla che sbarrava la strada in attesa di qualche evento.

«Sai di cosa si tratta?» chiese Leonora a Mansur. Mansur fece cenno di no.

In cima al sagrato sedeva un vescovo in paramenti solenni, fiancheggiato da sacerdoti e diaconi. Ai loro piedi erano disposte ceste decorate con nastri e fiori.

«È l'*incanto*» rispose Kallyna «la vendita all'asta dei pani votivi... È un rito lungo.»

«Si potrebbe guardare un po' mentre Alfio cerca la locanda» disse Leonora. «Tanto non potremmo farci largo fra tutta questa gente.»

Fermarono i cavalli al lato della strada. Mansur tirò fuori dalle pieghe del burnus un borsellino e lo porse a Alfio. «Venti dinar dovrebbero bastare».

«E non 'prendere in prestito' uno solo per comprare vino come hai fatto a Scilla» lo avvertì Leonora «o giuro sull'anima beata di mio marito che stavolta ti vendo al primo mercato.»

Diventato improvvisamente umile, Alfio le fece un profondo inchino.

«Donna Leonora, prometto che non lo farò, sul mio onore.»

«Hah!» esclamò Leonora guardandolo serpeggiare tra la folla sorridendo a tutte le ragazze. «Non dovremo esser noi a temere che ci alleggerisca le tasche. Saranno alcune di queste brave persone a trovarsele più leggere.»

Il capo della confraternita diede l'avvio all'incanto facendo risuonare una raganella di legno. Un diacono prese da una cesta un pane della forma e della grandezza di un bambino neonato e lo mostrò alla folla.

Dalla folla si levarono le grida degli offerenti: «Due tarì!» «Quattro!» «Dieci!»

All'offerta più alta il banditore fece risuonare di nuovo la raganella e porse al compratore il suo pane. Poi dalle ceste vennero fuori braccia, gambe, cuori, teste, tutti fatti di pane e tutti a grandezza naturale. Leonora chiese a Kallyna il significato della cerimonia.

«I pani vengono offerti per grazia ricevuta da chi è stato guarito da una malattia. Vengono preparati e poi donati alla chiesa perché siano venduti in questo modo.»

«Guarda!» indicò Leonora. «Un altro bambino!» Mentre teneva gli occhi fissi sul rumoroso spettacolo si strinse le braccia attorno al corpo come volendo fermare il dolore che portava in sé. «Forse dovrei anch'io cuocere un pane» mormorò.

Tornò Alfio e lanciò il borsellino a Mansur. «Quella cagna di locandiera non prende dinar!» gridò infuriato. «Dice che non ha mai visto questo genere di moneta!»

Stavolta perfino Mansur sembrò sul punto di perdere la pazienza.

«È una gran noia» borbottò. «Suppongo che sia inutile cercare una casa di cambio.»

«Forse un signore del luogo» intervenne Kallyna. «Il vescovo! Lui dovrà pur sapere cosa sono i dinar.»

Mansur la guardò compiaciuto. «È una buona idea. Ha un unico svantaggio: dovremo attendere che l'asta finisca.»

Kallyna s'accasciò sulla sella e Alfio sputò fuori un'imprecazione.

«Basta» ordinò Leonora. «Andrò dal vescovo io stessa. Ed accettiamo questa penitenza senza lamentele. Sarà molto peggio in purgatorio.»

Come Dio volle l'incanto finì. Prima che il vescovo scendesse dal sagrato Leonora andò a chiedergli se era disposto ad accettare dinar arabi in cambio della moneta del luogo, e il vescovo acconsentì.

Era già notte quando poterono sedersi a una tavola e cenare con quello che la locanda aveva da offrire. Quando finalmente si stese nel letto Kallyna aveva dimenticato Dalibor, Arnì, la guerra e ogni altra cosa. Desiderando di poter dormire fino a mezzogiorno cadde in un sonno senza sogni.

Avevano dormito sì e no cinque ore quando un orribile rimbombo simile al rutto di un gigante sotterraneo scosse l'intera locanda dalle fondazioni al tetto. Giare e stoviglie caddero dagli scaffali, gli scaffali sbatterono contro le pareti, le pareti scricchiolarono come stessero per spaccarsi. Con un grido di terrore Kallyna balzò dal letto e si precipitò fuori dalla stanza che condivideva con Leonora.

«Aspetta!» esclamò Leonora nel buio. «Non le scale!»

Kallyna era già in fuga precipitosa assieme a ogni altro ospite della locanda. Vide Alfio che le passava accanto cercando di allacciarsi le brache, seguito da una ragazza scarmigliata. Fuori della locanda fu inghiottita da una folla diretta tutta verso lo stesso punto, la piazza della cattedrale.

Grida, richiami e preghiere strappavano la notte a metà. Un'altra scossa più forte della prima attraversò tutta la strada, come se la terra stesse cercando di scrollarsi di dosso il peso minuto dell'umanità. Sola, senza sapere dove stesse andando, Kallyna fu sospinta dalla folla come da un fiume. L'unico spazio aperto del paese, la piazza della cattedrale, si riempì subito di gente che nulla avrebbe potuto convincere a tornare alle loro case: ammucchiate l'una sull'altra come un formicaio, la prossima scossa le avrebbe sicuramente fatte crollare.

Donne piangevano e bambini s'aggrappavano a loro con gli occhi sbarrati. Gli uomini spalancarono le porte della cattedrale e accesero torce e candele. In un attimo la cattedrale fu gremita di gente che pregava e cantava inni sacri. Tremante di freddo e di paura, Kallyna si sedette sugli scalini del sagrato e pensò che non avrebbe mai più avuto la forza di muoversi. Dopo un po' udì Mansur che la chiamava per nome a gran voce. S'alzò, cercando di vederlo nel buio. Facendosi largo a spintoni fra la folla, Mansur la trovò e cominciò a condurla verso la locanda.

«È passato» disse lui ansimando.

«Come fate a saperlo? Io alla locanda non ci torno. La strada è troppo stretta, le case ci seppelliranno vivi!»

Mansur continuava a tirarsela dietro con una stretta che non ammetteva discussioni. «Se è scritto sulla fronte di Dio che dobbiamo morire stanotte, non c'è cosa nell'universo che potrà cambiarlo.»

«Non voglio morire! Voglio tornare alla cattedrale come tutti gli altri.»

«Il campanile è crollato alla prima scossa. Il luogo meno sicuro di tutti è la cattedrale, eppure mezza Nicastro vi è dentro.»

Uomini, donne e bambini continuavano a correre all'impazzata di qua e di là, alcuni portandosi dietro fagotti precipitosamente messi assieme. Arrivò Erik, dicendo chissà cosa nella sua lingua sconosciuta.

«Dov'è la tua padrona?» gli chiese Mansur.

«Alla locanda» farfugliò Erik. «Sta bene. O dei, proteggeteci.»

Si ritrovarono assieme davanti alla locanda. Pallida ma calma, Leonora prese Kallyna fra le braccia. «Vi supplico, Donna Leonora» implorò Kallyna «andiamo via di qui.» Leonora guardava Mansur, aspettando la sua decisione.

«Allora cosa facciamo, uh?» domandò Alfio.

«Staremo all'aperto come gli altri» rispose Mansur.

«Ma si muore di freddo!» frignò Alfio. «Che nottata maledetta.»

«Va' a prendere le nostre cose» gli ordinò Leonora. «Vuol dire che dovremo lasciare i cavalli dove sono. Spicciati.»

La vecchia locandiera sedeva immobile sugli scalini del portone, sgranando il rosario con gli occhi quietamente alzati verso il cielo buio.

Alfio tornò in un lampo. S'avvolsero nei loro mantelli gettando occhiate apprensive alle case intorno a loro, poi tornarono nella piazza della cattedrale. Mansur dovette fare a gomitate per trovare un posto fra la folla. Leonora e Kallyna si rifugiarono l'una nelle braccia dell'altra, protette da ogni lato dai tre uomini. Il freddo della notte svanì in un muro di corpi in cui i cuori battevano tutti con lo stesso terrore impotente. Non c'era più desiderio né speranza di dormire; era cominciata una notte molto lunga, alla quale sarebbe seguita un'alba ancora più tetra.

Al primo raggio di sole Erik andò a prendere i cavalli. Non si poteva far altro che rimettersi in viaggio. In un silenzio esausto, mentre la folla andava disperdendosi, tornarono sulla strada costiera.

Per lunghe ore Kallyna non udì altro suono che il cigolare del cuoio delle selle e gli sbuffi dei cavalli che procedevano cauti lungo un sentiero scosceso avvolto nella nebbia, passando fra paludi e fiumare ingrossate dalle piogge primaverili. Poi finalmente la nebbia si dileguò. La strada ora si dipanava tra il mare e le colline erose dal vento, fra distese di erica e di cardi aggrovigliati alla rinfusa come le fila di un tappeto ruvido. Kallyna era arrivata al punto in cui non riusciva più distinguere un dolore particolare in mezzo a quello generale. Quasi non si reggeva sulla sella, lottando per rimanere sveglia.

«Dove siamo diretti?» chiese Leonora a Mansur.

Mansur la guardò preoccupato; il viso di lei aveva perso tutto il colorito e le sue spalle erano irrigidite.

«Siamo diretti al paese di Longobardi, dov'è fissata la nostra sosta notturna.»

Leonora scosse la testa. «No. Faremo sosta qui e cercheremo di dormire un po'. Se non arriveremo in tempo a Longobardi ci fermeremo per la notte al primo villaggio.»

«Come volete, Donna Leonora.»

In una masseria isolata lungo la strada comprarono cibo e acqua. Alfio convinse un contadino riluttante a vendergli due conigli. Li uccise e li scuoiò con mano esperta, poi li arrostì su un focolare che improvvisò con pietre e rami secchi. Dopo aver mangiato Leonora e Kallyna si stesero su mucchi di foglie di felce e dormirono per qualche ora, mentre gli uomini rimanevano di guardia a turno. Quando Mansur calcolò dalla posizione del sole che era ora di rimettersi in cammino svegliò gli altri.

Adesso la prospettiva di dover trascorrere chissà quante altre ore a cavallo non sembrava più così dura. Era un bel pomeriggio. A tratti la strada si faceva tutt'una con la spiaggia; il mare era come il pavimento lucido di una magnifica sala, sul quale sembrava che si potesse camminare per sempre verso il fondale azzurro dell'orizzonte.

«Hai avuto molta paura ieri notte?» chiese Leonora a Kallyna.

«Certo che sì. Non sono come voi... Mi piacerebbe esserlo.»

Leonora scrollò lievemente le spalle. «Dev'essere diventata un'abitudine... Eppure ho visto uomini che avevano ucciso innumerevoli persone presi dal sacro terrore della morte. Vecchi soldati, coperti di cicatrici come alberi d'olivo intaccati dalla scure... Quando giunge la loro ora, anche loro invocano la Vergine Maria come se Ella li avesse partoriti.» Tacque un attimo, con gli occhi persi nel vuoto.

«A proposito» disse poi «con tutto questo trambusto quasi dimenticavo che non abbiamo ancora cominciato con l'alfabeto. Mansur, ti ho detto che la nostra bella amica vuole imparare a leggere e a scrivere? Troveresti un modo di insegnarglielo?»

Mansur occhieggiò Kallyna con aria impassibile. «Forse sarà necessario un tempo più lungo della durata del viaggio» rispose con voce piatta.

«O forse sarà necessario un tempo più breve» ribatté Kallyna con una punta d'indignazione.

Mansur accettò la sfida con un cenno della testa. «Come vuoi. Dunque io ti scriverò le lettere dell'alfabeto e tu le imparerai tutte prima che raggiungiamo il confine.»

«Benissimo» concluse Kallyna. In cima a una collina tondeggiante si stagliava un paese interamente raccolto attorno a un castello elevato sul mare e su una lunga spiaggia. «Amantea» annunciò Mansur. «Dovremmo essere a Longobardi fra meno di quattro ore, *insciallah*.»

Kallyna guardò la rupe e si fece il segno della croce. «Spero non dovremo fermarci lassù stanotte» borbottò.

«Credo di no, ma potrei chiederti perché?» disse Leonora

«Non avete mai sentito parlare del duca di Amantea? Quando ero bambina mia madre usava fare il suo nome per spaventarci.» Leonora diede un'occhiata a Mansur come per chiergli spiegazioni, ma Mansur scosse la testa.

«Il duca di Amantea ama torturare anime innocenti senza nessun motivo» disse nervosamente Kallyna. «Uomini, donne, bambini… e porta un amore tanto orribile ai suoi cani che Dio dovrebbe mandarlo all'inferno solo per quello.»

Leonora sembrava ancora perplessa. «Non vedo cosa ci sia di tanto orribile nell'amare i cani. Mio marito ne aveva cinque. È vero che d'inverno li lasciava dormire sul nostro letto, ma a parte ciò…»

«Non è quello» insisté Kallyna. «Il duca di Amantea costringe le balie ad allattarli!» Nel silenzio che seguì, il nero castello passò su di loro, circondato da un volo di corvi. «Dio grande» mormorò Leonora.

Arrivarono a Longobardi appena prima del coprifuoco, quando le guardie stavano per chiudere l'unica enorme porta. Non c'era una locanda in tutto il paese; quella su cui Mansur contava da mesi era stata rasa al suolo da un incendio. Nel crepuscolo incombente i cinque viaggiatori cercarono prima un convento, poi un monastero. Prima del calar della notte il gruppo si divise, le donne dirette al convento e gli uomini al monastero.

Il convento era bello e antico, con un chiostro scolpito adorno di edera e di gerani. Kallyna indicò a Leonora alcune converse che le accompagnavano alla loro cella: con i capelli rossi o biondi, gli occhi azzurri e la carnagione lattea cosparsa di lentiggini, erano discendenti del popolo nordico che cento anni prima aveva dato il nome a Longobardi.

Mentre si toglieva i vestiti per andare a letto Kallyna cercò di sopprimere un gemito di dolore. «Muoio dal mal di schiena» ridacchiò. «Non avevo mai messo un cavallo al galoppo prima d'ora. Credevo che mi sarei rotta l'osso del collo…»

Leonora la guardò allarmata. «Ma sembrava che lo avessi fatto dalla nascita! Perché non me l'hai detto?»

«E fare rallentare tutti quando eravamo già tanto in ritardo?»

Leonora sorrise fra sé. «A volte quando vedo te mi sembra di vedere mio figlio… Il giorno che cominciò ad addestrarsi tornò a casa coperto di lividi dalla testa ai piedi. Il cavallo, la lancia, lo scudo, tutto in una volta. Ma sarebbe andato all'inferno piuttosto che lamentarsi, proprio come te, e io avevo troppo timore di suo padre per andare a confortarlo. Povero ragazzo, che nottata triste deve aver passato… E il giorno dopo fu la spada, una cosa di ferro che pesava quasi quanto lui…» Nel corridoio si sentì il suono di una campanella. Era la monaca guardiana che si assicurava che le porte fossero chiuse e le luci spente. Kallyna soffiò sulla candela e s'allungò nel letto accanto a Leonora. Rimasero a lungo in silenzio, seguendo ognuna i propri pensieri. Oltre la finestrella c'era la luna piena e la notte era dolce. La cella odorava di sapone e di lavanda.

«Hai pensato a cosa farai quando arriveremo a Salerno?» chiese Leonora.

«No. Mi spaventa troppo. Qualcosa accadrà. Qualcosa accade sempre.»

Da un albero fuori giunse il richiamo di un uccello notturno. La finestra scolpita sembrava una cornice di merletto posta intorno all'icona del chiarore lunare.

«Donna Leonora, voglio dirvi tutto» mormorò Kallyna. «Tutto ciò che è accaduto fra me e il signore d'Hancourt.»

«Sì».

Tutto si riversò quietamente da lei, come ultimo legame di fiducia stretto fra di loro. Leonora ascoltava in silenzio, lottando contro le lacrime che le salivano agli occhi nel buio. Quando finì, Kallyna si sentì come se si fosse sollevato un gran peso dal suo cuore. «Buon Dio quanto parlo» si scusò con una risatina.

«Non c'è nulla di cui scusarsi.»

«Ora che sapete tutto, cosa pensate? Sono una sciocca ad andare in cerca di quest'uomo?»

Nella voce di Leonora c'era una certezza, quasi un'asprezza, che la confortò nel profondo dell'anima.

«No. Ci sono alcune cose 'sciocche' che siamo destinati a fare solo una volta nella vita, cose che fanno parte del disegno di Dio come la primavera e l'estate. Ciò che facciamo quando ci innamoriamo per la prima volta è il seme del destino… e spero che lo sarà sempre.» Un'altra lieve goccia di silenzio cadde in mezzo a loro. «Lo troverai. Non ti serve altra ragione che questa.»

XIV

IL MATTINO FU UNA CAMPANELLA SOMMESSA, poi il rotolare di un carretto per la strada e il canto dei primi uccelli che intaccava il silenzio.

Quando furono di nuovo sulla strada costiera, Mansur porse solennemente a Kallyna un foglio di pergamena arrotolata. «Questo è l'alfabeto» disse. «Io ti dirò il nome di ciascuna lettera, e tu le fisserai tutte nella memoria.»

Kallyna aprì il foglio e osservò molto attentamente i ventuno segni disposti in bell'ordine su di esso. Alfio, che stava fabbricando un arco con un ramo di salice e un pezzo di tendine di bue, fece una smorfia di disapprovazione. «È tutta una perdita di tempo» dichiarò. «Le donne sono nate per fare altro che maneggiare la penna d'oca.»

«Nessuno ha mai chiesto il tuo parere» ribatté Kallyna stringendosi al petto il suo prezioso pezzo di pergamena.

«Io a mia moglie o a mia sorella mai lo lascerei fare» proseguì Alfio senza scomporsi.

«Allora sia ringraziato Iddio che io non sono né tua moglie né tua sorella!» lo zittì lei. Poi restituì la pergamena a Mansur. «Dunque, ditemi cos'è questa» gli ordinò.

«Questa è la *Alif*» cominciò Mansur.

Era una splendida mattinata. Gli argini della strada erano punteggiati di cespugli di biancospino, e i rami nudi degli alberi sembravano vene grigie nella carne del cielo. Alti bastioni di arenaria si stagliavano contro le nubi, e pini scuri vi si arrampicavano in lunghe processioni.

«Dunque questa è la *Alif*» disse Kallyna lasciandosi cullare dalla mula sul sentiero ghiaioso. «Come si scrive il mio nome?»

Mansur sorrise. «Quello verrà dopo.»

Mentre s'avvicinava l'ora della sosta di mezzogiorno la lezione fu interrotta da una concitata discussione che sembrava essere sorta fra Alfio ed Erik. Rimasti indietro come sempre, agitavano le braccia l'uno contro l'altro urlando nomi di chiese, reliquie e santi, soprattutto sante.

Leonora aggrottò la fronte. «Mansur, va' a vedere cosa stanno facendo quelle due canaglie.» Poi trasalì sentendo il nome di Dio seguito da una bestemmia enormemente oscena.

Mansur non riusciva a farsi udire al di sopra del fracasso. Con quanto fiato avevano in gola i due continuavano a scambiarsi un diluvio di bestemmie tanto fantasiose quanto orripilanti. Infine Mansur riuscì a farsi obbedire frustandoli con le redini del suo cavallo. Erik si strofinò il collo, umiliato come un cane scacciato di chiesa, mentre Alfio continuava a ridere e a schernirlo.

«Sei dinar mi devi!» esultò. «Per la Maddalena tutta nuda e tutta sola nel deserto, sei dinar contati!»

Borbottando fra sé Mansur tornò dalle due donne.

«Cosa diavolo era?» gli chiese Leonora.

«Una scommessa» rispose Mansur. «Una settimana di paga per la peggiore bestemmia che potessero inventare. Disgraziati infedeli» si lasciò sfuggire indignato.

Leonora immediatamente confiscò i sei dinar della scommessa. Infuriato, Alfio le dichiarò guerra aperta, a cominciare da un'intera giornata di silenzio. Kallyna sentì Leonora che diceva a Mansur di tenerli d'occhio entrambi.

A mezzogiorno si fermarono sulla spiaggia. Nel sole piacevole di marzo, sul mare si dondolavano barche da pesca, e la brezza era soave come la voce di un amante. I cavalli pascolavano su dune erbose ombreggiate da un boschetto di pini. Kallyna non poté resistere al desiderio di togliersi il mantello e sfilarsi gli stivali.

«Potrei camminare un po'?» chiese a Leonora che sonnecchiava appoggiata a un albero.

«Certo. Ma rimani dove possiamo vederti.»

Kallyna arrotolò il suo mantello e glielo mise sotto la nuca.

«Siete molto stanca?»

«Un po'. Va' a sgranchirti le gambe ora che puoi.» La seguì con uno sguardo pieno d'affetto mentre lei si faceva sempre più piccola sulla distesa di sabbia.

Tutto era così quieto mentre camminava verso la riva. Si rimboccò le maniche e sospirò di piacere al tepore della sabbia sotto i piedi. Si fermò davanti al mare con le braccia incrociate dietro la schiena, come per fare al mare una domanda. Il suono lieve della risacca diventò il cozzare di lame di ferro, il galoppo furioso di cavalli, le urla di uomini che morivano. Si costrinse a scacciare tutto ciò dalla mente e a seguire invece la scia delle barche che s'allontanavano verso un'insenatura.

«Che potrei farvi un po' di compagnia?» chiese Alfio venendole accanto così silenzioso da farla trasalire.

Irritata nel più profondo dell'anima, lei continuò a camminare lungo la riva.

«No grazie, la mia compagnia sono io.»

«Siete troppo graziosa per starvene da sola» riprovò Alfio.

«Questa l'ho già sentita. Mai da uno che mi piacesse, però.»

«Gesù ma come siete maligna!» esclamò lui risentito. «Siamo compagni di viaggio, se non ci teniamo attaccati noi chi lo fa?»

«Le mosche cavalline, tanto per dirne una.» Guardò in direzione del bosco e decise che era meglio tornare dov'erano gli altri. Alfio si girò sui tacchi nello stesso istante.

«A Salerno ci sono stato molte volte» continuò. «Conosco il posto come conosco le mie tasche e ci ho molti amici. Potreste aver bisogno d'aiuto, ed io sarei contento assai d'aiutarvi.»

Kallyna stava per mettersi a gridare esasperata. Per fortuna Mansur li vide e s'avviò verso di loro. Come per magia, Alfio si staccò da lei in un baleno.

«Forse è meglio se ti tieni addosso il mantello» le disse Leonora, gettando ad Alfio un'occhiata furibonda.

❋　　　❋　　　❋

Al tramonto Kallyna si era impadronita dei misteri dell'alfabeto fino alla lettera L. Ritenendo che per un giorno bastava, restituì a Mansur il foglio di pergamena accartocciato agli angoli. Poi guardò Alfio e Erik dietro di lei: Alfio le aveva fatto la serenata per tutto il tempo, canticchiando sottovoce versi impertinenti mentre Erik non smetteva di ridacchiare.

«Speravo che lui almeno tenesse la bocca chiusa» disse Kallyna indicando Erik «per non perdere quei pochi denti che gli rimangono.»

«Non badarci, cara» disse Leonora. «Can che abbaia non morde.» Si rivolse a Mansur. «Come impara?»

Come sempre, il viso di Mansur non tradiva nessuna emozione. «Più presto di quanto pensassi.» Kallyna sollevò il mento in aria e gli fece un'espressione compiaciuta che fece scoppiare Leonora dalle risa.

Durante la notte un vento di tramontana continuò a sbattere le imposte nella stanza della casa in cui avevano trovato alloggio; all'alba il cielo era grigio di nuvoloni. La strada si restrinse fino a diventare appena una striscia fra palude e sabbia. Si pentirono presto d'essersi rimessi in cammino sotto la minaccia della pioggia; ma si spingevano avanti, a testa china per ripararsi il viso dalla polvere.

Leonora rabbrividiva di freddo, con la fronte imperlata di sudore. Kallyna s'era calato il cappuccio del mantello sul volto e teneva d'occhio l'argine della strada che si sgretolava qua e là al passaggio delle cavalcature. La tempesta si preparò per ore. Non si vedeva un paese, un villaggio, una casa, solo colline scoscese perforate da grotte. I cinque fantasmi sfidavano il vento aspettando con timore la prima goccia di pioggia.

Ben presto la coperta che Kallyna aveva avvolto attorno alle spalle di Leonora fu zuppa. La pioggia cominciò a cadere mista a un rombare di tuoni mentre le dita scheletriche dei lampi affondavano nella brughiera che orlava le colline.

«Mansur, sai dove siamo?» gridò Leonora.

«Appena passati la contrada di Diamante» rispose Mansur. «Il prossimo paese è Scalea, a tre ore di cammino.»

«Non possiamo andare avanti in questa pioggia» gridò ancora Leonora. «Vediamo di trovare un riparo, e poi decideremo.»

Mansur voltò il cavallo e scomparve nella direzione delle colline, lasciando gli altri a badare a sé stessi lungo la via infida. Accecata dalla pioggia, Kallyna lottava per condurre la mula attraverso alti ciuffi di canne. Gli zoccoli dell'animale traballavano; se la mula inciampava, sapeva che lei sarebbe finita nel fango fino alle ginocchia.

Finalmente la palude diventò una lingua di sabbia asciutta, sulla quale spronarono impazienti i cavalli. Mansur ricomparve da dietro una cortina di rami di salice agitati dal vento.

«C'è una grotta qui vicino» disse. Prese il cavallo di Leonora per la briglia e fece strada agli altri verso un'apertura scavata nella roccia.

Ansante e scossa dai brividi, Leonora quasi svenne fra le braccia di Kallyna. Poi s'appartò con Mansur. Sembrava gli parlasse in tono di supplica rassegnata, come sentendo incalzare la morte. Mansur scuoteva pacatamente la testa e la confortava; poi le diede un'altra dose del suo farmaco. Leonora cadde in un sonno inquieto, ancora rabbrividendo tutta. Mansur ordinò a Erik di seguirlo e ad Alfio di rimanere con le due donne.

Fuori la pioggia cadeva fitta, e il rombo del mare si univa a quello dei tuoni. Nell'oscurità della grotta illuminata di quando in quando dai lampi, il respiro di Leonora era quasi un rantolo. Alfio, accosciato accanto all'entrata, osservava Kallyna con occhi acuti, rigirando il manico del pugnale fra le mani.

Mansur tornò portando dei rami secchi che aveva trovato quasi per miracolo. Fece scaturire una scintilla dal suo acciarino, e presto le fiamme cominciarono a riscaldarli e a spandere la loro luce fioca. Nessuno parlava, con la fame e il freddo che s'aggiravano fra loro come sgraditi compagni di viaggio.

Prima che il fuoco cominciasse a spegnersi, Leonora disse agli uomini di mettersi accanto all'imbocco della grotta con le spalle voltate. Si cambiò in fretta gli abiti bagnati, mentre Kallyna le teneva attorno una coperta. Poi venne il turno di Kallyna, e per qualche istante dietro la coperta apparve il profilo aggraziato del suo corpo disegnato dalla luce delle fiamme. Sfidando la collera di Leonora, Alfio girò la testa e si guardò alle spalle. Nessuno se ne accorse, e Alfio distolse lo sguardo solo all'ultimo minuto.

Poco a poco la tempesta passò; fra le nuvole apparve una striscia d'azzurro e i tuoni s'affievolirono. Era tornata l'ora di rimettersi in cammino, mentre il pomeriggio si schiariva sul mare devastato da lunghe creste bianche di onde che si sentivano ruggire per miglia. Per calmare la mente, Kallyna recitava l'alfabeto dentro di sé. Sembrava che Leonora stesse meglio, ma per un attimo aveva avuto paura; non sapeva cos'avrebbe fatto se a Leonora fosse successo qualcosa.

Tre ore più tardi arrivarono a Scalea, che digradava a semicerchio come un teatro greco verso l'immenso palcoscenico del mare. All'interno delle mura di cinta non c'era angolo di spazio in piano. Lunghe scalinate sostituivano vie e vicoli, molte passando sotto massicci archi posti come ponti fra una casa e l'altra. Il mercato era adorno di polene slavate dall'acqua di mare e affollato di schiavi saraceni provenienti da porti lontani. Era una città di marinai, stretta come la carena di una nave da guerra e altrettanto sicura.

Il giovane locandiere, con sua moglie e i loro sei bambini, erano gentili e serviziévoli. Dopo quella dura giornata ogni loro attenzione era doppiamente gradita. Mentre i viaggiatori consumavano una cena sostanziosa, una caraffa di vino e un piatto di fichi secchi imbottiti di noci, la giovane coppia si prese cura dei loro abiti bagnati, appendendoli ad asciugare attorno al braciere. I bambini, tutti rapati a zero per allontanare i pidocchi, rimasero di guardia per assicurarsi che nessuno degli indumenti andasse a finire nel fagotto di qualche altro ospite.

Quando fu ora di andare a dormire la locandiera offrì a Leonora e a Kallyna una stanza minuscola ma immacolata, con lenzuola di lino ricamato e perfino un materasso di lana. Quanti lussi inattesi a Scalea, pensò Kallyna, e smise di maledire il giorno in cui aveva intrapreso quella scomoda avventura.

XV

L A MATTINA SEGUENTE APPENA SVEGLIA Kallyna seppe da Leonora che aveva mandato Alfio al castello di Aieta per dire al marchese che stavano per arrivare. Il marchese di Aieta, le spiegò Leonora, era un vecchio amico di suo marito che molti mesi prima s'era offerto di ospitarla durante il viaggio verso Salerno.

Il caldo sole sembrava far cantare ogni cosa attorno a loro. La costa ora si estendeva verso promontori scoscesi e lunghe falci di sabbia, e i fianchi delle montagne sorgevano dal mare simili alle nocche di un'immensa mano. Lungo la costa erano sparpagliate isolette; Dino, la più alta, era piatta e lunga come il ponte di una nave. Oltre quell'ultima sentinella della Calabria s'apriva la Lucania boscosa, una distesa di blu e di verde.

Il castello di Aieta sorgeva a metà altezza fra la costa e la montagna come se su un balcone di roccia, con mura rettangolari e due torri rotonde ai lati. Il vessillo del marchesato sventolava sul camminamento di ronda, da dove si potevano dominare in assoluta sovranità centinaia di miglia di territorio.

Ritto in cima al castello di Aieta un uomo avrebbe potuto pensare di aver rubato le ali a un'aquila.

I quattro ospiti vennero scortati verso la porta principale, ombreggiata dai rami contorti di un'enorme quercia. Mansur lesse con pronuncia impeccabile l'iscrizione in latino scolpita sulla grande lastra di marmo bianco posta sopra l'entrata: «I marchesi Rocca di Aieta, signori delle contrade di Aieta, Maratea, Fiuzzi, Summuranum e Praia. Eretto nell'Anno del Signore Mille e Sessanta. Perseverare».

Mentre attraversavano il cortile che separava le due cortine di mura Leonora chiese a una delle guardie se avesse visto il suo servo Alfio. L'uomo rispose di no; lei gli disse che non importava, lo avrebbero cercato più tardi. La guardia li fece aspettare nel cortile mentre s'affrettava a chiamare una donna che avrebbe fatto vedere agli ospiti le loro camere. Il cortile era una piazzetta circondata da botteghe e stalle; in un angolo era una bella cappella coi muri coperti di glicine e un campanile sonoro di passeri e piccioni.

La vecchia donna che la guardia era andata a chiamare diede il benvenuto a Leonora con un abbraccio affettuoso, come se fosse stata la sua nutrice. Era una donna piccola e ossuta, con le trecce grigie e un sorriso simile al sole d'inverno.

«Ben arrivati a tutti voi! È tutto pronto. Non sapevamo che avevate una compagna di viaggio, ma troveremo una bella camera anche per lei, vero?» Fece loro strada su per la scalinata esterna, continuando a chiacchierare allegra. «Sapevate che non vedevamo una donna in questo castello da quando è morta la marchesa, che Dio l'abbia in gloria? Mi chiamo Gemma. Avete fame? Vi piacerebbe un bagno caldo?»

Oltre la scalinata esterna s'apriva una grande sala arredata con un tavolo di marmo intagliato, sedie di foggia romana e tappeti di montone. Su tutt'e quattro le pareti era appeso un piccolo arsenale di armi inframmezzate da bandiere raccolte in fasci sotto le alte volte del soffitto.

Dal momento in cui aveva messo piede nel castello Kallyna non aveva pronunciato una parola. Si sentiva ansiosa, rimpicciolita, come nella casa dei Falizza, come nel Castro. Ancora non riusciva a fidarsi di nessun luogo abitato da signori.

Leonora sembrava essersi accorta del suo disagio.

«So che ci aspettavate ieri» disse a Gemma cercando d'infrangere il silenzio. «Spero di non avervi incomodati troppo.»

«Incomodarci?» rispose Gemma corrugando la fronte. «Siamo noi che dobbiamo scusarci. Il marchese ha deciso di andare a caccia, mentre avrebbe dovuto aspettare notizie del vostro arrivo.»

Leonora si morse il labbro. Sapeva che Kallyna stava chiedendosi perché mai il signore di Aieta avrebbe dovuto aspettare la moglie di un mercante. Sorrise appena fra sé e rimase in silenzio.

Le loro camere erano al terzo piano. Quella di Leonora era arredata con un letto a baldacchino di velluto scarlatto e poltrone ricoperte della stessa stoffa reale. Nicchie scolpite nelle pareti contenevano flaconi di costosi profumi e cofanetti d'avorio finemente lavorati alla maniera moresca. La finestra dava su una splendida vista della costa.

«Spero che la camera vi piaccia» disse Gemma. «Se venite con me dall'altro lato del corridoio vi farò vedere quella per la vostra giovane amica.»

La camera dall'altro lato del corridoio sarebbe potuto benissimo essere quella della figlia del marchese. La coperta era un campo primaverile di broccato verde pallido intonato alle cortine appese a lucide sbarre di bronzo. Sugli scaffali erano allineati candelabri d'argento e libri rilegati in cuoio dorato. Sul pavimento di marmo erano disposti una grande pelle d'orso bruno e cuscini di pelliccia.

Kallyna teneva gli occhi aperti e la bocca chiusa. Non era il momento di fare domande sciocche, pensò, benché di domande ne avesse molte.

Gemma le mise un braccio sulla spalla. «Mi piacerebbe sapere se la camera è di suo gradimento. Ma per caso ha fatto voto di silenzio?»

Leonora scoppiò a ridere. Kallyna scosse la testa, arrossendo. «Perdonate» balbettò «stavo solo… pensando.»

«La camera non vi piace?» si crucciò Gemma.

«Oh sì, mi piace» rispose subito Kallyna. «È perfetta, credetemi.»

«Allora benone» disse Gemma soddisfatta. «Vado a vedere a che punto è la cena. Chiamatemi se avete bisogno di qualcosa.»

Leonora la ringraziò, poi si rivolse a Kallyna. «Vediamo un po' come ti sta quel tuo bel vestito lilla.»

Mentre Kallyna si metteva il vestito e si pettinava i capelli, sentì Leonora che cantava sottovoce fra sé e sé. «Ti serve uno specchio?» la chiamò. «Ne ho qui uno.»

Kallyna si portò la lunga treccia su una spalla e la legò con un nastro. «Sì, vengo.»

Quando la raggiunse, Leonora la osservò da capo a piedi con un'espressione di compiaciuta ammirazione.

«Devo dire che fai un'ottima impressione quando non cerchi di farti passare per un uomo. Ecco lo specchio.»

Una lastra tonda di ottone lucidato le mostrò ciò che Kallyna non aveva mai visto prima in uno specchio: sé stessa, simile al giorno di primavera fuori della finestra. Increspò le labbra. «Uhm. Se non altro sono pulita.»

Leonora le chiese di pettinarla e di aiutarla a fermare attorno al viso il diafano velo di mussolina. Kallyna si mise un paio di forcine fra le labbra e prese un pettine d'avorio. I capelli di Leonora erano lisci al tatto come la seta.

«Sei inquieta come una sposa novella» disse Leonora. «Non farti intimorire da tutto questo…Goditelo. Per un giorno siamo tutt'e due dame d'alto rango!»

Tornò Gemma, battendo le mani. «Sembrate due stelle del cielo!» esclamò. «Ah» sospirò poi «era così bello quando la marchesa era viva… Dico sempre a sua signoria Filippo che dovrebbe risposarsi, ma la amava troppo…»

Dalla finestra si udì il richiamo di un corno e uno scalpitare di zoccoli. Gemma gettò le mani in aria. «È lui, è il padrone! Venite, venite!»

Scesero alla porta principale, mentre i cacciatori smontavano nel cortile. Fagiani e galli cedroni macchiavano con il loro sangue le camicie degli uomini; attorno a loro i cani abbaiavano festosi. Mansur e Rocca s'abbracciarono con calore, da vecchi amici; poi Mansur gli indicò Leonora e Kallyna, che erano ancora in cima alla scalinata.

Filippo Rocca, un bell'uomo dai capelli grigi e dal portamento di un condottiero di legioni, salì verso di loro a braccia tese. Quando fu davanti a

Leonora s'inginocchiò e prese le mani di lei fra le proprie con la più profonda devozione.

«Benvenuta di tutto cuore» disse «Madonna d'Hancourt.»

Kallyna indietreggiò come se fosse stata colpita in viso.

Fra Leonora e Mansur passò un'occhiata che era come un freccia.

«Alfio» disse Leonora a denti stretti. Si rivolse a Rocca. «Filippo, di' alle tue guardie che cerchino il mio servo di nome Alfio. E quando lo avranno trovato, ordina loro di dargli dodici frustate.»

Rocca chinò il capo. «Come volete, ma se posso chiedere…»

«Caro amico, ti spiegherò» disse Leonora con un pallido sorriso. «La mia giovane compagna....»

Kallyna stava correndo verso la sua stanza.

❄   ❄   ❄

Il caldo sole di mezzogiorno splendeva sulla costa e sul mare. Dalla finestra aperta Kallyna guardava la spiaggia, l'isola e la torre di vedetta. La porta della stanza era chiusa a chiave. Nessuno era venuto a cercarla, e di questo era riconoscente. Sapeva che non avrebbe potuto affrontare nessuno prima di aver rimandato al suo posto ognuno dei suoi pensieri. Dopo un po' aveva sentito le urla di Alfio che provenivano da qualche parte del cortile, e si era messa le mani sulle orecchie per non udire quell'orribile suono.

«Kallyna» chiamò finalmente una voce dietro la porta, quietamente.

Con le mani tremanti andò ad aprire. Era Leonora, che le stava davanti con la sua presenza inevitabile e serena. La fece entrare.

«Te lo avrei detto» prese a dire la donna. «Anzi, avrei dovuto dirtelo e basta. È inutile nasconderti qualcosa.» Scrutò il viso di lei. «Hai paura di me?»

«Paura? No. Ma ora non so più come trattarvi. Ora è tutto diverso.»

«Lo è davvero?» domandò Leonora a lei e a sé stessa.

Fece una pausa. «Avevo mandato Alfio stamattina a dire al marchese che viaggio in incognito per necessità… Si è ubriacato prima ancora di mettere piede nel castello. Lo hanno trovato che russava in una cantina.»

«Non avreste dovuto punirlo» ribatté Kallyna. «Direi che voi d'Hancourt fate spesso uso della frusta.»

Leonora fu punta sul vivo. «Quando lo riteniamo necessario, sì. È nostra prerogativa.»

«Le vostre prerogative le conosco bene. Le porto ancora sulle spalle.» La voce di Kallyna era carica di amaro risentimento. «Quello che non riesco a credere è che voi siete la stessa persona che fino a poche ore fa chiacchierava con i locandieri e tirava sul prezzo di una pagnotta. Sapevo chi eravate fin dal primo istante, e ve l'ho detto con onestà. Avreste potuto fidarvi di me. Non ho mai avuto intenzione di farvi del male.»

«Ragazza mia, una volta ho detto a Ruggero Altavilla che non mi fidavo di lui. La diffidenza è un lusso di cui noi signori non possiamo permetterci di fare a meno in nessuna circostanza.»

Kallyna indietreggiò. La donna si stava nascondendo dietro lo schermo del suo orgoglio di nobile, e lei non poteva lasciare che accadesse.

«D'accordo» disse. «Per cominciare, chi siete?»

Quasi inconsciamente la donna si raddrizzò. «Malva, duchessa d'Hancourt e di Monreale, vedova di un consigliere della Corona, madre di un capitano di Re Ruggero e portatrice di una malattia che mi ruberà i giorni prima che un solo capello mi diventi grigio.»

Pronunciò l'ultima frase con lo stesso portamento fiero col quale aveva elencato i suoi titoli; Kallyna rimase ammutolita.

«Forse non mi sono fidata di te» proseguì Malva. «Forse ho voluto metterti alla prova. Ma non ti ho mai nascosto il fatto che mi piaci molto». Sorrise. «In quanto a chiacchierare con i locandieri e a tirare sul prezzo del pane, viene spontaneo quando uno guarda le cose dal mio punto di vista. Un imperatore e un lebbroso non appaiono molto diversi agli occhi della morte.» Tirò un lungo sospiro. «Grazie a Dio questo almeno ho avuto il tempo d'impararlo.»

Kallyna si gettò in ginocchio davanti a lei. «Perdonatemi. Comprendo.»

Malva la rimise in piedi e l'attirò a sé.

«Suvvia, odio quando cerchi di essere umile. Non ti si addice affatto.» La prese fra le braccia. «Le vie del Signore, davvero! Mi ero fermata a Tropea per vedere Robert Sainte Croix e chiedergli notizie di Dalibor. Non dovremmo essere grate entrambe di esserci incontrate? Io lo sono. Vorrei poter lasciare in eredità a mio figlio la tua lealtà e il tuo amore quando morirò... Se ora devo barattarli con mera soggezione solo perché sono normanna, allora sì mi rammaricherei che tu mi abbia scoperto.»

Kallyna scosse la testa. «No. Sapete che ora vi amo ancora di più.»

La voce di Malva era quasi maliziosa. «Meglio essere amiche. Tu sai troppo di me e io so troppo di te.» L'abbracciò di nuovo, poi s'avviò con lei verso la porta. «Ora dobbiamo andare.»

Guardò la fibbia d'argento che Kallyna portava alla cintura e sorrise dal profondo del cuore.

Kallyna sfiorò il gioiello. «Vostro figlio ha gusti molto fini» mormorò.

Malva annuì. «In tutto.»

Mentre scendevano Kallyna si ricordò di Alfio.

«Donna Malva, vi prego, fate che qualcuno si prenda cura di Alfio. In un certo senso è colpa mia.»

«D'accordo» rispose Malva. «Solo perché lo chiedi tu. E naturalmente non è affatto colpa tua.»

Gemma aveva apparecchiato la tavola in una sala da pranzo che somigliava all'interno di uno scrigno, con le pareti foderate di damasco rosso.

«Mio caro Mansur» stava dicendo Filippo Rocca «non devi giudicarci così severamente se sembriamo incapaci di governare noi stessi. In fondo non siamo mai stati padroni della nostra terra. Anche gli antichi Romani, che tutti lodano, per noi non sono stati che un altro popolo di conquistatori. E da allora in poi abbiamo conosciuto solo una dominazione straniera dopo l'altra... arabi, bizantini, tedeschi, franchi... e chissà quanti altri ne verranno ancora.»

La sua bocca s'increspò in un sorriso malinconico. «Abbiamo appreso ad essere buoni soggetti, e lo abbiamo appreso fin troppo bene... ma per imparare ad essere padroni di noi stessi occorrerà ancora molto tempo.»

«Permettimi di contraddirti, carissimo amico» disse Malva d'Hancourt mentre entrava tenendo Kallyna per mano. «Gli italiani hanno un grande talento, uno che garantirà per sempre la vostra sopravvivenza.»

«Vorrei molto sapere quale» disse il marchese.

«Se non vi sbarazzate dei vostri conquistatori con la spada» continuò Malva «è perché lo fate non spargendo il sangue ma mischiandolo. Guardate quanti di noi normanni siamo diventati italiani, mentre pochissimi italiani sono diventati normanni. Un'altra generazione, e per voi saremo solo un ricordo.»

Rocca sorrise. «Può essere. Ma intanto, che gli uni e gli altri possano vivere assieme in pace.»

«In verità» aggiunse Malva con una strizzatina d'occhi «la storia si fa in camera da letto ancor più che sul campo di battaglia.»

I valletti porsero ad ognuno tovaglioli profumati. Malva si chinò verso Mansur e gli parlò sottovoce. «Fa' che qualcuno si prenda cura di Alfio.» Poi si rivolse a Rocca e offrì Kallyna al suo sguardo ancora molto perplesso.

«Questa, mio caro Filippo, è Kallyna d'Argira di Tropea, che amo come una figlia.»

Kallyna arrossì di gioia. Rocca la guardò ammirato. «Ha tutto il meglio della nostra gente. Perfetta compagna per una delle donne più belle che abbiano mai adornato la corte di Re Ruggero.»

Malva sollevò con due dita una coscia di fagiano e scrollò placidamente le spalle. «Quindici anni fa, forse.»

Gemma entrò con un gran vassoio d'argento carico di cinghiale arrosto e fette di pane intinte nel sugo, il tutto circondato da rametti di rosmarino. Sembrava scoppiare d'orgoglio mentre deponeva il vassoio sulla tavola.

Rocca si mise in piedi e prese a tagliare e a distribuire la carne.

«Sapete» confessò «sono tentato di venire a Salerno con voi. Non sono troppo vecchio per offrire i miei servizi agli Altavilla un'ultima volta. Ma le mie terre hanno bisogno di un buon custode, come modestamente mi considero oggigiorno.»

«Troppo modestamente» ribatté Malva, rivolgendosi a Kallyna. «Avresti dovuto vederlo quando tornò dalla Terra Santa, dove combatté a fianco di Tancredi.»

«Che perfetto guerriero era Tancredi» disse Rocca ammirato «a diciannove anni il fiore degli Altavilla… e l'unico che ebbe la compassione di fermare il massacro a Gerusalemme!»

Mansur fece cenno di assenso. «Altri tempi» disse con aria meditabonda. «Ora cristiani e mussulmani non devono più farsi a pezzi.»

«È vero» proseguì Rocca. «Questo nostro giovane regno è opera di un uomo di genio. Guardate cosa accade nel nord dell'Italia, dove fiorentini uccidono fiorentini e milanesi fanno strage di milanesi. Quaggiù finalmente nella nostra storia abbiamo pace e tolleranza... Si vede la moschea accanto alla cattedrale, la sinagoga accanto alla chiesa ortodossa... E Ruggero porterà anche Napoli nello stesso ovile.» Levò in alto il suo calice di scintillante Falernum. «Lunga vita agli Altavilla. Lunga vita a Ruggero!»

Ognuno levò i calici assieme a lui, e i valletti applaudirono. Gemma sulla soglia era raggiante d'orgoglio.

❀   ❀   ❀

Come non aveva mai sognato sperare, ancora una volta Kallyna si trovò immersa nel mondo di Dalibor, un mondo che risuonava del suo nome come di un grido di battaglia. Poiché Dalibor era il fine del loro viaggio, durante il pranzo parlarono in gran parte di lui—del suo coraggio, del suo temperamento, e della sua troppo rapida ascesa.

Lo vide mentre traballava sullo stallone di suo padre in Normandia quando Godfrey d'Hancourt faceva trottare il grosso animale in ampi cerchi sempre più rapidi; mentre si allenava con Mansur nel cortile della loro casa a Monreale, facendo scaturire scintille dalle loro lance incrociate; mentre serviva assieme ad altri giovani paggi la regina Elvira e le sue dame; mentre imparava l'arte della guerra da insegnanti arabi e greci; mentre veniva investito cavaliere a Palermo da re Ruggero medesimo, una domenica di Pasqua rilucente di colori siciliani; mentre sedeva all'ombra di miglia di mosaici ascoltando suo padre che consigliava il re; e mentre lottava con la morte con uno squarcio apertogli nel fianco da una lancia saracena. Malva parlava specialmente per Kallyna, come un favore intimo, sapendo che solo Kallyna condivideva le pagine più recenti del racconto.

Nel pomeriggio Rocca condusse gli ospiti a fare un giro delle sue tenute. Possedeva segherie, fornaci, pescaie; viveva solo, custodendo i suoi averi per i figli, se un giorno i suoi figli avessero voluto ritornare alla terra che tanto amava. Intanto al castello, Erik se la godeva in compagnia di una ragazza e di una giara di vino; Alfio non era altrettanto fortunato: la schiena gli veniva lavata con acqua di mare e poi spalmata con un unguento maleodorante fatto di grasso di cervo. Le sue imprecazioni si sentivano da ogni angolo di Aieta.

Una volta tornati, Rocca e gli ospiti si diressero alla cappella, dove stava per essere celebrato un *Te Deum* per il loro arrivo. Malva occupò il posto d'onore che era stato della marchesa; a Kallyna fu riservata la panca di velluto usata per le cerimonie di nozze. La gente del castello s'affollava dietro di loro per vederli. Kallyna era radiosa di felicità e bellissima nel suo abito lilla. Seduta accanto a lei, Malva d'Hancourt le rivolse uno sguardo di tenero affetto, sorrise fra sé e Dio e s'accasciò a terra.

La piccola folla si agitò allarmata, il prete si voltò dall'altare. Mansur si precipitò a sollevare Malva sulle braccia e a portarla nella sua camera, mentre l'ultima luce del crepuscolo si attardava nel cortile vuoto.

«È solo svenuta» disse Mansur dopo averle tastato il polso. Kallyna le allentò il soggolo attorno al viso e le mise un altro cuscino sotto la testa.

«Quando è cominciato?» chiese Rocca a Mansur.

«Un anno, forse due che io sappia. Ha tanto coraggio».

«Non c'è niente che si possa fare?»

«Si è fatto tutto il possibile.»

Kallyna rabbrividì. «Oh Dio. È arrivata fino a qui…»

«Una donna così valorosa» mormorò Rocca. «Cosa servirà per curarla? Chiedetemi qualunque cosa che sia in mio potere.»

Mansur scosse la testa. «Bisognerà solo aspettare.»

Rocca non parlò, poi uscì dalla stanza. Dalle finestre aperte si riversava l'oro del tramonto; il sole affondava nel mare come una nave in fiamme.

«Rimango con lei» disse Kallyna.

Mansur rimase ad osservare per un attimo le due donne. Qualche attimo dopo Kallyna lo sentì recitare le preghiere del tramonto, e nella sua voce c'era come una quieta collera.

XVI

P ER TUTTA LA NOTTE MALVA RIMASE STRETTA NELLA MORSA di un dolore che per gli altri era impossibile immaginare. Due volte Kallyna si rifiutò di muoversi quando Mansur cercò di farla allontanare. Si assopì a tratti seduta accanto al letto di Malva, mentre Mansur sceglieva erbe medicinali e le mescolava nel mortaio. Con l'alba giunse una tregua. Non appena Malva fu in grado di parlare ordinò a Mansur di rimetterla in sella. Rocca le offrì la sua carrozza, ma Mansur ammonì entrambi che era meglio aspettare.

Spinta solo dalla forza di volontà, all'ora di pranzo Malva si alzò e scese a mangiare assieme a loro. Poi tornò a letto, ordinando a Kallyna di andare a dormire per qualche ora; Kallyna obbedì con riluttanza, e Gemma rimase a vegliare dietro la porta. Una volta rimasta sola, Malva arrotolò un pezzo di stoffa e lo tenne stretto fra i denti per non gridare, come aveva fatto quando aveva partorito.

Nel pomeriggio Kallyna andò da Mansur, imponendogli di trovare una cura. Mansur era nella sala grande assieme a Erik e Alfio, che stava per portare con sé in cerca di erbe medicinali. Alfio era nudo fino alla cintola, con la schiena segnata da un graticcio di croste insanguinate. Quando vide Kallyna la guardò con ferocia, come se lei l'avesse frustato con le proprie mani.

Alla sua domanda Mansur rispose seccamente che stava facendo tutto ciò che poteva.

«Sta morendo?» volle sapere lei.

«Sì.»

«Allora che erbe cercate?»

Mansur si mise in spalla la bisaccia di cuoio. «Cicuta. La sofferenza è forte, e sa che non c'è speranza. Forse mi chiederà aiuto, e non ho altro aiuto da offrirle.»

Kallyna si sedette al tavolo di marmo, singhiozzando. Quando alzò la testa i tre erano usciti. Riprese la veglia al capezzale di Malva. Malva sembrava stesse riposando, con i capelli sciolti sul guanciale. Anche quella mattina le aveva chiesto di pettinarli. I suoi occhi erano lucidi di lacrime, le membra irrigidite dal dolore. Prese la mano di Kallyna fra le sue, mormorando fra sé.

«Ci spezziamo il corpo nel parto, rischiando ogni volta la vita… Alleviamo i nostri figli e li accudiamo giorno e notte… e quando non sono neanche uomini fatti i padri ce li strappano dalle braccia e li gettano nel campo di battaglia perché diventino carne da macello… Non viene data scelta… Cosa vogliono i padri dai loro figli, essere amati o solo essere temuti?»

Fuori il sole stava per calare nel cielo rannuvolato. Il mare somigliava alla pelle di una serpe, tutto irto di onde sovrapposte.

«Vi supplico, non morite adesso» implorò Kallyna. «Mancano solo sette giorni per arrivare a Salerno.»

Malva si contorse con una fitta di dolore mentre cercava di sorridere. «Non importa più che io ci arrivi. Ci arriverai tu.»

«Non andrò da sola! Non andrò senza di voi.»

«Devi. È per quello che ci siamo incontrate, non vedi? Non puoi dirmi di no.»

«Ma non ce ne sarà bisogno… Arriveremo a Salerno assieme.»

«Adesso sei tu che cerchi d'ingannare me» disse Malva con la gola secca.

«Ascoltami» sussurrò poi rocamente. «Poiché sono sua madre, tocca a me trovargli moglie. Ho trovato te quando non stavo nemmeno cercando.»

Kallyna si ritrasse. «Non vorrete dire davvero? Sono solo la figlia di un pescatore!»

«Una che era solo la figlia di un conciatore di pelli diede alla luce William, il conquistatore d'Inghilterra. E ti prego, se dovesse essere così sciocco da tirarsi indietro, rammentagli per me questa pagina del nostro illustre passato di normanni.»

Kallyna non sapeva cosa dire.

Malva l'attirò a sé. «Mi hai detto di Guglielmo, quella notte… Quando ti ha sottratta a lui ha rischiato più di quanto tu possa immaginare. Nessuno sfida impunemente il principe della Corona. E non avrebbe mai rischiato se non per amore, tutto qui. Tu sei la prima… comprendi?»

Kallyna abbassò la testa. «Ma non me l'ha mai detto» mormorò. «Neanche quando avevo tanto bisogno di sentirlo…. È per orgoglio?»

«Orgoglio! No, non è orgoglio. È paura. Ne ho conosciuti tanti come lui… Per un uomo che deve portare addosso una spada anche quando dorme, l'amore arriva come il nemico supremo... Un nemico che non può vedere né combattere, che gli cresce dentro come una malattia, una maledizione… Dici che non ti ha mai detto che ti ama? Non mi stupirebbe se fosse atterrito di dirlo a sé stesso.»

Presa dai suoi pensieri confusi, Kallyna rimase in silenzio. Dopo qualche momento, quando Malva chiuse gli occhi esausta, staccò dolcemente la sua mano da quella di lei e scivolò fuori dalla stanza. Prima del tramonto Mansur tornò con la cicuta. La pestò nel mortaio, facendone una bevanda mortale, e la nascose nella sua stanza. Stordita dal laudano, Malva trascorse una nottata tranquilla.

La mattina del terzo giorno Filippo Rocca mandò a chiamare una donna che conosceva. Sotto gli occhi scettici di Mansur la donna tagliò una ciocca di capelli di Malva e con quella preparò un impiastro. Lo applicò sul petto di Malva, mormorando preghiere su icone di santi. A mezzogiorno Mansur quietamente la mandò via.

Intorno al castello il soleggiato pomeriggio di primavera portava con sé tutto lo scorrere della vita che si era raggrumata attorno al letto di Malva. Sapeva di avere molte cose da disporre in poche ore. Chiamò Mansur e gli fece riscrivere il testamento, aggiungendo una clausola che solo lui doveva conoscere. Poi gli dettò le sue ultime volontà. Le campane dovevano suonare non a lutto ma a festa, e si doveva distribuire cibo ai poveri. Non appena fosse possibile, le sue spoglie dovevano essere trasportate alla loro ultima dimora, accanto a quelle del marito nella cattedrale di Salerno. Lì il sarcofago di marmo nel quale riposava Godfrey recava il nome e lo stemma dei d'Hancourt ma conteneva solo due nicchie, perché alla morte di Dalibor non si doveva neanche pensare. Quando fu tutto fatto, Mansur arrotolò il foglio di pergamena e uscì.

Poi Malva chiamò Kallyna; i suoi occhi sembravano cercarla attraverso una fitta nebbia. «Prendi tutto ciò che ho con me... Prendi il mio posto. Ora sei noi due insieme che lo cerchiamo. Non farti sconfiggere dalla sua ostinatezza. Sai cosa essa nasconde.»

Dalla finestra entravano lunghi raggi di sole simili a lance luminose nelle mani di un esercito di fantasmi. Il cielo era un'immensa conchiglia rosea.

«Ora promettimi che lo troverai» le ordinò. «Non posso chiederti altro. Il resto è nelle mani di Dio. Non posso disporre le vostre vite così come non posso salvare la mia.»

Kallyna non aveva il coraggio di guardarla. «Prometto» mormorò. «Se mi chiedete la vita, prometto anche quella.»

Seguì un lungo silenzio. Malva graffiava la coperta, con le mascelle serrate dall'agonia. «Questo potrebbe protrarsi per mesi... Il dolore è nulla, ma genera solitudine, sconfitta...»

Kallyna si ricordò della cicuta, domandandosi se Malva stesse cercando di chiederle quella. Si chinò su di lei e allontanò delicatamente una ciocca di capelli dalla guancia.

«Non la solitudine, no. Siete amata da tanti... È vivo. La guerra finirà. Tutte le guerre finiscono.»

Malva chiuse gli occhi. «Che Dio t'ascolti... Che Dio t'ascolti, figlia mia.»

Alla fine della giornata Rocca congedò i fattori e andò a stare con la sua ospite per un po'. Aveva fatto chiudere tutte le rumorose botteghe del castello e aveva ordinato a ogni uomo, donna e bambino di rimanere nella cappella a pregare che Malva fosse strappata alla morte. Un'aria di lutto era discesa su Aieta, una quiete angosciosa interrotta solo da parole scambiate a bassa voce.

Calò la notte. La massa nera del castello si stagliava contro un cielo vasto e lucido che sembrava risuonare come una campana di bronzo. Apparvero le prime stelle, trafitte su candelabri di rami di pino.

Kallyna si alzò senza fare rumore e guardò Malva che dormiva, la luce di un'unica candela che giocava sulle sue palpebre chiuse. Gemma sedeva sulle scale recitando sottovoce il rosario; mentre Kallyna scendeva la vide che aveva gli occhi pieni di lacrime.

S'era fatto buio. Il castello era pieno di ombre. Cercava Mansur; sembrava non ci fosse nessuno che potesse darle un consiglio tranne quell'uomo impenetrabile che era diventato suo guardiano in virtù di un tacito accordo. Gli avrebbe chiesto una parola di conforto anche se fosse stata costretta ad urlare per strappargliela di bocca.

La stanza di lui era vuota. Tornò giù in cucina e chiese ad alcune serve che sonnecchiavano accanto al focolare. Scossero la testa; una andò ad accendere qualche candela per farle strada. Kallyna cercò Mansur nel cortile, nella cappella, nelle stalle: era introvabile. Sempre più adirata, avrebbe potuto maledirlo per averla abbandonata nel momento del bisogno. Alla fine tornò nella sala grande. Prima si fermò presso il soldato che ne era posto a guardia.

«Se vedete l'arabo, ditegli di venire su in camera mia appena può.»

I suoi passi incerti risuonavano da una stanza all'altra. Tornò al letto di Malva e vide che dormiva ancora. Poi attraversò il corridoio ed entrò nella sua camera. La punta d'un coltello emerse dal nulla e si fermò dura contro le sue costole. Una mano si strinse attorno al suo viso, soffocando il suo grido.

«Dammi quella candela» le bisbigliò Alfio all'orecchio. «E ad aprire la bocca non pensarci nemmeno.»

Lei non si mosse. Il coltello le venne più vicino contro il fianco. Alfio prese la candela dalle sue mani e la spense con un soffio. La finestra era aperta, e fuori s'attardava il crepuscolo.

«Per favore non fare stupidate» sussurrò Kallyna.

Alfio la tirò a sé con uno strattone. «Gentilmente chiudi il becco. Adesso e per l'eternità, sennò quel visetto grazioso che hai te lo faccio tutto un'unica cicatrice.»

Kallyna cominciò a scivolare lentamente da lui un passo alla volta ma senza levargli gli occhi di dosso, per vedere dov'era il coltello. «Dimmi cosa vuoi. Denaro?» sussurrò rapidamente prima che lui la zittisse di nuovo. «Parlerò a bassa voce, penseranno che sto pregando.»

Alfio mostrò i denti in un sorriso maligno. «Molto saggio. Pregare non ha mai fatto male a nessuno.» Parlava col fiato corto. Le si fece più vicino, mettendole il coltello di piatto sulla guancia. «Adesso farai una per una ogni cosetta che ti dico, bella obbediente come sai esserlo quando vuoi. Una cosetta per ciascuna delle frustate che mi sono preso grazie a te.»

«Non è stata colpa mia! Io non c'entro nulla, e lo sai bene!»

D'un tratto si ritrovò con le ginocchia contro il bordo del letto; incespicò e vi cadde sopra supina.

«Guarda che brava» la lodò Alfio. «Il tuo mestiere lo conosci… Non ho dovuto neanche dirti di metterti giù… Scommetto che non vedi l'ora.»

La voce di lei usciva strozzata. «Alfio, no. Per amore di quella donna che sta morendo là fuori!»

Alfio si disfece di Malva con una bestemmia feroce. Posò il coltello sul letto accanto alla testa di lei, lasciandosi libere le mani. Graffiandola dappertutto recitò la lista delle oscenità che pretendeva, premendo su di lei tutto il peso del suo corpo fetido di sudore.

«Sangue della Madonna, sei anche meglio di come t'avevo immaginata!»

Kallyna affondò le unghie nella schiena di lui segnata dalla sferza, ma neanche quello lo fermò. Ogni volta che muoveva la testa di lato la punta del coltello le graffiava l'orecchio. Non sapeva da dove proveniva quella sua forza, ma lottava silenziosa, metodica, resa più abile dallo sdegno. Non sentì bussare alla porta. Alfio invece sì; si fermò di colpo e alzò la testa. Si sentì bussare di nuovo, più forte. Alfio le soffocò la bocca con la mano.

«Kallyna? Ci sei?» chiese Mansur dietro la porta.

La paura di Alfio si poteva quasi toccare. Si passò la mano nei capelli, sapendo d'essere perduto. L'istante che la lasciò andare Kallyna si ricordò del coltello. Lo afferrò e prese a dare colpi alla cieca; l'ultimo colpo le trasmise l'orrenda sensazione di carne che si lacerava. Alfio balzò dal letto con un urlo.

La porta si spalancò sotto la spinta di Mansur. La luce della torcia che reggeva rivelò Alfio rannicchiato per terra con la camicia macchiata di sangue. Era solo un graffio, ma la paura era stata più forte della lama. Fissava il sangue con occhi folli, aspettando di morire.

«Mi ha ammazzato…Gesù, mi ha ammazzato!»

Mansur lasciò la torcia in un anello di ferro e si fermò accanto al letto. Kallyna non s'era mossa da dov'era; raccolse solo la forza di coprirsi le gambe con la gonna. Il viso di Mansur era il ritratto della collera: aveva più timore di lui ora che di Alfio prima. Le staccò le dita dal manico del coltello e lo gettò a terra. Lei si alzò a sedere rigida sul letto, con gli occhi chiusi contro la presenza aliena di entrambi gli uomini.

Alfio continuava a gemere e a piagnucolare isterico. Senza una parola Mansur lo sollevò per il braccio e lo tenne fermo davanti a sé. Il dorso della sua mano si abbatté sulla guancia di Alfio con un suono simile al colpo di piatto di una spada, mandandolo a sbattere contro la porta.

«Di te mi occuperò più tardi» disse Mansur a denti stretti. «Levati davanti.» Alfio uscì barcollando.

Kallyna rimase sola davanti a Mansur. Da come la guardava pensò che non le avrebbe offerto nessuna compassione. Mansur osservò i suoi capelli ammucchiati in disordine, la scollatura stracciata del vestito che lei stava cercando di richiudere. Sapeva che alla prima parola che lui avesse detto si sarebbe messa a urlare.

Invece lui le mise dolcemente la mano sulla spalla, facendola sobbalzare a quel tocco improvviso. Si sentì la gola stretta dai singhiozzi, e senza volerlo li lasciò uscire tutti a dirotto. Mansur rimase pazientemente accanto a lei mentre piangeva, finché lei riprese la padronanza di sé.

«Stai bene?» le chiese con voce pacata.

«Sì.»

«Chiamo Gemma.»

Gemma le portò una camicia da notte, le lavò il viso e le pettinò i capelli. Prima di metterla a letto le diede una bevanda tiepida e zuccherata; mentre scivolava nel sonno Kallyna si rese conto che Mansur vi aveva messo dentro un farmaco calmante.

※   ※   ※

Poco prima dell'alba venne svegliata dalle grida di Malva. In camicia da notte corse nella sua camera. Mansur e Rocca erano in piedi accanto alla finestra, assieme al prete venuto per l'estrema unzione.

Distrutta dal dolore, lasciata indifesa contro la morte, Malva piangeva e delirava senza il conforto di nessuno. Kallyna non credeva ai propri occhi: come poteva Mansur in tutta la sua saggezza permettere che accadesse?

Si precipitò infuriata verso il letto. «Donna Malva» la chiamò. «Guardatemi. Sapete chi sono?»

Malva s'afferrò a lei, resa irriconoscibile dalla febbre e dalle lacrime.

«Godfrey, perché non possiamo rimanere qui in Normandia? Perché non possiamo tutti morire nello stesso luogo in cui siamo nati?»

Sbalordita, Kallyna guardò Mansur come chiedendogli aiuto. Mansur rimaneva muto e immobile.

«Vi prego, Donna Malva, vi prego.»

Malva scuoteva follemente la testa sul cuscino. «Godfrey, ti prego, e tu sai quanto mi è difficile pregare... Tuo figlio non è un pegno d'obbedienza. Non puoi regalarlo a Ruggero come gli regaleresti un cavallo nuovo...e perché cosa, per favorire la tua ambizione?»

Mansur fece un passo avanti per allontanare Kallyna dal letto, ma lei lo cacciò via di forza.

«Ascoltatemi, Donna Malva!» esclamò. «Come potete temere tanto per lui, come fosse un bambino? Avete dimenticato chi è? Avete dimenticato che Ruggero lo ama come un figlio? Ora basta. In nome di Dio, basta!»

L'orgoglio, l'amore quasi blasfemo che si riversò nella stanza era ciò che Malva sperava di sentire nella sua ultima ora. Ricadde sul cuscino placata, grata di quell'umiliazione e tornata in sé.

Mansur osservò il cambiamento con silenzioso stupore. Capì che le due donne erano di una sola anima e occorreva lasciarle sole assieme. Quietamente fece cenno a Rocca e al prete di uscire, e uscì con loro.

«Figlia» mormorò Malva. «Figlia mia davvero. Ora posso andare.»

Un'altra alba sorse sopra Aieta. Aprile nello splendore del suo verde nuovo sembrava coprire la terra e il mare in un abbraccio gioioso. Malva aveva fatto pace con la morte. Esausta, ma riconoscente perché la fine non si sarebbe protratta per chissà quante altre ore di tortura, scivolava lentamente dal mare conosciuto della vita verso l'altro mare, quello ignoto.

Al cadere della notte, mentre Rocca aspettava dietro la porta paziente come un mendicante, chiamò Kallyna e Mansur al suo capezzale. Non c'era molto da dire. Né lei né loro sapevano cosa li attendesse; sapevano solo che entrambi i viaggi dovevano essere fatti.

«Sai che non sei mai stato un servo in casa nostra» disse Malva a Mansur. «Ti abbiamo tutti amato di cuore, al di là della razza e della fede. Se vuoi, ti lascerò libero.»

Mansur scosse la testa. «No. L'ultimo d'Hancourt in vita dovrà farlo.»

Malva fece cenno di sì. «Allora ti prego di essere fedele a Kallyna come lo sei stato a tutti noi. Lei e Dalibor sono quelli che ora hanno bisogno di te.»

Con un gesto del tutto spontaneo Mansur prese la mano di Kallyna e se la portò sul capo, diventando a quel modo suo servo. La mano di lei tremava sui suoi capelli scuri. Si chiese come avrebbe potuto mai comandare un uomo tanto più vecchio e tanto più saggio di lei. Ma Mansur le dava in pegno la sua inestimabile amicizia con la generosa lealtà di sempre.

«Ho un ultimo dono per te» disse poi Malva a Kallyna. Sollevò dal collo una catenella d'oro e le chiese di slacciarla. Era un bellissimo anello con sigillo che recava lo stemma dei d'Hancourt. «Portalo sempre addosso» le disse. «E quando troverai Dalibor, faglielo solo vedere. Lui capirà.» Kallyna baciò l'anello e s'allacciò la catenella al collo.

Malva emise un lungo sospiro. «È tutto fatto.»

Kallyna cominciò a piangere silenziosamente. Mansur cercò ancora una volta di allontanarla dal letto, e ancora una volta lei rifiutò di muoversi. Mansur le portò una sedia, poi fece entrare Rocca.

Rocca prese fra le sue le mani di Malva e le baciò.

«Vi piango come ho pianto la mia amatissima moglie» disse con la voce spezzata. «Con lo stesso profondo affetto e lo stesso profondo dolore.»

«Ti ringrazio, amico mio» rispose Malva. «Sono lieta di averti visto. Nella tua casa anche morire è un gesto di squisita ospitalità.»

Kallyna rimase a vegliarla tutta la notte. Poi l'alba cominciò a spandersi dalla montagna come un'ala violetta; era l'ora del silenzio più profondo. Malva le mise la mano sulla testa e l'accarezzò.

«Occorre molta pazienza per essere moglie di un soldato» disse, e la sua voce già si faceva libera dal dolore. «Molta pazienza per aspettare che una guerra finisca. Sai farlo, figlia? Sai aspettare?»

«Mio padre era pescatore» mormorò Kallyna. «Sono cresciuta aspettando.»

Sul volto di Malva apparve un sorriso. «Mi compiaccio tanto di te. Avrei voluto vedervi assieme… I tuoi capelli come una notte d'inverno… lunghi, scuri… i suoi come un pomeriggio di giugno… Come dev'essere bello.»

Respirò per qualche altro istante, poi rimase immobile. Mansur mise le dita sulla tempia: la vena era muta. Le chiuse gli occhi.

Kallyna la guardò. All'improvviso il mondo le parve troppo vasto, una stanza senza arredi dove non c'era angolo in cui riposare. Gemma s'affrettò a seguirla mentre usciva.

«Per favore aiutami a vestirla» le disse Kallyna.

❋   ❋   ❋

Al calare del sole il corpo di Malva venne condotto nella cappella su un feretro di velluto nero, portato a spalla anche da Mansur e Rocca. In segno del più profondo rispetto Rocca lo fece seppellire davanti all'altare. Kallyna depose un mazzo di ginestra sulla lastra di pietra grigia ancora senza nome. Nessuno di loro sapeva quando la salma si sarebbe potuta traslare accanto a quella di Godfrey, non prima che Dalibor venisse trovato.

Vedendo Kallyna così sola sul banco della chiesa, Mansur rimase in piedi accanto a lei. Durante la messa di requiem lei si tenne stretto fra le mani il libro delle preghiere di Malva. Si domandò se Vasili l'avrebbe incontrata, dovunque ora fossero entrambi, o se anche oltre la morte nobili e popolani percorrevano sentieri separati.

Dopo il funerale rimase ad ascoltare Mansur e Rocca che parlavano del resto del viaggio: montagne da varcare, paludi malariche da evitare, caverne abitate da briganti e strade pericolose. Sembrava un cammino ancora così lungo, pensò spaventata.

Prima di andare a letto aggiunse le cose di Malva al suo fagotto, come le aveva detto di fare. Era impossibile distinguere gli abiti di Malva dai suoi. Ogni segno di rango e di ricchezza era stato rimosso. Sapeva adesso che Malva d'Hancourt era la donna più agiata di Monreale, che avrebbe potuto viaggiare come una principessa ma aveva scelto di essere solo pellegrina, spogliata di tutto tranne che della speranza.

Quella notte si sentì schiacciare dalla solitudine. Senza Malva non sapeva dove avrebbe trovato il coraggio di proseguire. Non rimanevano che uomini attorno a lei, e gli uomini erano e sarebbero sempre rimasti un mondo a parte. Ma Malva le aveva affidato un compito, e lei non si sarebbe rifiutata. Che venga domani, pensò.

La mattina seguente il suono di un tumulto proveniente dal cortile esterno la strappò dal sonno. Affacciandosi alla finestra vide Erik e Alfio che venivano trascinati dalle guardie di Rocca verso la porta d'entrata del castello, circondati da una folla inferocita. Una delle guardie stava avvolgendo una fune al ramo della grande quercia. Erik urlava e si dibatteva; Alfio, invece di fare ancora più chiasso come ci si sarebbe aspettato, camminava impassibile con aria quasi di scherno, tirando solo indietro la testa per proteggersi dalla folla.

Kallyna si precipitò dalla stanza in camicia da notte. Mentre scendeva le scale s'imbatté in Gemma.

«Che maniera terribile di darvi l'addio, padrona» sussurrò atterrita la donna. «Che cosa di malaugurio!»

Kallyna non provò neanche a chiederle di cosa si trattava; seguitò a correre verso il cortile, dove trovò Mansur. «Mansur» lo chiamò, ed era la prima volta che lo chiamava per nome. «Cosa succede? Cos'hanno fatto Alfio ed Erik?»

Senza fermarsi per lei, Mansur proseguì, teso dall'ira. «Sono stati scoperti a rubare, ieri sera mentre eravamo alla messa di requiem.»

«Rubare? Rubare cosa? Cibo, argenteria? Il furto è un crimine così grave che bisogna impiccarli?»

Si fermarono presso la porta d'entrata, mentre la folla si disponeva in cerchio intorno alla quercia. Il viso di Erik era una maschera di terrore. La corda scivolò lungo il ramo dell'albero; la guardia diede uno strattone al cappio, facendolo penzolare come una serpe.

«Hanno manomesso uno dei forzieri del marchese Rocca» rispose Mansur senza guardarla. «Un'offesa gravissima, della quale sono in parte responsabile io stesso. Avrei dovuto farli gettare in prigione da molto. Se il marchese non avesse già dato l'ordine di giustiziarli, lo avrei fatto io stesso.»

Erik venne sollevato di peso da due guardie sullo sgabello posto al di sotto del cappio. Continuava a pregare e a urlare supplicando pietà, giurando che era innocente e che era stata la persuasione maligna di Alfio a rovinarlo. Alfio non si curava di negare l'accusa, e da ciò si capiva che Erik diceva il vero.

Kallyna cercava di trovare la voce giusta fra autorità e arroganza mentre implorava Mansur. «Ma adesso sono servi miei... Non si dovrebbe chiedere a me quando si tratta della mia proprietà?»

«La legge qui è come la fa il signore del luogo» ribatté lui. «E devo ricordarti che il furto non è l'unico crimine di Alfio? Non puoi salvarli. Infatti mi chiedo perché vuoi salvarli... Forse perché non hai mai visto un'impiccagione?»

Kallyna non seppe cosa rispondere. Mansur aveva ragione; per un attimo lo odiò con tutta l'anima.

Arrivò Rocca. «Approfittare della morte e del lutto per fare una cosa del genere» disse furente. «Impiccateli subito, o la nobile ospite che è morta nella mia casa non potrà riposare in pace!»

Kallyna si rivolse a lui, sforzandosi di trovare le parole. Rocca diede il segnale prima che lei potesse dirne una. Dalla folla si alzò un lungo mormorio sordo; si girò e vide Erik che dondolava con il cappio al collo, gli occhi e la bocca spalancati. La nausea le salì dentro, e non riuscì a parlare.

Rimpicciolita e impotente fra Rocca da un lato e Mansur dall'altro, fece scorrere lo sguardo disperatamente sulla scena finché essa diventò un mulinello confuso di volti.

Alfio venne spinto avanti. Sembrava stranamente rassegnato al suo destino, come se avesse sempre saputo che quella sarebbe stata la sua fine. Salì sullo sgabello con un ultimo lampo di spavalderia, sputando in faccia alla guardia.

Mansur sembrava avere il potere diabolico di poter guardare in due punti opposti allo stesso tempo. Kallyna lo vedeva osservare le guardie, ma sapeva che controllava anche lei senza pietà. Non avrebbe mai più dimenticato gli occhi di Alfio in quegli ultimi istanti. S'accorse solo allora di quanto era giovane, e di quanto disprezzava ogni cosa, compresa la vita che la corda stava per spezzare. La guardia diede un calcio allo sgabello.

La morte falciava gente attorno a lei come grano maturo, pensò.

✵   ✵   ✵

Gemma aveva ragione, era un commiato di cattivo augurio.

I due viaggiatori erano pronti. Mentre si preparavano a partire non s'erano scambiati una parola. Kallyna montava la giumenta che era stata di Erik; la mula era legata dietro il cavallo di Mansur con il basto carico. Il marchese li accompagnò a cavallo alla porta del castello e Gemma li seguì portando con sé una ciotola piena d'acqua. I corpi di Erik e Alfio erano ancora appesi al ramo della quercia. La gente di Aieta vi passava accanto senza farci caso, diretta alle faccende usuali. Il cuore di Kallyna le pesava dentro come un macigno. Non s'era mai sentita così disperata.

Alla porta del castello si fermarono. Gemma svuotò la ciotola davanti agli zoccoli delle cavalcature. «Andate senza impacci come l'acqua» disse, cercando di nascondere le lacrime.

Mansur e Rocca si strinsero le mani in un saluto di addio. Rocca notò il volto smunto di Kallyna e le offrì un mesto sorriso.

«Vi auguro fortuna» disse. «Auguro a tutti noi la fortuna… no, la saggezza di non dover mai vivere una guerra.» Mansur chinò la testa in segno d'assenso.

«Grazie, signoria» disse lei con voce spenta. «Grazie per tutto ciò che avete fatto per noi.»

«Che Dio vi sia sempre prodigo della Sua bontà» fu il saluto di Mansur.

I cavalli s'avviarono. Kallyna si girò a dare un ultimo sguardo all'alto castello dove riposava Malva. Sfiorò con la mano la caviglia, dov'era nascosto il suo nuovo compagno di viaggio. Mansur aveva barattato il coltello di Alfio con un corto pugnale dalla lama sottile come uno spillone, fatto per una mano di donna, e glielo aveva ficcato nello stivale.

Un sorriso amaro le passò sul viso mentre sentiva la piccola elsa dura che l'accarezzava segretamente. I pugnali erano gli amici delle anime non amate, il distintivo della paura e della diffidenza. Non ne aveva mai posseduto uno prima di allora. Il ferro era prevalso sulla carne.

XVII

APPENA PASSATO MEZZOGIORNO, con Aieta già lontana, Kallyna e Mansur furono di nuovo sulla strada costiera, cavalcando oltre il lungo promontorio ricurvo di Capo Palinuro. Tutt'intorno a loro s'innalzavano alte catene di monti, triangoli azzurri avvolti in una lieve nebbia. Il mare, blu e verde lungo le scogliere, si allontanava sempre più alle loro spalle.

Mansur cavalcava per primo, studiando dentro di sé l'itinerario che aveva stabilito assieme a Rocca prima di partire. Questa sarebbe stata la parte più difficile del viaggio: aveva previsto un'intera giornata a cavallo per una distanza che in pianura si sarebbe attraversata in poche ore.

Kallyna guardava i picchi davanti a lei con lo sguardo pieno d'apprensione. Il timore che già provava al pensiero di essere ora letteralmente nelle mani di Mansur veniva reso più inquietante dal fatto che lui non aveva ancora detto una parola.

«Non ci sono altro che montagne» disse lei alla fine. «Dove siamo diretti?»

Mansur si voltò e la osservò per un attimo. Lei aggrottò la fronte vedendosi addosso quegli occhi che sembravano custodire un universo di segreti.

«Siamo diretti al Vallo di Diano» rispose Mansur. «La distanza non è breve. Dovremo dormire a Lauria stanotte e attraversare le montagne domani. Se Dio vuole, il Vallo ci condurrà a Salerno in cinque giorni.»

Kallyna giocherellava nervosamente con le redini. «E poi?»

«Poi troveremo alloggio per te a Salerno e io proseguirò per Napoli.»

«Perché mi lascereste indietro?» chiese lei allarmata.

«Perché oltre Salerno è tutto un campo di battaglia. Avrai la pazienza di aspettarmi fino a che non avrò trovato il mio padrone.»

Era la prima volta che Dalibor veniva nominato fra loro. Kallyna si sentì gelare. Com'era terribilmente preciso Mansur nello scegliere le parole; aveva detto 'il *mio* padrone'. E lei a chi apparteneva?

«Potete sempre lasciarmi qui e proseguire da solo» disse con asprezza. «Non vorrei essere d'intralcio... né a voi né al vostro padrone.»

Mansur sorrise con quel suo sorriso inquietante e sfuggevole come un filo di fumo. Poi sollevò il braccio e indicò un bivio segnato da un alto crocifisso di ferro battuto.

«Maratea. Dovremmo arrivare a Lauria prima del tramonto.»

L'irritazione di Kallyna diventò collera. Continuò a ripetersi che piangere davanti a Mansur era come andare in giro nuda, ma già le salivano le lacrime agli occhi.

«Se pensate che io con il signore d'Hancourt non c'entro niente, perché non lo dite?»

Erano arrivati al bivio. Imperturbato, Mansur spronò il cavallo su per la strada di montagna. Solo a metà della salita finalmente rispose.

«Ho vissuto con i d'Hancourt quanto basta perché io sappia che non hanno mai abusato dei miei servizi. Se Donna Malva mi ha ordinato di consegnarti nelle mani di suo figlio viva e incolume, non è certo senza una buona ragione.»

Kallyna accettò quelle parole come un mazzo di rose. Stavolta essere consegnata nelle mani di qualcuno le parve la cosa più gradita che un uomo potesse fare per lei. Gli sorrise. «Grazie.»

Non un metro di quella benedetta strada per Lauria era dritto. Serpeggiava e s'avvolgeva attorno a ogni masso, e i massi sporgenti sopra di loro sembravano vacillare come uova in un nido sfondato. Apparvero boschi rigogliosi; l'aria si fece più fresca, e il sottobosco s'illuminò di interminabili distese di viole selvatiche. Un picco che torreggiava a distanza era ancora coperto di neve, la prima neve che Kallyna avesse mai visto.

Poi la strada diventò nient'altro che uno stretto sentiero sul quale nulla si frapponeva tra l'abisso e gli zoccoli dei cavalli. Kallyna doveva lottare per tenere gli occhi aperti; a un certo punto, vinta dalla vertigine, si lasciò sfuggire un gemito di panico e trattenne le redini. Mansur suggerì di smontare e di proseguire a piedi.

Ad alcuni taglialegna che incontrarono più avanti Mansur chiese la strada. I taglialegna si offrirono di accompagnarli fino a Lauria, dov'erano diretti anche loro. Mansur accettò, ma solo dopo essersi presa Kallyna accanto a sé e averla presentata come sua figlia. Non s'allontanò dal fianco di lei fino a che non furono davanti alla città. Quando i taglialegna si separarono da loro, approfittò dell'occasione per dirle che da quel momento in poi sarebbe passata per sua figlia ogni volta che le circostanze lo richiedessero.

Non ci fu bisogno di mentite spoglie in casa dei signori Terranova, dove Filippo Rocca li aveva indirizzati con una lettera. Donna Chiara Terranova trattò Kallyna come una figlia, vale a dire con la stessa soffocante indulgenza. Kallyna era esausta, e tutte quelle attenzioni non fecero altro che renderle scomoda la permanenza. Poi finalmente anche Lauria fu solo un altro cerchio di mura che si rimpiccioliva alle loro spalle.

Mansur pronunciò il suo Bismillah con forza insolita. Ben presto il cammino si fece arduo. Occorreva inoltrarsi tra foreste fitte e oscure, le stesse che alla Lucania avevano dato il nome. S'inerpicavano su e giù per scoscesi sentieri senza imbattersi in una masseria, una capanna, un'anima viva, solo in volpi e cerbiatti spaventati. Il tempo era umido e ventoso, e a tratti il sottobosco diventava un pantano.

Mentre attraversavano uno stretto ponte sospeso su una profonda gola la mula s'impuntò. Kallyna cacciò un urlo di terrore mentre l'animale cominciava a scalciare e a scuotere le logore assi di legno che sembravano sul punto di sfasciarsi e mandarli tutti a sfracellarsi sulla roccia. Mansur dovette fare la spola prima conducendo Kallyna al sicuro, poi i due cavalli e infine la mula, che persuase ad attraversare il ponte un passo alla volta fino a che non furono tornati al sicuro sul sentiero.

Nel pomeriggio apparve il fiume Tànagro, che segnava il confine della Campania e l'imbocco del Vallo di Diano. Quando vide l'esile striscia argentea del fiume sotto di lei Kallyna pensò che sarebbe caduta in ginocchio e avrebbe baciato il suolo. Ora erano finalmente e davvero diretti a Salerno; il cuore le si strinse pensando a Malva che non era con loro.

Si fermarono a mangiare nelle vicinanze di un'abbazia isolata, poi presero il sentiero in pianura che seguiva il corso del fiume. Il pomeriggio svaniva rapidamente, ed avevano già perso tempo prezioso nell'attraversare il ponte. S'era fatto ancora più tardi quando un altro fiume sbarrò loro la strada. Mansur voleva andare in cerca d'un barcaiolo, ma la campagna era deserta. Non rimaneva che cercare di guadare il fiume, che era stretto e sembrava poco profondo.

Kallyna non poté far altro che essere d'accordo. Mansur legò assieme le redini delle tre cavalcature, si tolse il burnus ed entrò nel fiume, mentre lei lo guardava ansiosamente dalla riva. L'acqua gli salì fino al petto ma non oltre; proseguiva cauto, tastando il letto del fiume coi piedi in cerca di buche. Infine emerse dall'acqua e raggiunse la sponda opposta.

«Aspetta lì, torno» la chiamò mentre legava i cavalli al ramo di un albero.

Lei era già con l'acqua ai fianchi e avanzava lentamente verso di lui con le braccia aperte per darsi equilibrio.

«Un piede dietro l'altro» le consigliò Mansur. «Continua sempre dritta da quel punto in poi.»

Il fiume l'avvolgeva come una grande mano gelida, facendola vacillare nella spinta della corrente. Mansur avanzò verso di lei dalla sponda opposta. Lei sollevò la testa, tendendogli le braccia. La mossa improvvisa le fece perdere l'equilibrio; sentì la corrente che le tagliava le gambe, poi l'acqua soffocò il suo grido mentre precipitava come una pietra nella buca sotto di lei.

Mansur si fermò di colpo per non fare la stessa fine e cercò invece di avvicinarsi di lato. Kallyna tornò a galla sguazzando nel panico, con i lunghi capelli che l'accecavano. Con la bocca appena a fior d'acqua continuava a chiamarlo disperatamente. Mansur si tuffò e cominciò a nuotare verso di lei; le gettò le mani attorno alla vita quando lei già stava per arrendersi. Kallyna s'aggrappò a lui e si lasciò trascinare fino a che non sentì la riva sabbiosa sotto i suoi piedi. Mansur la mise giù su un masso piatto, dove lei rimase senza fiato, ancora troppo atterrita per parlare.

«La prossima volta....» prese a dire lui.

«La prossima volta rimango a casa, lo giuro a Dio e alla Vergine Maria!» gemette Kallyna.

«Basta» disse lui seccamente «Dobbiamo raggiungere Diano, o rimarremo bloccati qui tutta la notte.» L'aiutò ad alzarsi, osservando il cielo nuvoloso e la luce che moriva dietro le montagne.

Kallyna si lasciò reggere come una bambina in fasce. «Devo cambiarmi i vestiti» lo supplicò «altrimenti morirò di freddo.»

«Non c'è tempo. Se mi hanno detto giusto all'abbazia, ci vogliono altre due ore per arrivare a Diano. *Yallah* Andiamo.»

Lei s'arrampicò ancora una volta sulla sella e prese le redini. I capelli e i vestiti fradici la facevano rabbrividire da capo a piedi, poi il vento cominciò a incollarglieli addosso. Mansur aveva già spronato il suo cavallo. Rimase a guardarlo disperata; chiaramente a lui essere bagnato fradicio non dava alcun fastidio. Poi conficcò i talloni nei fianchi del cavallo.

Il Vallo fu due ore di agonia. Sentiva i denti che le battevano dal freddo. Rimaneva sempre più indietro, ma Mansur non si fermò ad aspettarla, mentre Kallyna malediceva sé stessa e lui con la medesima furia. Come Dio volle, dal nulla emerse la strada che portava a Diano. Mansur l'affidò alle monache del convento di Sant'Agnese e se ne andò. Kallyna si cambiò i vestiti, si raggomitolò dentro due coperte e s'addormentò nel bel mezzo di un'Ave Maria.

❉   ❉   ❉

Una carovana di mercanti partiva la mattina seguente, venti uomini con le mule cariche e armati fino ai denti. Mansur chiese loro di poter fare la strada assieme fino ad Atena. I mercanti acconsentirono, ma cominciarono a brontolare quando dovettero rimanere ad aspettare vicino alla porta delle mura mentre Mansur tornava al convento a pregare le monache di svegliare Kallyna. Quando la carovana prese la strada che costeggiava il Tanagro, lei era ancora quasi addormentata sulla sella.

Mansur domandò ai compagni di viaggio com'erano le strade oltre Salerno.

«Oltre Salerno non ci metterei piede neanche se ci abitasse mia madre» gli rispose uno dei mercanti. «E poi c'è vostra figlia…»

«Che notizie da Napoli?» chiese poi Mansur.

Il mercante scrollò le spalle. «I tedeschi sono tornati. Il duca Sergius, un giorno giura che è pronto a cedere Napoli a Ruggero, il giorno dopo massacra i messi che Ruggero gli manda per discutere i termini della resa. Non finirà mai, mai…»

«Una settimana fa ero ad Amalfi» disse il figlio del mercante. «Là c'è il principe Guglielmo. È salvo, ma c'è stato un gran parapiglia. Alcuni dei suoi uomini hanno cercato di assassinarlo. Dicono che li ha pagati Sergius.»

Kallyna rabbrividì tutta. «Ci sono stati morti?» chiese.

«Un paio di cavalieri della sua scorta, da quanto ho sentito.»

«Sapete chi? »

«Figlia, presta attenzione a quella borraccia» la fermò Mansur. «Non è legata come si deve.»

Kallyna lo guardò senza comprendere, poi armeggiò con la cinghia della borraccia.

Ad Atena si separarono dalla carovana. «Mi pare che vostra figlia non stia bene» disse il mercante prima di salutarli.

Kallyna aveva le guance rosse e gli occhi lucidi di febbre, ma scosse la testa.

«Sto bene.» I mercanti augurarono loro buona fortuna e andarono per la loro strada.

Circa un'ora più tardi, mentre contava le monete del pedaggio al ponte di Campestrino, Mansur la osservò con maggiore attenzione. «Se vuoi riposare c'è una locanda accanto alla caserma» disse.

Lei scosse la testa ancora una volta. «Voglio proseguire. Voglio arrivare a Salerno.»

Tre ore più tardi la febbre salì. Tremava tutta, contratta dal dolore. Mansur fermò il cavallo e la guardò con aria severa. «Sei testarda. Avremmo potuto fermarci al ponte. Cercheremo riparo in quella masseria.» Lei fece cenno di sì.

Lasciarono la strada principale e s'avviarono su un sentiero di campagna. Alla masseria si trovarono davanti a un contadino, due ragazzi e un cane. La diffidenza negli occhi dell'uomo doveva essere vecchia quanto la terra.

«Amici, Dio vi guardi» disse Mansur. «Siamo pellegrini diretti a Salerno. Mia figlia non sta bene.»

Il contadino gli volse le spalle. «Vi prego, possiamo pagare» lo chiamò Mansur. Il cane si mise ad abbaiare. Il contadino continuava a scuotere la testa, con la mano sul forcone. «Non voglio soldi. Non voglio estranei.»

Kallyna si tirò indietro il cappuccio del mantello. «Per l'amor di Dio, non siamo criminali.»

Il contadino si passò la mano sulla guancia ispida, guardandola con appena un po' meno diffidenza.

«No, padrona» disse, e s'allontanò. I due ragazzi rimasero a guardare con le facce sudice, tirando su col naso.

Il crepuscolo s'avvicinava con la lentezza minacciosa di un'ascia sospesa. Tornarono sulla strada maestra, non sapendo che altro fare. Poi Mansur fermò il cavallo. «Ci dovrebbero essere delle grotte qui vicino» disse. Kallyna non rispose: era accasciata sulla sella, con le guance arrossate dalla febbre.

Quando tornò in sé cercò il cielo sopra di lei. C'era invece un soffitto di roccia tutto pendente di stalattiti come la volta di un palazzo moresco. Erano sulla riva di uno stagno; Mansur aveva acceso un fuoco di rami secchi e ora le stava tastando il polso.

«Dove siamo?» gli chiese. La sua voce echeggiava tutt'intorno, rimbalzando sui ghiaccioli di pietra calcarea. Il fuoco gettava ombre che sembravano demoni vivi; nella sua febbre li vedeva ballare osceni in tutti gli innumerevoli angoli della sala sotterranea.

«Siamo nelle grotte di cui ti avevo parlato» rispose Mansur. «Il marchese Rocca me ne aveva accennato. Non siamo troppo lontani dall'entrata. Devono estendersi per miglia.» I cavalli emanavano calore, col fiato che sembrava fumare dalle loro narici, e il fuoco era costante.

«Datemi qualcosa per la febbre» chiese Kallyna.

Mansur le porse la borraccia. «Non durerà a lungo. Bevi.»

Lei bevve, poi s'avvolse nel mantello. Mansur sembrava sapere il fatto suo, pensò.

«Mangia» le disse poi lui, porgendole una fetta di pane, una di carne salata e una manciata di nocciole. «Non ho fame» rispose lei scuotendo la testa. Mansur rimise il cibo nella bisaccia di cuoio legata alla sella, poi cominciò a mangiare il suo, accosciato accanto al fuoco.

«Voglio raggiungere Salerno al più presto possibile» sussurrò Kallyna. «Siamo in ritardo sul previsto?»

«No.»

«Pensate che uno di quei cavalieri ad Amalfi, quello di cui parlava il figlio del mercante...» Si mise a gridare. «Dio mio, perché non torniamo a casa? Perché non lasciamo perdere tutto?»

Mansur smise di tagliare la sua fetta di pane. Le andò vicino e s'accorse che lei non lo vedeva nemmeno.

«Non posso andare avanti, non posso» mormorò Kallyna fra sé, piangendo. «Padre, madre» gridò ancora, dibattendosi. «Riprendetemi con voi. Vi prego, riprendetemi con voi.»

Mansur le prese i polsi. «Kallyna, apri gli occhi. Guardami.» Ma lei gemeva e bisbigliava parole senza senso.

Mansur andò a rovistare in fretta nel suo fagotto. La voce di lei cominciava a toccarlo in un modo che non gli piaceva. Trovò uno dei piccoli corni di cervo dove conservava le sue erbe medicinali, lo aprì e mise qualche pizzico del contenuto in una tazza di creta con un po' d'acqua.

«Amore mio, amore mio» sussurrò Kallyna.

Le sollevò la testa e le portò la tazza alle labbra. «Non voglio bere. Michele, perché non gli parli tu? Quando gli parli tu ti ascolta sempre.»

Mansur le versò un po' di liquido nella bocca. Lei tossì, soffocando. Le mani di lui si strinsero attorno alla sua nuca. «Bevila tutta» le ordinò. Kallyna storse la bocca e ingoiò la pozione amara e granulosa. Poi Mansur l'appoggiò con delicatezza sugli abiti arrotolati che le facevano da cuscino. Lei emise un lungo sospiro, con gli occhi persi nel vuoto.

Dalla fascia che portava attorno alla vita Mansur tirò fuori la sua corona delle preghiere e cominciò a passarne i grani fra le dita. Dopo un po' la febbre scese e lei scivolò nel sonno. Mansur si tirò il cappuccio del mantello sulla testa e s'infilò le braccia nelle maniche. Il fuoco scoppiettava; le stalattiti sembravano lame appuntite sulla loro testa.

Prima dell'alba, quando si svegliò, Kallyna s'accorse di essere sola. Chiamò Mansur in preda al panico. Aveva i vestiti zuppi di sudore; l'aria era umida e fredda. «Mansur! Per l'amor di Dio, dove siete?»

Dall'altro lato dello stagno si udirono passi. Mansur emerse dalle ombre come un *ginni*. Sorpresa, lo vide che aggiungeva legna da ardere al fuoco che si andava smorzando. «Non ne abbiamo bisogno» disse. «Andiamo via.»

Mansur dispose i rami secchi nel cerchio di pietre. «Non oggi. Non puoi cavalcare in queste condizioni.»

«Quali condizioni?» ribatté lei. «Non vedete che sto bene?»

Mansur osservò le fiamme che si levavano dai rami e sospirò.

«Che i calabresi siano gente cocciuta è cosa ben nota» disse, ma senza tono di condanna. Poi si alzò e si mise le mani sui fianchi. «Se non ci sarà febbre oggi tutto il giorno domani ci rimetteremo in cammino.»

Kallyna si tese verso il calore del fuoco. «Bene.»

«Vado a comprare del cibo».

Lei alzò la testa di scatto. «Preferisco morire di fame. Non lasciatemi qui sola!»

Mansur sorrise appena, inarcando le sopracciglia. Poi si piegò, sollevò l'orlo della sua gonna e tirò fuori il pugnale dallo stivale. «D'ora in poi *questo* ti dovrà fare compagnia». Le agitò il pugnale davanti al viso. «Fammi vedere come lo maneggi.»

Arricciando il naso con ripugnanza, Kallyna afferrò il pugnale con una mossa repentina che lui sembrò approvare. «Fra le costole, nella gola, e appena sotto il capezzolo sinistro» disse, dirigendo la punta del pugnale sul proprio corpo mentre li indicava.

Lei lo guardò di sbieco. «Sono certa che non ne avrò bisogno. Non ne ho mai avuto bisogno finora». Poi si ricordò di Alfio e arrossì.

Mansur s'allacciò il mantello e decise di non farglielo ricordare. «Non ti muovere di qui e non fare rumore. Tornerò fra poco.»

«E intanto cosa faccio?» gli gridò dietro lei.

«Finisci d'imparare l'alfabeto. Se quando torno non sai tutte le lettere, non mangerai.» Sorrise mentre se ne andava, ma lei non lo vide.

Kallyna si nascose il viso fra le braccia, atterrita da quella vuota solitudine di pietra che la circondava. L'eco dei passi di Mansur si affievolì. Tirò fuori dalla scollatura il foglio di pergamena con l'alfabeto. Le sue dita si fermarono sulla catenella alla quale portava appeso l'anello di Malva. Se lo portò alla guancia e ve lo tenne come fosse un talismano.

Assieme al cibo Mansur aveva comprato del latte. Glielo fece bere così caldo che quasi le bruciò la gola. Tagliò a pezzi il cibo e glielo fece mangiare; poi fece divampare il fuoco e andò a cercare un luogo più confortevole nella grotta. La grotta s'allargava in molte altre sale che portavano chissà dove. Decise che era meglio restare dov'erano, vicino all'imbocco.

Per quasi tutta la giornata, bruciante di febbre, Kallyna dormì o giacque inebetita. A volte, quando si agitava gemendo, Mansur pensò che sembrava stesse facendo l'amore. Notò che non si fece mai sfuggire di bocca il nome di Dalibor, e se ne compiacque; ma a volte lei diceva «Amore mio, amore mio.» Si pentì di non avere comprato della cera con cui turarsi le orecchie.

Durante la notte piovve. Il suono della pioggia sembrava quello di lievi passi d'angeli che camminassero su e giù. Mansur le diede un'altra dose della medicina che aveva preparato riducendo in polvere della scorza di salice. Mentre lei si calmava sotto l'effetto del farmaco, per un attimo rimase a guardarla come avrebbe fatto un padre, aspettando che scivolasse nel sonno.

Più tardi quando le tornò accanto vide che si muoveva lievemente nel mantello che l'avvolgeva.

«In fondo un'altra volta mi avete voluto» disse lei nel sonno, sorridendo.

Al tramonto Kallyna si svegliò con un lungo sospiro. La febbre era già scesa di molto. Mangiarono assieme.

«È vero che può tagliare la testa a un uomo con un solo colpo di spada e una sola mano?»

«Sì. E con ciascuna mano.»

Lei schiacciò un'altra nocciola con una pietra. «Mi chiedo cosa avete usato per far pratica.»

«Non ti piacerebbe saperlo.»

«Avete ragione.» Tornò ad avvolgersi nel mantello. «Dio, facci uscire presto di qui» mormorò. «Presto, presto, ti prego.»

All'improvviso Mansur prese le sue mani fra le proprie, facendola trasalire. La guardò negli occhi, rattristato. «Tutto questo è colpa mia. Sono stato sciocco a non darti il tempo di cambiarti i vestiti. Non potrò perdonarmi.»

Kallyna sorrise. Strinse le mani di lui con la stessa presa salda. «E io non potrò perdonare voi. Mai.»

L'alba del giorno seguente era serena. I raggi del sole entravano dentro la caverna illuminando gli alti pilastri rosei, le lunghe nervature, le ghirlande increspate e le meduse di pietra che sorreggevano il soffitto—tutta la lenta e segreta architettura dei secoli. Kallyna s'alzò e porse le mani a Mansur perché le sentisse. «Sto bene. Ho dormito senza febbre tutta la notte.»

Negli occhi scuri di lui apparve una quieta gioia. «Sì, lo vedo. *Al hamdu lillah* Sia ringraziato Dio.»

Raccolsero le loro cose nei fagotti. «Vorrei tanto potermi lavare e cambiarmi questi vestiti» disse Kallyna fra sé.

«Stasera, ad Eboli. O domani sera, a Salerno.»

Lei spalancò gli occhi. «Così vicino! Mio Dio, allora ce l'abbiamo fatta davvero!»

Un suono simile a un rombo di tuono echeggiò dall'imbocco della caverna: uomini che parlavano e ridevano, e un rumore di spade. Mansur le fece segno di rimanere ferma e zitta. Le mani di lei rimasero immobili sulla sella.

Le voci rimbombarono ancora dall'altro capo della caverna. «La prossima volta che il vescovo di Sala si mette in viaggio ci penserà su due volte prima di portarsi dietro l'argenteria.»

«Io dico che avremmo dovuto tagliargli la gola, come alla sua scorta...»

Mansur spinse Kallyna dietro una cortina di pietra e rimase ad aspettare. Quando i nuovi arrivati videro le tre cavalcature accanto allo stagno si fermarono di colpo. Mansur li contò: quattro, almeno quelli che poteva vedere. L'argenteria rubata tintinnava nei loro sacchi di tela. Era chiaro che i quattro non si rendevano conto che la caverna amplificava le loro voci per chi era dentro, altrimenti non avrebbero parlato così liberamente.

«Tonio, va' a vedere chi è... Sta' attento.»

Uno degli uomini avanzò lentamente, piegato su sé stesso. Mansur sguainò il suo pugnale ricurvo, mentre i passi cauti dell'uomo si facevano sempre più vicini. Al momento opportuno Mansur balzò fuori. L'uomo fece roteare la sua spada troppo in alto, lasciando spazio a Mansur di parare il colpo e affondargli il pugnale nel petto. Dal suo nascondiglio Kallyna udì un lungo rantolo basso.

«Tonio?» chiamò qualcuno dall'imbocco della caverna. «Sangue di Dio, Tonio?»

Mansur indietreggiò fino a dove era rimasta Kallyna. Cautamente lei estrasse dal suo stivale il suo pugnale sottile come uno spillone e finalmente, col cuore in gola, fece un passo avanti per vedere: gli altri tre si stavano avventando contro Mansur tutti insieme. Per un attimo rimase a guardare. Mansur si difendeva bene, con destrezza feroce; vide che aveva la coscia macchiata di sangue. Uno degli assalitori venne gettato contro un duro cuscino di pietra; sentì rumore di ossa che si spaccavano.

Quell'orribile suono la strappò alla sua immobilità inebetita. Le sue dita sembravano paralizzate attorno all'elsa; si chiese come avrebbe mai potuto colpire. Circondato da ogni lato, Mansur riusciva ancora a difendersi. I cavalli scalpitavano, nitrendo di spavento. Poi Mansur si lasciò cadere di mano il pugnale. Uno dei tre gli saltò dietro la schiena per strozzarlo, mentre il secondo si precipitava a raccogliere il pugnale da terra. L'elsa moresca già gli brillava nel pugno.

Se Mansur moriva… pensò Kallyna.

Sporse fuori il braccio e colpì. La schiena dell'uomo sembrò scattare sotto il colpo come un chiavistello arrugginito; rimase impietrita, lasciando che quasi le cadesse addosso. Vedendola apparire dal nulla, il quarto uomo rimase sorpreso per un istante. In quell'istante Mansur gli tolse il pugnale dalla mano con un calcio, poi gli afferrò il collo e lo torse nel cavo del gomito finché la testa non ciondolò di lato.

Kallyna dovette appoggiarsi alla parete per non scivolare a terra assieme ai quattro morti. Mansur venne a prendere i cavalli. «Credo proprio che questa me la dovevi» disse lui con la bocca secca. Estrasse il pugnale dal morto e glielo restituì.

Mentre lo seguiva Kallyna cercò di non mettere il piede sui cadaveri stesi attorno allo stagno. «Non sappiamo neanche chi erano…» mormorò. «Dio mio, chi abbiamo ucciso?»

Zoppicando sulla gamba sinistra Mansur condusse i cavalli fuori della caverna. Nell'oscurità videro i due sacchi pieni di bottino. «Briganti» rispose. «Il marchese Rocca mi aveva avvertito che viaggiano in bande in queste montagne… Ne verranno altri, dobbiamo muoverci in fretta. Ciò che hanno rubato rimane qui, non è nostra proprietà.»

Kallyna guardò come incantata il sangue che gocciolava dal suo pugnale. Poi l'asciugò sull'orlo della gonna come fosse un coltello da cucina unto e lo rimise dentro lo stivale. La luce del sole fuori le ferì gli occhi. Tutt'intorno alla montagna da cui erano emersi s'allargavano frutteti di mele e di ciliegie, una tempesta di petali bianchi e rosati. Le rondini volavano alte su campi verdeggianti e macchie di meloni punteggiati d'oro. Non aveva mai visto una giornata d'aprile più dolce di quella.

Spinse l'anello di Malva dentro la scollatura del vestito. «Amore mio, amore mio» sussurrò dentro di lei una voce che sembrava provenire da un sogno. Chissà, pensò, se qualcuno fosse venuto in quelle caverne fra cento anni forse avrebbe udito ancora l'eco di quelle parole.

❃ ❃ ❃

Mentre s'avvicinavano a Salerno la campagna cominciò a mostrare i segni della guerra che la devastava. Interi villaggi erano rimasti spopolati; le rovine di castelli dati alle fiamme erano coperti di erbacce, diventando tane di vipere. Lungo la strada camminavano file di profughi stremati dalla malattia e dalla fame; le donne andavano in cerca di erbe selvatiche e i bambini di lumache. Dagli alberi o da forche erette sulle mura delle città pendevano cadaveri di giustiziati. Era stata la Campania Felix dei Romani, la terra che aveva inventato le campane; ora tutta la sua gaiezza era stata spazzata via da una marea di dolore.

«Amore mio, amore mio» udiva ancora Kallyna dentro di sé. Il battito del cuore di Dalibor sembrava risuonare più forte mentre si spingeva verso di lui fra la devastazione. A volte fantasticava che lui le era alle spalle sulla sella. Al tramonto i tronconi di un acquedotto in rovina indicarono loro la strada per Eboli.

«Voglio comprare un cero pasquale per la tomba dei signori d'Hancourt a Salerno» disse Kallyna. Si torse le mani, guardando Mansur di sfuggita. «Vi prego, ditemi cosa state pensando» mormorò.

Lo sguardo di Mansur si perse per un attimo nel nulla. «Penso che siamo vivi. Penso che Dio sa quello che fa. Non rattristarti.»

Lei gli sorrise, grata di quella sua improvvisa tenerezza. Mansur non ricambiò il sorriso. «Penso che ti troverò una serva che si prenda cura della conversazione» aggiunse.

«Quant'è lontana Amalfi da Salerno?»

«Forse quattr'ore, la strada è tortuosa. Amalfi» disse poi con un tono affettuoso che la stupì. «Una città così bella… Dicono che quando gli abitanti vanno in paradiso non se ne accorgono neanche.»

Kallyna sgranò gli occhi per la meraviglia. «Davvero? Andrete a cercarlo lì, vero? Potrebbe essere assieme al principe.»

Mansur fece cenno di sì. Tolse dalla fascia il salvacondotto recante non solo il sigillo dei d'Hancourt ma anche quello di Ruggero stesso. Aspettarono di essere lasciati entrare in Eboli, assieme a soldati e a contadini con i loro asini.

«Non so cosa Donna Malva vi abbia detto di me» prese a dire Kallyna esitando. «Ci sono alcuni fatti che riguardano il signore d'Hancourt e altri...»

«So quanto mi è sufficiente sapere» la interruppe pacatamente Mansur. «Non temere. Siamo sempre riusciti a tenere Falco da Torre a distanza.»

Kallyna tirò dentro il fiato. «Da quanto tempo lo conoscete?»

«Quasi cinque anni» rispose Mansur contando le monete per il pedaggio. «È molto deplorevole che il giovane principe gli sia tanto affezionato. I giochi di potere che amano entrambi sono spesso molto spiacevoli. Il mio padrone ha sempre avuto la saggezza di evitarli, ma in guerra non sarà facile.»

Le guardie presero le monete del pedaggio. Fecero leggere il salvacondotto al sergente e li fecero passare, mentre altre guardie litigavano con viaggiatori che non avevano permesso d'entrare.

«Rimanete con me per un po'» disse Kallyna dopo che ebbero pagato il locandiere. «Manca ancora al coprifuoco, vorrei andare in chiesa.» Mansur la seguì. Eboli era desolata. Molte delle case erano scavate nella roccia, caverne più che abitazioni, in cui vivevano intere famiglie. Il sagrato della chiesa brulicava di mendicanti. Kallyna diede una moneta a quello che le era più vicino, solo per farsi insultare da tutti gli altri.

La chiesa era quasi vuota. «C'è una moschea a Salerno?» domandò Kallyna sottovoce mentre si sedeva.

«Sì. Ce n'è una anche ad Amalfi. Ero marinaio, una volta. Conosco le coste dell'Italia e di molte altre terre.»

«Vi rattrista non essere più marinaio?»

Mansur non la guardò. Lei pensò che non avrebbe risposto a una domanda così sottile. «Sì, mi rattrista» disse poi lui semplicemente.

Kallyna si coprì la testa con lo scialle. «Se non volete stare in una chiesa cristiana potete andare» disse quietamente.

Mansur incrociò le mani dietro la schiena. «Se non ti dispiace che io stia in una chiesa cristiana, rimarrò.»

Lei fece scorrere lo sguardo sulle icone dorate poste sul muro dietro l'altare. «Finora sono stata una ben misera padrona. Prego Dio che un giorno potrò ricompensarvi come meritate.»

«Ne sono più che certo» rispose Mansur.

❋   ❋   ❋

La notte in cui Kallyna e Mansur dormirono a Eboli, sulla pianura a nord di Napoli cadeva una pioggia fitta che aveva spento tutti i fuochi dei bivacchi nell'accampamento normanno. La pianura era spoglia e sabbiosa, l'ultimo lembo di spiagge lontane. Tende fatte di tela grezza indurite con la pece erano disposte in lunghe file basse, protette da macchine d'assedio. Si sentiva uno scalpicciare di piedi e di zoccoli di cavallo, voci che gemevano e pregavano. L'accampamento era un luogo disprezzato dal sonno.

Sotto una delle macchine d'assedio vi era un fascio di torce riparate da scudi sovrapposti. Con la sua luce fioca illuminava una tenda più alta e più ampia delle altre, verso la quale camminava un gruppetto d'uomini, trascinandosi pesantemente nel fango.

Nudo fino alla cintola piuttosto che portare addosso abiti zuppi di pioggia, Geoffroi de Vire sollevò il drappo e vi fece entrare un uomo basso e tarchiato. Lo seguiva un ragazzo che reggeva un bacile di rame, un coltello e una sega. I tre andarono a fermarsi accanto a una delle due brande e allo sgabello che erano tutto il mobilio della tenda.

«La prossima volta che decidi di farti sbalzare di sella prova a cadere sul lato morbido» borbottò Geoffroi. Dalibor, steso sulla branda con gli occhi chiusi, non rispose.

L'uomo tenne alzata una delle torce e ordinò al ragazzo di posare i suoi strumenti. Geoffroi occhieggiò i lunghi denti aguzzi della sega. Poi l'uomo cominciò a palpare attentamente la coscia e il fianco sinistro del paziente. Le mascelle di Dalibor erano lucide di sudore e ombreggiate dalla barba che non rasava da tempo. Il suo corpo s'inarcò di dolore quando le dita dell'uomo arrivarono alla cavità del femore. La carne tutt'intorno era gonfia e livida, e la pelle era stata bruciata dalla cotta nella caduta.

Dalla fronte stempiata dell'uomo gocce di pioggia cadevano sul cuoio consumato della branda. «Hmm. Avete chiamato la persona sbagliata, signorie. Io le ossa le sego, non le riaggiusto. Qui servono solo due buone braccia per raddrizzare il femore» guardò il corpo nudo di Dalibor «e altre quattro per tener fermo questo giovane ben piantato».

Dalibor scosse la testa. «Fallo tu, adesso. Sono rimasto steso sulla schiena fin troppo.»

L'uomo guardò Geoffroi come a chiedergli se era d'accordo. Geoffroi fece cenno di sì, poi immobilizzò le braccia di Dalibor sotto le proprie. «A tenerlo fermo basto io» disse.

«Allora si fa?» chiese l'uomo.

«Quante volte lo devo dire?» ringhiò Dalibor.

«Come volete.» Piantò i piedi ben divaricati. Toccò la gamba dappertutto, cercando la presa migliore, poi afferrò il femore fra le mani appena sopra il ginocchio.

«Gridate, se aiuta».

Geoffroi fece una smorfia. «Fiato sprecato. Non farebbe mai una cosa così poco elegante.»

«Sono pronto. Ora vado.» Diede alla gamba un unico strattone, forte e preciso. Con un lieve rumore l'osso tornò di colpo nella cavità. Dalibor urlò con quanto fiato aveva, facendo spaventare i cavalli davanti alla tenda, mentre Geoffroi scoppiava in una risata di sollievo.

L'uomo si raddrizzò, asciugandosi la pioggia sul collo. «Adesso come vi sentite, signoria?» domandò servendosi da un boccale di vino messo sullo sgabello accanto alla branda.

Per tutta risposta Dalibor estrasse il braccio destro dalle grinfie di Geoffroi e glielo mostrò. Nella carne dell'avambraccio c'era uno squarcio orlato di rosso.

«Fa' qualcosa anche per questo.»

L'uomo osservò la ferita. «Ah, le labbra di dama. Quelle hanno bisogno solo d'essere cauterizzate. C'è già un po' di pus, avreste dovuto farlo prima.»

«Tante cose avrei dovuto fare prima» disse Dalibor con voce strozzata. «Nascere, per esempio… Mille anni fa, quando non c'erano napoletani sulla terra.»

L'uomo lo ammonì con l'indice, come rimproverando un bambino cattivello.

«Ah signoria, allora di noi napoletani sapete poco. Noi eravamo sulla terra molto prima d'allora. Noi siamo vecchi come Dio.»

Geoffroi s'alzò dalla branda e lasciò che l'uomo si sedesse accanto al suo paziente. «Digli un'altra volta di gridare» borbottò. «Così stavolta non lo fa, tanto per spirito di contraddizione.»

L'uomo mise la lama rovente di piatto nella ferita e ve la tenne per il tempo necessario. Dalibor si lasciò sfuggire solo un rantolo, poi lentamente riaprì il pugno.

«Ecco fatto» annunciò l'uomo. «Tutto rattoppato, almeno fino a domattina. Sapete, signorie, voi siete fortunati. Solo stanotte mi pagano per segare quattro gambe e quasi il doppio di braccia.» Scosse la testa. «Brutta puttana la guerra.» Si alzò e fece un inchino prima di uscire. «Dormite bene, signorie.» Mentre usciva lo sentirono canticchiare una canzone.

La pioggia continuava a cadere. Dalibor cercava di assopirsi; Geoffroi stava seduto sull'altra branda, grattandosi dappertutto. Poi Dalibor allungò la mano verso il suo mantello. Geoffroi andò a prenderlo e glielo stese sopra. «Ti serve un goccio di vino» disse. Dalibor ne bevve un paio di sorsi e gli restituì il boccale. Il puzzo di carne bruciata persisteva nell'aria umida della tenda. Fuori si sentì un urlo che era come una lancia che si conficcava vibrando in uno scudo. Dalibor rabbrividì dalla testa ai piedi.

«Gesù che mal di pancia» si lamentò Geoffroi passandosi le dita fra i capelli. «Giuro che domani li impicco se non trovano del cibo decente. Prima però faccio loro mangiare il cibo che abbiamo, coi vermi e tutto.»

«La strada per Aversa» disse Dalibor.

«Che?»

«La strada per Aversa. Dobbiamo lasciare un paio di centinaia d'uomini lungo il valico, altrimenti c'incastrano. Tu che dici?»

Geoffroi rimase a lungo in silenzio prima di rispondere. «Io dico che Guglielmo Altavilla, da quel degenerato che è, dovrebbe portare le brache con le stringhe legate di dietro! La guerra è anche sua, ma lui se ne sta al calduccio ad Amalfi con quel suo maledetto amante....» Lì aggiunse un'oscenità.

Dalibor agitò verso di lui il braccio sano. «Sta' zitto. Per l'amor di Dio, sta' zitto!» Un silenzio affannoso riempì la tenda. Il respiro di Dalibor era come un singhiozzo. «All'inferno la lealtà. All'inferno ogni cosa. Voglio solo lasciare tutto questo al diavolo. È di competenza sua.»

Geoffroi fece un sorriso tetro e maligno. «Adesso l'hai capito, dolce signore. Adesso siamo giunti all'ultima lezione d'arte bellica, quella che i nostri savi maestri non si sono mai presi la briga d'insegnarci.»

Dalibor cercò di spostarsi sulla branda: la pioggia gocciolava dal tetto della tenda. «Lasciami in pace, filosofo da convento.»

Ma Geoffroi aveva gli occhi aperti nel buio come un cieco. «Cos'avevamo pensato che fosse la guerra?» si chiese. «La grande avventura che i poeti di corte inventano nelle loro canzoni di gesta, il sogno di vassalli di campagna che passano la vita in poltrona, di donne che si annoiano a morte come un branco di gatte…»

La sua voce e quella della pioggia si mescolarono in un suono cattivo. «Eccola cos'è. La paura che ti martella giorno e notte, e il cibo coi vermi, e la dissenteria che ti succhia la vita dalle budella… Poca poesia, vero?»

Dalibor trasalì. Si passò la mano sul fianco, dove il dolore pulsava duro e forte quanto lo era lui. «Per l'amor di Dio sta' zitto» lo supplicò. «Voglio dormire.»

«Pensa a qualcosa di bello. Male non fa.»

«Kallyna.»

La pioggia ora cadeva ancora più fitta. Geoffroi incrociò le braccia sotto la testa.

«Chissà cosa sta facendo» disse Dalibor.

«Allatta il suo settimo bambino e lava le mutande al marito. Grassa.»

Dalla gola di Dalibor uscì un suono d'odio. «T'ammazzo, per l'Altissimo. Uno di questi giorni t'ammazzo.»

Geoffroi aveva cominciato a russare.

«Avrebbe potuto essere una principessa, tanto era fine» Dalibor mormorò fra sé. «Io quasi… Quante sciocche promesse.»

"Dormi».

«Solo un imbecille come me poteva mai essere innamorato e non accorgersene nemmeno.»

«Dormi» ripeté Geoffroi.

PARTE TERZA

XVIII

S ULLA STRADA PER SALERNO KALLYNA COMINCIÒ A CANTARE SOTTOVOCE
FRA SÉ. Aveva persuaso Mansur a mangiare mentre cavalcavano, per
risparmiare tempo. Passarono in mezzo ad ampie scacchiere di campi verdi e
bruni dove i contadini spingevano i loro lenti buoi dalle corna simili a
mezzelune argentate. L'orizzonte si riempì di nuvolette bianche, e riapparve il
mare; infine Salerno si levò alla vista come una nave, bianca come la lunga
spiaggia che si estendeva davanti ad essa. Ogni altra cosa era blu—mare,
montagne, cielo.

Al ponte sull'Irno si fermarono a guardare la tanto attesa destinazione.
Lungo la foce del fiume erano stese ad asciugare lunghe strisce di stoffa
appena tinte, colorate di giallo e di viola. Sulle sponde ghiaiose decine di
ragazzi seminudi sguazzavano ridendo nell'acqua.

«Settecento miglia» mormorò Mansur.

«Lei sa che siamo qui» gli fece eco Kallyna, pensando a Malva.

Ancora una volta il salvacondotto li lasciò entrare. La città brulicava di
profughi. Gli stretti vicoli erano affollati di gente vestita di stracci, quasi tutti

vecchi o molto giovani. Dormivano sotto gli archi dell'acquedotto, sui sagrati delle chiese; accendevano falò di stoppia in mezzo alle rovine dell'antica porta longobarda. Nell'aria c'era puzzo di grasso di maiale fritto e di muffa che ricopriva i muri di palazzi abbandonati invasi dai topi.

S'avviarono verso Via dei Mercanti. Ai lati della via, stretta e tortuosa, s'aprivano file di negozi, alcuni minuscoli e alcuni sotterranei. Si vedeva gente d'ogni razza. All'ombra di un portico commercianti arabi sedevano a gambe incrociate su tappeti stesi per terra, sorseggiando tè alla menta; mercanti veneziani si portavano dietro schiavi di ogni colore; pellegrini armeni tornati dalla Terra Santa sfoggiavano con orgoglio le rosee conchiglie a pettine del Mar Rosso attaccate ai mantelli. Il rumore era incessante. In Piazza Portanova marinai si accalcavano attorno a un combattimento di galli, e le bestemmie volavano assieme alle piume dei due avversari.

Fermarono i cavalli davanti alla cattedrale. Mansur legò le redini attorno al collo di uno dei due leoni di pietra accucciati ai lati della scalinata. Si mise in spalla i fagotti e la condusse nel vasto cortile rinchiuso da archi smerlati simili a quelli d'una moschea. La fontana al centro aveva la forma di una palma da datteri, con l'acqua che zampillava dalla cima del tronco scolpito.

S'attardarono per un po' sotto un cielo che sembrava aspettare il tramonto come si aspetta l'ultimo verso di una poesia d'amore. Tre uomini anziani in lunghe vesti bianche passarono accanto, conversando con gravità fra di loro; uno portava lo zucchetto e lo scialle da preghiera. Mansur li salutò chinando il capo con profondo rispetto: erano dottori della Scuola Medica, il dono di secoli passati che i normanni avevano riportato alla fama d'un tempo.

«Entriamo» disse Kallyna, sapendo che nella cattedrale c'era chi li attendeva.

Le enormi porte di bronzo fuse a Costantinopoli segnavano il confine tra il dolce crepuscolo fuori e un immenso scrigno di ombre dorate. I mosaici si levavano alti verso la volta, e il candelabro pasquale era come il tronco d'un bianco albero di marmo. «La tomba dei signori d'Hancourt è nella cappella dei crociati» disse Mansur.

Il crocifisso ligneo all'entrata della cappella era della grandezza di un uomo e avvolto di crespo nero per la quaresima. Sul volto di Gesù l'agonia era tale che sembrava vedere carne viva inchiodata a una croce; lo scultore doveva avere preso a modello il cadavere d'un condannato giustiziato nella pubblica piazza.

Alla luce delle candele la cappella rassomigliava più a un'armeria. Tuniche e mantelli, alcuni ancora macchiati di sangue, erano appesi tutt'intorno alle pareti assieme a spade, scudi e lance. Lì le armi venivano benedette prima di ogni crociata; nel silenzio si poteva quasi udire il clamore di uomini che andavano alla guerra. Mansur le indicò la tomba dei d'Hancourt, sotto un'alta vetrata.

Kallyna rabbrividì. Le immagini scolpite di Godfrey e Malva d'Hancourt giacevano fianco a fianco sul coperchio di marmo del sarcofago, con gli occhi chiusi e i piedi poggiati accanto a due cagnolini, simbolo di fedeltà. Malva era come lei l'aveva vista ad Aieta per l'ultima volta; nei lineamenti di Godfrey cercò quelli di Dalibor. La donna era delicata nel suo velo, l'uomo rigido nella sua armatura.

Toccò la fronte delle due statue e si portò le dita alle labbra. «Domani verremo a portare il cero pasquale» disse, e in tutta quella città sconosciuta le parve d'avere due buoni amici che vegliavano su di lei.

❋   ❋   ❋

La locanda dell'Orso si trovava in un vicolo che faceva angolo con Via dei Mercanti. Era un lungo casone imbiancato a calce, con una stalla da un lato e un orto sul retro. Le finestre erano sbarrate come quelle di una prigione. Era l'unica locanda che offriva il lusso, quasi impensabile, che cercavano Mansur e Kallyna: una camera singola. Anzi, come scoprirono presto, era quasi vuota per via dei prezzi alti.

Il vero motivo per cui era quasi vuota, pensò Kallyna, dovevano essere i proprietari. Landolfo dell'Orso era un uomo basso e tarchiato, con una pancia prominente e la carnagione smorta; sua moglie Marotta aveva gli occhi di una volpe famelica. Il passatempo preferito di lui sembrava fosse contare denaro; quello di lei, scacciare con la stessa ferocia i bambini e i gatti randagi che si aggiravano attorno alla locanda in cerca di avanzi. Entrambi erano occupati ai propri svaghi quando Kallyna e Mansur smontarono sotto la rozza insegna decorata con la figura di un orso nero.

Landolfo mise subito l'abaco da parte e Marotta si fece avanti brandendo la scopa. «Ben arrivati» disse la donna, ma rimanendo a distanza per poter giudicare a colpo d'occhio di quali mezzi e quale condizione fossero gli ospiti. Non fu soddisfatta, perché non s'avvicinò e non si prese il disturbo di aiutarli con il fagotto; fece loro solo cenno di entrare.

Il pianterreno della locanda somigliava a quello di una masseria. Coperte appese alle travi ne separavano la metà dalla cucina. Al centro c'era una stretta rampa di scale di legno che portava al piano di sopra. Dal tramezzo fecero capolino due uomini dai capelli rossi.

«Mercanti di rame fiamminghi» sussurrò Landolfo con aria compiaciuta. «Allora, in cosa possiamo servirvi, signoria?»

Mansur appoggiò il fagotto sulla tavola. «Una camera singola per me e mia figlia.»

Marotta occhieggiò lui e Kallyna con maggiore attenzione. «Una camera singola, eh? Costa due tarì al giorno, una camera singola.»

Rimase in attesa; quando vide che Mansur metteva mano al borsellino si agitò tutta contenta. Era chiaro che aveva giudicato male i nuovi arrivati, se erano disposti a pagare senza batter ciglio. La sua voce si fece tutta premurosa. «Ma è una bella camera, sapete. Una bella camera per voi e la vostra cara padroncina.» Le catenelle d'oro falso che portava sotto lo scialle rosso tintinnavano sui suoi seni cascanti. Si rivolse al marito. «Landolfo, aiuta Sua Eccellenza con i bagagli.»

Il letto nella camera era matrimoniale; il resto del mobilio consisteva in un tavolino e due sedie. Mentre entravano si udì il suono del coprifuoco oltre il vicolo cieco su cui si affacciava la finestrella.

«Eccola» disse orgoglioso Landolfo. «Nella Locanda dell'Orso non troverete cimici, signoria. Voi e vostra figlia dormirete in pace.»

Kallyna diede un'occhiata a Mansur, che non la ricambiò. «Vi prendo in parola» disse senza espressione, porgendo a Landolfo due tarì.

«Certamente avrete fame» disse Marotta. «La cena sarà pronta fra poco. Abbiamo una minestra d'orzo che neanche il Papa l'ha mai assaggiata.» Poi uscì assieme al marito.

Mansur mise il paletto alla porta. Si tolse la fascia che portava attorno alla vita e strappò un lembo della fodera. «Ti lascio il denaro. Portalo sempre addosso, naturalmente. Io avrò bisogno solo di qualche dinar... e di questo» aggiunse, toccando il pugnale.

«Quanto tempo sarete via?»

«Cinque giorni, non oltre. Trovati qualcosa da fare... Meno esci da questa stanza e meglio è.»

Lei fece cenno di sì con aria riluttante. «D'accordo. E se non è ad Amalfi?»

«Tornerò e decideremo assieme cosa fare.» Le porse il fazzoletto annodato. «Se non sarò di ritorno entro una settimana la cosa migliore è che tu torni a casa. C'è una carovana del sale che parte da Salerno il lunedì seguente alla Domenica delle Palme.»

Lei guardava la vecchia coperta macchiata stesa sul letto. «Spero di non doverlo fare» mormorò.

«Lo spero anch'io. Tornerò in ogni caso, per vedere se sei ancora qui.» Andò ad aprire la porta. «Ti aspetto di sotto.»

Kallyna spinse i fagotti sotto il letto. Si legò il fazzoletto arrotolato attorno alla coscia, nascondendolo sotto le gonne come una giarrettiera. Prima di uscire andò ad aprire la finestra. Da dietro le sbarre di ferro battuto vide che il vicolo faceva da casa a una famigliola di profughi. Una ragazza sedeva sugli scalini di una porta tenendo al seno un neonato – più per tenerlo quieto che per nutrirlo, perché era troppo scarna per avere abbastanza latte. Un vecchio si aggirava attorno al braciere ammaccato che li riscaldava di notte e all'unica pentola affumicata da cui mangiavano. Un ragazzo di circa dodici anni si teneva stretto a lui, con gli occhi pieni di fame. Kallyna si sentì stringere il cuore; scese di sotto con un nodo alla gola.

Landolfo stava servendo la minestra. I due mercanti fiamminghi sedevano accanto al camino mangiando rumorosamente. Si sedette alla tavola dov'era Mansur, e s'accorse che anche lui stava guardando in direzione del vicolo.

«Avete già pagato la cena?» gli chiese. Lui fece segno di sì.

All'improvviso il ragazzo si fece coraggio e salì i gradini con la mano tesa.

Landolfo chiamò la moglie. «Marotta, manda via quel rognoso.»

Marotta prese il coltello da cucina e si girò furiosa verso la porta. Kallyna la fermò. «Lasciatelo stare» le ordinò. «Chiede solo la carità, e qui c'è da mangiare per una dozzina di persone.»

Marotta storse la bocca. «Cara padrona, se dessimo da mangiare a tutti i mendicanti che vengono alla nostra porta rimarremmo senza le brache!»

Kallyna indicò le due ciotole di minestra, le due fette di pane e i due pezzi di formaggio sulla sua tavola. «Dategli quello che abbiamo già pagato».

Marotta si sbiancò dalla rabbia. Sbatté il coltello sulla tavola. «I soldi vostri li spendete come vi pare, no?»

Il ragazzo entrò correndo, afferrò il pane e il formaggio e uscì correndo. Poi tornò per prendersi le due ciotole di minestra, attento a non versarne una sola goccia. «Riportami le ciotole!» gli gridò dietro Marotta chiudendo il portone.

Kallyna e Mansur pagarono un'altra cena; la consumarono senza molto parlare, poi lui andò a comprare il cero pasquale. Rimase ad aspettarlo seduta alla finestra, guardando inosservata la famigliola di profughi con timida curiosità nata dalla compassione. Mansur tornò con un bellissimo cero tutto lavorato a volute e avvolto nella paglia. Era ora di parlargli della questione del letto. Ma prima che lei dicesse qualcosa Mansur srotolò il suo tappeto da preghiera e lo stese a terra nell'angolo della stanza più lontano dal letto. Le sorrise prima di sdraiarsi con il viso rivolto verso il muro.

«Dormi bene, figlia.»

Kallyna gli ricambiò il sorriso. «Anche voi, padre.» Soffiò sulla candela. Il bambino nel vicolo pianse a lungo nella notte.

✳   ✳   ✳

Mentre andavano alla cattedrale Kallyna vide per strada il ragazzo del vicolo assieme al vecchio. Il vecchio camminava con gli occhi chiusi, tastando il suolo con un bastone, mentre il ragazzo lo conduceva per mano e chiedeva la carità. Il ragazzo distolse gli occhi quando li vide, perché lei sapeva che il vecchio non era cieco. Ma Kallyna li guardò senza condanna, pensando che erano stati loro ad essere truffati, non i passanti che porgevano loro le poche monete.

Un diacono pose il cero pasquale accanto alla tomba dei d'Hancourt e indicò la scala che portava al sepolcro di Papa Gregorio. Una folla di fedeli era stipata nell'angusta cripta adorna di ex-voto d'oro e d'argento. Le donne piangevano e pregavano, invocando il santo con nomignoli affettuosi e rivolgendosi alla sua icona come a carne viva. Nell'aria stantìa che odorava d'incenso era tutto un agitarsi di mani e di bocche.

Kallyna si fece largo fino alle sbarre di ferro, toccò la ruvida pietra del sepolcro e dentro di sé pronunciò il nome di tutte le persone che le erano care. Mansur aspettava a pochi passi da lei; poi la riaccompagnò al cortile. Sotto le arcate s'affollavano altri pellegrini giunti per la settimana santa, i malati stesi su barelle o seduti per terra e appoggiati al muro.

Andarono a fermarsi accanto alla fontana. «Devo andare» disse Mansur, alto accanto a lei.

Kallyna era atterrita, ma non voleva che lui lo vedesse. «D'accordo» rispose, giocherellando con l'acqua. «Pregherò per voi. Vi aspetterò.»

Mansur prese le sue mani fra le proprie. «Se non potrò tornare, perdonami adesso. Sai che non lascerò nulla d'intentato. »

Lei sorrise, facendo cenno di sì. «Lo so. Avete coraggio. Ho bisogno di voi.»

Mansur si portò le mani di lei alle labbra. Le diceva addio con tenerezza e devozione, come avrebbe fatto con Malva d'Hancourt. Ora non la serviva più solo per obbedire alla sua nobile padrona. Lei lo seguì in strada.

«Torna alla locanda, e se vuoi uscire, vedi se qualcuno può accompagnarti, forse la moglie del locandiere. »

«Quell'arpia» lo interruppe lei.

«Meglio che essere sola. Devo essere di ritorno per la Domenica delle Palme. Non aspettare un'ora più di tanto. In un modo o nell'altro Dio mi ricondurrà a te.» Montò a cavallo e s'allontanò verso la porta delle mura.

Lei lo seguì con lo sguardo fino a che non scomparve; poi si rimise il mantello e s'avviò lungo Via dei Mercanti. Non ricordava quando era mai stata così sola. Il pensiero di quella stanzetta sudicia dove sarebbe rimasta prigioniera per chissà quanti giorni la riempiva d'angoscia. Ognuno di quegli estranei che la guardava sembrava un ladro. Ora anche lei non era che una profuga.

Alcuni marinai che bighellonavano davanti alla porta di un bordello alzarono la voce mentre passava; lei quasi fuggì via. Davanti alla locanda vide il ragazzo, che era tornato a restituire le ciotole della minestra. Le corse accanto e le prese la manica. «Padrona, ci date da mangiare anche oggi?»

Kallyna sorrise mestamente. «Non sono la regina… Non avete proprio nulla? Ho visto che chiedevi l'elemosina.»

Il ragazzo si guardò i piedi nudi e sporchi. «Con tre di noi, padrona, e pure il bambino…»

Lei prese le scodelle, nelle quali non rimaneva traccia d'unto. «Come ti chiami?»

«Maso. Vostro padre è partito?»

«Sì… sì, è partito.» Si sedettero assieme sugli scalini. «Senti» disse Kallyna «se mi accompagni quando devo uscire dalla locanda ti do' una moneta ogni volta che vieni.»

Maso s'asciugò il naso con il dorso della mano, guardandola con diffidenza.

«Solo per venire con voi?»

«Solo per quello.»

Maso fece cenno di sì, ma ancora poco convinto. «D'accordo, padrona.»

Dal vicolo si sentì la voce del vecchio che lo chiamava; balzò in piedi e corse via. Kallyna entrò nella locanda.

«Figlia un corno» stava dicendo Marotta, occupata a fare il sapone di liscivia. «Ma non lo vedi che è puttana? Trattata coi guanti, eh, riverita e tutto.»

«Santa Madonna, vuoi chiudere il becco?» ribatteva Landolfo. «Smettila di curiosare sennò ci mette nei guai.»

«D'accordo, d'accordo.»

Kallyna udì solo quelle due ultime parole mentre entrava e poi lasciava le due scodelle sulla tavola. Salì nella sua camera, chiuse a chiave la porta e rimase stesa sul letto fino a che non ebbe pensato tutto ciò che aveva da pensare, sperato tutto ciò che aveva da sperare e temuto tutto ciò che aveva da temere. Doveva trovarsi qualcosa da fare.

Quando scese per il pranzo chiese a Marotta se conosceva persone che avessero bisogno di qualcuno che sapesse tessere o cucire. Marotta le rispose di no. Il pomeriggio fu interminabilmente uggioso. Non sapendo in che altro modo trascorrere il tempo, cominciò a copiare su un pezzo di pergamena le lettere sbiadite dell'alfabeto che le aveva scritto Mansur. Dalla porta accostata Marotta fece capolino con aria sospettosa, poi tornò in cucina asciugandosi le mani screpolate sul grembiule.

«E anche puttana letterata!» borbottò fra sé.

Dal vicolo si sentì il vecchio che imprecava e il bambino che riprendeva a piangere. I suoni della loro sofferenza erano diventati i compagni inseparabili di Kallyna. Maso alzò il viso verso di lei e la chiamò. «Padrona, non venite a vedere i vattienti?»

«Chi?» Maso era già scomparso.

Marotta, Landolfo e i due mercanti fiamminghi erano sul ballatoio esterno. Per la strada veniva lenta una processione di uomini d'ogni età, scalzi e vestiti solo di una striscia di tela di sacco. Portavano spazzole armate di chiodi invece che di setole, e con quelle si colpivano avanzando all'unisono. Fiori di sangue comparivano sulla loro pelle a ogni colpo, mentre i penitenti sembravano gareggiare fra loro per le percosse più dure. Le donne li incitavano con un raccapricciante ululato; alcune si gettavano su di loro per baciare le ferite.

Kallyna si sentì gelare il sangue. S'accorse che uno dei mercanti aveva girato le spalle e quasi vomitava. Il suo compagno borbottò a dentri stretti qualcosa d'incomprensibile in tono di disprezzo.

Lesto come uno scoiattolo, Maso le venne accanto e le tirò l'orlo del vestito. Marotta gli rivolse uno sguardo pieno d'odio. «Sempre fra i piedi… Se ti pesco a rubare!» Per fortuna Landolfo la chiamò dentro.

«Padrona, il bambino sta morendo» disse Maso. «Mia sorella dice che ha bisogno del latte.»

«Ti porgerò una moneta dalla finestra» rispose Kallyna. Sorrise triste. «Ricorda però che adesso sei in debito. Domani voglio andare in chiesa.» Maso stava già saltellando via sui piedi callosi.

Quando s'affacciò alla finestra per porgere la moneta la ragazza la guardò appena. «Per il bambino» le disse.

La ragazza si chinò a raccogliere la moneta. Per terra, accanto al braciere, c'era un fagottino immobile e silenzioso. «È morto» disse.

❋   ❋   ❋

La ragazza spese la moneta per comprare una scatola di legno nella quale depose il bambino avvolto nel suo scialle. La mattina seguente i becchini vennero a portarlo via senza una parola.

Kallyna rimase tutto il giorno a copiare lettere dell'alfabeto fino a che non fu in grado di scribacchiarle da sola. Mansur aveva scritto il nome di lei in un angolo del vecchio rotolo di pergamena. Lo scrisse e lo riscrisse, infine stracciò il vecchio rotolo per non sbirciarci più.

Maso era un compagno di cui si poteva fidare. Una volta però lo vide che rubava una manciata di ciliegie dal cesto di un fruttivendolo. «Padrona, mi dispiace» si scusò. «Volevo solo vedere di cosa sanno queste cosette rosse.»

Più s'avvicinava la Domenica delle Palme e più aumentava la sua angoscia. Un giorno andò da una donna che vendeva candele accanto alla porta della cattedrale e le chiese dove si potevano avere notizie da Amalfi o da Napoli. La donna rispose che c'era una caserma di normanni in Piazza Portanova, ma Kallyna non ebbe il coraggio d'andarci. Di notte veniva tenuta sveglia dai suoi pensieri e da Landolfo e Marotta che litigavano nella stanza accanto. Spesso l'oste s'ubriacava, insultava oscenamente la moglie e la picchiava. Marotta urlava e rompeva quello che trovava sottomano.

I due mercanti fiamminghi partirono, conclusi gli affari. Altri viaggiatori andavano e venivano. Kallyna consumò un altro pezzo di pergamena con i suoi maldestri tentativi di scrivere il nome di Dalibor, poi bruciò la pergamena. Cominciò a copiare dal libro delle preghiere di Malva le parole che aveva veduto più spesso sui muri delle chiese, parole di cui conosceva il suono e il significato. In quel modo imparò a scrivere il nome di Dio, della Vergine Maria, di Gesù e dei quattro Evangelisti. Seduta nella cattedrale studiava i lunghi nastri delle iscrizioni attorno ai mosaici, e tornata alla locanda li tracciava come meglio poteva.

Marotta andava a curiosare nella camera quando lei non c'era, ma trovò solo vestiti. Era convinta che con tutto quel suo scrivere Kallyna tramava qualcosa di brutto. Disse al marito che era meglio chiamare le guardie e sbarazzarsi di lei. E poi, insisteva, dove diavolo se n'era andato quel levantino? Senza dubbio a cercare clienti per la sua puttana di lusso; ma se Marotta dell'Orso avesse voluto diventare tenutaria d'un bordello lo avrebbe già fatto da molto, e sarebbe stato un mestiere ben più redditizio.

Con ogni nuova ondata di profughi arrivavano notizie. Da quanto Kallyna riusciva ad apprendere, i tedeschi erano in marcia verso Napoli e i normanni erano pronti a fermarli al confine; intanto a Roma i due papi erano ai ferri corti, ognuno appoggiato da fazioni opposte sul pulpito e sul campo di battaglia. L'Italia risuonava dovunque di guerra, come aveva fatto e avrebbe fatto ancora per gran parte della sua storia.

Era Landolfo a portare le notizie quando tornava dal mercato. La vigilia della Domenica delle Palme portò due clienti, marito e moglie che erano appena fuggiti lasciandosi dietro una casa piena di oggetti di valore e una bottega d'armaiolo.

La donna era isterica. «Tutto si sono presi!» gemeva accasciata su una sedia. «Fino all'ultimo cucchiaio!»

L'uomo era quasi in lacrime anche lui. «Prima sono venuti a 'requisire' i miei cavalli e una cotta di maglia che stavo fabbricando per uno dei miei clienti… Poi sono tornati e mi hanno buttato via dalla mia casa e via dalla mia bottega!»

Kallyna era al lavandino di pietra intenta a lavare i suoi panni. Subito prestò attenzione.

Marotta entrò dall'orto. «I normanni, eh? Sempre i normanni» disse piena d'odio feroce. Landolfo le fece cenno di tacere, ma Marotta non gli badò.

«Ecco, padrona, bevete un goccio di vino» disse alla moglie dell'armaiolo. «Dovremmo tenere la bocca chiusa perché è quello che vogliono, ma la verità è che le anime oneste non hanno un attimo di pace con questi maledetti stranieri fra i piedi. Se sapeste le tasse che dobbiamo pagare per questa locanda!»

«Vero, verissimo» annuì l'armaiolo. «Loro fanno le guerre e poi passano il conto a noi.»

Kallyna strofinava i panni sull'asse e ascoltava.

«Però hanno avuto quello che si meritavano, l'hanno avuto e come» disse la moglie dell'armaiolo asciugandosi gli occhi sul velo. «Prego la Madonna che fossero gli stessi che sono venuti a derubarci!»

Landolfo si girò dalla credenza, dove stava appendendo una fila di caciotte. «Perché, cos'è successo?»

«Li hanno fatti a pezzi sulla strada per Aversa una settimana fa» rispose l'armaiolo. «Più di trecento, tutti lasciati a marcire lungo il valico.»

«E uno di loro, un capitano» aggiunse sua moglie «è stato catturato vivo per chiederne il riscatto.»

Kallyna si lasciò sfuggire il sapone. Dovette afferrarsi all'orlo del lavandino con entrambe le mani; poi si ricordò che Dalibor d'Hancourt non era l'unico capitano nell'esercito di Ruggero.

«Avete finito con il bucato?» le domandò Marotta.

Lei cercò a tastoni il sapone nell'acqua schiumosa. «No… non ancora.»

«Guardate che il sapone costa soldi, eh.»

Gli occhi di Kallyna lampeggiarono di furia. «Ve li pagherò. Tutti i vostri santi benedetti soldi.» Marotta s'allontanò coi pugni serrati sotto il grembiule sudicio.

Kallyna prese il cestino del bucato e andò nell'orto a stendere i panni. Si sedette su una panca a rammendare il mantello. Le mani le tremavano; si punse due volte, poi scoppiò in singhiozzi soffocati. L'indomani era la Domenica delle Palme. Non le rimaneva denaro, Mansur non era tornato e forse era morto. Tutto era stato invano, ed ora doveva cercare la carovana del sale che l'avrebbe riportata a casa.

XIV

L'ALBA DELLA DOMENICA DELLE PALME ERA GIÀ CALDA COME QUELLA DI UNA GIORNATA D'ESTATE. I bambini scesero al porto a giocare e a nuotare, tuffandosi fra gli scafi delle galee attraccate al lungo molo di pietra.

Kallyna si svegliò madida di sudore. La sua mente era un turbinare di congetture. S'era dibattuta tutta la notte, non sapendo se fosse meglio ignorare ciò che le aveva detto Mansur e aspettarlo invece qualche giorno ancora. Ciononostante, prima di uscire fece fagotto. Landolfo le disse dove si trovava la casa dei mercanti di sale; aggiunse che sarebbe andato al mercato quel pomeriggio e avrebbe potuto accompagnarla da loro.

Salerno quel giorno era ancora più movimentata del solito. La cattedrale era stipata di gente che sventolava lunghi rami di palme adorni di nastri. Un vescovo in paramenti bianchi le benedisse, con le braccia stese dall'altar maggiore. Le campane suonavano, e un'emozione simile alla gioia sembrò nascondere per qualche ora le miserie di una città troppo vicina alla guerra.

Kallyna faceva fatica a trattenere il pianto. Cercò disperatamente di non pensare a cos'avrebbe fatto quando fosse tornata a casa; il solo pensiero la stordiva di pena. Marotta la vide che tornava alla locanda smunta dall'angoscia, e una volta tanto la trattò più gentilmente, offrendole una ciambella che poi non aggiunse al conto.

Dopo il pranzo che toccò appena, Kallyna risalì nella sua camera a riporre il suo libro di preghiere nel fagotto. Sapeva che Landolfo la stava aspettando per accompagnarla dai mercanti. Si legò il borsellino di camoscio attorno alla vita, mettendovi il denaro con cui li avrebbe pagati. Chiuse la porta e s'avviò verso la scala.

Landolfo doveva aver fatto entrare dei clienti. Sentiva un rumore di stivali sul pavimento della cucina, e la voce del locandiere che li invitava a sedersi. Si raccolse la gonna e mise il piede sul primo scalino.

«Portaci del vino» sentì che diceva uno dei nuovi arrivati.

La voce le parve così familiare che per un attimo pensò fosse Mansur, ma Mansur non beveva. Continuò a scendere, pensando ad altro. Quando fu quasi in fondo alla scala vide i due uomini nella cucina, seduti a una delle tavole. Uno di loro teneva i gomiti poggiati sul ripiano e il viso sulle mani; l'altro era così alto che la sedia sembrava incurvarsi sotto il suo peso. Erano Dalibor e Geoffroi.

Non riuscì a fare un altro passo. Chiedersi per quale sorta di miracolo erano lì significava abusare della misericordia di Dio. Accettò il fatto senza alcun dubbio. Nessuno dei due l'aveva vista. Dalibor teneva gli occhi fissi davanti a sé, assorto in pensieri inquieti. Landolfo passò uno straccio bagnato sulla tavola e mise davanti a loro due boccali di peltro e una caraffa di vino. Dalibor prese uno dei boccali e lo rigirò fra le mani.

Senza fare rumore, supplicando entrambi dentro di sé di non andar via, Kallyna risalì di corsa nella sua stanza e quasi strappò il fagotto nell'aprirlo, cercando l'abito lilla. L'abito sembrava impuntarsi contro di lei e le pianelle di seta le scivolavano dai piedi. Si tenne il borsellino di camoscio di Geoffroi: forse non l'avrebbero riconosciuta. Fece un nodo nella lunga catenella d'oro alla quale portava appeso l'anello di Malva e la girò indietro sulla nuca perché rimanesse nascosto sotto i suoi capelli. Tornò sulla scala quasi inciampando nella fretta.

Dalibor e Geoffroi erano andati via. Folle di panico corse sul ballatoio e si guardò tutt'intorno: dove sarebbe andata a cercarli? Quando stava per voltarsi e tornar dentro Dalibor apparve dal lato della locanda dov'era la stalla, accompagnato da uno dei suoi uomini. S'accorse che era dimagrito, che aveva gli stivali chiazzati di sangue, che portava al fianco una spada nuova e sul braccio una cicatrice nuova. Tremava tutta.

Landolfo sporse la testa dalla porta. «Padrona» chiamò «se volete andare da quei mercanti dovrete affrettarvi.»

«Ho... cambiato idea» le riuscì di dire. «Perdonate.»

Al sentire la sua voce Dalibor alzò lentamente la testa, con la bocca aperta.

«Non solo...» mormorò «adesso vedo anche quello che non c'è».

Salì sugli scalini, zoppicando con la gamba sinistra. Si fermò davanti a lei e allungò cauto la mano per toccarle i capelli. Sul suo viso c'era un'espressione che lei quasi non riusciva a sostenere. Poi la strappò da dov'era e nelle sue braccia. «Fammi vedere... Cuore di Dio, ci sei davvero?»

Il mondo sarebbe potuto essere scomparso, lasciando solo l'asse di legno su cui si trovavano. Tutte le paure di lei, tutti i lunghi giorni e le settimane e i mesi che si era lasciata alle spalle svanirono in un istante.

«Siete vivo, signoria» sussurrò. «È Pasqua e siete vivo.»

Rimasero l'uno nelle braccia dell'altra per lunghi minuti—senza parlare, senza muoversi, solo respirando la loro sbalordita gratitudine.

«In nome del cielo, cosa ci fai qui?» disse poi Dalibor quietamente.

Lei lo guardò con una sicurezza di sé che non aveva mai avuto prima.

«Sono venuta con Mansur.»

La sorpresa di lui si fece ancora più vasta. «Mansur Ibn Hamid? Quel vecchio lupo di mare, davvero? Gesù, aspetta che lo dico a Geoffroi!» La guardava come se volesse baciarle l'orlo del vestito per avergli salvato la vita.

Kallyna stava pensando a Malva. «Vi dirò tutto... Ma sono cattive notizie.»

Lui scosse la testa. «No. Tu sei l'unica buona notizia che io abbia mai avuto in vita mia. Quelle cattive le voglio fuori finché posso.» Il suo volto era scarno; sembrava gli rimanesse solo quel sorriso che portava con sé come una lancia spezzata. Aveva ragione, pensò lei. Le cattive notizie potevano aspettare.

La condusse verso la porta con il braccio stretto forte attorno alle sue spalle come se avesse timore di perderla un'altra volta.

«Dove andiamo?» chiese lei.

Lui dondolò la testa. «Non so...» Poi si fermò per raccoglierla tutta nello sguardo. «Guardati...» mormorò. «Sei così bella. Lo dico davanti a Dio.»

La mise in sella e montò dietro di lei. Insieme si lasciarono alle spalle la tetra locanda, le strade rumorose dove lei non aveva osato avventurarsi, i vicoli sudici pieni di mendicanti e di dolore. Fuori le mura lui trovò campi e frutteti in fiore; non si fermò finché non furono in piena campagna, dove il fiume scorreva e solo gli uccelli sapevano che erano lì.

«Siamo venuti a cercarvi» disse piano Kallyna, come se stesse parlando nel sonno. «Dio è stato buono con me.»

«Amore mio» disse Dalibor, ascoltando le parole che aveva tenuto dentro così a lungo. «Amore mio» ripeté, abbandonandosi al piacere del loro suono. Le accarezzò il volto come un cieco che impara a riconoscere al tatto lineamenti amati. Gli zoccoli del cavallo si fermarono sulla riva del fiume accanto a una lingua di sabbia.

«Ho visto sua signoria de Vire con voi alla locanda» disse Kallyna mentre smontavano.

Dalibor legò la briglia del cavallo a un ramo d'albero. Camminarono verso un'ansa ombreggiata da un boschetto di mirti. Il sole era caldo e luccicava sulla lenta corrente.

«So anche cos'è accaduto sulla strada per Aversa» aggiunse lei.

«È da lì che veniamo. Stiamo dando la caccia ai due bastardi che ci hanno attirato in quell'imboscata. Sappiamo che si sono nascosti a Salerno.»

Si sedettero sulla riva. «Allora dovrei ringraziarli» disse lei con appena l'ombra d'un sorriso. «Sarei partita domani.»

Dalibor non l'ascoltava più. Si stese con lei sulla sponda sabbiosa del fiume. Le sue mani la toccavano febbrilmente, in un modo che quasi non le piaceva. Doveva aver portato un fardello ancora più gravoso del suo; ora si affrettava a riprenderla avido, cercando disperatamente di liberarsi dall'orrore che lo circondava. Lei capì, e si arrese.

«Quanto tempo è passato?» si chiese lui. «Sei mesi, sei anni?... Non ricordo neanche. Ma ti voglio come allora, come sempre.»

Le sue carezze implacabili la spaventavano. I loro vestiti vennero via con un suono di punti strappati; da qualche parte si sarebbero dovuti rammendare, poi. La cintura di seta di Kallyna frusciò come una serpe fra le mani di lui che la guerra aveva reso dure come il cuoio. La premette brutalmente sotto di sé, andando a tastoni maldestro come un neonato sul seno della madre. Il suo respiro divenne un suono aspro e rauco che le riempì le orecchie. Le fece male più della prima volta, la fece gemere di dolore.

Parole senza senso gli uscirono dalla bocca, come asce rotte sporgenti dal suolo devastato di un campo di battaglia. Lo vide aggrottare la fronte, come se il piacere non gli desse l'oblio che cercava ma solo una terribile delusione. Sembrava tormentato da una nemesi. Allora Kallyna s'afferrò a lui, tirandolo più vicino che potesse e abbandonando ogni resistenza finché non sembrò più che stessero lottando l'uno contro l'altra. Diventò nient'altro che la dolcezza che lui cercava con la sua carne e con la sua anima.

Anche così la fine giunse come il termine d'una battaglia. Trasalì come trafitto da una freccia dopo l'altra, poi s'allontanò da lei e giacque a faccia in giù come per nascondersi. Lei rimaneva rigida, senza osare dire una parola o fare un gesto. La bocca e i seni le dolevano. Alzò la mano per toccarlo; in quell'attimo di silenzio l'ultimo respiro affannoso di lui si trasformò in un singhiozzo.

La mano le ricadde sulla bocca. Il sole fece capolino dalle cime degli alberi e gli uccelli cantavano ancora, ma tutto ciò che Kallyna udiva era il dolore senza nome che lo squassava. Mai prima d'allora aveva sentito un uomo piangere. Lo attirò a sé e lo tenne con tutta la sua forza.

«Mi sei così dolce fra le braccia» singhiozzò Dalibor. «Tu non sai, non hai mai visto… Non hai mai visto cosa può fare una spada alla carne di un bambino… o madri di figli piccoli massacrate per niente… per del pane che nascondono, per niente!» Graffiava il suolo dibattendosi furiosamente contro di lei. «Tu sei pulita… Tu sei pulita, amore mio.»

Kallyna gli prese il viso fra le mani. «Per favore... Signoria, per favore.»

La voce di lui divenne un ruggito di rabbia a quella parola che gli ricordava il suo rango e tutto ciò che significava il suo rango.

«Signore di che!» gridò. «Dei corvi, signore dei corvi... A volte anche il vino che bevo sa di sangue e il cibo che mangio di carne putrefatta!» Si strappò da lei e volse le spalle. Rimase a lungo in silenzio.

Kallyna guardava gli alberi sopra di loro. Voleva allungare la mano per prendere il suo vestito, ma il vestito era sotto il mucchio sudicio di quelli di lui. In cima al mucchio c'era la cotta, arrugginita qua e là di sangue, quello di chi la portava e quello dei suoi nemici. Mentre la guardava, la spada posata sulla sabbia balenò torva. Era lunga quasi quanto lei; distolse gli occhi con odio.

Dalibor si girò, ora del tutto svuotato. Si stese vicino a lei mentre le lacrime s'andavano asciugando sul suo viso.

«Mi spiace per come ti ho preso. Più invecchio e peggio divento, non so... Gesù, come un maiale.» Sorrise contrito, prendendola fra le braccia con dolcezza. Quasi senza accorgersene Kallyna allontanò le dita dal suo braccio: la nuova cicatrice era orribile al tatto, più profonda di quella che aveva nel fianco. Il corpo che amava, pensò, deturpato a quel modo.

Lui s'accorse del gesto. «A queste bellezze dovrai farci l'abitudine» scherzò amaramente. «Ci vorrà del tempo prima che io vada in pensione. Madre di Giuda» sospirò. «C'è gente che di mestiere taglia il grano... taglia il legno, il cuoio. Il mio mestiere doveva essere tagliare gente!»

Kallyna guardò il fiume. S'alzò e gli fece cenno di seguirlo nell'acqua. L'acqua era piacevolmente fredda mentre la lasciavano salire fino alle spalle. Dalibor s'inginocchiò sul fondo davanti a lei. Kallyna raccolse una manciata di sabbia fine e con quella cominciò delicatamente a lavarlo. Le sue mani erano incerte; aveva soggezione della forza di lui soprattutto quando era in riposo, raccolta su sé stessa. Il viso di Dalibor si raddolcì in una beatitudine innocente come quella di un bambino. Sotto le mani di lei ogni cosa venne lavata via —la sporcizia, il sangue rappreso, la paura e l'odio, e il fiume portò via tutto. Per pochi attimi perfetti lui non ebbe memoria del passato né terrore del futuro.

Dalibor tuffò la testa nell'acqua e risalì a galla con uno spruzzo.

«Verrà pure il giorno che potrò averti in un letto come tutti gli uomini timorati di Dio» si lamentò.

«Se viviamo a lungo tutti e due» rispose Kallyna facendolo ridere.

Le sue dita erano fredde sulla pelle di lei. Poi trovarono l'anello infilato alla catenella avvolta sulla sua nuca e nascosta nella massa spettinata dei capelli. Girò la collana e lo guardò; Kallyna invece chiuse gli occhi, come cercando di dimenticare quel piccolo grumo d'oro.

«Questo appartiene a mia madre... È arrivato il momento delle cattive notizie.» Sembrava che già sapesse: nel suo sguardo c'erano rassegnazione e tristezza. Lui doveva ascoltare e lei doveva parlare, entrambi contro la propria volontà.

Kallyna rabbrividì. «Ho freddo. Andiamo al sole.»

Mentre tornavano a sedersi sulla sabbia, dai cespugli dietro di loro si udì un suono come di passi attutiti. Dalibor abbassò la mano sull'elsa della spada.

«È solo il vento» disse Kallyna. Si strizzò i capelli per asciugarli, cercando di guadagnare tempo. Non sapeva da dove cominciare, e dentro di sé maledisse il suo compito. «Perché devo dirvelo proprio io» mormorò. La sua voce sembrò insinuarsi dentro di lui come un dolore che si risveglia.

«So che è malata» disse Dalibor. «Lo so da molto. Ho cercato di abituarmi al pensiero di perderla fin da quando è cominciato, ma non serve a nulla.»

Lei non riusciva a guardarlo negli occhi. «Ancora non capisco come sia accaduto...» mormorò. «Veniva a cercarvi da Monreale. La notte che si fermò a Tropea chiese ospitalità in casa mia. Non sapevo che fosse lei... ma sapevo che volevo seguirla fin dal primo istante.»

Dalibor si passò la mano sui capelli, sulla bocca, con un gesto d'angoscia.

«Avrei almeno potuto vederla... O Dio, cos'è che Tu vuoi da me?» S'allungò sulla sabbia e chiuse gli occhi. «La porterò qui appena finisce questa maledetta guerra. Dov'è morta?»

«Ad Aieta, in casa di Filippo Rocca. È morta in pace, signoria. Veramente in pace, e circondata da amici, onorata e pianta come meritava. Mansur ed io abbiamo proseguito il viaggio.»

«E l'anello? Non ti ha detto di darmelo?»

«No. Solo di farvelo vedere. Mi ha detto che avreste capito.»

Dalibor aggrottò la fronte. Dopo un attimo fece cenno con la mano.

«D'accordo, allora tienilo.»

«Mansur ha il testamento. Chissà quando torna.»

Dalibor s'era fatto distaccato, come se stesse nascondendole i suoi pensieri.

«Deve averti voluto molto bene» disse.

«Spero di sì» sussurrò Kallyna. «Io le ho voluto bene più che a mia madre.»

S'alzarono. Dalibor si rivestì in fretta, con vergogna; anche lei fu contenta di potersi nascondere di nuovo alla sua vista. Insieme tornarono dove avevano lasciato il cavallo.

«*Devo* vedere Mansur» disse cupo Dalibor. «Se non sento da lui le stesse cose che mi hai detto tu penserò che tutto questo l'ho sognato.» Si fermò e si girò verso di lei. «Ascoltami. Geoffroi e io dobbiamo andare ad Amalfi, dov'è Guglielmo. Abbiamo il grande onore di essere la sua scorta personale... Voglio che tu rimanga alla locanda fino a che non torna Mansur, non importa quando, e poi che tu venga ad Amalfi assieme a lui.»

«D'accordo.»

«Hai denaro?»

«Solo quanto tenevo da parte per tornare a casa.»

Dalibor sfilò il borsellino di cuoio dalla cintura e glielo porse.

«Prendi questo. Dio» si crucciò «il mio scudiero è stato ucciso ad Aversa... Non ho nessuno a cui affidarti.»

Lei gli toccò la mano sorridendo. «Non preoccupatevi, signoria. Ne ho viste di peggio. Sono certa che mi direte di chiudermi a chiave nella mia stanza e di non attirare l'attenzione, come mi ha detto Mansur.»

Oltre i cespugli il cavallo sbuffava scalpitando. «Forse non basterà neanche quello» rispose lui. «Falco è con noi, e come sempre ha occhi e orecchie dovunque. È per quello che non ti porto con me ora... benché solo Dio sa che non riesco a farmi sfiorare dal semplice pensiero di doverti lasciare qui sola.»

«Ma è trascorso tanto tempo… Sono certa che Falco non si ricorda neppure di me.»

«Può essere. Ma adesso non sono più responsabile solo della mia vita… e credimi, ucciderei Ruggero Altavilla se mi diventasse d'intralcio per via di te.» La guardò con l'espressione che lei aveva talvolta osato immaginare.

Di colpo si fermò, e Kallyna con lui. Geoffroi de Vire era accanto al cavallo, cercando di calmare l'animale perché non sbuffasse e scalpitasse più. Dalibor quasi gli si avventò addosso. «Cosa diavolo credi di fare, vorrei sapere!» gridò, strappandogli le redini di mano.

Geoffroi fece un inchino. «Faccio la guardia al nobile collo di Sua Signoria» rispose senza scomporsi, sputando via una mora amara. «Qualcuno deve pur farlo, visto che ami tanto andare in giro nudo come un verme. La prossima volta però vedi di tenerti almeno la daga a portata di mano.»

Dalibor rimaze zitto. Fece cenno a Kallyna d'avvicinarsi e la prese sotto il braccio. Geoffroi fece un altro inchino rivolto a lei. «Per le gonne di Sant'Anna e pure le sue mutande!» esclamò felice. «Il mondo è piccolo, vero?»

Kallyna gli sorrise con quieto orgoglio. «Piccolo abbastanza da poterci camminare, signoria.»

Il viso di Geoffroi s'aprì in un sorriso deliziato. Si rivolse a Dalibor. «Se marcisco all'inferno il doppio di quanto mi tocca non riuscirò a capire cos'hai fatto per meritarla» borbottò. Poi s'accorse che lei stava guardando la sua tunica; era quella che gli aveva fatto, ora logora e macchiata. Scosse la testa tristemente, chiedendole perdono. «Le cose belle in una guerra non durano».

«Gran faccia tosta» lo apostrofò Dalibor. «Nascondersi a sbirciare come un vecchio caprone.»

«Allora la prossima volta lasciami un bigliettino!» esclamò Geoffroi a difesa di sé. «Ho quasi azzoppato il mio cavallo dando la caccia a Sua Eccellenza… Oh, certo che è un bel posto per morire… anche un bel modo.»

Dalibor s'accorse che Kallyna stava arrossendo fino alla cima dei capelli.

«Ora basta» disse seccato. L'aiutò a montare in sella e montò dietro di lei.

«Quando alla locanda mi hanno detto che eri andato via insieme a una ragazza» continuò Geoffroi «mi sono detto, Lo trovo e lo strozzo con le mie stesse mani. Ma santo Dio, *quella* ragazza! Chi lo avrebbe mai pensato... Certi uomini hanno una fortuna sfacciata.»

Dalibor sorrise con aria compiaciuta. «Certi uomini sì.»

I due cavalli s'avviarono lungo la riva del fiume. Kallyna si guardò alle spalle, lasciandosi dietro l'ansa come avrebbe lasciato un rifugio di pace dal quale il mondo è sbarrato.

«Sarai lieto di sapere che abbiamo trovato quei due rinnegati mentre eri... via» disse poi Geoffroi.

«Dov'è Falco?» chiese Dalibor.

Geoffroi si batté la mano sulla coscia. «Un imbecille da non credere. Sta ancora cercando la sua spia, quella che a sentire lui ci ha teso l'imboscata sulla strada per Aversa. Immagino che starà rompendosi le natiche galoppando attorno a Vietri o qualcosa del genere.» Scosse la testa. «Per forza non possiamo vincere questa guerra, agli ordini di asini come lui.»

«Ha perso quel po' di senno che gli rimaneva» borbottò Dalibor. «Non ci sono spie, e lo sa benissimo. Cerca solo una pecora da mandare al macello, per farsi bello con Guglielmo. Credeva di aver trovato me, quella volta che hanno cercato di assassinarlo...»

Kallyna lo guardò allarmata. «Ne ho sentito parlare. Ha accusato *voi* del tradimento?»

Geoffroi prese ad agitare le mani. «Non badare alle sue sciocchezze, streghetta. Da quando s'è stancato del suo lavoro gli vengono le idee morbose. Nessuno lo ha accusato di niente.» Voleva sembrare spensierato, ma Kallyna non era affatto convinta.

«Parliamo di te invece, uh?» continuò Geoffroi per cambiare argomento. «Quando ti ho vista lì al fiume per un attimo ho creduto che i fantasmi del mio signore avessero cominciato a perseguitare anche me.»

Kallyna abbassò gli occhi, arrossendo di nuovo al pensiero che Geoffroi era rimasto a guardarli e ad ascoltarli per tutto il tempo. La conversazione cadde in un silenzio imbarazzante. Si stavano avvicinando alla città: già si vedevano le mura.

«Cos'hai intenzione di fare con quei due che abbiamo preso?» chiese Geoffroi.

«Li consegno a Guglielmo e lascio che decida lui» rispose irritato Dalibor.

«Ma sai che Falco li vuole morti» insisté Geoffroi. «E poi Guglielmo li farà giustiziare lo stesso.»

«Al diavolo Falco e anche Guglielmo!» esclamò Dalibor. Kallyna sentì le sue mani che si stringevano dure attorno a lei.

Geoffroi si grattò il collo. «Non pensi che sia meglio impiccarli subito? Per non dare adito a sospetti?»

Dalibor gettò indietro la testa. «Ottimo consiglio.»

Geoffroi si chinò verso di lui con aria d'urgenza. «Lo è. Non mettere il piede sullo scalino rotto mentre Falco ti osserva.»

Spaventata, Kallyna voleva dire qualcosa ma non sapeva cosa.

Dalibor le annusò i capelli. «Sai di buono» disse.

Davanti alla Locanda dell'Orso s'era radunata una folla così fitta che Landolfo era stato costretto a sbarrare porte e finestre. Sul ballatoio esterno erano quattro soldati normanni che facevano la guardia ai due prigionieri napoletani. I due stavano accosciati con le mani legate dietro la schiena e lo sguardo pieno di terrore; uno dei due sanguinava da una ferita al collo.

Le donne nella folla piangevano e gli uomini imprecavano sottovoce. Quando li videro venire si serrarono con fare minaccioso. Kallyna si sentì gelare dalla paura. Ogni donna che la guardava aveva negli occhi lo stesso rancore maligno di Marotta, e gli uomini sembravano strapparle di dosso con lo sguardo il suo abito appariscente. Dalibor l'aiutò a smontare e la lasciò accanto al suo cavallo, mentre lei si stringeva ansiosamente al fianco del grosso animale come per proteggersi. Dalibor salì sul ballatoio. I soldati si misero sull'attenti; uno di loro gli porse la corda alla quale erano legati i prigionieri.

«Sono vostri, signoria.»

Dalibor rimase un attimo senza muoversi, tenendo in mano la corda e non sapendo che fare. Guardò Geoffroi; Geoffroi fece un lieve cenno della testa, volendo dire che non c'era scelta. Sconfitto da quell'implacabile logica di guerra, Dalibor non poté fare altro che rispondergli silenziosamente di sì.

La folla mormorava e si agitava. «Figli di puttana, tutti quanti» disse qualcuno in mezzo ad essa, con voce alta abbastanza perché si sentisse.

Dalibor si chinò verso l'orecchio di Geoffroi. «Portala dentro.» Poi spinse di lato i soldati, diede uno strattone alla corda e scese dal ballatoio trascinandosi dietro i due prigionieri. Intrappolata fra la folla, Kallyna cercò di vedere dove si dirigeva. La folla la spinse indietro, bloccandola da ogni lato. Finalmente Geoffroi si fece largo a gomitate e la portò via quasi di peso.

«Entra e chiuditi a chiave» le sussurrò all'orecchio.

Kallyna cercava di seguire Dalibor con lo sguardo. Separato da un muro di corpi, vide che la guardava con il volto carico d'apprensione. Poi montò a cavallo e s'allontanò, mentre la folla gli andava dietro simile a una lenta colata di lava nera.

«Lo vedrò più tardi?» chiese ansiosamente a Geoffroi mentre salivano le scale e poi bussavano al portone.

«Sono sicuro che tornerà appena può» la rassicurò lui, bussando una seconda volta. Marotta s'affacciò alla finestra con il naso contro le sbarre.

«Apri questa maledetta porta!» le gridò Geoffroi.

Marotta gettò in aria le braccia. «Eh, arrivo, Gesù mio, arrivo!»

Dal lato opposto della via si udì il suono di zoccoli al galoppo. Un gruppo di uomini veniva verso la locanda, sparpagliando gli ultimi passanti. Geoffroi batté il pugno sul portone, facendolo tremare. «Ti ho detto di aprire!»

I cavalli si fermarono in fondo alla scala. «Dove li tenete questi prigionieri, signore de Vire?» gridò Falco. «O sono corso fino a qui per niente?»

Immediatamente Geoffroi s'interpose fra Kallyna e lo sguardo di Falco. Non abbastanza da nascondere l'orlo del suo vestito, pensò lei. Marotta lo stava facendo di proposito: si sentivano i suoi zoccoli di legno che strisciavano dietro il portone. Falco smontò. Negli occhi di Geoffroi adesso c'era quasi la paura. Kallyna provò di nuovo ad abbassare la maniglia del portone.

«Sono giù in piazza» rispose Geoffroi a Falco.

Falco allungò il collo per vedere chi era dietro di lui. «Voi non venite, signoria?... Ah, ho capito. Vi va di andare un po' a puttane, uh?»

Geoffroi gli fece segno d'andarsene. «A Dio piacendo, se questa sgualdrina di locandiera mi apre.»

Falco mise il piede sul primo gradino, cercando ancora di vedere chi gli era dietro. Scoppiò a ridere. «Santa Madonna, ma devono avervene rifilata una proprio brutta se dovete nasconderla!»

Geoffroi s'arrese. «Più brutta della regina dei diavoli» rispose a denti stretti.

Falco e Kallyna si trovarono l'uno davanti all'altra. Gli occhi di Falco lampeggiarono di sorpresa per un attimo così breve che lei non se ne accorse nemmeno.

«Oh no, no, no» disse lo sfregiato a Geoffroi con aria di rimprovero, lisciando l'aria con le mani. «Come potete dire una cosa del genere? È molto graziosa invece, una vera colombella... che è volata da un capo all'altro del reame.»

Kallyna si costrinse ad alzare il viso, ma non riuscì a guardare Falco negli occhi. Il portone s'aprì.

«Finalmente, perdio!» sibilò furibondo Geoffroi, spingendo Marotta di lato. Marotta non fece parola, vedendo Kallyna così ben scortata.

Geoffroi, come un buon cane pastore che abbaia per scacciare il lupo, s'allontanò immediatamente da lei perché Falco lo seguisse. «Andiamo, su» lo esortò. «Andiamo a vedere come muoiono quei due rinnegati.»

Falco sorrise, ma guardava Kallyna. «Certo, signoria, certo. C'è sempre tanto da imparare da quel genere di teatro.» Seguì Geoffroi fuori in strada, mentre Marotta sbatteva il portone dietro di loro.

Kallyna si chiuse a chiave nella sua camera e si sedette accanto alla finestra torturandosi le mani nel grembo. Dalla piazza sentiva la folla ronzare come uno sciame inferocito. Il vociare si levò più forte due volte; da ciò capì che i due prigionieri erano stati giustiziati. Adesso Dalibor sarebbe tornato, pensò, e adesso lei avrebbe sfidato il mondo per andare da lui, perché lui l'avrebbe protetta. Non appena i primi gruppetti di gente riapparvero dalla piazza scese giù quasi di corsa. Dalibor non si vedeva, e neanche Geoffroi. C'era solo la stessa folla di prima, ancora più inferocita e pronta a gettarsi sul primo bersaglio. Mentre si sporgeva dal parapetto del ballatoio una donna la vide e puntò il dito contro di lei.

«La puttana dei normanni!»

Un ragazzo si chinò a raccogliere una pietra, poi la soppesò fra le mani. Lei scrutò disperatamente la folla in cerca d'un volto conosciuto; sarebbe stata felice di vedere perfino Falco.

«Puttana dei normanni!» urlò di nuovo la donna.

Una pietra le sibilò accanto alla tempia, andando ad abbattersi contro il portone. Era paralizzata dal terrore; se Maso non fosse corso a spingerla dietro il parapetto la seconda pietra l'avrebbe colpita.

«Padrona, non vi spaventate» sussurrò il ragazzo. «Li faccio smettere io.»

«No, no… Non voglio che ti facciano del male. Va'… lasciami!»

Giunsero correndo Landolfo e Marotta, che cercavano di farsi sentire al di sopra del frastuono. Spingendo via Maso, Kallyna abbassò la testa, si gettò dentro e corse nella sua camera, mentre le pietre grandinavano sulla soglia e sul pavimento della cucina. Dal vicolo sentiva le voci della folla che lanciava insulti verso la sua finestra. Landolfo minacciava di chiamare le guardie e Marotta urlava con quanto fiato aveva in gola.

La camera era buia. Non osò aprire le imposte né accendere una candela; rimase ad aspettare finché i due locandieri non ebbero mandato via tutti. Poi l'ultimo insulto s'affievolì e la strada tornò ad essere silenziosa. Si gettò sul letto singhiozzando finché l'ultimo barlume di luce non svanì. Nessuno era venuto a vedere che ne era di lei. Stordita dal pianto, si stese sul letto e poco a poco s'addormentò.

Al piano di sotto Landolfo e Marotta erano seduti alla tavola assieme a uno dei soldati di Falco. Il soldato aveva messo sulla tavola un borsellino pieno e aspettava. Landolfo scuoteva la testa, muoveva le mani, ascoltava sua moglie e scuoteva ancora la testa, ogni volta un po' più debolmente. Marotta parlava e indicava il soffitto in direzione della camera di Kallyna.

Infine Landolfo allungò la mano per toccare il borsellino. Tastò le spesse monete e lo afferrò. Marotta tirò un sospiro di sollievo.

XX

NON ERA ANCORA GIORNO QUANDO MAROTTA ANDÒ A BUSSARE ALLA PORTA DELLA CAMERA. Kallyna era già sveglia da molto, aspettando con terrore la giornata. Sperava ancora inutilmente che venisse Dalibor, benché sapesse che era partito per Amalfi subito dopo l'esecuzione dei due napoletani. Aprì la porta e vide che Marotta era assieme al soldato venuto alla locanda la sera prima.

«Padrona, quest'uomo vuole parlarvi» disse, e uscì in fretta.

Il soldato fece un inchino con aria rispettosa e rassicurante.

«Parlate» gli disse brusca Kallyna.

«Il signore d'Hancourt mi manda a scortarvi da lui. Vi ha trovato alloggio altrove.» Lei lo guardò sorpresa e diffidente. «Manda a dirvi che è spiacente di non poter venire di persona» aggiunse subito il soldato. Marotta dietro la porta aperta spazzava il pavimento.

Kallyna fece cenno di capire. «D'accordo. Aspettate che vada a prendere le mie cose.» Fu pronta in pochi attimi, e uscì quasi di corsa. Marotta s'affrettò ad accompagnarla al portone.

«È tutto pagato?» le chiese Kallyna.

Marotta agitò in aria le mani con un gesto impaziente. «Tutto pagato. Dio v'accompagni.»

Kallyna s'infilò il fagotto al braccio. «Grazie.»

In strada c'erano altri tre soldati a cavallo, con i volti seminascosti dagli elmi. L'uomo che era venuto a chiamarla tenne rispettosamente la staffa per lei. Mentre lei montava vide Maso che ancora dormiva nel vicolo, rannicchiato accanto al braciere spento.

Non si prese neanche cura di chiedere dov'era l'alloggio che Dalibor le aveva trovato; doveva avere predisposto ogni cosa ieri sera, pensò, grata a lui dentro di sé. Poi s'accorse che i soldati si dirigevano verso la porta delle mura. Tirò le redini di scatto; immediatamente i quattro si serrarono attorno a lei.

«Andiamo via» si stupì. «Non mi avevate detto che partivamo da Salerno.»

Il soldato serrò le mascelle. I suoi occhi avevano lo stesso colore dell'elmo, lo stesso bagliore freddo.

«Credevo di avervelo detto, padrona. Andiamo ad Amalfi.»

Lei non capiva. Dalibor le aveva detto che non doveva andare ad Amalfi prima che fosse tornato Mansur. «Perché ad Amalfi?» chiese, presa dal panico.

Il soldato scosse la testa. «Niente domande. Seguiteci.»

Lei si strinse le redini al petto. «Non vi seguo. Vi ordino di condurmi dal signore d'Hancourt.»

Il soldato le strappò le redini di mano e sguainò la spada. Poi spronò il suo cavallo, tenendosi le redini della cavalcatura di lei. Kallyna chiuse gli occhi per non vedere Salerno che s'allontanava alle sue spalle. Ancora una volta il signore d'Hancourt aveva commesso un grosso errore di distrazione, pensò. Avrebbe dovuto lasciare due guardie al portone della locanda, o forse rinchiuderla nella cella d'una prigione e gettar via la chiave.

La strada per Amalfi era un nastro di vertigine legato attorno a verdi scogliere e ripidi valloni calanti a strapiombo sul mare. I fianchi dei monti erano coperti di oliveti che rilucevano come se fossero patinati d'argento, e di vigneti digradanti fino all'ultimo lembo di terra. Lungo la costa si raggruppavano paesi bianchi come colombe, dai tetti sfolgoranti di mattonelle di maiolica gialla e azzurra. Maiori e Minori, poi Atrani, Scala e Ravello: solo coi nomi un orafo avrebbe potuto foggiare una collana.

Per molte ore Kallyna cavalcò circondata da una bellezza senza fine che sembrava trafiggerla. I suoi pensieri erano come bambini spaventati che non cessavano di fare domande. Gli uomini non si fermarono a mangiare, a bere; sapeva a chi era dovuta quella cieca obbedienza.

Arrivarono ad Amalfi poco prima del tramonto. Mansur aveva ragione, pensò, non aveva mai visto un luogo che più somigliasse al paradiso. Un nido di case dai tetti a cupola si stringeva al di sopra di una stretta spiaggia. Da lontano si vedeva la cattedrale, una montagna di marmi preziosi innalzata a celebrare la gloria della più antica Repubblica Marinara, quella che rivaleggiava Venezia stessa.

Il porto era affollato di galee cariche di merci costose e degli immensi *dromoni*, navi da guerra guidate da una nuova invenzione chiamata bussola che solo Amalfi possedeva e gelosamente custodiva. Raccolte all'interno delle mura di cinta si snodavano quiete stradine profumate di gelsomini e d'aranci. Passarono davanti ai grandi edifici a volta del cantiere navale, alle ville di armatori e mercanti di spezie. Così diversa era Amalfi da Salerno, pensò, un'enclave davvero degna di un principe.

I cavalli si fermarono davanti a un palazzo che dominava tutta la città. Al di sopra delle porte di bronzo, protette da guardie armate, era scolpito il copricapo a corno del Doge. Il palazzo era tanto silenzioso da sembrare vuoto, ma solo perché era vasto e circondato da giardini e frutteti.

Il soldato fece scendere Kallyna di sella e la portò in un cortile interno. Da una porta apparvero due vecchie donne. Una delle due fece cenno alla compagna, una strega sdentata e quasi calva sotto il velo nero.

«Aziza» la rimproverò «non vedi che questa poveretta non sa dove andare? Aiutala, dev'essere stanca morta.»

«D'accordo, d'accordo» brontolò Aziza prendendo Kallyna per mano. «Ma dovevano lasciarmi ad aspettarla tutto il giorno?»

Kallyna seguì la donna su per uno scalone di marmo finemente scolpito, continuando a dare strattoni. «Ditemi dove sono. Voglio sapere dove sono. Voglio sapere se il signore d'Hancourt è qui.»

La vecchia saliva spedita. «Senti, agnellino, meglio non fare nomi. Non c'è di che preoccuparsi. Sei in un luogo sicuro.»

«Una prigione è un luogo sicuro. Dove mi state portando?» La sua voce echeggiava sotto un colonnato frusciante di palme piantate attorno a un'ampia piscina pavimentata di mattonelle azzurre.

Aziza si mise il dito sulle labbra. «Agnellino, se non ti comporti come si deve dovrò chiamare Osman il Nero.»

Quel nome bastò a far tacere Kallyna. Aziza la fece entrare in una sala dalle pareti risplendenti di mosaici e dal pavimento interamente coperto di tappeti orientali. Una ragazza aspettava accanto a un tavolino carico di cibo. Kallyna guardò i vassoi pieni e odiò se stessa per essere così affamata.

Aziza le tolse il fagotto di mano. «Qui non ne hai più bisogno.»

Kallyna afferrò i lembi annodati della sua coperta di ginestra. «Dovrete scorticarmi viva prima che io metta addosso una sola cosa che non è dentro questo fagotto» rispose.

Aziza si ritrasse accigliata, lasciandole in mano il fagotto. «Stavolta me ne hanno dato una davvero selvaggia» mugolò fra sé mentre usciva dalla stanza.

La ragazza seduta accanto al tavolino le indicò a gesti di mangiare.

«Potete dirmi dove sono?» bisbigliò Kallyna. «Vi prego, potete dirmi cosa vogliono da me?»

La ragazza la guardava timida, col suo viso dolce e rotondo. «Vi prego, aiutatemi» implorò Kallyna. La ragazza rimaneva muta. Poi aprì la bocca: aveva la lingua tagliata. Le fece cenno ancora una volta di mangiare, ma ora Kallyna era inorridita al solo pensiero del cibo.

Tornò Aziza. «Non abbiamo fame, uh?» disse scontenta. «Agnellino, tu e io non andremo d'accordo se continui a fare la testarda.» Disse alla ragazza muta di portare via il tavolino, poi prese di nuovo Kallyna per mano. «Ora vieni con me.»

«Dove sono, dove mi state portando!» continuava a chiedere Kallyna quasi gridando.

«Sarà molto più dura di quanto pensassi» disse disperata Aziza. «Oggigiorno le ragazze sono diventate impossibili.»

Oltre il colonnato era un palazzo più piccolo così finemente rivestito di lastre di marmo traforate da sembrare fatto di merletto bianco. La porta di palissandro scolpito era presidiata da una muscolosa guardia dai folti baffi somiglianti a un ricciolo di lettere arabe dipinte sul viso fosco.

Il palazzo bianco aveva tutti gli inconfondibili aspetti di un harem: un sentore stucchevole di profumo, la morbidezza opulenta di divani rivestiti di seta, il suono di liuti dal manico d'avorio. Vi abitava una compagnia di donne imbronciate, animali di piacere rinchiusi in uno zoo principesco. Nei loro occhi non ci sarebbe mai stata amicizia ma solo il giudizio spietato dei pregi e dei difetti della nuova rivale. Kallyna le guardò mentre si pettinavano i capelli, sceglievano abiti, bisticciavano e pettegolavano. Cercò di provare compassione per quelle creature facili da sostituire la cui unica misura di sé stesse e del mondo era la lussuria di un uomo. Ma il pensiero di diventare una di loro le lasciava nell'anima cicatrici di ribrezzo.

Cercò disperatamente con gli occhi un angolo nascosto. Sotto una finestrina sbarrata c'era una fontanella che gorgogliava da una nicchia di pietra rosea. Andò a sedervi accanto; aveva bisogno del pezzo di cielo che s'intravvedeva, e forse il suono dell'acqua le avrebbe fatto credere che era lontana da quel luogo, libera.

✺   ✺   ✺

Il giorno seguente, al tramonto Dalibor e Geoffroi partirono da Atrani, dove erano stati mandati come testimoni dell'elezione del nuovo Doge di Amalfi. S'avviarono a cavallo verso Amalfi sotto una mezzaluna rossa che somigliava al manico di una brocca di rame. Le case della città erano di un candore quasi fosforescente nella dolce sera d'aprile; le prime ombre affioravano già dagli aranceti.

«È quell'anello?» domandò Geoffroi.

Dalibor si torse le bande di cuoio attorno ai polsi con fare nervoso.

«Sì. Mi ha detto che lo avrei visto soltanto al dito della donna che voleva che io sposassi.»

Geoffroi aveva l'aria pensierosa. «Si direbbe quasi che ti abbiano congiurato alle spalle, dolce signore. La prima volta te la sei cavata facilmente…»

Dalibor storse la bocca. «Non parlare così. Mi hanno detto che i morti hanno orecchie… Non ero pazzo di Marie des Louvelles, ma non ho fatto i salti di gioia quando è morta, che riposi in pace.»

«D'accordo. Ma francamente, a dover scegliere fra Marie des Louvelles e la tua streghetta?»

Dalibor tirò le redini per dirigere il cavallo attorno a un masso sporgente e non rispose.

«È figlia di pescatore» disse dopo un attimo, con disagio.

La voce di Geoffroi si fece carica d'emozione. «E con ciò? Sai di chi sono figlio io? Mio padre non lo conosco e non lo conosci neanche tu, eppure ci siamo salvati la pelle a vicenda almeno una dozzina di volte.»

Gli puntò contro il dito. «Deciditi una buona volta. L'alternativa è che ti sposi per convenienza, come per poco non hai fatto tre anni fa, con una smorfiosa di sangue blu che ti figlierà il numero prescritto di legittima prole mentre tu salti da un'amante all'altra per il resto della tua vita come una cavalletta in calore. O forse hai intenzione di tenerti *lei* come amante?»

Intimorito, Dalibor rimase in silenzio per un attimo, poi cambiò discorso.

«Giorgio d'Antiochia mi ha offerto il comando di un dromone. Dice che forse uno di questi giorni salperà contro Pisa.»

«Non includermi nella ciurma. Soffro di mal di mare e non sopporto il cibo di bordo.»

Dalibor ridacchiò. «Per non parlare del fatto che non sai nuotare?»

Passarono per la porta di Amalfi e s'inoltrarono per le strette strade tortuose diretti al palazzo del principe.

«Cosa si prova?» chiese Geoffroi.

«Cosa si prova cosa?»

«Insomma, maledizione… ad essere innamorati.»

Sul viso di Dalibor apparve un ampio sorriso. «Come se uno fosse... nuovo di zecca, pronto a rifare il mondo daccapo. Dovresti provarci qualche volta.»

«Chi dice che non ci ho provato?» si vantò permaloso Geoffroi.

«Non mi sembri troppo arrabbiato... In fondo ho infranto il tuo comandamento preferito.»

Geoffroi scrollò le spalle. «Sapevo che l'avresti fatto. Lo sapevo fin dal primo momento. Hai infranto *tutti* i miei comandamenti preferiti... e te l'ho sempre lasciato fare perché non ho mai avuto il coraggio d'infrangerli io.»

Giunsero al palazzo del Doge. Le guardie aprirono le porte e si presero cura dei loro cavalli. Mentre andavano verso gli appartamenti del principe udirono le lunghe note struggenti di un *saz* provenienti da un giardino appartato. In cima alle mura erano di guardia soldati simili a statue d'ebano stagliate sullo sfondo turchese del cielo.

«Mi sembri davvero impensierito» disse Geoffroi.

«Non potrò chiudere occhio un istante fino a quando non torna Mansur per prendersi cura di lei.»

«Senti, c'è una cosa che devo dirti. Falco l'ha vista, quel giorno alla Locanda dell'Orso.»

Dalibor si fermò di colpo. Geoffroi prese ad agitare le mani. «Non abbiamo potuto far niente, non c'era niente da fare!»

Il viso di Dalibor s'era fatto scuro. Affrettò il passo con la furia di chi vede la sua casa bruciare. Le guardie alla porta della stanza di Falco lo fermarono.

«Ben arrivato, signore d'Hancourt. Falco da Torre vi aspetta nella Stanza dei Trafori.»

«La Stanza dei Trafori!» gridò Dalibor. «Trono di misericordia, questa è la sua ultima notte.»

Una delle guardie sbarrò la strada a Geoffroi. «Vuole vedere solo il signore d'Hancourt.»

«Ne sono più che certo» disse Dalibor,

«Aspetta!» lo chiamò Geoffroi; ma era già rimasto solo sull'eco dei passi di Dalibor che risuonavano sul pavimento.

❁   ❁   ❁

Aziza l'aveva fatta entrare in una stanza non più grande della cella di una prigione, in cui la luce e l'ombra creavano giochi ingannevoli sulle pareti color di perla. In alto c'era una balconata circondata da schermi traforati, fatti per nascondere chi entrava. Aziza aveva minacciato di farla spogliare dalle guardie se non lo avesse fatto lei stessa. Poi s'era portata via il vestito lilla, e Kallyna era entrata nella stanza nuda.

Dal soffitto pendeva un'unica lampada ad olio. Allungò il collo cercando di vedere oltre i trafori, di scoprire dov'era l'entrata. Le sembrava di essere in fondo a un pozzo oscuro dove pipistrelli sibilavano nascosti nel buio, pronti a destarsi e ad avventarsi su di lei con i loro unghielli appuntiti.

Aziza le aveva detto che sarebbe rimasta a lungo in quella stanza, finché la penombra silenziosa non l'avrebbe fatta scivolare nel sonno. Ma lei non si sarebbe addormentata; sarebbe rimasta sveglia per poter sputare in faccia a Guglielmo Altavilla.

❁   ❁   ❁

Falco andava su e giù per il ballatoio, giocherellando con una chiave appesa ad una catenella. Quando la testa di Dalibor emerse dalla scala a chiocciola la chiave sembrò oscillare davanti a lui come un cappio.

«Non c'è fretta, signore d'Hancourt. Il principe è paziente. Ha acconsentito a farci ispezionare la nuova ragazza prima di lui.»

Dalibor gli spinse la daga contro la gola. «Parla adesso, mentre te lo lascio fare. Chi è là dentro?»

Falco rimase immobile. «Non vuoi vedere da te? Ecco la chiave...»

«No. Voglio sentirlo dalla tua bocca come la confessione di un eretico, così potrò spingerti sul rogo io stesso.»

Falco non si scompose. «Sai bene chi è là dentro. La tua piccola ricamatrice di Tropea. La prima volta è... saltata dalla finestra se non sbaglio? e Guglielmo non mi ha rivolto la parola per una settimana. Non ho mai capito cos'è stata quella straordinaria commedia che hai messo in scena. Eri pronto a rischiare la vita per una contadinotta, come in una romanza all'antica.»

«Non mi aspetto che tu capisca niente di cosa è stato. Tu la gente non fai che venderla all'asta. Falla uscire.»

Falco sorrise. «Non tanto in fretta. Prima devo sapere perché è venuta. Non mi dirai che sentiva la mancanza dei tuoi amplessi?» Aggrottò la fronte. «So che è venuta assieme a quel tuo ruffiano levantino, ma non so ancora se anche loro due facciano parte della congiura. Ora che ci penso, forse sarà meglio non mandarla al letto di Guglielmo. Potrebbe nascondere una fiala di veleno in quei suoi bei capelli lunghi.»

Per qualche attimo Dalibor non fu in grado di parlare. «Se non altro adesso so che sei pazzo» disse poi. «Bene. Stavolta neanche Guglielmo potrà crederti, e Guglielmo non è che un orso ammaestrato che ti porti al guinzaglio.»

Falco sorrise di nuovo, con aria cordiale. «Oh no, mi crede. Crede a tutto ciò che gli dico. E stavolta posso farlo ballare con una canzone che costerà la testa a te e a lei.»

Indicò la porticina. «Tu e io sappiamo come s'insospettisce quando la più piccola cosa non va secondo i suoi desideri, e ti tiene d'occhio da un bel pezzo. Ammettiamo che voglia tenersela. Sicuramente farai ancora una volta qualche altra idiozia per togliergliela di mano. Così fai calare la bilancia e ti riveli una volta per tutte traditore.»

Arricciò il naso. «È un groviglio, lo so. Ma a volte Guglielmo non riesce a rendersi conto subito di come stanno le cose. Per quanto mi riguarda, io non ho mai avuto dubbi su di te.»

«Lei con tutto questo non c'entra… Non puoi prenderla e usarla come fosse un cane senza padrone!»

«Il bello è che non vale neanche un attimo di tutto questo daffare. Di donne più graziose ce ne sono a dozzine. Ma io sono un buon servitore della Corona. Se il mio principe mi chiede qualcosa, io non la tengo per me. Quello lo lascio fare a voi, signore d'Hancourt. Per te la lealtà non ha mai avuto importanza.»

«La lealtà! Per me essere leale non è mai voluto dire leccare gli stivali a nessuno degli Altavilla. È con me. Toccala e sarà come se mi avessi derubato in pieno giorno.»

La voce di Falco si fece tutta dolcezza. «Dunque è vero, è con te. L'hai detto tu stesso... È venuta allora per portarti del denaro? Il denaro col quale paghi le tue spie, per esempio Geoffroi de Vire?»

Il volto di Dalibor s'era fatto brutto. Premette più da vicino la punta della daga contro la gola di Falco.

«Così è ancora meglio» disse Falco. «Se mi uccidi muori.»

Come stordito dalla sconfitta, Dalibor fu costretto ad abbassare la daga e a rimetterla nel fodero. Dopo un attimo prese la chiave dalle mani di Falco e aprì la porticina. Al rumore improvviso Kallyna sobbalzò dalla testa ai piedi. Si rannicchiò su sé stessa con le braccia strette attorno al corpo. Dalla porticina aperta entrava uno spiraglio di luce che i trafori filtravano e distorcevano.

Dietro lo schermo Dalibor imprecò ferocemente fra sé. Poi la chiamò.

«Kallyna!»

Il nome risuonò fra le strette pareti della cella come un tocco di campana. Lei non lo vedeva; poteva solo indovinare dov'era, e teneva il viso rivolto verso quel punto.

«Signoria!»

Dalibor scosse selvaggiamente lo schermo. «Sono qui. Non aver paura.»

Kallyna non poté rispondergli, con la gola secca di pianto. La porticina si richiuse di colpo e la lampada ad olio si spense nella folata d'aria. Rimase sola in fondo alla stanza buia.

❋   ❋   ❋

Il principe Guglielmo sedeva in un vasto chiostro circondato da un giardino di rose, sotto una fuga di archi moreschi intricatamente sovrapposti. L'elegante spazio era punteggiato da verdi ventagli di palme giovani piantate in grandi urne di bronzo lucido. Con gli occhi socchiusi era intento ad ascoltare le note che due suonatori di liuto intrecciavano come lunghi fili di perle.

La notte aleggiava oltre gli alti muri bianchi con un lieve profumo. Accanto al principe era seduto Richard Selby; dietro Selby era Geoffroi, con lo sguardo nervosamente fisso alla porta come aspettandosi di vedere Falco che entrava trascinando Dalibor con una corda al collo. Quando la porta s'aprì fu invece Dalibor che entrò per primo, e di buon passo.

«Mon seigneur» Dalibor salutò il principe, col fiato corto come se avesse attraversato tutto il palazzo di corsa. Falco fece cenno ai due musicisti di andar via.

Allarmato, Guglielmo si tirò su nel suo scanno di marmo. «Un momento, un momento! Cos'è questo?»

Falco s'appoggiò a uno dei pilastri, incrociando le braccia. «È un'udienza ufficiale, mon seigneur» disse con scherno. «Il signore d'Hancourt ha... una specie di petizione da farvi.»

«Davvero?» si stupì Guglielmo. «Allora la corona, portatemi la corona, su» ordinò. Selby si precipitò a prenderla, mentre Geoffroi s'agitava ancora di più, del tutto confuso.

«Vi prego, ditemi che non è niente di serio» si cruccìo Guglielmo.

«Lo è» rispose Dalibor pacatamente, facendo scivolare la mano sulla spada.

Guglielmo seguì quel gesto con gli occhi e il suo volto diventò cupo.

«Oh Signore» frignò. «Ed era una nottata così bella!»

Selby tornò portando la pesante corona, che nella fretta reggeva come un pacco. Guglielmo l'afferrò, se la calcò in testa e si rivolse a Dalibor.

«Parla dunque» gli disse «e ricorda che sei davanti alla giustizia di Ruggero, per grazia divina Re di Sicilia, Calabria, Basilicata, Puglia e Campania.»

Falco guardava Dalibor con un sorriso insolente: ora avrebbe piagnucolato un po' davanti al principe, gli avrebbe elencato i titoli di suo padre, avrebbe implorato pietà e non avrebbe fatto altro che coprirsi di ridicolo.

«Mon seigneur» cominciò Dalibor. «Mi viene fatta una grande ingiustizia. Vengo chiamato traditore e spia, e mi viene tolta la vostra benevolenza, della quale non ho mai osato abusare. Esigo riparazione del torto.»

Geoffroi non riuscì a trattenersi dal battere le mani. Dalibor era saltato oltre tutti i preamboli formali come fossero stati un mucchio di cadaveri e si era lanciato alla carica da quel perfetto soldato che era. Il sorriso di Falco svanì.

Guglielmo sedeva rigido dandosi un'aria solenne, come una caricatura di suo padre. «Ciò che dite ci rattrista» intonò, scimmiottando il plurale di re e di papi. «Ma non possiamo negare le accuse. In verità aspettiamo da molto che le proviate false davanti a noi.»

«È perciò che sono davanti a voi, mon seigneur. Voglio darvi prova della mia innocenza. Chiedo il Giudizio di Dio.»

Guglielmo s'accasciò sbigottito sullo schienale dello scanno.

«Che genere di giudizio?» chiese Falco.

«Il genere riservato ai cavalieri del mio rango. Il combattimento.»

Falco sbarrò gli occhi. «Devi essere uscito di senno per sfidare un principe della Corona!»

Dalibor lo guardò calmo. «Non un principe della Corona. Voi, signore Falco, che mi avete calunniato con le vostre menzogne. Sostenete di portare grande lealtà alla Corona; siate dunque il campione della Corona, e lasciamo che Dio risolva la questione una volta per sempre.»

Madido di sudore, Guglielmo aspettava di vedere cos'avrebbe fatto Falco.

Falco fece cenno di sì, accettando la sfida. «Bel trucco, d'Hancourt.»

Guglielmo continuava a guardare sbalordito ora l'uno ora l'altro. "Allora questo giudizio si dovrà fare» gemette. «Dove, quando?»

«Qui, subito» incalzò Dalibor. «Manderemo a chiamare l'arcivescovo e con lui stabiliremo le condizioni.»

Guglielmo faceva quasi compassione mentre cercava disperato un modo di salvare sia il suo amante sia la sua dignità. Infine si rese conto che doveva sacrificare il primo per conservare la seconda. Sollevò la mano con un gesto simile più a quello di un mendicante che supplica che a quello di un sovrano che impone.

«Il giudizio…signore d'Hancourt…viene concesso» mormorò.

Geoffroi si gettò su Dalibor e lo abbracciò. «Gesù, potrei darti un bacio» gli sfuggì di bocca.

Dalibor lo allontanò, rivolgendosi di nuovo al principe. «Prima di chiamare l'arcivescovo c'è una condizione che dev'essere stabilita unicamente con voi. Nell'harem c'è una giovane donna di nome Kallyna d'Argira. Sapete bene che è stata portata qui contro la sua volontà e la mia. Se sarò vincitore del giudizio dovrà essere lasciata libera e trattata con lo stesso rispetto che usereste a me.»

Guglielmo s'aggrappò a quelle parole come un uomo che annega s'aggrappa all'ultima fune lanciatagli dalla riva. Prese Dalibor per il braccio, sorridendo.

«Signore d'Hancourt… no, amico d'Hancourt. Se voi e Falco litigate per via della ragazza, si può risolvere la faccenda in una maniera molto più civile. Non sapevamo che era vostra, ma ora che lo sappiamo senz'altro la lasceremo libera. La lasceremo libera questo stesso istante, poi Falco vi farà le sue scuse e dimenticheremo ogni cosa senza spargere sangue. Che ne dite… uh?»

Le sue parole fecero infuriare non solo Dalibor ma Falco stesso. «Non è una faccenda di gonnelle, Guglielmo!» esclamò Falco. «In nome di Dio, non riesci a comprendere? Dovresti essere grato di questa opportunità di smascherare un traditore che trama alle tue spalle da mesi mentre si spaccia per un amico degli Altavilla.»

«Lo fa?» domandò Guglielmo confuso. «In che modo lo fa?»

«Ricordatevi di quando hanno cercato di assassinarvi proprio qui in casa vostra» disse Falco. «Solo gli uomini della vostra scorta personale sapevano che eravate ad Amalfi: io, de Vire e d'Hancourt. Allo scopo di proteggervi, a tutti gli altri era stato detto che eravate ancora ad Aversa con vostro padre.»

«Sì, hai ragione… Hai detto giusto, sì» borbottò Guglielmo, passando dalla sua altezzosità a una collera incoerente.

«E l'imboscata sulla strada per Aversa» continuò Falco «dove oltre trecento dei nostri migliori cavalieri hanno perso la vita e dove Charles Antigny è stato fatto prigioniero… mentre il vostro 'buon amico' d'Hancourt è scampato senza un graffio, l'unico capitano sopravvissuto!»

Fece una pausa, fissando Guglielmo negli occhi. Poi gli afferrò le mani.

«Vi amo, mon seigneur» disse con una sincerità aspra e appassionata che stupì tutti. Dal suo viso era caduta la maschera forzata dietro cui si nascondeva sempre. «Ti amo, Guglielmo. Perciò cerco di farti capire, di tenerti al sicuro.»

Guglielmo chinò il viso verso il suo, tentennando la testa in un assenso atterrito. Poi Falco gli lasciò andare le mani e si voltò, lottando per riprendere la padronanza di sé. Indicò Dalibor, ma ora con una voce senza tono. «Eccolo il vostro traditore. Lasciate che lo schiacci per voi.»

Dalibor era giunto al limite della pazienza. «Basta con le parole. Mandate a chiamare l'arcivescovo.»

«Con il più gran piacere» ribatté Falco. S'avviò verso la porta, poi si girò e si rivolse a Guglielmo. «Se non vi dispiace un consiglio, fate venire qui la ragazza perché veda come muore il suo amante. Aziza mi dice che è difficile da trattare... Sono certo che una vista così le insegnerà qualcosa.» Fece un inchino e uscì.

Selby andò a chiamare l'arcivescovo, poi anche Dalibor e Geoffroi uscirono dal cortile. Guglielmo rimase solo sotto la pesante corona, con le mani afferrate ai braccioli del suo scanno di marmo. Chiuse gli occhi e vi appoggiò la testa con un suono strozzato simile a un singhiozzo.

XXI

L A PORTA DELLA STANZA DEI TRAFORI VENNE aperta cautamente dal braccio teso di qualcuno che non voleva avvicinarsi troppo. La mano reggeva il vestito di Kallyna.

«Streghetta?» la chiamò dolcemente Geoffroi senza farsi vedere. Kallyna non rispose, con la gola raschiata dal pianto.

«Adesso sei al sicuro...»

«D'accordo» disse infine lei. Il vestito venne lasciato sulla soglia; lo indossò e uscì.

Geoffroi era nel corridoio, canticchiando fra sé con la schiena rivolta alla porta e le gambe accavallate. Quando la vide sorrise da un orecchio all'altro.

«Ottime notizie, streghetta. Il signore d'Hancourt ha chiesto il Giudizio di Dio.»

«Ha chiesto cosa?»

Geoffroi andava di fretta, costringendola quasi a corrergli dietro.

«Gesù» borbottava «farei le capriole per la gioia. Che modo assolutamente *elegante* di sbarazzarsi di quel bastardo. Perché non è venuto in mente a me?»

La rivelazione di quanto le aveva appena detto divenne una spaventosa realtà quando entrarono nella cappella al piano inferiore del palazzo. Con le mani giunte davanti al volto chino nella più profonda concentrazione, Dalibor era inginocchiato ai piedi dell'altare, la spada deposta sul pavimento davanti a lui come un'offerta. Kallyna si fermò a distanza per non distrarlo e Geoffroi attutì il rumore dei suoi passi. Alla luce delle candele i capelli di Dalibor le ricordarono le matasse dorate che intrecciava per i tessuti più fini.

Dopo qualche attimo Geoffroi si schiarì la gola. Dalibor si voltò, la vide e le aprì le braccia. Kallyna non sollevò la bocca verso quella di lui perché erano in chiesa; anche il suo abbraccio fu innocente come quello d'un fratello.

«Mi batto con Falco fra un'ora» le disse semplicemente. «Vorrei averlo fatto prima. Vorrei averti risparmiato tutto questo. Ma è bene che io lo faccia, perché ho la ragione dalla mia parte.» Si rivolse a Geoffroi. «Hai tutto pronto?»

Geoffroi fece cenno di sì. «L'arcivescovo è stato chiamato. Ti aspetteremo nell'armeria.»

Mentre usciva Kallyna vide che Dalibor la guardava con un'espressione di rassicurante tenerezza; ma il cuore di lei sembrava beccheggiare come una nave che sta per colare a picco.

Era una notte fatta per una cerimonia di nozze, non per un duello, pensò guardando i servi che accendevano altre torce tutt'intorno al cortile. Amalfi somigliava a un gregge di pecore bianche addormentate l'una accanto all'altra sul pendio della montagna. La luna stava per tramontare; dal mare si udiva solo uno sciabordio così lieve che sembrava provenire da un sogno.

Camminava all'ombra di Geoffroi presa da un panico silenzioso. Le maniere calme, quasi incuranti di lui avrebbero dovuto incoraggiarla, ma erano come un fuoco lontano il cui calore non la raggiungeva.

Entrarono nell'armeria. Cotte di maglia erano appese a intelaiature di legno, simili a corpi scagliosi senza teste né arti. Mazze erano raccolte in un grosso cesto, lance in un cesto più alto. Le pareti grondavano ferro foggiato in ogni punta, lama e uncino immaginabile. Kallyna pensò all'harem, dove tutto era soffice e accogliente come qui tutto era rigido e minaccioso. Uomini e donne avevano spaccato il mondo in due reami opposti, come una mela fatta a metà che niente può più rimettere assieme. Il pensiero di quell'abisso la riempiva d'angoscia.

Geoffroi stava facendo scorrere le mani sulle armi con un piacere sensuale, come avrebbe toccato il corpo di una donna, sorridendo compiaciuto a ognuna di esse. Andò a sedersi accanto a lei, facendosi dondolare le lunghe braccia fra i ginocchi.

«Faresti bene a non essere tanto avvilita» le consigliò burbero. «Falco ci sa fare con la spada, ma il mio signore ci sa fare meglio. Anche se il mio signore muore» aggiunse con aria perversa «non hai di che preoccuparti. In un modo o nell'altro ti porterò via di qua... magari ti terrò per me come ricordo di lui.»

Kallyna lo guardò di sotto in su come se stesse per affondargli le unghie negli occhi. Geoffroi scoppiò a ridere. Poi s'alzò e uscì, ancora ridendo.

Tornò reggendo la spada di Dalibor con entrambe le mani come un piatto di portata, parlando ad essa con tono affettuoso.

«Allora, bellezza, vediamo che baci puoi lanciare stanotte.» La sguainò e la portò sotto una torcia. «Questo è acciaio, sai» disse fiero. «Dieci volte superiore al ferro... e dieci volte più costoso. Questi arabi vengono fuori con una nuova invenzione al giorno.»

Kallyna si torceva le mani. «Quanto dovremo aspettare?»

Geoffroi prese una cote, diede alla lama una serie di colpi rapidi e ripetuti, poi esaminò ancora una volta il filo alla luce della torcia. «Non molto».

«Sembrate così sicuro di ogni cosa» mormorò lei. «So che dovrei esserlo anch'io...»

«Non dovresti, devi» disse severo Geoffroi. «Altrimenti sei dalla parte del nemico.»

Intimorita dalla durezza della sua voce, lei rimase in silenzio.

Geoffroi la guardò di nuovo, stavolta senza rimprovero. «Non faccio che passare a te quello che altri uomini hanno ritenuto opportuno insegnarmi» disse. Scosse la testa. «È incredibile il genere di saggezza che inventiamo per ingannare noi stessi.»

Uscì a vedere se Dalibor era pronto, lasciando la spada accanto a lei.

Kallyna allungò la mano per sfiorarla. Era così fredda, pensò.

❀   ❀   ❀

«Attento a tutti i colpi dalla sinistra, sai che è mancino. Ora, non mi sono mai piaciute neanche certe tue alzate. Non sollevare troppo, o il petto ti rimarrà scoperto come quello d'un fagiano pronto per lo spiedo.»

Geoffroi parlava con serietà, aiutando Dalibor a mettere la cotta di maglia. Gli fece alzare le braccia per infilargliela, poi la tirò giù e gli sistemò il cappuccio sulla testa.

Dalibor guardò Kallyna sorridendo. «Streghetta... stai pensando a qualche incantesimo per me?»

Kallyna cercò di sorridere anche lei. «No, signoria. Non ne avete bisogno.»

La cotta lo rinchiuse dalla testa ai piedi con il suo gran peso di ferro. Lei pensò che non avrebbe potuto neanche muoversi, eppure la portava addosso come la propria pelle. Si chiese fino a che punto quel duro involucro così vicino al suo corpo toccasse anche la sua anima.

Mentre Geoffroi era fuori aveva sciolto il nastro dalla sua treccia e lo aveva avvolto attorno al fodero della spada. Dalibor lo vide, e diede di gomito a Geoffroi. «Non sarebbe il perfetto scudiero?»

Geoffroi, occupato a controllare le giunture della cotta, rispose con un brontolio d'approvazione rivolto sia alle giunture che alle parole di lui. Poi uscì di nuovo per trovare un servo che accendesse altre torce.

Dalibor s'attirò Kallyna fra le braccia. «Guardami negli occhi» disse. «Non solo adesso, ma anche là fuori. Fa' che ti veda, perché mi ricordi cosa faccio e lo faccia bene.»

Kallyna riusciva a malapena a sostenere lo sguardo di lui, ma costrinse la propria anima ad entrarci, come un pezzo d'argilla nella fornace.

«E se devo morire....»

«Non morirete» lo interruppe. «Dovete ancora darmi un figlio.»

Le bianche lastre di marmo del cortile sembravano aspettare il sangue come una distesa di neve aspetta le impronte di uccelli. Guglielmo sedeva accanto all'arcivescovo. Aveva già affidato l'intero giudizio al prelato, non volendo nulla a che fare con esso; adesso quasi non guardava più Falco. Geoffroi abbracciò Dalibor, poi andò a stare con Kallyna in un angolo del cortile, il più lontano da Guglielmo. Guglielmo gettò loro appena un'occhiata carica di emozioni impossibili da leggere.

L'arcivescovo sollevò il braccio verso i due avversari, fermi l'uno davanti all'altro al centro del cortile. «Inizia questo Giudizio di Dio, del quale sarò testimone legittimo e veritiero» proclamò. Le spade uscirono dai foderi con un suono stridulo di ferro.

Kallyna afferrò la mano di Geoffroi. Geoffroi le compresse le dita fra le sue, e quel dolore misericordiosamente le impedì di dare voce alle parole che rigiravano nella sua mente: non poteva guardare, non avrebbe guardato.

Dalibor e Falco rimasero a distanza l'uno dall'altro, immobili. Dalibor baciò la lama della spada e si piegò in avanti, pronto. Falco cominciò a girargli attorno senza mai togliergli gli occhi di dosso, poi inaspettatamente assestò il primo colpo.

Subito Kallyna chiuse gli occhi, mentre tutto il suo corpo veniva scosso da quel suono. Geoffroi si chinò verso di lei. «Ti dico di guardare» sussurrò ferocemente. «C'è un prezzo da pagare per l'amore di un uomo così!»

Rigida, Kallyna si costrinse ad aprire gli occhi.

Dalibor balzò di lato per schivare un altro affondo e si ritrasse. Poi afferrò l'elsa della spada con entrambe le mani e fermò una grandinata di colpi avventati con lo stesso numero di contraccolpi precisi che frusciarono come ventagli ai lati del volto di Falco. Geoffroi emise un grugnito di delizia; Kallyna dovette tirar fuori la mano dalla sua perché lui non gliela schiacciasse.

Il combattimento era prematuramente diventato uno scontro inconsiderato e frenetico. Dalibor e Falco s'avventavano con furia cieca, trascurando le più elementari regole di difesa e semplicemente scagliandosi l'uno contro l'altro, spinti solo dal loro odio. Dalibor gemeva ad ogni colpo come per far forza alle braccia con la voce.

Muovendosi così vicino al lato del cortile che l'arcivescovo sussultò spaventato, Falco colpì uno dei pilastri, mancando il viso di Dalibor di pochi centimetri e facendogli volare negli occhi la polvere dell'intonaco. Accecato per un attimo, Dalibor fece roteare la spada alla cieca, poi riuscì a mettersi al sicuro. Rimasero accosciati entrambi, col fiato corto e il viso grondante di sudore.

In quel momento Kallyna si rese conto che il combattimento si sarebbe protratto come la veglia al capezzale di un moribondo. Dalibor e Falco si sarebbero prima logorati fino all'osso, e solo allora quello dei due a cui rimaneva una scintilla di forza avrebbe assestato il colpo finale. Questa era la terribile pazienza della quale l'aveva avvertita Malva d'Hancourt, la pazienza di rimanere immobile mentre l'uomo che amava più d'ogni altra cosa al mondo s'avvicinava un passo alla volta al precipizio.

La spada di Dalibor sibilava in aria sempre più bassa e sempre più maldestra; la forza di Falco si affievoliva assieme alla sua. Il suono delle lame era una musica di ferro che faceva a pezzi la notte. Poi Falco si gettò su Dalibor e lo costrinse a sventare il fendente più pericoloso e più vicino di tutti. Mentre Dalibor schivava, la spada di Falco gli dipinse una striscia di rosso sul lato del collo. Rannicchiata contro Geoffroi, Kallyna cercò di soffocare un grido che la scuoteva tutta.

Ma in quell'istante Dalibor, piegato in due e respirando a fatica, la guardò. La sensazione del sangue gli accese lo sguardo di furia, la furia che lei conosceva. Immediatamente si rimise in piedi. Poi, con l'ultima scintilla di forza che il destino attendeva, spinse Falco sempre più indietro verso il muro. Quando le spalle di Falco stavano per toccare il muro, un ultimo colpo gli strappò la spada di mano e la mandò a saltellare sul pavimento come un ciottolo scagliato sull'acqua.

Kallyna si teneva così stretta a Geoffroi che quasi sentiva battere il cuore di lui. Guardò Falco, fermo contro il muro. *Lo lascerà vivere* pensò. *Ha avuto la sua vittoria.*

C'era troppa collera nell'anima di Dalibor, e il ricordo di tutto il dolore che Falco aveva portato nella sua vita. Fece un paio di passi indietro e si piantò a gambe larghe davanti a lui. Falco sembrava essere diventato pietra.

Mansur avrebbe riconosciuto il modo in cui le dita erano avvolte attorno all'elsa, la curva del polso, l'angolo del gomito. Alta nell'aria la spada di Dalibor tracciò un perfetto cerchio, e in un punto di quel cerchio la testa di Falco si staccò dal collo. Cadde a terra e rotolò verso i piedi di Kallyna; se lei non fosse saltata di lato si sarebbe fermata accanto alle sue pianelle come una mela caduta da un ramo. Geoffroi vide che aveva quasi un conato di vomito, e le girò il viso di lato.

Guglielmo balzò dal suo scanno con l'agonia sul viso, singhiozzando isterico. Richard e l'arcivescovo dovettero afferrarlo per le braccia perché non si scagliasse su Dalibor con il pugnale tratto. Selby chiamò i servi; lottando e piangendo, scalciando come un animale ferito, Guglielmo fu allontanato di peso. L'arcivescovo non rimase a dichiarare Dalibor assolto; passandosi la mano sul volto sudato supplicò Selby che lo riaccompagnasse a casa.

Dalibor chiuse gli occhi e sorrise, come dopo una lunga notte d'amore che lo avesse piacevolmente sfinito. Andò da Kallyna, l'abbracciò e le baciò la fronte. Le toccò il viso, stordito.

«Portatemi via da qui» mormorò lei.

Dalibor passò la spada a Geoffroi. Sollevò Kallyna sulle braccia perché non dovesse scavalcare il corpo spezzato di Falco e la portò su per le scale in una stanza che lui sapeva. Servi e guardie correvano dovunque; l'intero palazzo era in subbuglio. Sordo a tutto, Dalibor aprì la porta con un calcio e con un calcio la chiuse. Mise giù Kallyna, si strappò il cappuccio di maglia dal viso e si lasciò cadere sul letto.

La stanza era circondata da un balcone ombreggiato da una pergola di gelsomini. Sotto di loro era Amalfi addormentata. Fuori la notte era silenziosa e fonda; all'orizzonte, sospese fra le due tenebre diverse del cielo e del mare, le lampare si raggruppavano assieme come il profilo di un'altra città fatta di lontani puntini luminosi.

Per qualche minuto Kallyna gli rimase accanto senza parlare. Gli sfilò gli stivali e i guanti e gli versò una coppa di vino. Mentre lui beveva gli asciugò il sangue sul collo con un lembo della coperta. Dalibor stava scivolando nel sonno e non volle alzarsi per togliersi la cotta.

«Non mi piace come ti strofini addosso a Geoffroi» disse poi. «D'ora in avanti l'unico uomo sulla terra che può metterti le mani addosso sono io.»

Kallyna sorrise. Lui la vide, e la sua voce si fece aspra di collera. «Perché quel sorriso? Non hai paura di me?»

«Più che di mio padre» mentì lei.

Lui annuì, soddisfatto della risposta, e le restituì la coppa vuota. Dopo un po' il suo respiro tornò al ritmo regolare. La tirò accanto a sé duramente.

«Ancora non ti sei neanche congratulata con me» la rimproverò. «Non sei contenta di vedere come sono forte, perdio?»

Lei si raddrizzò. «Congratularmi, signoria? Dovrei baciarvi i piedi.»

Quando stava per farlo, lui le prese la treccia per fermarla.

«No. Non ascoltarmi quando parlo solo per orgoglio. Ormai dovrei pure saperlo.»

La fece stendere al suo fianco. «Questa stanza era mia. Vi ho portato donne... donne che per me non volevano dir nulla, e per questo odiavo me stesso... Sembrano trascorsi cento anni.» Sospirò profondamente. «Domani andrò da Ruggero, lascerò per sempre questo mocciso che osa chiamarsi suo figlio. Voglio ricominciare tutto daccapo. Voglio farti vedere la mia casa. E se mai dovrò lasciare la mia casa, ci metterò attorno un cordone di soldati. Solo l'Altissimo potrà trovarti lì dentro.»

Rimasero assieme nel silenzio. Come se atterrito dalla sua antica solitudine Dalibor la teneva stretta, inchiodata a sé. Nel buio non era che una grande ombra stagliata contro gli occhi ciechi delle stelle. Kallyna non sapeva cosa stesse pensando, ma ciò non la spaventava più. Niente la spaventava più.

Dalibor affondò la testa nel cuscino e s'addormentò; Kallyna si rannicchiò fra le sue braccia. Dopo un po' il loro respiro si fece tutt'uno con quello del mare.

✳   ✳   ✳

Non sapeva se era un sogno, ma se lo era, non ne aveva mai sognato uno più delizioso. Nella luce dell'alba lo sentì che le veniva accanto, teso e impaziente accanto a lei ancora molle di sonno. Sospirò, muovendosi appena, ma non aprì gli occhi; invece tornò ad arrendersi alla piacevole pesantezza che la teneva ferma sul letto come una rete di seta. Ebbe una breve sensazione di freddo quando la mano di lui sollevò il suo vestito e passò carezzevole lungo tutto il suo corpo con un movimento lieve, quasi furtivo.

Il respiro di lui parve fermarsi per un istante. Tutto era vago e niente era reale, solo il piacere che traeva da lei. Quando si voltò la prese con delicatezza, appoggiando appena il peso. Non era certa neanche che l'avesse chiamata per nome prima che lui si allontanasse e il sonno l'avvolgesse di nuovo.

Quando si svegliò era giorno fatto. La prima cosa che vide fu il suo sorriso canzonatorio mentre ripuliva con la manica la striscia di sangue che le aveva lasciato sulla guancia. S'era tolto la cotta e s'era messo comodi abiti da viaggio.

«Gesù che dormigliona» borbottò. «Uno squadrone di turchi potrebbe averti a turno senza svegliarti.»

Lei rise. «Cosa vi fa pensare che dormivo, e che non mi è piaciuto. I turchi, intendo.»

Si stese sopra di lei; lei lo respinse, ma senza molta voglia. «Ho fame. Che ora è?»

Dalibor continuava a dare strattoni ai lacci del corpetto. «Cosa importa che ora è? È ora che qualcuno ci porti la colazione.»

Lei cercava ancora di fermarlo. «Allora dovremmo alzarci.»

«Quando dico io.»

Si sentì bussare alla porta e Dalibor fu costretto ad alzarsi per andare ad aprire mentre Kallyna cercava di rassettarsi il vestito orribilmente sgualcito. Entrò la ragazza muta con un vassoio carico che lasciò su un tavolino.

Dalibor le sorrise. «*Shukran* Grazie, Leila.» La ragazza fece un inchino e uscì.

Kallyna allungò il collo verso il vassoio. «Non venite a mangiare?»

«Forse più tardi» rispose lui uscendo sul balcone.

Kallyna indicò uno dei piatti. «Cos'è questo?»

«*Halwa*. Assaggialo, è squisito.»

Lo guardò mentre osservava Amalfi con le mani sui fianchi. La luce del sole rendeva quasi diafana la camicia attorno ai contorni forti del suo corpo.

Si commosse vedendolo senza il guscio di ferro della cotta; dentro di sé pregò di poterlo vedere ogni giorno così.

«Quando partiamo?» chiese prendendo dal vassoio un'albicocca e una fetta di *halwa*.

«Appena viene su Geoffroi.»

«E il principe?»

Dalibor scrollò le spalle, ma senza disprezzo. «Le guardie mi hanno detto che si è chiuso nella sua stanza con la salma di Falco e non vuole parlare con nessuno. Gli auguro sinceramente un compagno migliore, la prossima volta che ne sceglierà uno.»

Kallyna si leccò le dita e andò accanto a lui sul balcone. Giù nel porto una galea era pronta a salpare. Amalfi andava incontro a un altro giorno della sua pacifica operosità.

«Sembrate il signore del luogo» disse prendendolo per il braccio. «Vorrei che lo foste. Una città come questa sarebbe fortunata ad avervi come padrone.»

Dalibor l'attirò a sé, scrutandole il viso. «E tu? Sei fortunata, tu?»

«Oh, signoria, se solo avessi le parole…»

Non c'era bisogno di parole. Geoffroi che stava entrando dovè attendere che il loro bacio finisse. Kallyna lo vide e lasciò le braccia di Dalibor.

«Sono contento di vedere voi due come di vedere il sole» li salutò Geoffroi. Mise la mano sulla spalla di Dalibor. «È tutto pronto. Abbiamo buoni cavalli e una scorta di cinque uomini. E stamattina sono così maledettamente felice che non ti chiedo neanche dove andiamo.» Gettò le braccia in aria. «Portami dove ti piace!»

Kallyna si rivolse a Dalibor, che si stava allacciando la spada.

«Potrei chiedervi dov'è quel fagotto che avevo con me?»

«Ti comprerò tutti i vestiti che vuoi appena usciamo» rispose lui impaziente.

«Non sono i vestiti, signoria. Ho una fibbia d'argento in quel fagotto… Mi rattristerebbe molto perderla.»

Dalibor sorrise. «Ah, certo. Dev'essere ancora negli alloggi delle donne.» Si girò verso Geoffroi, facendogli un inchino. «Hai sentito cos'ha chiesto? Potresti incaricartene tu.... dolce signore?»

Geoffroi gli tirò una zampata ma Dalibor fece presto a scansarla. Ridendo forte, Geoffroi uscì a cercare il fagotto.

Dalibor si riprese Kallyna fra le braccia. «Te l'avevo detto che c'è sempre tempo per quello che voglio.» Poi si fermò, e non guardava più lei. Teneva lo sguardo fisso su un punto lontano al di là delle case bianche arroccate sulla montagna. L'espressione di stupore nei suoi occhi le fece gelare il sangue: nulla era più pauroso della sorpresa d'un uomo avvezzo a ogni genere di sorprese.

Da dietro la torre di vedetta sul promontorio era apparsa una flotta di navi da guerra, le vele ripiegate, i remi che frustavano l'acqua in una spuma bianca. Un frastuono di corni, campane e grida si ridestò in tutta Amalfi, mentre la città dava l'allarme a una voce. La spiaggia si riempì all'improvviso di puntini neri, come un formicaio in pericolo.

«Navi pisane» esclamò Dalibor. «Devono essere almeno venti!»

Le navi continuavano ad avanzare inarrestabili verso il porto. La galea che stava per salpare e che ora era appena in mare aperto si trovò bloccata davanti ad esse. Dalla prua di una nave pisana una scia fumosa di fuoco greco s'inarcò nell'aria e colpì l'albero sotto il vessillo di Amalfi, riversando morte sul ponte di coperta. La galea sbandò violentemente, inclinandosi su un fianco. Kallyna non la vide affondare solo perché Dalibor l'aveva presa per mano e ora correva con lei verso il portone d'entrata. Lì trovò Geoffroi e i cinque soldati della scorta che con il viso sollevato in aria ascoltavano senza capire il rumore proveniente dall'altro lato delle mura del palazzo.

«Sbarcano i pisani» disse Dalibor. «Fra poco saranno alle porte.»

Negli occhi di Geoffroi si leggeva lo stesso sbalordito terrore. «Dio grande, cosa facciamo?»

Dalibor indicò ai soldati d'aprire il portone. «Non so. Ma sarà un massacro, che Dio mi dia del bugiardo.»

Avventatamente Geoffroi fece per spronare il suo cavallo verso il portone aperto. «Allora prendiamo la strada costiera prima che sia troppo tardi» disse.

«Fermati!» ruggì Dalibor. «Non andremo da nessuna parte senza Guglielmo. Rimani con lei e non muoverti finché non torno.»

Geoffroi guardò la strada, dove la gente correva confusamente da ogni parte.

«Senti, non faremmo che perder tempo. Guglielmo verrà via da sé assieme a Richard.»

Dalibor si strappò da lui. «Maledizione, Geoffroi, a volte mi viene quasi da pensare che sei o un vigliacco o un imbecille! Non comprendi che se lasciamo Guglielmo ai pisani il riscatto che chiederanno sarà Napoli? Sei anni di guerra per niente!»

Geoffroi non rispose. Dalibor stava già correndo verso gli appartamenti del principe. Tutto il palazzo risuonava di grida e di passi in corsa. Dall'harem si udivano le urla stridule delle donne. Richard Selby giunse di corsa, con la spada in mano. «Si è chiuso dentro» disse a Dalibor ansimando. «Le guardie non mi lasciano passare.»

«Abbatteremo la porta. Uccideremo le guardie, se dobbiamo.»

Le guardie sembravano essere sui carboni accesi. «Vi supplico, signorie» disse uno degli uomini «convincete il principe ad uscire o sarà la sua rovina.»

Dalibor lo fece allontanare. Lui e Richard misero le spalle contro la porta e spinsero. La porta non cedette. Le due guardie s'unirono a loro; spinsero tutti insieme fino a che la porta non si aprì.

Guglielmo si nascondeva dietro la bara di Falco. Selby piegò il ginocchio davanti a lui. «Perdonateci, signore, ma siete in grave pericolo. La città è stata attaccata, i pisani saranno presto dentro le mura».

«La porta principale sembra ancora ben difesa» aggiunse Dalibor. «Bisogna raggiungerla prima che lo facciano loro.»

«Ma il palazzo… le donne» balbettò Guglielmo.

«La vostra vita, mon seigneur!» gridò Dalibor. «Niente vale più di quella!»

Il ragazzo si teneva aggrappato alla bara come ad un salvagente, incapace di muoversi. Dalibor lo prese per il braccio e lo costrinse a uscire.

«Non mettermi le mani addosso, d'Hancourt!» gridò Guglielmo furibondo. «Non toccarmi o giuro che ti faccio impiccare!»

Dalibor continuava a tirarselo dietro. «Fate pure così» ribatté. «Quando vi avrò portato al sicuro davanti a vostro padre fatelo pure.»

Al portone principale Kallyna si sforzava di vedere se arrivavano. I suoni di un incubo s'avvicinavano sempre più. Navi affondavano, l'acqua brulicava di corpi. Esplodendo in nuvole nere e ardendo dovunque sulla superficie del mare, il fuoco greco spandeva nell'aria un puzzo di zolfo e di carne bruciata. Erano sbarcati i temibili balestrieri di Pisa.

Finalmente vide Dalibor che tornava, ancora trascinando Guglielmo per il braccio. Sconvolto e atterrito, Guglielmo montò a cavallo senza fare parola e senza opporre resistenza. Uscirono dal palazzo circondati dai soldati della scorta. Subito la folla li fermò, stringendosi attorno a Guglielmo e supplicando protezione; neanche le spade tratte dei soldati potevano allontanarla.

Una donna in lacrime si gettò in ginocchio davanti al cavallo del principe.

«O signore delle nostre vite, signore misericordioso, salva i miei figli!» gridò. Non c'era modo d'oltrepassare quel muro disperato.

Dalibor cercò di farsi udire al di sopra del frastuono. «Andate all'arsenale» gridò. «All'arsenale!» Ma la folla non faceva che stringersi ancora più frenetica intorno a loro. Afferrò un uomo per il braccio e parlò solo a lui. «Entrate nel palazzo. Ci sono armi e pareti salde. Chiudetevi dentro, distribuite le armi.»

L'uomo fece segno di capire; assieme ad altri cominciò a radunare la folla e a condurla dentro. Adesso potevano mettere i cavalli al trotto, rompendo una diga dopo l'altra di gente che bloccava le strette strade. I pisani avevano già fatto breccia in una delle porte della città; case bruciavano.

A Kallyna sembrava di stare vacillando sull'orlo del mondo. Cercò di tenere gli occhi fissi su Dalibor come se su un faro mentre i cavalli galoppavano verso la porta principale. Da dov'erano potevano già vedere che la porta era il centro della lotta più accanita, con i pisani che lottavano per penetrarvi e i soldati di Amalfi che lottavano per difenderla.

Dalibor tirò le redini e fece un conto approssimato dei nemici. «Dovremo farci largo a forza» disse. «Ora, mentre gli altri stanno ancora venendo su dalla spiaggia.» Geoffroi poté solo essere d'accordo. Dalibor aiutò Kallyna a passare dal suo cavallo al proprio e le allacciò le mani attorno alla vita.

«Reggiti. Non c'è altro modo.»

Si precipitarono verso la porta come massi rotolanti dalla cima di un monte. Con gli occhi chiusi Kallyna sentì gli zoccoli che calpestavano carne sotto di lei: nessuno avrebbe mai saputo se era di avversario o di alleato. Dalibor abbatté un pisano che gli aveva afferrato la staffa e Geoffroi ebbe il braccio graffiato dalla punta d'una lancia; ma erano riusciti a passare per la porta, e non sapevano come. Davanti a loro s'apriva la strada costiera, ancora vuota.

Fu allora che Kallyna vide il balestriere accosciato dietro le mura di cinta. Un attimo dopo vide due soldati della loro scorta cadere di sella, trafitti da frecce lunghe quasi due metri. Dalibor fu costretto a far rallentare il suo cavallo per non scontrarsi con quelli dei due morti. Girato per vedere dov'era Guglielmo, non s'accorse che il pisano ricaricava la balestra e lo prendeva di mira. Kallyna lo vide; mentre l'uomo si sporgeva pronto al colpo allungò il braccio come per afferrare la freccia. Lo spiedo di ferro si conficcò nella sua spalla anziché nel collo di Dalibor.

Dalibor la sentì che s'accasciava dietro di lui. Lasciò andare le redini e liberò una mano per tenerla avvinta a sé. Geoffroi lanciò un grido d'orrore che lo fece voltare, ma Dalibor non vedeva che la lunga ombra nera della freccia. Kallyna lo udì che la chiamava, ma come se da molto lontano; non aveva fiato per rispondergli. Si lasciò andare contro la sua schiena, trattenuta solo dalla sua mano.

Non sapevano per quanto tempo avessero galoppato sulla strada costiera mentre la carneficina infuriava alle loro spalle. Una volta oltrepassata l'ultima torre di vedetta, quando non potevano più esser visti, Geoffroi dovette mettere il suo cavallo davanti a quello di Dalibor per farlo fermare: Dalibor non voleva smontare e vedere Kallyna morta, continuando ad opporsi mentre Geoffroi gridava e imprecava. Infine Geoffroi ordinò a Richard di rimanere assieme a Guglielmo lontano dalla strada e condusse i cavalli in un boschetto d'olivi. Lì scese di sella e costrinse Dalibor a lasciarla andare.

«Perché non io?» si chiese Dalibor stordito. «Perché non io invece?»

«Dolce amico» ribatté selvaggiamente Geoffroi «tu saresti morto e lei è solo ferita.»

«Che differenza c'è?»

Geoffroi si sedette su un masso tenendo Kallyna fra le braccia. Appoggiò la testa di lei sul suo braccio e strappò la manica del vestito attorno alla freccia.

«Andiamo» disse «non è nulla di serio. Non ha neanche trapassato la spalla. La tireremo fuori.» Dalibor mise la mano sull'asta ma Geoffroi lo fermò. «Ti tremano le mani. Lascia fare a me o la rovini.»

Dalibor fece cenno di sì. «Oh Signore, sanguina tanto».

«Ti dico che non è cosa seria» insisté Geoffroi rimboccandosi la manica. «Almeno non sentirà nulla… se questo farà sentire meglio te. Tienila ferma.»

Prese l'asta della freccia e la mosse con delicatezza da un lato all'altro per staccarla dalla carne, per vedere fino a che punto fosse penetrata; poi la strappò via con unico un gesto secco e preciso. Il tessuto lilla sulla schiena di Kallyna fu subito nero di sangue. Dalibor si tolse la camicia e con quella premette sulla ferita finché il sangue sembrò arrestarsi, poi l'avvolse attorno alla spalla come una benda.

Geoffroi osservò la punta della freccia per assicurarsi che fosse tutta intera.

«La ferita non è profonda» dichiarò. «Fra un paio di settimane sarà rimessa a nuovo.»

«Che Dio ti ascolti» mormorò Dalibor.

«E adesso?» sospirò Geoffroi.

«Devo rimanere con Guglielmo… Portala a Salerno, alla Scuola Medica. E ricorda che se muore taglio la gola a te e al medico.»

Geoffroi rimontò a cavallo e si tirò Kallyna davanti a sé, mentre Dalibor lo aiutava a legarla a lui con la sua lunga cintura doppia.

«Allora ti raggiugerò più tardi» disse Geoffroi.

Dalibor le diede un'ultima carezza. «Vorrei non averla mai incontrata» disse fra sé. «Mi fa sentire come se non fossi sempre tutto intero.»

Geoffroi prese le redini e s'allontanò. Dalibor rimase a guardarli finché poté, poi tornò da Guglielmo e prese la direzione opposta.

Per ore Geoffroi maledisse la sensazione di bagnato che si trasmetteva al suo petto dalla spalla di Kallyna. Maledisse la guerra, l'amore, la vita e il suo cavallo che non correva più veloce. Nella mente vedeva cosa stava accadendo ad Amalfi. I pisani erano penetrati nel palazzo del Doge, cercando Guglielmo. Avevano ucciso tutti coloro che vi erano dentro e avevano caricato le donne sulle navi. Avevano fatto irruzione nella stanza del principe, avevano trovato il corpo di Falco e lo avevano gettato dalla finestra, nella piscina dalle mattonelle azzurre arrossate di sangue. Avevano saccheggiato il palazzo fino all'ultimo cuscino di seta e all'ultimo sgabello d'ebano, poi lo avevano dato alle fiamme. Geoffroi pensò che se Kallyna fosse stata ancora nell'harem appena poche ore prima non l'avrebbero vista mai più; e decise che se Dalibor non ci avesse mai pensato, non glielo avrebbe mai fatto pensare.

Quando fu sotto le mura di Salerno fermò il cavallo e si gettò un'occhiata alle spalle. Nella mente vedeva tutta Amalfi bianca scomparire in una nuvola di fumo nero. Poi si diresse verso la Scuola Medica.

XXII

I L SOLE DEL TRAMONTO ENTRAVA SFAVILLANDO DALLE alte finestre simile al riflesso di un incendio che divampasse silenzioso. Ogni figura di vetro colorato portava con sé un secondo universo di ombre, come gli uomini e le loro anime.

Kallyna aveva ripreso i sensi; ora il dolore era più forte di ogni cosa che avesse mai provato. Neanche lo stupore di essere ancora viva poteva scuoterla da quella martellante tortura che la rendeva quasi incapace di vedere e di sentire. Scrutò il volto dell'uomo cha la reggeva sulle braccia, sperando fosse Dalibor; invece era Geoffroi, che camminava a grandi passi chiamando un dottore a voce alta e impaziente.

Geoffroi passò oltre il giardino dove crescevano le erbe medicinali, oltre stanze dov'erano conservati bisturi e coppette. Nella biblioteca, spesse rilegature assicurate da lucchetti custodivano i tesori di libri di medicina, biologia e filosofia. Fece capolino nella Sala d'Anatomia, dove un cadavere veniva sezionato, poi attraversò il lungo corridoio fra due ali di celle per i malati. Infine, vedendo una luce in una delle stanze, vi entrò.

Sugli scaffali erano allineate dozzine di *alberelli,* vasetti di ceramica lucida etichettati con cura. Da un lato erano l'oppio, lo giusquiamo e la belladonna, dal lato opposto la mirra, la valeriana e l'aconito. Uno degli scaffali era riservato a mortai e pestelli di ogni grandezza, un altro a barattoli di vetro contenenti sanguisughe. Sulle pareti erano appese immagini del corpo umano e fogli di ricette medicinali. Una donna era seduta a un tavolo intenta a misurare su una piccola bilancia gli ingredienti per una tisana d'erbe. La voce di Geoffroi la costrinse a interrompere il suo delicato compito.

«Per le gonne di Sant'Anna, c'è nessuno che può indicarmi un dottore in questo dannato labirinto?» gridò Geoffroi.

La donna si voltò. Graziosa e paffuta, ogni suo gesto sembrava emanare una gioviale energia e una piacevole sicurezza di sé. Vestiva una lunga toga maschile imbiancata qua e là dal maneggiare polveri medicinali, e i suoi capelli castani erano tagliati corti a frangetta come quelli d'un ragazzo.

«Mio buon signore» rimproverò Geoffroi con la fronte aggrottata «voi dovete essere uno di quei pochissimi fortunati che non sono mai stati in un ospedale, altrimenti avreste un po' più rispetto per il Dottor Quiete.»

Confuso, Geoffroi si guardò intorno cercando questo dottore di cui la donna doveva essere una domestica. La donna gli fece cenno di mettere giù Kallyna. «Su quella branda» disse.

Geoffroi non voleva perdere tempo con una domestica. «Vi ho detto che ho bisogno d'un dottore. Dove posso trovarne uno?»

«Io sono un dottore» rispose la donna. «Per favore mettetela giù. Devo mettermi al lavoro subito.»

Geoffroi rimase a bocca aperta. «Voi siete un dottore?»

La donna indicò la branda e gli spinse giù le braccia perché vi deponesse Kallyna. I suoi acuti occhi grigi brillavano soddisfatti del suo sbalordimento.

«Andiamo» disse affabilmente «non ditemi che non sapevate che la nostra scuola è aperta anche alle donne. Ho compiuto i miei tre anni di studio, ho superato gli esami e ho completato un anno di pratica, esattamente come tutti i dottori maschi che troverete in questo… dannato labirinto, come lo chiamate voi.»

Ancora più sbalordito, Geoffroi poté solo farsi di lato mentre la donna disfaceva l'improvvisata benda macchiata di sangue e la gettava in un cestino. Aggiunse sorpresa a sorpresa lavandosi le mani in un bacile con acqua e sapone: negli ospedali da campo Geoffroi non aveva mai veduto nulla che somigliasse a quel procedimento sanitario.

«Ad ogni modo» proseguì la donna «mi chiamo Rebecca Saba. Sarei curiosa di sapere come vi chiamate voi e sarei curiosa anche di sapere, sempre che non vi dispiaccia, cos'è successo a questa giovane donna.»

Geoffroi camminava su e giù per la stanza annusando gli odori medicinali che vi aleggiavano. «Sono il signore de Vire. Veniamo da Amalfi, siamo stati attaccati dai pisani. S'è portata dietro un loro regalino destinato a un altro... Una cosa maledettamente coraggiosa» borbottò fra sé guardando Kallyna. «Ora assieme a tutto il resto lui le deve anche la vita.»

Prese uno dei vasetti e lo rigirò fra le mani, osservandolo incuriosito; poi lo posò distratto sullo scaffale sbagliato mentre guardava Rebecca con diffidenza testarda.

«Mi perdoni signora, non è per essere scortese, ma siete sicura di poter fare fronte alla situazione? Il signore d'Hancourt ha promesso di tagliarmi la gola se muore, e lui le promesse le mantiene.»

«Davvero?» commentò Rebecca con aria bonariamente scherzosa. «Adesso capisco perché facevate tanto rumore.» Gli rivolse un sorriso luminoso. «Vi prego di non crucciarvi. È in buone mani.»

Geoffroi scrollò le spalle rassegnato, levandosi dai piedi.

Rebecca preparò un cauterio e lo appoggiò sulla spalla di Kallyna con un movimento rapido e sicuro. Non arricciò neanche il naso al puzzo di carne bruciata; ma Geoffroi, che lo aveva avvertito innumerevoli volte, ora lo trovò rivoltante. «Sono lieto di sentire che è in buone mani, signora, perché ho il presentimento che sarà la prossima duchessa d'Hancourt.»

Rebecca stava tastando il polso di Kallyna. «Mi prenderò ottima cura di lei» lo rassicurò. «Dite al signore d'Hancourt che non si preoccupi.»

Geoffroi mise il fagotto di Kallyna sul tavolo assieme a un borsellino pieno. «Per il vostro onorario» disse. «Ora devo andare. Ditele che torneremo al più presto possibile, o io o lui.» Diede un'ultima occhiata a Kallyna. «Non fate che le succeda nulla» disse con voce stranamente timida, e se ne andò.

La stanza nella quale Rebecca aveva ricoverato Kallyna era il suo studio, comodo e soleggiato. Le aveva assegnato un'infermiera di nome Costanza che dormiva nella stessa camera e le portava i pasti. Col tempo Costanza sarebbe riuscita anche a trovare un posto per tutti i libri che ingombravano lo studio, dagli enormi volumi in folio ai fogli da disegno legati assieme con lo spago. Su uno degli scaffali carichi di taccuini era una menorah d'argento. Dalla finestra si vedeva l'orto medicinale dai lunghi solchi ordinati ombreggiati da alberi da frutta, con al centro una fontanella e una meridiana. Alto sopra l'orto si stagliava la mole massiccia dell'antico castello longobardo.

La Scuola Medica era un'oasi di serenità nel cuore rumoroso di Salerno. Kallyna apprese da Rebecca che era l'unico luogo in tutta l'Europa nel quale per la prima volta nella storia la malattia veniva affrontata con lotta metodica e cognizione scientifica. Ma essere nuovamente sola la rendeva triste e fiacca, e il dolore della ferita era costante. Rebecca le aveva detto che Geoffroi aveva promesso di tornare presto. La sua compagnia era rassicurante e affettuosa, ma Kallyna aveva bisogno di farmaci per dormire.

Rebecca le portava anche notizie, che non erano buone. Come se la guerra contro Napoli non bastasse, i tedeschi dell'imperatore Lotario, da anni nemico di Ruggero, avevano oltrepassato il confine e ora avanzavano in Campania uccidendo e saccheggiando. Quelle notizie facevano sentire Kallyna come un uccello dalle ali tarpate; supplicò Rebecca che le permettesse di riprendere a camminare ma Rebecca glielo proibì, dicendo che era ancora troppo debole.

S'avvicinava la Domenica di Pasqua. La ferita andava rimarginandosi secondo i tempi normali, benché a Kallyna sembrasse un'eternità. Rebecca trascorreva molte ore nello studio, leggendo e scrivendo appunti. Durante il resto del tempo insegnava nella Sala di Biologia, faceva il giro dei malati e preparava infusi medicinali. Per Kallyna Rebecca era oggetto di costante ammirazione, che lo diventò ancora di più quando Rebecca le rivelò il motivo per cui aveva scelto la via della conoscenza medica.

«Ho partorito quattro volte» le disse. «La prima volta erano maschi gemelli. Loro e tutti gli altri morirono, chi dopo qualche giorno chi dopo qualche anno. Mio marito e io eravamo felici... Quando l'ultimo bambino morì, finì anche la nostra felicità. Discutevo continuamente con lui che non doveva più mettermi incinta. Il solo pensiero di perdere altri figli mi atterriva. Poi gli chiesi di lasciarmi venire alla Scuola. Volevo capire cosa s'era portato via quelle cinque piccole vite, a parte ciò che lui chiama la volontà di Dio».

«Non era il solo che si opponeva. I miei genitori mi hanno allevato nella più rigorosa fede ebraica, e anche loro ritenevano blasfemo che una donna osasse sfidare la pazienza divina. Alla fine sono stata costretta a lasciare mio marito, a lasciare i miei genitori e a venire alla Scuola senza l'appoggio di nessuno. Come vedi la mia storia non è un buon esempio del modo in cui le donne dovrebbero fare le proprie scelte. E se sinceramente credi nella volontà di Dio, contentati di essa. È una piacevole illusione, certo molto più confortevole del dubbio.»

Quando arrivò il Giovedì Santo la ferita di Kallyna bruciava e pizzicava orribilmente, ma se non altro era segno di guarigione. S'era rassegnata a trascorrere una Pasqua solitaria. Quella sera, nel suo letto, ricordava le passate feste di Pasqua trascorse a casa, dove tutto sembrava semplice anche se non lo era mai stato.

A quell'ora, a Tropea e in tutto il regno veniva celebrata la messa. Alla fine della messa il sacerdote scendeva dall'altare reggendo un bacile dorato pieno d'acqua. Dodici uomini scelti fra i più poveri del paese sedevano in due file in mezzo alla navata della chiesa. Come Cristo aveva fatto con i suoi apostoli, il sacerdote lavava loro i piedi, inginocchiandosi in umiltà davanti a loro mentre i suoi paramenti si raccoglievano ampi sul pavimento. Le donne cuocevano grandi pani in memoria dell'Ultima Cena; il sacerdote li benediceva, li spezzava e li distribuiva ai fedeli. Kallyna vedeva ancora Vasili che portava a casa quel pezzetto di pane nelle sue grandi mani indurite dai calli. Un tempo era stato povero abbastanza da sedere fra i dodici.

Il suo quieto fantasticare venne interrotto dalla voce di Rebecca nel corridoio, appena fuori della porta aperta dello studio. Sentì lei e un altro dottore che discutevano animatamente i sintomi di una certa malattia. Non potendo vincere la discussione, Rebecca entrò irata nello studio e chiuse la porta. Quel suono, benché né forte né inaspettato, scosse Kallyna dalla testa ai piedi, mentre una fitta di dolore lancinante si trasmetteva dalla sua spalla al collo, stringendole le mascelle in una morsa.

Rebecca borbottò fra sé un ultimo commento sulla testardaggine del suo collega, poi si sedette sul letto. «C'è qualcosa che non va?» Kallyna cercò di rispondere, ma un altro terribile spasmo le bloccò ogni muscolo attorno alla bocca. Rebecca aggrottò la fronte. «Non muoverti. Faccio venire Costanza.»

Uscì dallo studio e salì nella libreria al terzo piano. Cercò nervosamente fra i volumi allineati sugli scaffali nelle loro rilegature di cuoio dorato. Fece scorrere le dita sui titoli in arabo, ebraico, latino, greco. Finalmente trovò il libro che cercava: gli Aforismi di Ippocrate. Sfogliò rapidamente le grandi pagine spesse d'inchiostro, poi si fermò e mise il dito sotto una frase in greco.

«Uno spasmo che si presenta attorno alle mascelle in seguito a una ferita è fatale. Coloro che sono affetti da questo male muoiono entro quattro giorni, o se guariscono sono curati per sempre. Questa è la natura del tetano.»

✻ ✻ ✻

La sera del Venerdì Santo i Sepolcri erano pronti. Ogni crocifisso era avvolto in culle di veli neri; le fiammelle delle candele facevano capolino qua e là in mezzo ai lunghi nastri come monelli a un funerale. Grandi vasi di grano in erba erano raggruppati davanti agli scalini dell'altare, un tappeto di esili fili verde pallido.

Rebecca glielo aveva detto. La mente di Kallyna rimaneva lucida abbastanza da aspettarsi con terrore la prossima ondata del tetano che percorreva il suo corpo. Dapprima aveva pianto e supplicato disperatamente. Non poteva morire sola, la implorò; Dalibor non poteva tornare e trovare nient'altro che una zolla di terra. Non aveva conforto, singhiozzando e battendo i pugni sul muro. Rebecca fu costretta a somministrarle un narcotico che la fece scivolare in una sonnolenza stremata.

Fuori ogni luce era spenta. Una folla scura avanzava mormorando nella strada, il suo lento andare accompagnato dal rullo di un unico tamburo. La statua di Maria, avvolta in un mantello nero, barcollava sulle spalle degli uomini che la reggevano. Andava in cerca di Gesù, chiedendo di lui a ogni porta. Nessuno sapeva dirle dov'era, e la folla si spingeva avanti assieme a lei, gemendo con lei, fremendo nell'oscurità.

Alle porte della cattedrale la spettrale processione si fermò. Le porte erano chiuse e il vescovo aspettava in cima alla scalinata del sagrato. Quando Maria supplicò di essere condotta da Gesù il vescovo svelò una statua del Cristo morto. «Vieni, Maria, prendi tuo figlio!» gridò. Le porte si spalancarono, il tamburo emise un lungo rullo tuonante. In una marea di singhiozzi, Maria saliva le scale e scompariva nel buio della navata.

Il volto di Kallyna era bagnato di lacrime. Rebecca si teneva il viso nascosto fra le mani.

L'alba del Sabato Santo era carica di un'attesa silenziosa. Ogni campana del regno era muta: in quel giorno di lutto il loro suono allegro non doveva farsi sentire. Nelle chiese si udiva solo il crepitare delle *carici*, le raganelle di legno. Ma sotto le vesti a lutto di Maria s'intravvedeva già il mantello azzurro orlato d'oro.

Tutta la notte, trascurando ogni altro compito, Rebecca rimase seduta al capezzale di Kallyna. La lasciò solo una volta, per andare a parlare con i suoi anziani e venerati maestri. La risposta di tutti era una: non c'era speranza. Quel verdetto di morte la offendeva, lei che aveva visto tanti morire. Andò a camminare sola nel giardino, cercando di schiarirsi la mente.

Forse i suoi genitori e suo marito avevano ragione, pensò. Sembrava non aver guadagnato nulla dai suoi tentativi di svelare i segreti della natura. Ma la sua anima si ribellava profondamente a quel pensiero; voleva fare a pezzi tutti i libri di medicina e tutte le regole in essi contenute. Nel giardino gli alberi si piegavano nel vento lieve e la meridiana proiettava un'ombra simile a quella di un'ascia spuntata. Dopo un po' strinse i pugni e tornò nello studio.

Era notte, e doveva lavorare al lume di due lucerne a olio. Prima preparò un potente sedativo e lo fece bere a Kallyna. Quando esso fece il suo effetto riaprì la ferita con il bisturi e la drenò a fondo, rimuovendo ogni particella di tessuto infetto con una furia controllata e decisa. Infine cauterizzò la ferita, la fasciò di nuovo e si sedette ad aspettare, sonnecchiando con la testa appoggiata sulle braccia.

Forse un'ora prima di mezzanotte Costanza la svegliò per dirle che c'era un uomo che cercava Kallyna. Dall'altro capo del corridoio Rebecca sentiva gli speroni di lui che infrangevano il silenzio del grande edificio. Uscì subito dallo studio e chiuse la porta.

Dalibor le sorrise, impaziente d'entrare.

«Donna Rebecca, voglio ringraziarvi di cuore per tutto ciò che avete fatto» la salutò di fretta, muovendosi verso la porta.

Rebecca gli sbarrò la strada. «Signore d'Hancourt, mi dispiace.»

Dalibor aggrottò la fronte. «Perché vi dispiace?»

Rebecca cercò di attenuare l'espressione minacciosa negli occhi di lui con un sorriso. Per un istante pensò che l'avrebbe davvero uccisa come aveva promesso di fare. «Ha il tetano» si costrinse a dire alla fine.

Dalibor sembrò accartocciarsi. Aveva temuto quella parola tante volte lui stesso dopo ogni battaglia, quando il più piccolo frammento di metallo che lo aveva sfiorato poteva portare con sé quel male.

Quietamente Rebecca ripeté la confessione della propria sconfitta. «Mio signore, mi dispiace.»

Dalibor afferrò la maniglia della porta e irruppe nello studio. Si fermò accanto al letto di Kallyna. «È morta?» mormorò.

«No. Anzi può ancora salvarsi. Come sapete il tetano uccide entro quattro giorni oppure scompare per sempre.»

Dalibor si chinò ad ascoltare il respiro affannoso e irregolare di Kallyna.

«E quale giorno è oggi?»

Rebecca sospirò. «Il quarto.»

Dalibor trascinò uno sgabello accanto al letto. Rimase a lungo seduto con il viso fra le mani. Era contento che Kallyna fosse sotto l'effetto dei farmaci, che il dolore toccasse solo lui.

«Ma non può lasciarmi a questo modo» si stupì. «Pensavo di avere più tempo…» Scosse la testa. «Ho sbagliato tutto. Non le ho dato altro che pena, fin dal primo istante… e adesso l'ho uccisa. Se penserà che non m'importa abbastanza di lei impazzirò. O Dio, Dio grande. Non le ho mai neanche chiesto quanti anni ha.»

Rebecca controllò il polso di Kallyna e non parlò. Poi prese della cera d'api e gliela mise nelle orecchie; era quasi mezzanotte, presto sarebbe echeggiata dovunque la Resurrezione. Era una notte dolce e stellata. Su tutta la città il silenzio s'era fatto più profondo. I diaconi salivano sui campanili e slegavano le corde delle campane. Dalla cattedrale le voci dei fedeli sembravano il mormorio lontano di un fiume.

Seduto accanto al letto, Dalibor continuava a sussurrare fra sé. Aveva così poco tempo per rassegnarsi a perderla; ma non sapeva neanche da dove cominciare. Un rammarico dopo l'altro gli si presentava alla mente, come creditori rumorosi che s'affollano per farsi sentire. «Avrei pouto fare tante cose… Avrei potuto bruciare la mia sferza prima di metter piede a Tropea, avrei potuto confortarla quando aveva paura, avrei potuto avere un bambino con lei…» Si alzò. «Donna Rebecca, dove posso trovare un prete?»

«La cappella è dall'altro lato del giardino. C'è sempre qualcuno.»

«Grazie. Il minimo che devo fare per lei è mandarla a Dio come mia moglie.»

«Ma se si salva…» lo interruppe Rebecca.

«Se si salva» promise lui «nessuna moglie sarà amata da un uomo più di quanto lo sarà lei.»

Il vecchio prete dovette quasi essere trascinato nello studio, dopo che Dalibor gli aveva dato appena il tempo di prendere il messale. «Ma non è corretto» continuava a dire «nient'affatto corretto. La Chiesa ha regole precise, modi precisi…»

«Se devo mettermi in ginocchio davanti a voi, Padre, lo farò» insisté Dalibor. «Vi supplico di capire. Non c'è tempo per notificare il vescovo.»

«Vi prego» aggiunse Rebecca. «Se questa giovane donna potesse parlare vi darebbe il suo pieno consenso. Sono certa che Dio una volta tanto non ci farà caso.»

«Donna Rebecca, vi dico che il battesimo si può amministrare in extremis. Il matrimonio è tutta un'altra cosa, nient'affatto semplice come immagina Sua Signoria.»

Dalibor si rivolse nuovamente a lui. «Vi supplico, ascoltatemi. Domani farò tutto ciò che è necessario. Sarà corretto, ve lo giuro.»

Il prete guardò lui, guardò Rebecca, poi finalmente fece segno di sì. «Serve un altro testimone.»

«Chiamo Costanza» disse Rebecca.

Mentre Costanza entrava, Dalibor cercò l'anello con sigillo che Kallyna portava al collo e lo sfilò dalla catenella. Rebecca prese la mano di lei e le rassettò i capelli sul cuscino.

«*In nomine Patris, et Filii, et Spiritus Sancti*» cominciò il prete.

Un tuonare di campane proruppe da ogni chiesa. Era scoccata la mezzanotte, l'attesa era finita. Il viso di Kallyna era sereno; Dalibor le stava accanto dritto e timido come ogni altro sposo.

«Prendi questa donna come moglie davanti a Dio e agli uomini?»

Le campane suonavano e suonavano. Le grida dei fedeli si levavano alte, come celebrando la fine d'una guerra. Fiammelle fiorirono dappertutto, accese da una candela all'altra.

«Sì» rispose Dalibor con voce chiara e ferma.

La porta della cattedrale si spalancò. Circondato da una luce sfolgorante il vescovo apparve sulla soglia reggendo un sudario bianco carico di petali di rosa. «*Christos anesti!*» annunciò con le antiche parole greche. «Cristo è risorto!» E in un rimbombante unisono i fedeli diedero la risposta: «*Aleithos anesti! In verità è risorto!*»

Kallyna gemette e s'agitò appena nel sonno. Il prete si rivolse a lei con le benedizioni della sposa. «Che sia fedele come Ruth, gioiosa come Sara. Che sia virtuosa e che dia buon frutto.» Vide che Dalibor abbassava la testa con un gesto angoscioso e chiuse il messale.

«Prendi quest'uomo come marito davanti a Dio e agli uomini?» chiese il prete a lei che non poteva udirlo.

Rebecca strinse la mano di Kallyna e rispose per lei. «Sì.»

«*Ego conjungo vos in matrimonio, in nomine Patris, et Filii, et Spiritus Sancti. Amen.*»

Dalibor infilò l'anello al dito di Kallyna e la baciò sulla fronte. Era stato breve, come il tempo che rimaneva loro.

Il prete andò via assieme a Costanza. Dalibor chiese a Rebecca di restare con lui ancora un po', mentre le campane s'affievolivano e la notte tornava quieta nelle lunghe ore prima dell'alba. Rebecca controllò l'incisione sulla spalla di Kallyna, poi la fasciò di nuovo. Gli aveva detto che aveva riaperto e drenato la ferita, ma senza dargli a credere che ciò le avrebbe salvato la vita.

Dalibor rimase tutta la notte tenendosi Kallyna fra le braccia. Pregava, imprecava, piangeva, poi rimaneva in silenzio ancora una volta. Quando stava per fare giorno disse a Rebecca d'andare a dormire. Rebecca obbedì riluttante, raccomandandogli di chiamarla subito se ci fosse stato il minimo cambiamento.

Oltre il giardino una luce grigia strisciava verso la meridiana. Tutta Salerno era adesso addormentata. La domenica di Pasqua sarebbe stato un giorno di festeggiamenti; la quaresima finiva, le tavole sarebbero state cariche di cibo anche nelle case più povere. A Tropea nel mercato i venditori ammucchiavano *curuji* rotonde dalle uova incastonate come gemme nella pasta croccante. L'inverno era conquistato, la morte sconfitta; la natura riceveva le felicitazioni di coloro che ella nutriva, come una madre che ha appena dato alla luce riceve le felicitazioni dei suoi ospiti. Era una festa d'abbondanza e d'amore.

Solo come non lo era mai stato, Dalibor aspettava l'alba—quietamente adesso, senza più forza. Si decise che quando sarebbe andato dal vescovo lo avrebbe pagato perché cancellasse tutti gli sposalizi da celebrare l'indomani. Avrebbe imposto all'intera città il peso del suo dolore, mandato in rovina quel giorno perché tutti lo ricordassero.

Il pensiero del futuro lo atterriva. Per un attimo gli era stata concessa una possibilità di redenzione, un barlume di libertà. Ora non lo aspettava che una vita intera della sua detestata e ineluttabile professione, la guerra. Gli amici avrebbero potuto tradirlo un giorno qualsiasi e le amanti una notte qualsiasi. L'unica persona che lo aveva voluto così come lui era non ci sarebbe stata più. A quarant'anni avrebbe preso i suoi figli a frustate e avrebbe maledetto il nome di Dio come un vecchio ubriacone.

Sorse il sole. A Tropea si stava preparando la "Cunfrunta"; nei suoi sogni inquieti Kallyna si trovò ancora una volta in mezzo alla folla radunata in Piazza Portercole. Vasili aveva trovato un angolo alto, perché lei gli arrivava ancora solo al gomito. Sulle spalle portava Arnì, ancora più piccolo di lei.

Aveva comprato una *curuja* a tutti e due e la sbocconcellavano golosi. A un capo della piazza c'era la statua di Maria ancora avvolta nel manto nero del lutto; all'altro capo, nascosto ai suoi occhi, la statua di Gesù che reggeva un grande stendardo frangiato d'oro. Era una splendida mattinata d'aprile. Maggio indugiava dietro l'angolo come un ragazzo mandato a consegnare un bigliettino amoroso. Neja era riuscita a far fiorire le sue prime rose, e il loro profumo era come quello di una sposa novella.

Vasili si prese Kallyna sotto il braccio. «Guarda!»

Dal portone dietro la chiesa era uscita di soppiatto una terza statua, portata a spalla dai giovani più forti del paese. Era San Giovanni Evangelista, il messaggero. Michele allungava il collo da sotto il piedistallo di legno, lanciando a Sila un sorriso orgoglioso, e Sila arrossiva nel suo amore di ragazza.

San Giovanni s'avvicinava a Maria e le annunciava che suo figlio era vivo; ma lei non credeva, e il messaggero doveva tornare da Gesù. Tre volte faceva la spola correndo mentre i giovani si sforzavano sotto la pesante statua. Se un confronto come quello fosse avvenuto davvero in qualche strada polverosa della Galilea, gli spettatori si sarebbero comportati né più né meno che come la folla in Piazza Portercole. Gridavano esortando San Giovanni a riprovare, Maria a credere e Gesù a rivelarsi. I bambini indicavano Gesù per farle vedere dove si nascondeva.

Kallyna batté le mani, impaziente. Il manto scarlatto del messaggero correva come una fiamma avanti e indietro, sempre più veloce. Finalmente, in un silenzio d'attesa, Gesù e San Giovanni s'avvicinavano fianco a fianco a Maria. Maria faceva qualche passo incerto e vedeva il suo figlio vivente. Tutta la sua angosciosa incertezza veniva spazzata via dalla gioia del riconoscerlo; fra grida di trionfo correva verso Gesù, mentre il manto nero le scivolava dalle spalle rivelando una veste azzurra tempestata di stelle dorate. La folla sembrava scoppiare di giubilo.

Soddisfatta, Kallyna si spazzolò le molliche di dolce dal bel vestitino nuovo. All'improvviso si sentì un grido. La folla attorno a lei si scostò confusamente. Un uomo a cavallo, dal volto nascosto, venne al galoppo dall'altro capo della piazza. Kallyna s'afferrò alla manica di Vasili con un urlo di terrore. Buttando giù le statue, l'uomo s'avventò su di lei, la sollevò di forza sulla sella e la portò via, chissà dove.

XXIII

N EL POMERIGGIO DALIBOR SI RECÒ DAL VESCOVO e fece annotare il
matrimonio nei libri canonici. Poi si diresse verso la strada dove gli
avevano detto che avrebbe trovato le botteghe dei fabbricanti di bare.

Salerno era deserta. Il mercato era chiuso, le chiese vuote. Per le strade
non c'erano che mendicanti e cani randagi. Da una terrazza sentì le voci di
uomini e donne che cantavano allegri, seduti alla tavolata della festa. Un
giovane s'affrettava verso casa portando un dono per la sua amata.

Camminò senza meta per ore, lottando contro le lacrime che lo
soffocavano. Il sole chiaro sembrava trafiggerlo. Poi trovò la strada che
cercava. Le bare erano allineate accanto alle porte chiuse delle botteghe.
Guardò con orrore quella parata di scatole nere appoggiate al muro come
vecchie prostitute oscene, poi quasi corse via.

Finì nella cattedrale. Si sedette accanto alla tomba dei genitori e rimase
per molto tempo a guardare le loro immagini in silenzio. I suoi pensieri erano
come i mozziconi di candela rimasti davanti all'altare; spandevano una luce
fioca e fumosa che faceva anche del volto di Dio quello d'un lebbroso. Sfiorò

con il piede l'angolo del pavimento intarsiato dove l'avrebbe fatta seppellire. Infine l'affidò a sua madre e uscì.

Mentre tornava alla Scuola Medica cominciò a pensare a quello che avrebbe fatto adesso. Da quando era tornato a Salerno aveva mandato un suo soldato ogni giorno alla locanda dell'Orso a cercare Mansur. Lo avrebbe cercato un altro giorno ancora e poi, che Mansur fosse tornato o no, sarebbe andato a Napoli dov'era il resto dell'esercito. Spaventata dall'avanzata dei tedeschi, la città sembrava finalmente decisa a sottomettersi al dominio e alla protezione di Ruggero. Quando quella guerra fosse finita avrebbe preso il comando del dromone offertogli da Giorgio d'Antiochia e sarebbe salpato verso qualche altra guerra da qualche altra parte. Almeno, pensò con amarezza, il suo era un mestiere sempre richiesto.

Rebecca era rimasta al capezzale di Kallyna. Gli disse che la febbre era scesa e che non c'erano state convulsioni da varie ore. Dalla voce sembrava fiduciosa, ma nulla sanava la disperazione di lui. La sera giunse con la sottile tristezza di una festa troppo lungamente attesa e troppo rapidamente passata. Ora Dalibor era così impietrito che non diceva più una parola. S'accontentava di starsene rannicchiato accanto al letto di Kallyna, come un mendicante infreddolito accanto al calore di un falò. Rebecca non riusciva a guardarlo, a guardare nessuno ridotto a tale impotenza. Quando un altro dottore la chiamò dalla Sala di Anatomia si sentì quasi sollevata di poter uscire.

Si fece notte. Dalibor stava ancora cercando di decidersi. Sapeva solo che non voleva essere presente all'ultimo respiro di lei, ma non aveva il coraggio di lasciarla. Alla fine s'alzò; la guardò un'ultima volta, le baciò la bocca e andò verso la porta. Sulla soglia sospirò. Un attimo dopo si rese conto che il sospiro non era uscito dalle sue labbra. Si girò e vide che Kallyna aveva aperto gli occhi.

Rimase dov'era, nel vano buio della porta. Kallyna allungò le braccia dalla coperta. Mentre lo faceva, l'anello brillò sopra di lei come una piccola stella. Aggrottò la fronte, come chiedendosi perché lo portava al dito. Volse lo sguardo verso la porta scrutando l'alta ombra immobile.

Dalibor emerse dal buio. «Perché non le suonano adesso le campane, quegli imbecilli?» mormorò.

Kallyna gli tese le braccia. Lentamente, come stordito, Dalibor si stese sul letto accanto a lei.

«Siete venuto!» disse lei. «Ora non posso più morire, vero?»

Lui era senza fiato. Sul suo viso si leggeva il marchio di una paura che era stata profonda e straziante. Da qualche parte nella sua anima aveva lasciato una cicatrice del tutto simile a quelle che portava sul corpo.

«Non ti permettere mai più di farmi uno scherzo del genere» ansimò, e mentre la baciava la malediceva affannosamente. «Che Dio ti danni, non farmi mai più una cosa del genere, Kallyna d'Hancourt.»

Lei s'allontanò, cercando d'afferrare l'eco di quelle due ultime parole. Poi storse la bocca. «Sogno ancora.»

«No, no, no» gridò lui ridendo e cullandola fra le braccia, stringendola a sé come un condannato graziato dalla forca. Prese la sua mano e le mostrò l'anello. «Guarda, moglie, guarda!» Svuotata di quel po' di forza che aveva, Kallyna si lasciò andare fra le sue braccia.

Rebecca entrò precipitosamente, allarmata dalle voci alte. Dalibor sollevò la sua bocca da quella di Kallyna e la guardò folle. «Non muore, Donna Rebecca. Non stavolta, non oggi.»

Rebecca s'incrociò le mani nel grembo e scosse la testa sorridendo.

«Che maniera tenera avete di fare una prognosi, signore d'Hancourt. E l'accetto senz'altro come definitiva e veritiera.» Abbracciò Kallyna. «Come ti senti?»

Fra le braccia aperte di lei la vita sembrava tornare a riversarsi trionfante.

«Se solo potessi fare un passo danzerei per tutta la stanza, Donna Rebecca.»

Rebecca le tastò il polso e le palpò le mascelle e il collo. «Buon Dio» disse pensosa «non credo d'essere mai stata tanto felice di vedere uno dei miei pazienti sconfiggere le aspettative.» L'abbracciò forte ancora. «Bentornata» mormorò. «Bentornata».

Si rivolse a Dalibor. "Immagino che vorrete rimanere finché non sarà guarita del tutto. Vi farò preparare una stanza.»

Subito Dalibor aggrottò la fronte. «Un letto, volete dire, in *questa* stanza.»

Rebecca sorrise bonaria. «Signore d'Hancourt, Kallyna avrà bisogno di tempo e di riposo per rimettersi. Temo che la vostra luna di miele dovrà essere rimandata di un paio di settimane».

Dalibor le lanciò un'occhiataccia, borbottando sottovoce. Non appena Rebecca fu uscita si mosse immediatamente verso il letto. Ma Kallyna alzò la mano, sorridendo coraggiosa. «Sarò in piedi molto prima del previsto» azzardò.

Lui si fermò e la guardò con gli occhi socchiusi. «Peggio per te, moglie. Adesso sei ancora più in debito con me, e io i debiti li riscuoto fino all'ultimo centesimo.»

Kallyna rideva e singhiozzava quieta.

*   *   *

«Marito, cosa faremo?»

«Vivremo, moglie. Faremo l'amore, mangeremo, berremo… e se non sapremo cosa fare ce ne staremo senza far nulla chiedendoci cosa vogliamo fare.»

Il tempo aveva finalmente trovato un ritmo tranquillo, come un fiume che torna nel suo letto dopo una piena rovinosa. Maggio quell'anno era così dolce che faceva desiderare di poterlo trascorrere tutto sulla tolda di una nave. Parlavano per lunghe ore assieme, sottovoce anche quando non ce n'era bisogno; c'era tanto da dire. Nulla di ciò che accadeva fuori di quella stanza importava. Dalibor era diventato disertore, e lo sapeva. La spada, dimenticata, arrugginiva nel fodero. Non aveva notizie della guerra, e non ne cercava; se i tedeschi avessero preso Salerno li avrebbe lasciati arrivare fino al portone prima di accorgersene.

«Non ho mai rischiato tanto» le disse «e non sono mai stato tanto felice. Se mio padre fosse vivo mi farebbe rinsavire a cinghiate.»

La notte Kallyna s'addormentava al suono della sua voce. Lui sorrideva, s'alzava e andava a dormire nel suo letto nella stanza accanto. Un giorno tornò dal mercato con le braccia piene di abiti per lei: sete, broccati, pellicce. Cercò dovunque un regalo di nozze e trovò un cestino da cucito intrecciato d'oro e d'avorio. La sgridava se lasciava il cibo sul piatto o se provava a camminare troppo presto. Quando finalmente Rebecca gli permise di portare l'altro letto nella stanza di Kallyna, non era suo marito più di quanto lo fosse stato tutti i giorni trascorsi.

«Dormirai con me ogni notte, marito?»

«Ogni santa notte che Dio ci manda, moglie.»

«Non è vero. Starai via mesi, e anni, a fare la guerra.»

«Allora ti lascerò i miei figli a farti compagnia.»

«Ma Rebecca dice che dobbiamo aspettare.»

«Aspetteremo. Almeno nove mesi».

E ogni volta che la prendeva non cessava di stupirsi. «Come può essere… A volte ti sento così piccola fra le mie braccia, piccola come una bambina, eppure mi dai la forza di due uomini. Fammi entrare fino al cuore di te. Fammi entrare nel profondo. Non lasciarmi andare.»

Il giorno della festa di San Giorgio andò alla caserma in Piazza Portanova per farsi assegnare dei soldati per la scorta. Trovò la caserma affollata di gente. I soldati barcollavano ubriachi fra le braccia delle prostitute che erano venute a dozzine a celebrare una straordinaria occasione. Si fece largo fino alla garitta del sergente e gli chiese il motivo dei festeggiamenti.

Il sergente sollevò una coppa traboccante di vino. «Un miracolo, signoria» biascicò felice. «Un miracolo di San Giorgio protettore dei soldati!»

Dalibor gli spinse la mano sul petto, ordinandogli di spiegarsi. L'uomo rise forte. «Napoli si è arresa» esclamò. «Ruggero è entrato stamattina per la Porta di Nola. È finita, signoria, la guerra è finita!»

Senza una parola Dalibor si precipitò fuori e balzò in sella. Kallyna lo sentì che arrivava di corsa. «Alzati, moglie» le gridò dal corridoio. «Ce ne andiamo!» Prese ad ammucchiare assieme tutti i loro vestiti.

«Dove andiamo?» domandò lei. «Che succede?»

La prese fra le braccia, col fiato corto. «Ruggero è a Napoli. La guerra è finita, questa guerra almeno.» Ricominciò ad ammucchiare vestiti. «Adesso puoi stare in sella, no? Sono solo tre giorni di viaggio.»

Lei gli tolse i vestiti di mano e continuò a fare fagotto. «Se sono con te posso far tutto.»

«Allora vado a dire a Costanza che venga ad aiutarti.» Le annusò i capelli. «Dio che bello, sai di lenzuola calde... Sai dove andiamo da Napoli? Dritto a Monreale, a casa mia. Basta vagabondare.»

Lei gli si appese al collo. «Dio ti benedica sempre, marito.»

Furono pronti in pochi minuti. Al portone dissero addio a Rebecca con affetto e riconoscenza. Rebecca guardò Kallyna con una strana malinconia sul volto.

«Immagino che non saprò mai cosa ti ha salvato» disse. Poi sorrise, accettando il suo destino che era come tracciare poche isole di certezza sulla mappa di un vasto mare d'ignoto.

«Se c'è un Dio che mi ascolta» aggiunse «prego che vi guardi. Sento che voi due durerete... al contrario di tanti altri. *Mazel tov*, di cuore.» Rimase a guardarli mentre s'allontanavano. Kallyna si voltò per salutarla con la mano: Rebecca sembrava così sola, pensò.

Dalibor l'aveva avvolta nel suo mantello e l'aveva messa in sella di lato, perché potesse dormire appoggiata a lui durante il viaggio. Salerno era così animata che le guardie erano piazzate accanto ai chioschi del mercato. La gente correva felice per strada celebrando la fine della guerra. I negozi erano stipati di mercanzia, le contrattazioni erano duelli di parole.

Dalibor indicò col braccio tutt'intorno a sé. «Qualunque cosa vuoi è tua. Devi solo dirmi, Voglio questo, voglio quello e voglio anche quell'altro.»

«Davvero» lo sfidò lei scherzosamente.

«Davvero» rispose perentorio Dalibor. «A proposito, devo comprarti un paio di servi. Ci fermeremo al mercato degli schiavi prima di partire.» Girò il cavallo in quella direzione.

Kallyna mise le mani sulle redini come per fermarlo. «Marito... ho proprio bisogno di schiavi?» Sorrise. «In fondo quanto tempo mi ci vuole per vestirmi al mattino? Ora non devo lavorare più di tanto.»

Lui aspettava dietro un carretto che non si muoveva. «Cosa significa non ti servono schiavi. A Monreale c'è da badare a una casa di venti stanze.»

Fece cenno al carrettiere, occupato accanto alla porta di un monte di pietà.

Kallyna si torceva l'anello nuziale attorno al dito. «Marito, lo so, ma…Mia madre e mia sorella sono state portate vie come schiave, sarebbe come avere loro che mi spazzano il pavimento…»

Lo sentì dare uno strattone alle redini con un gesto brusco. «C'è una cosa che devi imparare fin da ora, Kallyna» disse senza guardarla. «Non sei più la figlia di un pescatore. Sei la duchessa d'Hancourt, e la duchessa d'Hancourt non lavora. Puoi tessere e cucire e ricamare se vuoi… se temi tanto d'annoiarti in casa mia. Ma non spazzerai il pavimento, e questo lo giuro davanti a Dio.»

Lei tirò dentro il fiato; la sua voce era un sussurro amareggiato. «Marito, adesso parli a me come se fossi una schiava.»

«Tu e questo tuo maledetto ribattere!» gridò Dalibor. «Fa' quello che ti dico, tanto per cambiare. E comincia a chiamarmi mio signore, come fanno tutte le mogli dei signori.»

Kallyna si costrinse a rimanere in silenzio. Dietro di lei Dalibor ora era rigido come uno scudo. Al mercato degli schiavi fermò il cavallo. Legata a un palo c'era una donna dalla pelle nera che un acquirente stava ispezionando. Attorno alle caviglie la donna portava ornamenti di cuoio e di perline colorate. Kallyna non seppe mai che aspetto avesse. Non poteva guardarla in faccia; aveva orrore di quel rituale quanto ne aveva avuto Vasili.

Dalibor osservava con attenzione forzata, facendo ogni tanto cenno di sì. All'offerta più alta il banditore fece tintinnare il suo campanaccio e la donna venne comprata; i suoi piedi nudi seguirono gli zoccoli di un cavallo fuori dal mercato.

Quando il secondo capo di mercanzia fu portato al palo, alcuni degli astanti si chiesero per quale prezzo quella misera creatura sarebbe mai potuta essere venduta. «Chi di voi brave persone vuol fare un atto di carità comprando questo ragazzo che se la passa male?» annunciò il banditore. «Si offre in vendita di sua volontà ed è un ottimo affare. Dategli qualcosa da mettere sotto i denti e lavorerà come una bestia da soma.»

Dalibor spronò il cavallo. «Inutile perdere tempo qui» borbottò.

Mentre girava il cavallo Kallyna lanciò un'occhiata in direzione del palo. «Maso!» gridò sorpresa.

«Chi stai chiamando?» chiese Dalibor.

«Quel ragazzo, mio signore. Era con me alla Locanda dell'Orso… Forse sa se Mansur è tornato a Salerno.»

«Allora voglio parlargli.»

«Il cavaliere dall'aquila bianca ha offerto tre tarì» dichiarò il banditore. «Chi me me da' cinque?»

Kallyna non aveva mai visto Maso così sporco e stracciato. Era pelle e ossa; doveva star morendo di fame. Non voleva provocare di nuovo la collera di Dalibor, ma la vista del ragazzo le faceva venire le lacrime agli occhi.

«Mio signore» s'arrischiò «mentre ero sola in questa città quel ragazzo mi ha sempre aiutato come ha potuto. Mi avete detto di chiedervi qualunque cosa volessi comprare… Voglio comprare la sua libertà.»

Dalibor scosse la testa fra sé. Poi si sfilò il borsellino dalla cintura e lo tenne sospeso in aria davanti al viso di lei. «Si direbbe che devo stare più attento a quello che dico a mia moglie» disse, ma senza asprezza.

Il banditore stava per far suonare di nuovo il campanaccio. «Cinque tarì!» gridò Kallyna agitando in aria il borsellino. «Offro cinque tarì!»

Il viso del banditore si fece tutto contentezza. «La padroncina dal cuore d'oro si è comprata un fattorino!»

Kallyna scivolò dalla sella e si fece largo tra la folla. Maso la guardava senza molta curiosità, con una corda legata al collo. Kallyna mise le cinque monete in mano al banditore, poi aiutò Maso a togliersi la corda. «Butta via questa cosa.» Lo portò dov'era rimasto Dalibor.

Dalibor li guardò entrambi dall'alto della sella. «Contenta adesso? Ottimo affare davvero» commentò gettando indietro la testa.

«Cinque tarì è quanto paghereste per un paio di pantofole, mio signore» disse lei senza alzare la voce.

Maso s'asciugò il naso sulla manica. «Padrona, adesso andiamo a casa vostra?»

«No, Maso, la mia casa è troppo lontana.» Lanciò un'occhiata cauta a Dalibor. «Con il permesso del signore d'Hancourt, troverò chi si prenda cura di te. Chiederò in giro, ci sarà certo qualcuno.»

Una donna che stava allattando un bambino la sentì. «C'è il monastero di San Giovanni, appena fuori le mura» disse. «Accolgono gli orfani per una somma onesta.»

Kallyna lanciò a Dalibor un'altra occhiata incerta, aspettando la sua risposta.

«D'accordo, d'accordo» disse lui facendole cenno di rimontare a cavallo.

Nel borsellino rimaneva del denaro; Kallyna lo mise fra le mani di Maso. D'un tratto Maso sorrise. Le prese la mano e gliela baciò. «Mi sarebbe piaciuto venire con voi, padrona» disse. «Se volete uscire dalla locanda potete ancora chiamarmi.»

«Chiedigli di Mansur» disse impaziente Dalibor.

«Maso, ricordi quel…mio padre, ricordi mio padre che era con me alla locanda?» Maso fece cenno di sì. «Sai se è mai tornato?»

«È venuto a cercarvi qualche giorno fa. Gli ho detto che eravate andata via, ed è sembrato molto triste. Poi lo hanno portato in carcere.»

«In carcere!» gridò Dalibor. «Chi lo ha portato in carcere?»

Maso strinse le spalle. «Non so… Sono venuti dei soldati e lo hanno portato via.»

Dalibor imprecò a bassa voce fra sé. «Il carcere in Piazza Portanova?» Maso annuì. «Allora è là che andiamo.» Poi guardò il viso smunto del ragazzo e la sua voce si addolcì. «Ti sei appena guadagnato i tuoi cinque tarì, sai.»

La donna che stava allattando il bambino sorrise a Maso con gentilezza. «Ti porto da Padre Bernardus» gli disse. «È vecchio e un po' sordo, ma ti lascia mangiare tutte le ciambelle che vuoi se gliene metti da parte qualcuna per i suoi piccioni.» Maso seguì la donna, con il viso voltato indietro verso Kallyna; poi scomparve nella folla.

Il carcere in Piazza Portanova era un palazzaccio del colore della ruggine. I sei soldati che Dalibor aveva scelto come scorta lo aspettavano nel cortile giocando alla morra accanto al ceppo delle esecuzioni. Ordinò loro di rimanere con Kallyna ed entrò subito. Kallyna pensò che non avrebbe voluto trovarsi nei panni del carceriere.

Il carceriere venne ridotto al silenzio e all'obbedienza non appena Dalibor gli disse solo il suo nome e il suo rango. Gli porse le chiavi della cella e si tolse di mezzo, piegato in un inchino. Nella cella c'era buio pesto e un puzzo opprimente. Mansur batté penosamente le palpebre alla luce che entrava dalla porta, coprendosi gli occhi con la mano. I suoi abiti erano ridotti a stracci, ed era stato frustato: ne portava gli inconfondibili segni sulla schiena.

Dalibor lo strinse delicatamente fra le braccia. «Guarda dove ti trovo, *habibi* amico carissimo!» disse in tono di rimorso. «Ma sia ringraziato Dio che ti trovo vivo.»

Al suono della sua voce il viso di Mansur s'increspò in un sorriso di gioia.

«Dio dev'essere stato assordato dalle mie preghiere» disse serenamente «perché ora Egli mi acceca.» I suoi occhi vagarono per qualche attimo, infine s'aprirono. «Siete solo» si crucciò.

«È fuori» rispose Dalibor. «E passerò il resto della mia vita a ringraziarti per avermela portata.» Guardò gli abiti stracciati e la schiena segnata dell'amico, scuotendo la testa. «Non c'è bisogno di chiederti come ti hanno trattato...»

«Non c'è bisogno, mio signore.»

«Credo di sapere a chi devo quest'ultimo favore».

«Anch'io. Continuo a chiedermi perché non mi hanno ucciso. Certo Falco da Torre non aveva intenzione di tenermi chiuso in una cella per sempre.»

«Non ha avuto il *tempo* di ucciderti, mio caro Mansur. Tempo non gliene ho dato. Ricordi tutto quel mozzare di teste di pecore che mi hai costretto a fare in ogni dannata macelleria di Monreale? Finalmente è servito a qualcosa.»

Il viso di Mansur s'illuminò d'orgoglio e di gioia. «Che notizia confortante. Sapevo di essere entrato nella casa dei d'Hancourt per una buona ragione.»

Quando raggiunsero il portone Mansur vide Kallyna che aspettava nel cortile e si fermò. «Vostra madre—che riposi in pace—le voleva molto bene. Prima di morire mi fece giurare che l'avrei protetta a costo della vita, come avrei protetto voi. Cambiò anche il testamento per lei. La nuova clausola era che se voi foste morto avrei dovuto dividere tutto equamente con lei.»

Dalibor sorrise. «Come avevo pensato. Però come vedi sono vivo, e allora non le tocca un bel nulla. Le tocca solo un pezzo di carta dove c'è scritto che è mia moglie.»

Mansur lo prese per il braccio. «*Masciallah* ! Adesso quella gran donna può davvero riposare in pace.» La guardò ancora. «Sapete, mio signore, ha coraggio. È vero che alcune volte si comporta più da bambina in fasce che da duchessa d'Hancourt, eppure sopravviverà a tutte le guerre... comprese quelle che farete tra di voi, alla maniera fatale di tutte le coppie sposate.»

Sorpreso da quell'ultima frase, Dalibor lo guardò di traverso. «Per caso ora non leggi anche nei pensieri?»

Mansur aggrottò la fronte. «Ma come... di già?»

Quando Kallyna vide Mansur saltò giù dalla sella e gli corse incontro. Era troppo felice di rivederlo per ricordare che non era quella la compostezza che le si addiceva nel salutare il servo di suo marito. Altrettanto felice di rivederla, Mansur le fece un inchino con la testa. «Madonna d'Hancourt» disse in tono di solennità bonariamente scherzosa.

Kallyna s'allontanò da lui, punta sul vivo. Dalibor le aveva imposto di chiamarlo 'mio signore' e ora anche Mansur la trattava così freddamente... Indicò il cavallo di Dalibor, cercando di nascondere a entrambi i suoi occhi lucidi di lacrime. «Volete che io venga con voi come prima, mio signore?» sussurrò.

Dalibor l'attirò con forza a sé e premette la bocca sulla sua. «Non sono il tuo signore» brontolò. «Sono tuo marito.»

Lei lo guardò cauta. «Allora non è la stessa cosa?»

Dalibor fece una smorfia. «Per gli imbecilli sì. Io e te, moglie, imbecilli non lo siamo mai stati.»

Kallyna gli rivolse un sorriso radioso che gli disse tutto ciò che voleva dirgli.

Dalibor l'aiutò a rimontare. «Trovate un cavallo per il mio amico, e dei vestiti» ordinò ai suoi uomini. Quando i soldati li ebbero trovati si misero in viaggio verso Napoli.

✳   ✳   ✳

Sulle montagne di Cava dei Tirreni l'aria sapeva di un verde fresco e maturo. Lungo il sentiero ombroso si udiva il mormorare di ruscelli nascosti nei boschi di quercia e d'abete. Di quando in quando Kallyna si assopiva fra le braccia di Dalibor, mentre i cavalli procedevano a un'andatura piacevole. La voce di lui e quella di Mansur la cullavano con il loro suono familiare e amato.

La caccia doveva essere buona in quei boschi. Come sognando ad occhi aperti, Dalibor e Mansur sembravano seguire le orme di prede immaginarie. Alto davanti a loro il Vesuvio raccoglieva attorno alla sua vetta una coperta di nuvole, come un gigante prima di addormentarsi. Quella notte Kallyna sognò di portare in grembo un bambino, e il sogno la rese felice.

«Rosso di mattina la pioggia s'avvicina» disse Mansur quando si misero in viaggio il giorno dopo, mentre osservava un cielo che sembrava gocciolasse sangue annacquato. Stavano per raggiungere il Sarno, diretti alle capanne dei traghettatori. Mansur non poté resistere alla tentazione di raccontare come Kallyna era caduta in un altro fiume durante il viaggio verso Salerno. Dalibor scoppiò a ridere, e lei protestò che era divertente solo perché non era annegata.

Alle capanne dei traghettatori non c'era anima viva. Le zattere erano in secca lungo la riva del fiume coi remi accanto; sembrava non fossero state usate da giorni. Dalibor fece cenno di rimanere in silenzio. Smontò con la spada in mano e s'avvicinò cautamente alla porta di una delle capanne. Si fermò un attimo ad ascoltare, poi aprì la porta con un calcio e mise dentro la testa. La capanna era vuota; niente dentro era stato toccato. Il suono lieve della pioggia rendeva sospetto ogni frusciare di foglie.

«Vuol dire che non dovremo pagare pedaggio» disse Dalibor nervosamente. Si rivolse ai soldati. «Prima i cavalli. Tenete gli occhi aperti.» Nei suoi ordini impazienti si sentiva l'ansia. Una volta trasportati i cavalli, i soldati tornarono per traghettare i viaggiatori. Dalibor aiutò Kallyna a salire sulla zattera, pronto a seguirla.

I tedeschi balzarono dal bosco come mostruosi gatti neri, correndo verso di loro senza un grido, un richiamo. Il loro unico, preciso bersaglio era Dalibor, le cui insegne di capitano rivelavano una preda proficua per il riscatto. Chissà da quanto tempo li avevano seguiti inosservati. Mansur saltò a terra e sguainò il pugnale; quando i soldati stavano per fare lo stesso, Dalibor li respinse.

«No!» gridò. «Prima portate lei dall'altro lato!»

Kallyna si gettò verso di lui gridando oltraggiata. I soldati la spinsero quasi di peso sulla zattera, poi presero a lavorare di remi con una furia dettata dal panico. Kallyna gridò per tutto il tempo che ci volle per raggiungere la sponda opposta, dove i soldati la lasciarono mentre lei ancora s'afferrava a loro perché la lasciassero tornare. Sola sulla sponda opposta, cadde in ginocchio curva sull'erba bagnata che le sue mani strappavano con gesti d'agonia. Dietro di lei erano tutte le loro cavalcature; senza di esse Dalibor e gli altri erano rimasti completamente indifesi.

Mansur e Dalibor si difendevano come meglio potevano. Le lame delle spade facevano un suono spaventosamente vuoto contro le aste delle terribili alabarde. I tedeschi volevano Dalibor vivo: accecato o sanguinante da cento ferite, purché fosse ancora in grado di respirare per una settimana o due. Una volta pagato il riscatto lo avrebbero lasciato morire.

I soldati s'affrettavano a ritornare dalla sponda opposta. Uno di loro non toccò terra. Una mazza lo colpì alla testa; cadde a capofitto nella corrente che si tingeva di un ricciolo di sangue. I due rimasti scesero e si fecero strada a colpi di spada verso Dalibor e Mansur.

Le grida lontane di Kallyna erano l'unico suono umano che si opponeva al fragore della lotta. Dalibor si difendeva davvero con la forza di due uomini, con la folle consapevolezza che lei era sola dall'altro lato del fiume. Cominciò a indietreggiare verso la sponda mentre Mansur e i soldati lo coprivano, finché non rimase di fronte a un unico avversario che lo inseguiva con tenacia feroce. Con un colpo disperato Dalibor spinse il tedesco a faccia in giù nel fango della sponda; poi si tuffò e cominciò a nuotare.

Kallyna s'era trascinata fino all'orlo estremo dell'acqua, tendendo le braccia verso di lui, gridando e chiamandolo. Il tedesco si tuffò dietro Dalibor e con poche bracciate gli fu vicino, cercando di afferrarlo per la gamba, mentre le due spade battevano nella corrente come remi luccicanti. Con tutto il suo corpo Kallyna si tese verso Dalibor mentre usciva sguazzando dall'acqua. Il tedesco, ancora cercando di afferrarlo per la gamba, quasi afferrò invece la caviglia di lei, facendola urlare di terrore.

Uno dei remi era rimasto sull'erba. Mentre il tedesco s'arrampicava sulla sponda Dalibor lasciò cadere la spada, raccolse la pesante pala di legno e la mandò a sbattere di lato contro le reni dell'avversario. L'uomo cadde riverso in avanti; sobbalzò con uno strano movimento, come stesse cercando di rialzarsi, poi diventò un oggetto nero e immobile.

Bagnati fino alle ossa, Dalibor e Kallyna si tennero aggrappati l'uno all'altra in un abbraccio senza fiato. Sull'altra sponda i tedeschi ora stavano perdendo terreno. La preda era sfuggita e il combattimento non era più redditizio. Uno di loro gridò qualcosa agli altri nella sua lingua sconosciuta; scomparvero alla vista nel bosco, lasciandosi dietro troppi morti per un'imboscata fallita.

Mansur e i cinque soldati sopravvissuti attraversarono il fiume. Dalibor salì a cavallo, prese Kallyna davanti a sé e s'avviò senza una parola.

❋   ❋   ❋

Verso mezzogiorno apparve il mare di Napoli, un mare di coralli che aveva spento la lava del Vesuvio e ricevuto i corpi degli schiavi dei Romani gettati in pasto alle murene. Passarono oltre Pompei sepolta nella sua culla di cenere nera, oltre colonnati in rovina che erano stati ville d'imperatori e ora erano stalle e granai. Dall'ampia pianura grigia i fianchi del vulcano s'alzavano verso il cielo con una curva uniforme e sicura. Come tutti coloro che s'erano trovati sotto la sua immensa ombra, si chiesero se l'antica furia vi covava ancora.

In un silenzio inquieto, Kallyna si teneva stretta a Dalibor. Sì, pensò, forse questa guerra era finita; eppure sapeva bene, quanto lui, che negli anni in cui era dato loro vivere nessuna guerra finiva mai davvero. La strada costeggiava spiagge deserte dove i pescatori non erano ancora tornati. Qua e là un cadavere gonfio rotolava nella lenta risacca scura; lungo la via gruppi di donne e di bambini andavano in cerca di morti da spogliare di armi e indumenti; e ossa spolpate dai cani non sembravano essere state quelle di asini o di buoi.

Quella notte Kallyna rimase a lungo sveglia a guardare Dalibor che dormiva, quasi cercando di convincersi che era davvero accanto a lei. Era come se averlo vicino la rendesse ancora più atterrita di essere di nuovo separata da lui. Ma nel cuore della notte Dalibor si svegliò e disperse tutti i suoi incubi con un solo gesto della mano, come si era disfatto del tedesco al fiume.

L'alba del giorno seguente era serena. La strada era tutta ombreggiata da foreste di pini.

«Marito, quale vestito pensi che dovrei mettermi quando andremo a vedere Ruggero?»

«Per me non fa la minima differenza, moglie.»

«Ma voglio essere bella, proprio bella.»

«È inutile che lo chiedi a me. Lo sai in che modo sei proprio bella agli occhi miei.»

«Allora se non me lo dici mi metterò proprio bella in quel modo per tutti!»

Finalmente, in fondo alla perfetta mezzaluna della baia apparve Napoli, irta di torri e di campanili stagliati contro la bellezza dolce delle colline. Mentre entravano per la Porta di Nola furono circondati da ogni lato dal rumore, da una vivacità simile a quella d'un mercato in un giorno di fiera. Se avevano immaginato di trovare Napoli in un silenzio avvilito perché aveva perso una guerra si erano sbagliati. Napoli non tace mai; anzi, più soffre più è chiassosa.

Si fecero largo nelle strette strade affollate, armati della pazienza necessaria. Donne sedevano in crocchi davanti ai portoni aperti, irremovibili come vedove titolate attorno a un vassoio di dolci; borsaioli sgattaiolavano via sotto gli occhi delle guardie; frotte di bambini correvano gridando e ridendo; e dovunque si sentivano i fantasiosi richiami dei venditori con i loro carretti.

«I polipi, i polipi! Bolliti in acqua di mare, teneri come la tetta di mamma!»

«Hanno fatto l'amore col sole, queste ciliegie!»

E oltre il groviglio oscuro dei vicoli, oltre le lacere cortine di panni stesi ad asciugare, il mare continuava a mormorare, imparziale come sempre.

Giunsero alla Marina, affollata di navi e di barche da pesca. Dalibor indicò Castel dell'Ovo, alto sulle acque blu della baia come un'isola di pietra legata alla terra da un lungo pontile. «È lì che andiamo» disse. «Non ricordo più da quanto tempo Ruggero sognava di svegliarsi lì dentro.»

Kallyna sorrise. Le sembrava quasi di vederlo, Ruggero, che sbadigliava felice alla finestra respirando a pieni polmoni il profumo del mare in quella splendida mattinata di maggio.

Due marinai napoletani in uniformi nuove aprirono le grate e li fecero entrare. Richard Selby si fece loro incontro. «Ben arrivato, signore d'Hancourt» salutò Dalibor con il suo modo garbato di fare.

Dalibor scese di sella, poi resse la staffa per Kallyna. «Ben trovato, Richard. Saluta mia moglie.»

Lo sguardo del giovane si posò su Kallyna con un'espressione di sorpresa, la sorpresa che Dalibor si era aspettato, e non solo da lui. Ma Richard era un cortigiano impeccabile, e chinò la testa con la grazia esperta d'un paggio.

«*Welcome, my lady*. Le vostre camere sono pronte. Le ho fatte preparare tutte allo stesso piano, ho pensato che avreste preferito così.»

«Grazie» rispose Dalibor. «Potresti far sapere a Ruggero che sono arrivato?»

Selby li fece entrare, facendo cenno a due servi di seguirlo. «Con piacere.»

«Intanto andremo a vedere dov'è Geoffroi» disse Dalibor.

Mentre passavano davanti alla cappella videro una balia che portava in braccio un neonato vestito di merletti bianchi. «È un battesimo» sussurrò Kallyna. «Potremmo andare a guardare?»

Dalibor roteò gli occhi. «D'accordo» s'arrese poi. «Tanto vale che ormai mi abitui a questo genere di cose.»

Seguirono la balia nella cappella e si sedettero sull'ultimo banco, lontano dal gruppetto di parenti e invitati. Dalibor prese in giro sottovoce il padre del bambino, che appariva sconcertato dall'incessante strillare del figlio. Kallyna allungò il collo per dare un'occhiata al neonato, che continuava a piangere e a scuotere in aria i piccoli pugni rosei. Poi finalmente il paganello s'acquietò e il sacerdote cominciò a recitare le preghiere.

In un angolo seminascosto della cappella Kallyna notò un uomo il cui atteggiamento di completa sconfitta non poté fare a meno d'attirare la sua attenzione. Era solo, in ginocchio, quasi piegato su sé stesso sulla panca. Tutto ciò che rimaneva del braccio destro era un moncherino che la manica vuota della camicia ricopriva appena. Sembrava stesse piangendo, ma le sue spalle rimanevano immobili, e quella immobilità sembrava peggiore delle lacrime.

«Ha un'aria familiare» sussurrò Kallyna.

«Davvero? È solo un monco.»

Lei guardò l'uomo di nuovo. Un orribile sospetto si fece strada nella sua mente. Appoggiò la mano su quella di lui, e quel gesto sembrò trasmetterglielo come un veleno.

Dalibor chiuse gli occhi. «O Dio misericordioso» mormorò fra sé.

Si alzarono e si avvicinarono all'angolo dove era l'uomo. Dalibor si fermò dietro di lui senza osare toccarlo o chiamarlo per nome. Infine lo fece voltare. Era Geoffroi.

Gli occhi di Geoffroi brillavano di lacrime che non sapeva come versare, e di un'umiliazione attonita e nuda. Dalibor si trasse indietro, e Kallyna dovette appoggiarsi a lui.

«Sai una cosa?» disse Geoffroi «Finora non avevo mai messo piede in una chiesa perché avevo voglia di farlo.»

«Quando… come?» chiese Dalibor.

Geoffroi si mise la mano sinistra sul moncherino, come cercando di nasconderlo. «Ricordi quel taglio che m'ero fatto ad Amalfi? No, non puoi ricordarlo. Neanch'io me n'ero accorto, all'inizio. Un taglio che un ragazzo si farebbe giocando alla cavallina…» La sua voce era carica d'orrore e ripugnanza. «Diventò nero, gonfio… Hanno dovuto amputare.» Abbassò la testa e rimase in silenzio.

«Un taglio…» mormorò Dalibor stordito. Tirò Geoffroi in piedi e lo strinse fra le braccia.

Geoffroi s'allontanò da lui, tenendolo a distanza. «Sono felice di vedervi vivi e vegeti tutt'e due. La streghetta, soprattutto… È bella come una rosa.» Si mosse per andarsene.

«Aspetta!» lo chiamò Dalibor. «Ti prego, aspetta.»

Geoffroi scosse la testa, tenendolo ancora a distanza. «No. Non fa nulla. Suppongo che tu debba dire qualcosa, ma non voglio ascoltare. Sei un buon amico, e non è colpa di nessuno, come sempre.»

Volse loro le spalle e se ne andò.

XXIV

RICHARD SELBY VENNE A DIRE LORO CHE RUGGERO ERA PRONTO A RICEVERLI.

Erano rimasti ad aspettare accanto alla finestra della loro camera, ascoltando le onde infrangersi contro le mura del castello e le voci dei pescatori salire dalle barche. All'ultimo momento Kallyna aveva nascosto la cascata rigogliosa dei suoi capelli sotto un lungo velo color di rosa. A Dalibor non piacque quella modestia, ma sapeva che essa rifletteva il loro dolore al pensiero di Geoffroi. Alla cintura dell'abito di lei c'era però la fibbia d'argento. La aiutò a sistemare il velo con un sottile diadema, la baciò sulla guancia e uscì assieme a lei.

La sala in cui li aspettava Ruggero era sorretta da due file di colonne—quanto rimaneva della villa dell'ultimo imperatore romano, un ragazzo di quattordici anni esiliato da invasori barbari. Ruggero aveva appena finito di apporre il suo sigillo a un gran fascio di pergamene e ora stava osservando le colonne con aria incuriosita. Quando la porta s'aprì, fece entrare gli ospiti senza distogliere lo sguardo.

«Sapete perché si chiama Castel dell'Ovo?» domandò. «In un angolo ignoto di questo edificio un mago antico nascose una gabbietta contenente un uovo.» Fece scorrere le dita sul marmo variegato di giallo. «Narra la leggenda che se l'uovo dovesse rompersi il castello verrà distrutto, e assieme ad esso Napoli.» Sorrise. «Spero che quel benedetto uovo sia ancora tutto d'un pezzo, dovunque esso sia.»

Dalibor entrò tenendo Kallyna per mano. Stavolta Ruggero li sentì e si voltò. Era noto in tutto il regno che aveva una passione per i begli abiti. In quel giorno trionfale indossava una dalmatica, l'indumento degli imperatori di Bisanzio. Era un uomo di quarantun anni all'apice di una vita eccezionale. In un'epoca in cui un singolo individuo poteva piegare alla sua volontà intere nazioni, Ruggero sembrava l'incarnazione stessa della maestà. Anche i suoi nemici lo chiamavano "l'uomo il cui sonno è la veglia degli altri"; e vederlo sorridere di sincero piacere era uno spettacolo di grazia.

«Dalibor! Non m'ero accorto che eravate voi due. Entrate, vi prego.»

Tese le mani a entrambi ma guardava solo Kallyna, che teneva la testa abbassata in un profondo inchino.

«Mon seigneur» disse Dalibor, e il cuore gli batteva come se si fosse trovato di fronte a suo padre, «vi ho portato la mia sposa.»

Ruggero si raddrizzò. «Davvero! Ogni donna che conosco si metterà a lutto.»

Cercò di nuovo d'intravvedere il volto di Kallyna dietro il velo. «Ma ne vale la pena… credo.»

Kallyna alzò subito il viso. Gli occhi grigi di Ruggero sembrarono aprirsi di sorpresa per un istante. Aggrottò la fronte. «Ma non ci siamo già incontrati, madonna? Siete la principessa Alliata…no, Nicole de Crécy, dico bene?»

Dalibor intervene quietamente. «Mon seigneur, è la duchessa d'Hancourt.»

«Ma certo. Una scelta perfetta, come quella di tuo padre.» Raccolse attorno a sé le ampie pieghe azzurre della dalmatica e si sedette assieme a loro accanto alle grandi finestre aperte sulla baia.

«Permettetemi di congratularvi della vostra vittoria» disse Dalibor, ora più a suo agio. «Questo è davvero un gran giorno per tutti noi.»

Ruggero guardò la città con uno sguardo soddisfatto e fiero. «Sì» disse quasi fra sé. «E per grazia divina adesso finalmente è mia, come lo fu mia moglie la nostra prima notte di nozze.» Rimase per qualche attimo in silenzio, tormentato dal ricordo della regina morta; l'aveva amata tanto che dieci anni dopo rifiutava di risposarsi, ignorando le suppliche di tutti. Poi si riprese.

«Mi sembra che la gente di Napoli sia finalmente rinsavita» disse Dalibor. «Non immaginate quanto mi rallegro di questa loro decisione.»

«È vero, mio caro amico. Stavolta però ho intenzione di farli rimanere savi, che piaccia loro o meno.»

Accennò al tavolo ingombro. «Vedi tutti questi documenti? Mi sono costati un occhio della testa. Esenzioni fiscali, rinuncia ai dazi sul porto, decreti d'amnistia—tutto a beneficio loro. Ma se mi giunge all'orecchio una sola parola di scontento finiranno al ceppo.» Fece un gesto irritato. «Ma insomma cos'hanno? Non riconoscono un buon re? Hanno da guadagnare da me quanto ne ho io da loro.»

Dalibor annuì. «Lo scopriranno da soli, mon seigneur. Ma mi preoccupano i tedeschi. Sono dappertutto in Campania.»

Ruggero mise il pugno sul marmo levigato del tavolo. «Che vengano. Fino a Messina, se ci riescono. Fra non più di due mesi riavrò le mie terre una volta per sempre. E il papa, che si rifiuta di riconoscermi come legittimo sovrano? Ancora non so come o dove, ma tirerò anche lui dalla mia parte, come tutti gli altri. Farà le fusa come un gatto in amore» giurò.

Si fermò e guardò Kallyna con aria costernata. «Buon Dio» sospirò «sto diventando vecchio… Annoiare a morte una donna.»

Kallyna scosse la testa. «Se lo dite voi, sire» s'arrischiò. «Ma vi assicuro che lo fate più piacevolmente di tutti.»

Ruggero scoppiò in una risata di delizia. Dalibor la vide arrossire, e le prese la mano per rassicurarla che non aveva commesso un errore imperdonabile.

«Ascoltami» gli disse Ruggero. «Giorgio d'Antiochia ti tiene da parte quel dromone. Prendilo e goditi la luna di miele a Monreale o dovunque tu voglia. Non disturberò né te né la tua dolcissima moglie con le mie guerre per un bel po', ed è promessa di re. Che ne dici?»

Dalibor sorrise. «Dico che mi piacciono le vostre promesse, mon seigneur. Stavo per chiedervi un congedo di sei mesi.»

«Facciamo nove» disse Ruggero con una strizzata d'occhio. Offrì il braccio a Kallyna per scortarla alla porta e bussò per chiamare il servitore.

«Aspettate» disse poi. «Non posso lasciarvi andare senza farvi un regalo di nozze.» Rimase a pensare un attimo. «Dalibor, conosci quelle due belle tenute che ho nei paraggi di Monreale? Mondello e... aiutami col nome... ah, Aspra.» Si rivolse a Kallyna. «Sono tutte un mandorleto, uno spettacolo meraviglioso quando fioriscono. Vi piacerebbero?»

«Sire, io...»

«Sapevo che avreste detto di sì» la interruppe Ruggero. Le mise il braccio attorno alle spalle, e la sua voce si fece seria. «È una cosa che volevo fare per vostro marito quando ha salvato la vita di Guglielmo ad Amalfi. Vassalli come lui e come suo padre sono rari» aggiunse guardando Dalibor con gratitudine e fiducia. «Quattro volte i miei baroni si sono ribellati contro di me, ma non ho mai dubitato della fedeltà di un d'Hancourt.»

Il servitore aprì la porta e Kallyna uscì. Mentre erano ancora nella stanza Ruggero s'avvicinò a Dalibor e parlò a voce bassa perché lei non lo udisse.

«So tutto di ciò che è accaduto ad Amalfi. A Guglielmo bruciano ancora le orecchie per la sgridata solenne che gli fatto. Niente di simile avverrà mai più finché sono in vita.»

Sbalordito, Dalibor non poté fare a meno di aggrottare la fronte. «Dunque sapete chi è mia moglie, mon seigneur?»

Ruggero sorrise, facendo cenno di sì. «Come hai detto tu stesso così bene, è la duchessa d'Hancourt, e non m'interessa sapere altro. Adesso va', e che Dio ti benedica. Sei un uomo fortunato.»

Dalibor tornò al fianco di Kallyna. Gli occhi di lui erano fissi in quelli di Ruggero con uno sguardo di venerazione.

«E ricordate che voglio tenere a battesimo il vostro primogenito!» aggiunse Ruggero mentre s'allontanavano.

✻   ✻   ✻

Dopo il tramonto cominciarono altre celebrazioni. Sul lungomare vennero accese file di torce mentre una processione di barche inghirlandate di lampade remava lentamente attorno alle mura massicce del castello. Musica e canzoni riempivano il crepuscolo dolce.

Seduti sul loro letto Kallyna e Dalibor ascoltavano i suoni della festa in un silenzio carico di pena. Il pensiero di Geoffroi non permetteva loro di godersi un giorno in cui si erano aspettati solo di essere felici. Infine Dalibor le toccò la guancia. «Devo andare da lui» disse.

«Ti prego, sì.»

«Va' a dormire, potrei fare tardi.» Prima d'uscire aspettò che lei si mettesse a letto. Appena fu uscito Kallyna si rimise in piedi.

Prima andò a cercare Geoffroi nella cappella, ma non c'era. Risalì al secondo piano e si fermò davanti alla camera di lui. Appoggiò l'orecchio sul battente della porta. Dall'altro lato udì strani rumori spezzati. Batté il pugno sul muro, poi si costrinse a bussare.

Geoffroi lo lasciò aspettare a lungo. Quando finalmente emerse dal buio della camera dalle imposte serrate teneva gli occhi socchiusi e lasciò la porta accostata, come se Dalibor fosse qualcuno di cui non poteva fidarsi.

«Sei tu» borbottò. «Cosa vuoi?»

«Voglio parlarti. Potresti almeno aprire la porta, sai.»

Geoffroi gli fece cenno d'entrare ma non si prese la briga di accendere una candela. Trovò a tastoni una panca e lì si sedettero entrambi.

«Non pensi di aver tenuto il broncio abbastanza?» chiese Dalibor dopo un lungo silenzio. «Non è un piacere vederti in questo stato.»

Geoffroi fece una risata sommessa e aspra. «E io mi diverto?»

«Maledizione, credo proprio di sì!» esclamò Dalibor con rabbia. «Credo che hai scoperto un bel passatempo, rovinare la pace agli altri.»

Geoffroi scrollò le spalle. «La tua pace e la pace degli altri non sono affari miei. Ho le mie rogne da grattare.»

Dalibor si spostò sulla panca, facendola scricchiolare. «Perfetto. Non sono state le donne a mettersi fra noi, non è stata la guerra... Doveva essere questo.»

Geoffroi non rispose. «Cos'ha detto Kallyna?» chiese dopo un'altra lunga pausa. «Le faccio ribrezzo?»

«Imbecille» mugolò Dalibor.

«No, forse lei no. Lei è buona. Guarisce chi le sta accanto... Immagino che in fondo quella è l'unica virtù che valga la pena di avere.» Sorrise amaro. «Ma a tante altre donne sì che farò ribrezzo. È una cosa curiosa. Mi sento come se mi avessero castrato... Sai cosa intendo dire? Certo che lo sai. Per tutta la nostra dannata vita a noi due non hanno insegnato altro. Non siamo stati addestrati ad altro che a maneggiare una spada... e possiamo andare in giro dicendo che non ci piace, ma ci siamo immersi fino al collo lo stesso.»

Poiché non riuscivano a vedersi nell'oscurità, sembrava che ognuno parlasse da solo.

«Sto pensando di farmi monaco» disse poi Geoffroi.

Dalibor sbuffò con derisione. «Dio santo. Credevo avessi perso un braccio, non la testa. Tu, dare un calcio al mondo?»

«Cos'altro mi rimane?» ribatté Geoffroi. «Sono andato a un monastero nei giorni passati, tanto per essere lontano da tutto. Ma le cose che mi hanno detto lì sono come il vino... avranno il sapore giusto solo dopo molto tempo.»

«Ascolta, perché non impari invece ad usare la spada con il braccio sinistro? Perché non comincio a insegnartelo domani?»

Geoffroi rispose con un tono di disprezzo che ferì Dalibor nell'anima.

«Perché no, dolce signore. M'insegnerai anche ad usare le redini e lo scudo con un solo braccio? Ah, amico mio, lasciamo perdere. Lo capirebbe anche un bambino. Mi pare già di sentirli... *Ecco che arriva de Vire il Monco, che non può tenersi su le brache quando va a pisciare .*»

Di nuovo il silenzio si frappose fra di loro. Dalle imposte chiuse si udivano echi lontani della musica sulla spiaggia.

«Senti» disse poi Geoffroi «dimentichiamo ogni cosa. Prima o dopo l'avresti fatto, adesso che hai lei. Voltiamo pagina, come si suol dire. Qualcosa da fare la troverò.»

Dalibor annuì. «E più presto è meglio è. Ma non credere che ti sbarazzi di me così facilmente» brontolò. Nel buio Geoffroi sorrise.

«Tanto per cominciare, la spada non la userò per un po' neanch'io» proseguì Dalibor. «Ruggero mi ha dato un congedo e due nuove tenute in Sicilia. Non ho intenzione di fare altro che guardar crescere l'erba per almeno sei mesi. Non pensi che potremmo farlo assieme? Poi cominceremo a preoccuparci del resto.»

«Che tenute sono?» chiese Geoffroi.

«Vicino a casa. Mondello e Aspra.»

«Ah, buone terre. Conoscevo una ragazza di Aspra...» Lasciò cadere la frase. «Felicitazioni. Quando parti?»

«Non so ancora. Ma quando parto voglio che tu vieni con noi. Kallyna vuole che tu vieni con noi. Se non ti curi di me, fallo per lei.»

Geoffroi non rispose, e Dalibor non lo costrinse a rispondere.

Dopo qualche attimo Geoffroi s'alzò. «Sarà meglio che torni da lei.»

«Torno quando mi pare» ribatté Dalibor. «Ti sembro il genere di marito che si fa mettere sotto dalla moglie?»

La voce di Geoffroi si scharì in un tono di pacata sorpresa.

«Sicché finalmente ti sei deciso» disse. Sospirò. «Tanto vale che io ti dica la verità. Sei il primo uomo che io abbia mai invidiato.»

Dalibor gli gettò le braccia al collo, ma Geoffroi non ricambiò l'abbraccio.

«Mi fai sentire come se fossi un padre» borbottò. «O perché tu sei diventato più giovane o perché io sono diventato più vecchio di dieci anni.» Lo spinse via. «Adesso» lo pregò «adesso per l'amor di Dio vattene.»

Dalibor se ne andò. Nella sua camera vide che Kallyna era ancora sveglia; spense la candela e si stese sul letto accanto a lei.

«L'ho perso» disse, e la sua voce s'incrinò. «Non verrà con noi. Forse non tornerà mai più con noi.»

Kallyna si rannicchiò accanto a lui e rimase in silenzio, col viso rigato di lacrime.

«Per me era come il tuono» disse Dalibor. «Una forza di cui non si dubita mai, una cosa che non può essere distrutta. Avrei dovuto saperlo…Non c'è niente che io possa insegnargli.»

✳   ✳   ✳

Mansur venne a svegliarli prima dell'alba. Insieme scesero a cavallo alla Marina. Con loro erano la cameriera e il valletto che Dalibor aveva ingaggiato; non ci sarebbero stati schiavi nella loro casa, le aveva detto.

Nella prima luce del giorno il dromone si dondolava lievemente sull'acqua, i suoi severi lineamenti di guerra emergenti dalla notte. Come su un *drakkar* vichingo, scudi sovrapposti erano appesi tutt'intorno ai bordi. La polena era un drago proteso in avanti con l'alba fra i denti, con la lunga e possente coda di ferro seghettato fatta per speronare. Lance erano raccolte in alti fasci, frecce in fasci più corti. A poppa era inchiodato alle assi del ponte l'enorme calderone annerito nel quale veniva mescolato il fuoco greco.

Kallyna s'avvolse nelle pieghe del mantello e guardò Napoli addormentata dietro di lei. Le due settimane trascorse erano state tutte una celebrazione alla pace. Ora ancora una volta davanti a lei c'era un viaggio sconosciuto. Sorrise lievemente, toccando la mano di Dalibor.

«Marito, allora qui è dove finisce?»

Il volto di Dalibor era rivolto verso il mare e verso il futuro.

«Qui è dove comincia, moglie.»

L'alba cominciava a spandersi oltre le scogliere di Posillipo. I pescatori tiravano su le loro reti cariche. Il timoniere distolse gli occhi dalle ultime stelle ancora visibili e diede il benvenuto ai passeggeri. Dalibor fece un giro d'ispezione della nave, ne prese formalmente possesso, poi diede l'ordine di levare l'ancora. Al giro dell'argano il dromone si staccò dal molo e il mare cominciò il suo lento sciaquìo attorno alla carena.

Ritti sul bordo estremo della prua Dalibor e Kallyna guardavano la costa, aspettando il sole. Dalibor le diede un colpetto di gomito, indicando Mansur.

Con le mani afferrate a uno dei cavi Mansur era intento ad ascoltare estasiato il suono familiare del mare da tanto tempo perduto.

«Gli affiderò il controllo della navigazione» sussurrò Dalibor. «So che ne sarà più che felice. E poi io di navi non so assolutamente nulla.»

Indicò Capri, nera e rosea all'orizzonte. «È vero» disse «ha davvero la forma di una fanciulla addormentata.» Sospirò, diventando pensoso. «Questa vostra terra! Ho sempre pensato che è come una donna troppo bella... Non può che attirare la lussuria di ogni estraneo. Noi siamo solo stati più fortunati degli altri questa volta.»

Quando il sole si fece caldo i marinai stesero un telo sul ponte e portarono su un paio di panche di legno. Kallyna versò a Dalibor una tazza di vino, poi prese il suo cestino da cucito e infilò un ago.

«Che stai facendo?» chiese lui.

Lei allargò sulle ginocchia un gran quadrato di seta rossa. «Uno stendardo per l'albero con il blasone dei d'Hancourt. Ti piace?»

Lui fece cenno di sì, incrociando le braccia. «Molto. E il blasone è anche tuo. Spero che sarà finito in tempo per quando ci fermeremo a Tropea, così tutto il paese può vedere chi arriva.»

Kallyna lo guardò con un sorriso felice e sorpreso. «Ci fermiamo a Tropea? Volevo chiedertelo, ma non ero sicura di poterlo fare.»

Dalibor la scrutò con un cipiglio scherzoso. «Ancora non ti rendi conto di quanto puoi fare? Devo fermarmi a Tropea per comprare la masseria, la vigna e la fonte.»

«E perché mai?» si stupì lei. «Avete intenzione di farvi agricoltore, signore d'Hancourt?»

Lui le pizzicò il braccio. «Chi ha detto che li compro per il *mio* ramo della famiglia? La masseria è per i tuoi zii e per Arnì. Voglio che se la godano per molti anni a venire.»

Kallyna posò l'ago. «Oh, marito... Marito, sei la metà migliore del mondo!»

Mansur venne ad annunciare che aveva notato una spaccatura in una delle aste della vela mezzana e occorreva ripararla subito.

«*Habibi*» rispose Dalibor «prendi tutti gli uomini di cui hai bisogno e falli lavorare quanto più ti piace.»

Mansur chinò gravemente la testa. «Serve anche un astrolabio nuovo.»

Dalibor chinò la testa con uguale gravità. «Qualunque cosa esso sia, la richiesta è accolta.»

Mansur sorrise e s'allontanò.

La mattina diventò mezzogiorno. L'aria era così deliziosamente calda che Kallyna quasi non riusciva a tenere gli occhi aperti. Appoggiò il capo alla spalliera della panca, fantasticando. All'improvviso chiese: «Ti sei mai pentito di avermi sposata?»

Dalibor cercò di soffocare un ringhio divertito, dandole una spinta.

«A questa risponderò stanotte. E ti prometto, moglie, sarà una risposta che non dimenticherai facilmente.»

Lei si premette la seta rossa sulla bocca per non scoppiare a ridere. Dopo un attimo riprese l'ago. «È che non sono avvezza a tutto questo. Non so come si usa il potere. Ho paura di dire la cosa sbagliata, di fare la cosa sbagliata…»

«Sto cercando d'impararlo io stesso da anni» rispose quietamente Dalibor «e ho paura come te. Ho usato il potere nel modo sbagliato più d'una volta…» S'interruppe, distogliendo lo sguardo. «Non devo dire a te qual'è stato il modo più sbagliato di tutti.»

Nel silenzio che seguì si udiva il suono delle onde lungo i bordi della nave e il lungo cigolio dell'albero.

«Ricordo che una volta eravamo in giardino a rammendare le reti» Kallyna disse poi «e Arnì chiese a mio padre: *Padre, se qualcuno vi offrisse il potere, lo accettereste?* E mio padre si strinse nelle spalle e rispose: *Se chiedi a me Vasili d'Argira, non credo che accetterei. Ma c'è un'altra maniera di vedere le cose.* Prese un coltello che stava usando per tagliare i fili d'avanzo delle reti e lo mostrò ad Arnì. *Il potere è come questo coltello* disse. *Puoi usarlo per tagliare la gola a un uomo, per sfigurare il volto di Dio dipinto sul muro di una chiesa. O puoi usarlo per affettare e dividere il pane, per intagliare il nome di una sposa su un cassone nuziale. Se una persona è buona, buona nell'anima davvero, saprà sempre come usare il coltello.*»

Abbassò la testa, e i suoi occhi si riempirono di lacrime.

Dalibor la prese fra le braccia. «So che era una persona così.»

D'un tratto Kallyna dovette appoggiarsi a lui per tenersi salda. Un'ondata di vertigini le offuscò tutto attorno. Era tutta la mattina che si sentiva a quel modo.

«Buon Dio» borbottò. «Nata e cresciuta su una barca, e adesso m'è venuto il mal di mare…»

Dalibor la fece voltare per guardarla in viso. «Il mal di mare?» esclamò. «Ma no che non è quello!» Scoppiò in una risata senza fiato. «Il mal di mare!» La cullò fra le braccia, lei e la preziosa nuova vita che era in lei. Kallyna capì; chiuse gli occhi e si tenne stretta a lui, senza parole per la gioia.

Sotto di loro il mare avvolgeva ghirlande di spuma bianca attorno alla nave. Da lontano si levava una nebbia diafana come un velo da sposa. Gli uomini erano semi, pensò lei, che sfidavano gli elementi per assicurare la vita, e le donne radici profonde nella terra che non cambia. La vita era un dente di leone, una cosa assetata che continuava testarda a fiorire ad ogni nuova, breve e splendida estate.

PARTE QUARTA

XXV

L E PIETRE SONO PAZIENTI. Quelle di Atene devono esserlo ancora di più, perché sono molto antiche ed hanno visto tanto. In una calda notte d'autunno dell'anno 1147 la città sembrava bruciare dall'Acropoli al Pireo, e il rumore teneva sveglia la luna.

La flotta normanna aveva conquistato le isole di Corfù e Zacinto, aveva saccheggiato Corinto e Tebe ed aveva invaso l'antica regina del Mediterraneo con furia inaspettata e improvvisa. Nel porto i dromoni ingoiavano bottino giorno e notte come balene voraci—oro, argento, marmi e bronzi antichi. Ma una cura speciale era riservata al bene più prezioso dell'Impero di Bisanzio, la filanda.

Una schiera di soldati era occupata a spogliarla di tutto ciò che vi era dentro. Uno a uno caricavano sui carretti i grandi telai che valevano quasi tanto oro quanto pesavano. Poi li portavano via assieme a spesse matasse di seta cinese che alla luce delle torce sembravano risplendere come ruscelli gelati. Dalle porte della filanda gli uomini e le donne che avevano lavorato ai telai li guardavano allontanarsi; ora li avrebbero seguiti a Palermo, dove avrebbero lavorato nel Tiraz non più per la gloria di Bisanzio ma per quella di Ruggero Altavilla.

Dalibor si voltò indietro sulla sella cercando il sergente. Quando non lo vide spronò il cavallo verso la filanda. Lo lasciò davanti alla porta e salì correndo la scalinata. Dalle finestre rotte dell'edificio si vedeva un bagliore di fiamme, e gli scalini erano ricoperti di tessere di mosaico divelte e schegge di vetro. Poi vide il sergente.

«Signore, abbiamo trovato una ventina di donne» gli disse il sergente. «Alcune hanno bambini.»

Dalibor non rispose, ma per istinto abbassò la spada.

Il sergente gli indicò una porta. Dentro si sentivano urla, voci e rumore. Le donne erano ammassate tutte insieme come cuccioli ciechi, tenendosi i bambini stretti al corpo come per farli rientrare nella loro carne. I soldati cercavano di separarle dai piccoli che piangevano e gridavano. Erano riusciti a tirare nove o dieci fuori dal gruppo, ma le donne si rigettavano indietro verso i figli.

Mentre Dalibor entrava, uno dei soldati trascinò una donna incinta via dalle altre e le diede un calcio. Dalibor s'avventò sul soldato, lo afferrò per il collo e lo sbatté contro il muro. «Per l'inferno, cosa succede? Siete i miei uomini o un branco di cani rabbiosi?»

Il soldato cominciò ad agitare le mani a difesa di sé. «Signore, non mollano i mocciosi. Ragliano e urlano e ci fanno tutto più difficile.»

«Allora ridate loro i bambini!» gridò Dalibor. «Che differenza può fare una dozzina di piccoli, imbecille?»

Una delle donne urlava più d'ogni altra. «Vasili!» chiamava. «Vasili!»

Al sentire il nome, e l'angoscia in ogni sillaba del nome come se le stessero strappando l'anima, Dalibor si fermò. D'un tratto il bambino che la donna stava chiamando, forse dell'età di otto anni, balzò dall'angolo in cui era nascosto e si gettò contro di lui con quanta forza aveva nel pugno. Dalibor lo afferrò per il braccio. La donna si voltò verso di lui ad implorarlo, e Dalibor trasalì: assomigliava a Kallyna, ma invecchiata prima del tempo.

Passò la spada al sergente. Osservò la donna, poi il bambino che ancora si dibatteva. Il bambino non abbassò gli occhi, guardandolo con aria di sfida.

Dalibor s'avvicinò alla donna e la costrinse a stargli di fronte.

«Guardami» le disse. «Non aver paura. Guardami.»

La donna era folle di terrore. «Vasili!» urlava. «Non toccarmelo, non toccare il mio Vasili!»

«Sei Sila d'Argira?» chiese Dalibor.

La donna indietreggiò come colpita da uno schiaffo. Sul volto le apparve una dolorosa meraviglia. «Io mi chiamo *Tu là*» rispose. «Nessuno mi ha mai chiamato altro per undici anni.» Lo guardò torva. «Che vuoi da me?»

Dalibor le prese il viso fra le mani, scrutando i suoi lineamenti. «Non può essere…» disse fra sé. «Devo sbagliarmi.»

«Ridammi mio figlio» lo supplicò la donna.

Dalibor lasciò andare il bambino e lo condusse a lei. «Ecco. Nessuno gli farà del male.»

Mentre lui s'allontanava, la donna gli corse dietro e lo afferrò per il braccio.

«Aspetta, sono Sila d'Argira. Tu chi sei?»

Il volto di Dalibor s'aprì lentamente in un sorriso di stupore. La prese fra le braccia. «Non piangere» disse. «Non piangere, non temere. Avremo tempo.»

Quando alle donne fu permesso di riavere i loro bambini, s'alzarono tutte in silenzio senza opporre resistenza e uscirono dalla filanda senza dover essere spinte o minacciate.

❋   ❋   ❋

L'angolo della casa a Monreale che Kallyna amava di più era l'alta loggia che circondava il giardino. Le olive sugli alberi erano mature; si udiva tutt'intorno il canto dei raccoglitori assieme ai gridi dei gabbiani. Si appoggiò ad uno degli archi scolpiti ombreggiati da vasi di gerani, lasciandosi andare alla dolcezza dell'assolato pomeriggio di dicembre. Guardò la lettera che teneva in mano e sorrise.

«Amatissima moglie. Benché non fosse stata mia intenzione rivolgermi a te in questa maniera convenzionale, devo spiegare che la degna persona che mi aiuta a scrivere questa lettera è un religioso, sicché mi vedo costretto ad abbandonare ulteriori finezze coniugali. Sarai lieta di sapere che sono in buona salute e che la guerra di Grecia si è conclusa. Abbiamo annesso le Isole Ionie al dominio del nostro sovrano e signore Ruggero, e abbiamo colpito al cuore la potenza di Bisanzio. I dromoni sono così carichi di bottino che gli scafi affondano fino al terzo ordine di remi...»

Alzò gli occhi. Dall'altro lato del giardino veniva un'anziana balia seguita da due bambini che le scorrazzavano attorno alle ampie gonne. La donna faceva finta di fuggire mentre i bambini la inseguivano brandendo spade di legno. «All'attacco! Addosso ai bizantini!» gridavano, e non in modo giocoso.

Sbuffando e ridacchiando la balia si fermò accanto a Kallyna.

«Dio li benedica sono sani come puledri. Con quel poco che mangiano!»

Kallyna si strinse al petto i figli. «Tesori, ho notizie meravigliose. Vostro padre sta per tornare a casa!»

Ruggero, che a nove anni col suo bel volto serio sembrava già un uomo fatto, volle sapere quando.

«Presto, amore, presto. Sei felice?»

Ruggero fece un gran sorriso. «Oh sì. Devo fargli vedere come so far saltare la giumenta nera oltre lo stagno. È una settimana che ci provo.»

Goffredo invece teneva il broncio, tormentato da uno dei tanti crucci dei suoi cinque anni d'età.

«Mamma, pensi che mi porterà il regalo che gli ho chiesto?»

«E qual è il regalo che gli hai chiesto?»

Goffredo esitava, corrucciato. «Un pappagallo giallo. Ma so già che non me lo porta, lo so.»

Kallyna rise. «Un pappagallo! Non so neanche se li hanno in Grecia, i pappagalli...» Gli prese il viso fra le mani. «Bisognerà aspettare, d'accordo?»

Goffredo alzò e abbassò la testa. «D'accordo.»

Kallyna lo mise in braccio alla balia. «Rosa, hai mandato a chiamare Padre Iacopo?»

«Sì, padrona. Sarà qui fra poco.»

Goffredo si mise a piagnucolare. «Mamma, non voglio che Padre Iacopo venga da noi. Mi fa paura... Mi ha detto che ha un braccio solo perché un drago è andato a staccargli l'altro dalla spalla e poi se l'è mangiato.»

Kallyna lo baciò sulla guancia. «No, amore. È solo una storiella. Lo sai che gli piace inventare storielle. Se continui ad essere un bambino così savio non ti accadrà mai nulla di male, mai.» Goffredo fece una smorfia, poco convinto. Poi la balia li riportò in casa tutti e due.

«Sei così sciocco» Ruggero rimproverò il fratello. «Credi ancora ai draghi come una creatura.»

Kallyna riprese a leggere la lettera.

«Desidero tanto tornare da te e dai nostri figli. Sai già quanto è difficile per tutti noi essere lontani, ma fatti coraggio. Questa volta ti porto un regalo che ti sarà impossibile indovinare. Dirò solo che è un regalo eccezionale e che ti farà eccezionalmente felice.»

Di nuovo sollevò la testa con aria perplessa, cercando d'immaginare cosa potesse mai essere quell'eccezionale regalo. Poi s'arrese e ripiegò la lettera. Sentì suonare la campanella dalla porta del cancello del giardino e s'affrettò a scendere gli scalini di mattoni recintati da alberi di cipresso. Dietro le volute di ferro del cancello s'intravvedeva la tonaca bruna di Padre Iacopo. Scelse una chiave dalle tante che portava appese a un grosso anello alla cintura e gli aprì.

«*Pax vobiscum*, Donna Kallyna.»

«Spero di non avervi disturbato, Padre.»

«Sapete che non mi disturbate mai» disse il monaco con un sorriso. «Stavo comunque venendo da voi, per quel messale che mi avete chiesto. Non sapevo se volevate il vostro nome sul frontespizio oppure alla pagina della Natività.»

Kallyna sorrise. «Con due figli vivi, uno morto e un quarto in arrivo, credo che la pagina della Natività sarebbe più indicata... con il dovuto rispetto alla Madonna, naturalmente.»

Padre Iacopo scoppiò in una risata fragorosa. Anche a colpo d'occhio si poteva vedere che era un monaco molto singolare. Sembrava che la tonaca non gli entrasse bene, troppo corta e troppo stretta, con la manica destra tagliata a metà. La porttava da sette anni, eppure addosso a lui somigliava ancora a una cotta di maglia.

«Come vanno le cose al monastero?» Kallyna chiese mentre tornavano sulla loggia.

«Come sempre» rispose Padre Iacopo «e sia ringraziato Iddio. Quest'anno il raccolto sarà buono, potrò mettere da parte qualcosa per i miei orfani.»

Sul viso gli apparve un'espressione di quieto orgoglio. «Dovreste vederli, Donna Kallyna. Sono dei furfantelli così servizievoli! Se mi serve un pennello o un vasetto di tinta fanno a gara per portarmelo.»

«Quello che fate per loro è una vera benedizione. Ma è vero che siete stato sempre un uomo generoso.»

Padre Iacopo la guardò di sotto in su. «Beh, come dice il Vangelo, non faccio sapere alla mia mano destra quello che fa la sinistra.»

Lei arricciò il naso. «Dio che modo di scherzare avete.»

Si sedettero assieme; Kallyna gli porse la lettera. «È per questo che vi ho fatto chiamare. Dalibor sta per tornare. Sembra che la guerra di Grecia sia stata una buona impresa.»

Il monaco prese il foglio di carta, lo tenne a distanza dagli occhi e lesse muovendo le labbra fra la folta barba grigia. Lei s'appoggiò al muro e prese la copertina di seta che stava ricamando; sarebbe stato così bello se questa volta era una bambina, pensò.

«Uh» commentò Padre Iacopo. «Certo che chi ha scritto questa lettera l'ha ben imbottita di strafalcioni.» Alzò lo sguardo. «Sono molto, molto contento. In guerra la parte difficile è tornare a casa, e tutto d'un pezzo.» Rise. «Ma certo che sa come tenervi sulle spine con questo gran regalo, non è vero?»

Kallyna sospirò. «Avete detto bene. Non riesco per niente a indovinare. Si vede che dovrò solo aspettare, esattamente come Goffredo e il suo pappagallo giallo.»

Dopo un attimo lo guardò con quieta curiosità. «Non offendetevi, Padre, ma ogni volta che vi vedo non posso fare a meno di notare quanto poco vi manca il mondo. Mentre insegnavate l'alfabeto ai vostri ragazzi Ruggero ha conquistato l'Africa del Nord, e mentre miniavate il salterio della cattedrale hanno indetto un'altra crociata. Adesso mi fate un messale, e abbiamo preso d'assalto i bizantini in casa loro... Eppure non vi ho mai sentito dire una parola a proposito di tutto ciò. È un conforto vedervi così lontano dai nostri battibecchi, così in pace.»

Gli occhi di Padre Iacopo si persero nel nulla per un istante.

«La mia pace è ancora giovane, Donna Kallyna. Ma sta crescendo. Ho visto l'inferno da vicino... quello vero, non quello che improvviso con la fantasia per spaventare i miei parrocchiani.» Parlava a voce bassa, pacatamente. Kallyna notò quante rughe gli erano fiorite sul viso.

«Tutta la vita ero vissuto con la mia mentalità di rango, di signori maggiori e minori disposti in bell'ordine a seconda del potere di ognuno... E un giorno all'improvviso sono rimasto senza rango e senza potere, come l'ultimo dei servi.» Tacque. Dall'interno della casa veniva il rumore lieve di un telaio e dal giardino un profumo di fieno appena falciato.

«Cominciai a immaginare Dio come il signore supremo e perfetto» proseguì Padre Iacopo «il Signore che mi avrebbe protetto da ogni altro. Se sembro poco interessato al mondo è solo perché non posso permettermi di esserlo... perché nel mondo c'erano troppe cose che amavo.»

Fra loro passò un silenzio simile a un breve inverno che nasconde le cicatrici della terra sotto una coltre di neve.

Poi Padre Iacopo si batté la mano sul ginocchio. «Adesso basta con questi piagnistei. Dove sono quei due vostri piccoli diavoli? Ho un conto da regolare con Ruggero. L'ultima volta che è venuto in chiesa mi ha ficcato una lucertola morta nel colletto.»

Kallyna soffocò una risata. Dopo un attimo lo guardò quieta. «Sono mai stata io una delle cose che amavate?» chiese quasi in un sussurro.

Padre Iacopo sembrò sorpreso. «Curioso quanto tempo passa mentre uno non ci fa caso... Sì, vi ho amato, ma in un modo molto diverso da come vi ama Dalibor. Io sono un uomo dai bisogni molto più semplici. Ho sempre pensato che sareste stata del tutto sprecata con me.»

Kallyna non rispose. S'alzò. «Chiamo Rosa che ci porti del vino. O preferite qualcos'altro? Una settimana fa abbiamo fatto una marmellata di petali di rosa. La moglie di Mansur mi ha dato questa sua ricetta e non ho saputo resistere.»

Padre Iacopo fece una smorfia, ma sorridendo. «*Quale* moglie di Mansur? Si direbbe che quel pagano non ne abbia mai abbastanza. Ogni volta che vado a casa sua ci sono più scarpe davanti alla sua porta che davanti alla porta di una moschea!»

Kallyna non poté fare a meno di ridacchiare. «Ah, ma se lo può permettere, e si può permettere di trattarle tutte in maniera equa, come prescrive il Qu'ran. È diventato ricco. La sua nave visita ogni porto, per cotone o spezie o arance. Adesso parla di aprire un magazzino ad Acri... il che probabilmente vorrà dire moglie numero quattro.»

Bussò sull'imposta del balcone. «Le vie del mondo, davvero» si stupì. «Io avrei potuto giurare che voi sareste diventato padre di famiglia e Mansur eremita.»

Rosa fece capolino dal balcone. «Portaci del vino e qualcosa da mangiare» le disse. «E quattro o cinque vasetti della marmellata nuova.» Poi tornò accanto a Padre Iacopo che se ne stava appoggiato alla balaustrata di pietra.

«E come vanno le cose nella casa dei d'Hancourt?» chiese lui.

«Andrà tutto a meraviglia appena Dalibor torna a casa. Ma nel frattempo non posso lamentarmi. Dio sa se ho da fare, con la raccolta delle olive e il pozzo che si è prosciugato ad Aspra e i fattori che vogliono parlarmi tutti allo stesso momento... Ogni custode avrebbe le giornate piene, anche uno senza le nausee di gravidanza.»

Staccò una foglia ingiallita di geranio e la lasciò cadere dalla balaustrata. Oltre il giardino, sulla mulattiera, un contadino spingeva un asino carico di sacchi.

«Sapete» meditò poi «siete una delle poche persone che ci chiamano ancora d'Hancourt. Il nostro nome si è fatto italiano... Adesso siamo gli Accorti.»

«Perdita da poco» disse Padre Iacopo. «Come Hauteville che è diventato Altavilla. Niente che questa terra ha cambiato è stata mai una gran perdita per noi. Cent'anni fa, prima che venissimo qui, non eravamo che mercenari e ladri di bestiame. Non ricordo di aver mai veduto una biblioteca nei nostri semplici villaggi di Normandia... o un harem, ma quella è un'altra storia.»

Rosa portò un vassoio pieno e lo posò sulla panca. Kallyna versò del vino in una tazza e aprì uno dei cinque capaci vasetti di terracotta della marmellata.

«Qualche settimana fa ero a Palermo» disse. «Ci sono alcune ragazze nel Tiraz che mi sono presa sotto le ali perché hanno molto talento. Qualcuno lì mi ha detto che i nostri tempi probabilmente non torneranno più. La chiamano La Bella Monarchia, e credo che abbiano proprio ragione... e Ruggero è ancora nel pieno delle forze, regnerà altri cent'anni.»

Padre Iacopo annuì in pieno accordo. Spalmò una cucchiaiata di marmellata su un biscotto e emise un sospiro deliziato.

«Donna Kallyna, è una squisitezza!»

«Sono lieta che vi piaccia. Allora portatevi tutti e cinque i vasetti, di più se ne volete. Sono sicura che i vostri orfani l'apprezzeranno molto più dei miei due principini viziati.»

«Li chiamate viziati? Tutto il giorno fuori a giocare con i figli di pescatori e di contadini e a rotolarsi sulla spiaggia!»

«E credetemi, Padre, imparano più dai loro compagni di gioco che da tutti i precettori che troviamo per loro.»

«Compreso me, naturalmente.»

Kallyna si morse il labbro, ma lui la guardò senza rimprovero, ridendo.

«Non c'è di che offendersi. Anche loro padre è andato alla stessa scuola, e se non mi sbaglio gli ha fatto un mondo di bene.»

Kallyna si rimise la copertina sulle ginocchia e andò in cerca dell'ago che vi aveva appuntato. «A volte mi dispiace per loro, sapete, che crescono senza i nonni.»

Padre Iacopo osservò le mani di lei che spianavano la seta color di rosa.

«Voi e Dalibor siete i migliori genitori del mondo».

Lei piegò la testa di lato. «Eppure pretendiamo tanto da loro, come tutti i genitori...»

Un'altra breve stagione di silenzio passò fra di loro. Kallyna guardò la casa intorno a lei, ricordando tutti gli anni che vi aveva trascorso. Le pietre avevano una consistenza come di pane croccante, e dalle crepe s'affacciava il caprifoglio. Le travi di legno del soffitto erano diverse l'una dall'altra come le dita di una mano. L'aria era calda e c'era un silenzio di pace. Dove la pietra era troppo ruvida la guancia di un fiore l'addolciva, e dove la luce era troppo nuda il legno raccoglieva le ombre nei suoi angoli segreti.

Tutti quegli anni con Dalibor erano stati così, stando insieme e prendendo l'uno dall'altra quello che non avrebbero mai potuto avere da soli; anche quel terribile anno che era morto il bambino, due giorni dopo che era nato, quando s'erano sostenuti a vicenda nel loro dolore.

Ogni cosa era finalmente al suo posto. Il mondo ora era intero, e lei era una donna fortunata.

❈   ❈   ❈

I seminatori al lavoro nei campi attorno alla strada sollevarono il viso e salutarono con un cenno della mano il gruppetto che si dirigeva a cavallo verso il porto. Ruggero aveva voluto cavalcare alla testa della scorta armata. Pareva sognare ad occhi aperti; forse fantasticava di star conducendo la scorta verso un'ardita avventura, perché stava dritto in sella con aria marziale. Goffredo aveva preferito rimanere accanto alla mamma, e sonnecchiava fra le braccia del servo che lo portava con sé. Monreale alle loro spalle era rossa e dorata come una mela, un profilo di campanili e cupole sormontate dalla mezzaluna.

A quell'ora il dromone stava ormeggiando. Il giorno prima la flotta era tornata a Palermo e c'era stato gran trionfo nella capitale; ma Kallyna non desiderava altra celebrazione che riabbracciare Dalibor.

«Eccoli!» esclamò.

La nave con lo stendardo degli Altavilla in cima all'albero era attraccata al sicuro accanto al molo, alta al di sopra delle ali colorate delle barche da pesca. Kallyna avrebbe voluto mettere il cavallo al galoppo e arrivare prima di tutti gli altri, ma il bambino che portava in grembo non glielo permetteva.

«Andiamo, andiamo» esortò. Goffredo si svegliò di soprassalto.

Dalla nave era già arrivata a terra una barca, e una piccola folla s'era raccolta intorno ad essa. Gli uomini si toglievano il berretto e davano il bentornato al loro signore parlando tutti assieme. Ruggero balzò dalla sella precipitandosi verso il padre, poi volò per un attimo in aria quando Dalibor lo sollevò alto sulla testa.

Dalibor cercava di abbracciarli tutti e tre, ridendo.

«Siete troppi, troppi! Dovrei avere otto braccia come un polipo!» Ma poi mise giù i figli e abbracciò solo Kallyna. «Moglie! E che ti è successo, moglie? Sei cresciuta dappertutto come pasta di pane! Bella moglie mia grassa.»

Cercò di metterle il viso nel cavo della spalla ma lei si divincolò, mentre le donne fra la folla ridacchiavano nascondendosi la bocca con la mano.

«Non stringere così forte» disse lei senza fiato. «Fatti guardare, come stai?»

«Sto bene, a parte il sudore che a volte mi fa venire il prurito...» Abbassò la voce «e altri pruriti e pensieri orribilmente impuri, di metterti le mani addosso e...» Guardò giù: Goffredo lo stava fissando con i suoi grandi occhi blu.

«E Malva nostra?» chiese Dalibor, mettendole la mano sul grembo.

«Finora si è comportata bene. Ma presto comincerà a scalciare.»

Goffredo diede uno strattone alla spada del padre, guardandolo storto.

«Chi è Malva nostra?»

Dalibor lo tirò su con un braccio. «Tua sorella, se Dio vuole... E perché fai quel muso?»

«Padre, io non vi avevo chiesto una sorella!» protestò indignato Goffredo. «Vi avevo chiesto un pappagallo giallo!»

Dalibor gli arruffò i capelli biondi e lo mise giù. «Piccola canaglia... Va' a vedere dentro la barca.» Goffredo partì di corsa. Si rivolse a Kallyna. «E tu non vuoi sapere qual è il tuo regalo? Pensavo di averti acceso i carboni sotto i piedi per la curiosità.»

Kallyna scosse la testa. «No, il mio regalo l'ho già avuto. È alto così ed ha bisogno d'un bagno.» Aggrottò la fronte, mettendogli la mano sulla testa. «Cos'hai fatto ai capelli?»

Dalibor scrollò le spalle. «Cominciano a cadermi, ho pensato che era meglio tagliarli corti.»

Si stava avvicinando un'altra barca. Dalibor la indicò orgoglioso. «Moglie, guarda.»

Dalla barca che era in secca sulla spiaggia si sentì un'esclamazione di gioia; Goffredo saltava gridando e sguazzando nella risacca. Si gettò ansante contro le gonne di Kallyna. «Mamma, guarda!» Sollevò la gabbietta, mostrandole il piccolo pappagallo giallo che vi era dentro. «È proprio quello che volevo!»

Kallyna teneva lo sguardo fisso sull'altra barca. «Chi è quella donna?» chiese schermendosi gli occhi dal sole. «E quel bambino?»

Dalibor le diede un colpetto col dito. «Va' a dare un'occhiata.» Poi vide che s'era sbiancata in viso, gli occhi spalancati nello stupore, e la fermò.

«No, aspetta. Avevo dimenticato che nelle tue condizioni l'ultima cosa che ti serve è questo genere di sorprese.»

«Dio grande» mormorò Kallyna. «Dio grande.»

Sila sembrava un po' stordita, impacciata nel bell'abito che aveva sostituito i suoi stracci. Vasili spronò i rematori con un gesto imperioso, come se ansioso di riacquistare la libertà che non aveva mai conosciuto ma che sembrava avere sempre considerato sua per diritto di nascita. Era così sicuro di sé che Ruggero, con l'intuito preciso della sua età, lo riconobbe subito come suo pari.

Sporgendosi dalle braccia di Sila Vasili baciò Kallyna sulla guancia con un gesto del tutto naturale, come se fosse stato lontano dalla zia solo per qualche giorno. Kallyna cominciò a piangere, guardandolo a bocca aperta.

Non somigliava a nessuno tranne che a sua madre; chiunque fosse suo padre, sembrava quasi che Sila non ne avesse avuto bisogno. Aveva riversato tutta sé stessa in suo figlio come per creare una replica vivente di sé. Doveva essere stato amato d'un amore selvaggio e completo che nessun altro bambino aveva mai conosciuto; ed era un bambino fiero, bellissimo.

Dalibor prese Sila per mano e la condusse fra le braccia di Kallyna. Sila era del tutto composta; guardava Kallyna con una compassione incuriosita.

«Non piangere, sorella» sussurrò. «Non piangere.»

Kallyna parlò a una voce con lei. «Non piango» singhiozzò. «Non piango. Ti voglio tanto bene…O Dio grande…E mamma? E Michele?»

«Mamma è morta qualche giorno dopo che ci hanno presi» rispose Sila. «È stato molto meglio così, credimi» aggiunse con serena convinzione. «Michele è stato venduto. Sono certa che è vivo, dovunque lui sia.»

La piccola folla premeva attorno a loro incuriosita, parlottando sottovoce. Dalibor guardava impensierito Kallyna che continuava a premersi la mano sul grembo; infine ordinò ai suoi uomini d'avviarsi a casa. Ruggero e Goffredo erano confusi, gelosi; ma quando arrivarono a casa Ruggero prese la mano di Vasili fra le proprie con il gesto che aveva visto fare a suo padre quando dava il benvenuto ai suoi ospiti.

Fu un pomeriggio gioioso e rumoroso. Kallyna non ebbe pace né volle pace finché tutto non fu detto del passato e cento piani non furono fatti per il futuro. Dalibor dovette costringerla tre volte a sedersi e a riprendere fiato.

«Ricominceremo tutto daccapo, Sila» continuava a dire lei. «Avrai il meglio di tutto, ci rifaremo di tutto.»

Era notte tarda quando infine la casa si fece silenziosa e lei entrò in camera da letto, svuotata dall'emozione. Dalibor uscì dalla vasca da bagno, s'avvolse un lenzuolo attorno ai fianchi e le gettò un'occhiata: era accasciata su una sedia come se non avesse più forza.

«Quel bambino mi ha rubato il cuore» disse lei sottovoce. «Sembra un principino…Non è bellissimo?» Ricominciò a piangere, con lo sguardo distolto.

Dalibor rimase in silenzio mentre s'asciugava e poi si metteva a letto. Lei continuava ad andare qua e là per la stanza, raccogliendo il lenzuolo da terra, serrando le imposte. Sapeva che lui la stava aspettando, ma voleva guadagnar tempo.

«L'elmo mi sembra ben ammaccato» disse indicandolo.

«Oh, quello. Sia ringraziato Dio per gli elmi normanni. Non ho mai capito perché quelli altrui non proteggono il naso… Forse è per quello che noi maschi normanni siamo più graziosi degli altri.»

Kallyna non si decideva ad andare a letto. «Mi ci sono voluti così tanti anni» disse poi angosciata, quasi fra sé. «Così tanti anni per convincermi che li avevo persi tutti davvero … Ora è come se succedesse tutto daccapo.»

Dalibor s'allungò sotto la coperta; la sua voce era stanca ma pacata.

«Niente succede tutto daccapo. Dormi adesso, e comincia a pensarci qualche altro giorno. Anzi, meglio non pensarci affatto.»

«Può darsi» disse lei sedendosi sul letto. Poi si voltò. «Dalibor, lei non sa chi sono e io non so chi è lei. È come se mi fossi presa in casa un'estranea.»

«Però guarisce bene. Nel tempo che c'è voluto per tornare dalla Grecia era già un'altra. Che diamine, fino a un momento fa era lei che consolava te!»

Kallyna rimase in silenzio, torcendosi le mani. Poi scosse la testa. «Non è quello. È che mi sento…mi sento in colpa verso di lei. Non so come spiegarlo… È come se fosse dovuto capitare a me invece. Non riesco a scrollarmi di dosso questo pensiero, mi avvelena ogni altra cosa.»

Lui sorrise. «Non sai cosa dici, moglie. Se fosse capitato a te non saresti mai sopravvissuta. Ci sono uccelli che imparano a vivere in una gabbia, altri che muoiono di dolore solo al pensiero di una gabbia.»

Kallyna smise di torturarsi le mani e alzò la testa, come se un gran peso si fosse sollevato dalle sue spalle.

«Sì» mormorò «è giusto. Hai detto la cosa giusta… Oh marito, ti ringrazio. Non sai cos'hai fatto per me. Oggi e per tutta la vita non sai cos'hai fatto per me!»

«Andrà tutto bene. Può essere che si sposi. Sono certo che hai già in mente un paio di probabili pretendenti?»

«No, però adesso che hai sollevato l'argomento sono certa che ne troverò qualcuno…. Sarebbe bello, no? E dobbiamo andare a Tropea, a trovare Arnì e sua moglie e Neja che compirà sette anni fra un mese…»

S'infilò sotto le coperte e lo guardò con un'aria di sorpresa felice, come se accorgendosi solo allora che era lì. «E tu che ci fai nel mio letto? Era passato tanto tempo, avevo finalmente fatto l'abitudine a tutto questo spazio.»

Lui le mise la mano sulla spalla e la spinse giù. «Adesso sta' zitta» brontolò. «Hai idea di quanto mi hai fatto aspettare stavolta?»

※　　　　　※　　　　　※

«Allora dimmi, marito, come sono le donne di Grecia?»

«Sempre la stessa domanda. Come sono le donne di Francia, come sono le donne di Sicilia, come sono le donne d'Africa, come sono le donne di Grecia.» Guardò il soffitto con un viso privo d'espressione che lei, come sempre, non riuscì a interpretare. «E io che ne so, moglie?»

«Mi dai sempre la stessa risposta» disse lei aggrottando la fronte.

Lui mosse in aria le grandi mani. «Gesù, questa donna non la controlla nessuno. Ascoltami, moglie, la verità non l'avrai mai, e vuoi sapere perché? Perché qualunque cosa io ti dica ce ne pentiremmo tutti e due. Se ti dicessi che vado a letto con altre donne quando sono via di casa mi accecheresti con le unghie mentre dormo, e se ti dicessi che rimango casto come un paladino antico mi convinceresti molto abilmente che sono diventato impotente. Santo Dio» concluse, fingendosi disperato.

Lei rise. «Dannazione, marito, hai sempre ragione tu.»

La notte s'era fatta fonda. Era allora che il silenzio apparteneva tutto a loro.

Dalibor si trasse Kallyna più vicino. «Cos'hai fatto mentre mi aspettavi?»

«Un mondo di cose. La cosa più importante che ho fatto è stata aspettarti.»

Le sue parole lo toccarono, ma preferì una quieta ironia. «Non la pensi alla grande.»

Lei scrollò le spalle. «Non m'importa.»

Sentì un ondularsi improvviso, un brivido che l'attraversava tutta. Anche lui l'avvertì. «Eccola!» sussurrò. «Si è appena mossa... e che bel calcio...Non so come farò a sopravvivere con tre donne in questa casa.»

Il giorno seguente Kallyna mandò un messo a Tropea per far sapere ad Arnì il ritorno di Sila. L'uomo portava con sé anche un pezzo di carta che lei gli aveva dato all'ultimo momento. Era un'iscrizione che voleva fare scolpire sulla tomba di Vasili, un messaggio che da molto voleva inviare a suo padre dopo gli anni trascorsi fra loro. Aveva cercato le parole giuste, cambiandole e poi rimettendole insieme; ora che Sila era stata ritrovata il momento era venuto. Ma nessuno capì. Nessuno avrebbe potuto capire, perché le sue parole esprimevano un pensiero in anticipo di secoli, come Vasili era stato un uomo in anticipo di secoli.

Quando gli scalpellini finirono il lavoro e rimisero la lastra di pietra nel pavimento, il breve nastro di parole si fece tutt'uno con la luce screziata della cappella.

"Se il lavoro nobilita l'uomo, Vasili d'Argira è nobilissimo".

POSTFAZIONE DELL'AUTRICE

S ONO NATA IN CALABRIA e ho vissuto nell'Italia del Sud per oltre trent'anni, metà della mia vita. Conosco la sua gente, ho studiato la sua storia, ho visitato i suoi luoghi e sono stata testimone della sua cultura. Tutto ciò che descrivo nel romanzo proviene da ricerca personale e da conoscenza personale; con quest'ultima intendo anche uno degli aspetti storici dell'epoca, cioè la divisione fra nobiltà e popolo che fu la caratteristica principale del periodo feudale.

La madre di mia madre era la Marchesa di Montecorvino; il padre di mio padre era un *colono* che dopo anni di dura fatica fu in grado di acquistare le terre nelle quali aveva lavorato e di lasciarle in eredità a noi. L'iscrizione che Kallyna fa scolpire sulla tomba di Vasili è parafrasata da quella posta sulla sua tomba: *"Se il lavoro nobilita l'uomo, Giuseppe Idà è nobilissimo."*

Le tradizioni religiose descritte nel libro vengono tuttora rappresentate a Pasqua, a Natale e in altre occasioni. Il rituale quaresimale dei Vattienti venne abolito durante l'Ottocento ma è ora ritornato in forma meno cruenta.

Quando Tresa impreca: *"Mahammetta mu li raha"* ricordo le mie zie e le mie nonne che con questa frase del dialetto spaventavano scherzosamente noi piccoli, quasi come se Maometto sia diventato uno spauracchio nell'inconscio collettivo dei calabresi, che soffrirono per secoli le incursioni di pirati saraceni provenienti dalle coste del Nord Africa.

Eppure le stesse donne che usavano quella frase andavano in chiesa fino agli anni Sessanta avvolte nella lunga *'saia'* nera che lasciava scoperto solo uno spicchio del viso, come le donne del Nord Africa. Il Mezzogiorno e la Sicilia, che nel corso della storia hanno subito una dominazione straniera dopo l'altra, sono un autentico crogiolo di culture. La presenza delle varie lingue parlate nel romanzo riflette anch'essa l'epoca storica. Durante la dominazione normanna, nel Mezzogiorno e in Sicilia venivano parlate sei lingue: greco, latino, arabo, ebraico, italiano e francese. A queste si aggiungono naturalmente gli innumerevoli dialetti regionali.

Tutte queste culture si unirono fra l'undicesimo e il tredicesimo secolo per dare vita a quello che molti storici hanno ribattezzato "il primo Rinascimento italiano". Lo sfondo storico del romanzo fa ancora parte della vita di tutti i giorni; molti ad esempio in Calabria portano il cognome Altavilla, traduzione del francese 'Hauteville'. Gli Altavilla di oggi sono i discendenti diretti dei Dodici Fratelli di Normandia, emigrati nel Mezzogiorno intorno all'anno 1016 dell'era cristiana e rimasti a fondare il più grande regno italiano, destinato a sopravvivere intero nei suoi confini originali per oltre otto secoli.

Tropea era il luogo di villeggiatura preferito della mia famiglia negli anni Sessanta. Ogni anno affittavamo dal Signor Fàzzari il suo palazzo secentesco dalle stanze decorate con affreschi sbiaditi e mobili antichi. I miei compagni di gioco erano figli di pescatori, che a Bagnara vanno ancora a caccia del pescespada con gli untri.

Mio padre ed io eravamo esploratori instancabili, sempre alla ricerca di un contadino o di un prete che potesse scovare per noi le chiavi di un castello o di una chiesa chiusi al pubblico da secoli. I normanni furono grandi costruttori, che punteggiarono il Mezzogiorno di fortezze, cattedrali e torri di vedetta. Durante il regno di Ruggero II nel mio paese natale di Arena i miei antenati paterni costruirono per i signori Culchebret l'unico acquedotto costruito in Italia fra quello longobardo di Salerno e quello romano di Agrigento. Gli antenati degli Idà sono tuttora conosciuti con il soprannome "Pilieri"; in francese, lingua madre dei normanni, *"pilier"* vuol dire pilastro o pilone.

Il castello di Aieta, o di Fiuzzi, è diventato un albergo. Al pianterreno vi è una discoteca chiamata naturalmente *I Normanni*. Sulla porta della discoteca vi è un'insegna al neon raffigurante tre formidabili cavalieri che indossano elmi vichinghi. Mi sono sempre chiesta cosa ne pensano della musica.

www.ingramcontent.com/pod-product-compliance
Lightning Source LLC
Chambersburg PA
CBHW022147010726
47493CB00002B/377